의재 최운식 수필집

능소화처럼

보고사

머리말

수필은 다양한 소재를 바탕으로 자기의 생각과 느낌을 진솔하게 적은 글이다. 수필에는 글쓴이의 사람됨과 취향, 사상과 가치관이 드러나기 마련이다. 그래서 수필을 쓰는 것은 매우 조심스럽고, 힘든 일이기도 하다.

필자는 40여 년 동안 한국의 고소설, 구비문학, 민속학을 연구하고 강의하면서 틈틈이 일반 교양인을 대상으로 한 글도 썼다. 그 글들은 소재가 다양하여 생활 주변에서 가져온 것도 있고, 민속과 설화에서 고른 것도 있다. 그중에는 수필도 있고, 기행문 또는 설명문의 성격을 지닌 것도 있다. 그러나 넓은 의미로 보아 수필의 성격을 지닌 글이 대부분이다.

그동안 쓴 글 중 소재가 민속과 관련된 것은《민속적인 삶의 의미》(1993)로, 일상생활과 관련된 것은《가을햇빛 비치는 창가에서》(1994)로 묶었고, 전설의 의미와 현장 답사에 관한 글은《함께 떠나는 이야기 여행》(2001)과 《다시 떠나는 이야기 여행》(2007)으로 묶어 출판하였다. 그 뒤에 쓴 글을 헤아려보니, 100여 편이 되었다. 그중 63편을 골라 이 책을 엮었다.

좋은 글을 쓰려면 사물에 대한 관찰력과 감성이 남달라야 하고, 자기의 생각과 느낌을 제대로 표현하는 문장력이 있어야 한다. 필자는 이런 점에서 부족함을 느끼기에 이미 간행된 것은 어쩔 수 없지만, 또다시 책을 엮어 출판하는 것은 객기(客氣)가 아닐까 하는 생각이 들어 주저하였다. 그러다가 삶의 현장에서 느끼고 생각한 바가 담겨 있어서 필자의 삶의 궤적(軌跡)을 알게 해 주는 글들을 한 자리에 모아 놓는 것도 뜻이 있겠다는 생각에서 이 책을 엮기로 하였다.

이 책에 실은 글들은 청탁을 받아 쓴 글도 있고, 그때그때 떠오르는 생각을 적은 글도 있다. 최근에 쓴 글이 있는가 하면, 20여 년 전에 쓴 글도 있다. 그래서 주제나 소재 면에서 통일성이 없지만, 선택한 소재를 바탕으로 필자의 생각과 느낌을 표현하였다는 점에서 의의가 있다고 생각한다.

이 책에 실린 글의 소재 역시 생활 주변에서 얻은 것도 있고, 설화나 민속에서 가져온 것도 있다. 선택한 소재를 바탕으로 생각과 느낌을 정리하면서 독자들이 공감하도록 표현하려고 애를 썼다. 이 책에 실린 글 중 한 편의 글에라도 공감하는 독자가 있었으면 좋겠다.

능소화는 꽃말이 '명예'이고, 품위와 기개가 느껴지는 꽃이다. 많은 꽃이 다투어 피는 봄을 다 보내고, 뜨거운 태양이 작열(灼熱)할 때에야 자태를 뽐내는 이 꽃을 보면, 아름다움과 함께 도도함이 느껴진다. 손을 대면 떨어지고 말아 마음에 맞지 않는 누구의 손길도 허락하지 않는 절개가 있는 듯하다. 떨어져 지는 순간까지 활짝 피었을 때의 싱싱함을 유지하다가 그 모습 그대로 떨어져 추한 모습은 보이지 않으려는 자존심이 있다. 나는 능소화가 이런 특성을 지닌 꽃임을 알게 된 뒤부터 이 꽃을 좋아하기 시작하여 오늘에 이르렀다. 요즈음에 와서는 떨어질 때까지 추한 모습을 보이지 않는 결기에 마음이 쏠린다. 이런 마음을 담아 이 책의 제목을 '능소화처럼'이라고 하였다.

이 책을 엮겠다고 하였을 때, "그동안 그렇게 많은 책을 펴냈으면 됐지, 왜 또 일을 만들어서 하느냐?"고 불평 섞인 잔소리를 하던 아내가 문장을 다듬어 주고, 찬찬히 교정을 봐 준 것을 감사한다. 마무리 단계에서 '글쓰기의 이론과 실제'에 뛰어난 실력을 지닌 최명환 교수가 바쁜 중에 틈을 내어 문단의 구성과 표현의 적절성을 살펴보고 조언해 준 것을 마음 깊이 감사한다. 이 책을 출판해 준 보고사 김흥국 사장과 황효은 대리께도 감사한다.

2015년 10월 9일

의재(宜齋) 최운식(崔雲植) 적음

추임새를 잘하는 사람

능소화의 품위와 기개

태산에 올라

고향과 나

남산 벚꽃길

남산 벚꽃길

예년에 비해 빨리 찾아온 봄 날씨 덕에 꽃이 피는 시기가 앞당겨졌다는 소식을 듣고, 지난 월요일(3월 31일) 오전에 아내와 함께 남산에 갔다. 지하철 3호선 동국대역에서 장충공원으로 들어서니, 벚꽃을 비롯한 여러 가지 꽃이 자기만의 독특한 빛깔과 모습으로 아름다움을 뽐내고 있다.

국립극장 쪽으로 걸어가자, 먼저 수표교(水標橋)가 나타났다. 이 다리는 조선 초에 청계천에 놓고, 수위(水位)를 측정하는 수표(水標)를 세웠으므로, 수표교라고 불렀다. 1958년 청계천 복개공사 때 철거하여 옮겼다가 1965년에 이곳으로 옮겼다. 아주 오래 전에 청계천에서 보던 다리를 오늘 이곳에서 보니 감개무량하였다. 나는 수표교를 보면서 우리 조상들의 지혜와 기술이 매우 뛰어났음을 다시 확인하였다.

국립극장까지 가면서 길가에 있는 이준 열사 동상, 유관순 열사 동상, 3·1운동 기념탑을 보면서 선인들의 나라 사랑하는 마음과 독립정신을 생각해 보았다. 이분들의 나라를 사랑하는 마음이

남산의 벚꽃길

동상과 기념탑 둘레에 예쁘게 피어 있는 꽃과 어울려 더욱 돋보이고, 존경스럽다.

국립극장을 지나 남산 남측순환로를 따라 남산타워까지 걸어 올라가는 길 양편에 벚꽃과 개나리, 진달래, 영산홍 그리고 금낭화를 비롯한 여러 종류의 야생화들이 군데군데 피어 있다. 이들은 각기 곱고 예쁜 모습을 뽐내면서, 서로 어울려 조화를 이루고 있어, 그 아름다움은 말로 다 표현할 수 없을 지경이었다.

남산타워 아래의 휴게소에서 잠시 쉰 다음, 소월시비 옆에 있는 남산도서관 쪽으로 난 길을 따라 내려갔다. 올라오는 길 양편에도 벚나무들이 곳곳에 있었지만, 내려가는 길 양편에는 꽃이

벚꽃에 뒤덮인 남산과 타워

피기 시작한 벚나무들이 촘촘히 줄지어 서 있다. 벚나무에는 활
짝 피어 밝고 화사한 얼굴을 마음껏 드러낸 꽃이 있는가 하면, 곧
피어오를 꽃봉오리들이 한 줌씩 묶어놓은 듯 오밀조밀 매달려
있다. 벚나무 한 그루에 핀 꽃만 보아도 눈이 부실 정도로 아름답
고 화려한데, 양편의 꽃가지들이 늘어져 터널을 이루고 있는 모
습은 무엇에 비교할 수 없을 만큼 화려하고, 아름다웠다. 머리 위
로 뻗은 가지에 핀 벚꽃을 보고 있으니, '순결(純潔)과 담백(淡白)'
이라는 꽃말이 실감났다. 수십 년 묵은 줄기의 두꺼운 껍질 틈에
서 새로 한 뼘 또는 두 뼘 정도 솟아오른 가지와 거기에 피어 있
는 꽃을 보니, 새롭고 신기함과 함께 벚나무의 힘찬 생명력을 느

낄 수 있다.

　남산도서관 가까이에서 남산 정상을 바라보니, 산줄기 군데군데 피어 있는 벚꽃들이 남산타워를 떠받치고 있는 것 같다. 벚꽃에 둘러싸인 타워와 남산의 모습이 정말 아름다웠다. 서울의 한복판에 이렇게 아름답고 멋있는 산이 있다는 사실이 기쁘고 자랑스럽게 느껴졌다.

　벚나무는 장미과에 속하는 낙엽활엽교목(落葉闊葉喬木, 가을에 잎이 떨어지는, 넓고 큰 잎이 달린 큰키나무)이다. 벚나무는 오래 전부터 우리나라에서 자생(自生)하였는데, 옛사람들은 관상용보다는 목재용으로 널리 활용하였다. 합천 해인사에 보관되어 있는 고려 팔만대장경의 목판 64%가 벚나무라고 한다. 벚나무는 활과 화살을 만드는 데에도 많이 사용하였다.

　벚나무에는 왕벚나무·산벚나무·올벚나무·섬벚나무·털벚나무 등 10여 종이 있는데, 왕벚나무의 꽃이 가장 아름답다. 벚꽃을 좋아하고 사랑하는 한국인들은 아주 오래 전부터 마을이나 절, 길가에 벚나무를 심어 가꾸었다. 그래서 봄이면 곳곳에 벚꽃이 만발하여 봄의 정취를 마음껏 느끼며 즐거워하게 한다. 제주도 제주시 명림로 584(봉개동)에는 왕벚나무 자생지가 있다. 이곳에 있는 왕벚나무들은 250여 년이 된 나무들이다. 이 나무들은 1964년 1월 31일에 천연기념물 159호로 지정되었다. 1908년 4월에 제주도 서귀포시 서홍동에 있는 성당에 와 있던 프랑스 신부 따께가 이곳에서 채집한 표본을 독일 베를린대학 코하네 박사에게 보내어 연구한 결과 이곳이 왕벚나무의 자생지임이 밝혀졌다.

일본인들도 한국인들 못지않게 벚꽃을 좋아하고 사랑하여 공원이나 학교 등지에 많이 심었는데, 일본 내에서 오래된 자생지는 발견하지 못하였다. 한꺼번에 피어 화려함을 뽐내다가 한꺼번에 확 떨어지는 벚꽃은 일본에서 '사무라이'를 상징한다고 한다. 일본인들이 벚꽃을 좋아하고 사랑하는 것이야 탓할 일이 아니지만, 벚꽃의 원산지가 일본이고, 한국의 벚꽃은 일본에서 왔다고 선전하는 것은 지나친 것 같다. 일본인들은 자기들의 주장을 뒷받침할 만한 근거를 열심히 찾았으나 찾지 못하였다. 최근에는 일본의 벚나무와 제주도 왕벚나무의 DNA가 유전적으로 동일함이 밝혀졌다. 그래서 일본의 벚나무는 제주도의 왕벚나무를 옮겨 심은 것이라는 것을 인정하고 있다.

미국의 워싱턴 DC에서는 해마다 봄이면(2014년에는 3월 20일부터 4월 13일까지) 벚꽃 축제가 열린다. 약 150만 명의 관광객이 찾아와서 이때의 관광수입이 이곳 전체 관광수입의 3분의 1을 차지한다고 한다. 워싱턴 호수공원에 있는 벚나무들은 1912년 도쿄 시장 유기오 오자키가 보낸 3,000 그루의 벚나무를 심은 것이라고 한다.

2012년에 일본 뉴욕총영사와 정치인들이 미국 뉴저지주 팰리세이즈파크 시를 방문하였다. 그들은 그곳에 세워진 '위안부 기림비'를 철거하는 조건으로 벚나무 1,000 그루를 기증하여 워싱턴 DC와 같은 벚꽃 명소를 만들겠다는 뜻을 밝혔다가 거절당하였다. 아름다운 벚꽃을 그릇된 역사를 지우는 도구로 활용하려는 일본인들의 벚나무 외교가 얼마나 얄팍한 것인가를 말해주는 이야기이다.

나는 남산의 벚꽃길을 다시 걷고 싶어서 4월 11일에 교일산우회 회원들과 함께 이 길을 다시 걸었다. 먼저 왔을 때와는 달리 벚꽃이 지고 있었다. 길 양편에 서 있는 벚나무들이 터널을 이룬 곳에서 꽃잎들이 바람에 눈처럼 흩날리는 모습은 정말 환상적이었다. 남산 벚꽃길을 걸어 내려오면서 전국 각지의 아름다운 벚꽃길을 떠올려 보았다. 여러 곳을 가보았으나 최근에 갔던 여의도 윤중제의 벚꽃길과 동학사 진입로의 벚꽃길이 눈에 선하다. 아직 가보지 못한 진해의 벚꽃길은 내년을 기약해야 할 것 같다. 〈2014. 4. 15.〉

개암에 얽힌 추억

얼마 전 친구들과 서울특별시 강동구와 경기도 하남시에 자리
잡고 있는 일자산(一字山)에 갔다. 일자산에는 고려 말의 대학자였
던 이집(李集, 1327~1387) 선생이 1368년(공민왕 17)에 신돈(辛旽)의 비
행을 비판하고, 화(禍)를 피하기 위해 숨어서 지냈다는 '둔굴(遁窟)'
이 있다. 이집 선생은 이 일을 잊지 않으려는 뜻에서 호를 '둔촌(遁
村)'이라고 하였다. 서울시 강동구 둔촌동(遁村洞)의 동 이름은 이
집 선생의 호에서 비롯된 것이다.

일자산 등성이로 난 길을 걸을 때 유난히 나의 눈길을 끄는 것
은 개암나무였다. 개암나무는 개암을 담은 파란 주머니를 다닥다
닥 달고서 뽐내며 서 있다. 요즈음 자주 가는 대모산에서 보지 못
하던 개암나무가 몇 그루씩 무리를 지어 서 있는 것을 보니 무척
반가웠다. 개암은 모양은 도토리 비슷하며, 껍데기는 노르스름하
고, 속살은 젖빛이다. 맛은 밤 맛과 비슷하나 더 고소하다. 내가 어
렸을 때 살던 마을의 뒷산에 개암나무가 유난히 많았다. 그래서
가을이면 나무를 하러 가서 나무에 달려 있는 개암을 따기도 하

고, 땅에 떨어져 낙엽 속에 있는 개암을 줍기도 하였다. 그때 겉껍질을 이로 물어 깬 뒤에 속껍질을 벗기고 먹던 개암의 고소한 맛은 지금도 잊을 수 없다.

개암을 생각하면 어렸을 때 들은 〈도깨비방망이〉 이야기가 떠오른다. 옛날에 한 나무꾼이 산에서 나무를 하다가 개암 하나를 줍자, 아버지·어머니께 드릴 것을 챙긴 뒤에 자기 몫을 챙겨 주머니에 넣었다. 그가 비를 피하려고 산속의 오두막집에 들어가 있다가 날이 저물었다. 밤중에 도깨비들이 몰려와 방망이를 세워놓고, 밥·고기·술을 나오게 한 뒤에 잔치를 하였다. 몹시 배가 고픈 그가 개암을 꺼내어 겉껍질을 깨려고 깨물자, 그 소리에 놀란 도깨비들이 방망이를 놓아둔 채 도망하였다. 그는 도깨비방망이를 가지고 와서 금 나오라고 하면 금이 나오고, 은 나오라고 하면 은이 나와 부자가 되었다. 이웃마을 사람 하나가 도깨비방망이를 얻을 욕심으로 그대로 따라 하였다가 도깨비한테 봉변을 당하였다고 한다.

이 이야기에는 부지런하고 효성이 지극한 사람은 도깨비도 도와주지만, 자기만 아는 욕심쟁이는 벌을 받는다는 교훈적 의미를 담고 있다. 나는 어렸을 때 산에서 나무하다가 개암을 줍게 되면, 이 이야기를 떠올리면서 어른을 먼저 생각해야 한다는 마음을 다짐하곤 하였다. 그 뒤 나는 '개암' 하면 고소한 맛과 더불어 〈도깨비방망이〉 이야기가 떠오르곤 한다.

나는 부모님의 묘를 서울 가까운 곳으로 이장(移葬)하기 전까지 충남 홍성에 있는 선산(先山)에 벌초를 하러 다녔다. 벌초를 하러 가면, 선영(先塋) 가까운 산길 좌우에 늘어서 있는 개암나무가 나를 맞아주곤 하였다. 나는 개암을 주렁주렁 달고 있는 개암나무를 볼 때마다 옛일이 생각나서 반가운 마음으로 만져보곤 하였다. 그러나 개암이 여물지 않아 맛을 볼 수 없어서 아쉬워하곤 하였다. 개암이 익을 무렵에 다시 성묘를 갔으면 부모님도 찾아뵙고, 개암 맛도 볼 수 있었을 터인데, 그러지 못하여 죄송스러운 마음이다.

작년에 김 교수 내외와 함께 강원도 춘천시 신동면 증리에 있는 김유정 문학촌에 갔을 때의 일이다. 김유정의 생가와 전시관, 동상(銅像), 디딜방아 등을 관람하고, 안내표지판을 보면서 '금병산 실레이야기길'을 걸었다. 그때 길 옆 산언덕에 개암나무들이 줄지어 서 있는 것을 보았다. 열매를 주렁주렁 매달고 있는 개암나무들은 키가 크고, 아주 튼튼해 보였다. 개암나무가 자생한 것인지, 재배한 것인지는 알 수 없지만, 내가 국내에서 본 개암나무

일자산의 개암나무

중 가장 크고, 개암도 많이 열렸다. 얼마 전 경상남도 함양군 안의면 상원리 '연암(燕巖) 물레방아공원'에 갔을 때, 그곳에서도 개암이 열린 개암나무 여러 그루를 보았다. 연암 박지원이 1792년에 안의현감으로 부임하여 처음으로 물레방아를 설치한 것을 기념하여 만든 공원에서 개암나무를 보니, 무척 반가웠다. 국내 여러 곳에서 개암나무를 보면서 터키 흑해 연안에서 보던 개암나무숲과 맛있게 먹던 개암을 생각하였다.

　나는 2009년부터 터키 카이세리에 있는 에르지예스대학교 한국어문학과에서 객원교수로 4년 동안 근무하였다. 그곳에 간 지 얼마 안 되었을 때 슈퍼마켓의 견과류 코너에서 유난히 나의 눈길을 끄는 것이 있었다. 함께 간 괵셀 교수에게 물으니, 영어로는 헤즐럿(hazelnut), 터키어로는 픈득(fındık)이라고 한다. 헤즐럿은 우리말로 개암인데, 터키에서 개암을 만나는 것이 반가워 사다가 먹어 보니, 정말 고소하고 맛이 좋았다. 어렸을 때 고향의 뒷산에서 주워 먹던 개암의 맛이 연상되었다.

　개암에 대한 기록을 보면,《동의보감(東醫寶鑑)》에 개암은 기력을 높여주며, 장(腸)과 위(胃)를 튼튼하게 해 준다고 하였다. 이 기록을 보면, 우리 조상들은 일찍부터 개암의 효능을 알았던 것 같다. 요즈음에는 개암에 대한 연구가 많이 진행되었고, 그 장점이 널리 알려졌다. 개암에는 단순불포화지방이 많아 몸에 좋고, 항암물질인 택솔(taxsol)이 들어 있어 항암작용을 한다고 한다. 또 칼슘과 철분도 많이 들어 있어 골다공증(骨多孔症) 예방에도 도움을 주고, 콜레스톨 수치를 낮춰주며, 암세포 활동을 억제해 준다고 한다. 비타민 E가 많이 들어 있어 심장질환 및 고혈압, 고지혈증, 당뇨병 등의 대사성 질환의 예방에도 효과가 있다고 한다. 개암은 향(香)이 좋고 고소한 맛이 있어 커피와 초콜릿, 과자를 만드는 데에도 많이 넣고 있다. 얼굴과 피부에 영양을 공급해 주기 때문에 화장품으로도 이용하고 있다. 터키 속담에 "한 줌의 푼득(개암)이 평생의 건강을 지켜준다."는 말이 있다. 이 속담을 보면, 터키 사람들도 일찍부터 개암의 효능을 잘 알고 있었던 것 같다.

개암은 터키·미국·이탈리아·스페인 등에서 생산되는데, 전 세계 소비량의 70%를 터키의 흑해 지방에서 생산한다. 나는 터키에 있는 4년 동안 개암을 떨어지지 않게 사다 놓고 먹었다. 내가 개암을 좋아하니, 나와 인연이 있는 터키 사람들과 터키를 오가는 한국 사람이 개암을 사다 주곤 한다. 그래서 터키에서 돌아온 지 1년이 넘은 지금까지 계속하여 개암을 먹고 있다.

요즈음 젊은이들에게 '개암'을 아느냐고 물으면 잘 모른다고 한다. '헤즐럿'을 아느냐고 하면, "헤즐럿 커피요?" 하고 반문한다. 커피에 헤즐럿 향을 가미한 '헤즐럿 커피'는 마셔보았지만, 견과(堅果)인 헤즐럿, 즉 개암을 통째로 먹을 기회가 없었기 때문에 이렇게 묻는 것이리라. 요즈음에는 터키에서 수입한 개암을 남대문시장에서 판다고 한다. 개암은 예로부터 국내 여러 지역에서 자생하는 식물이니, 우리나라의 기후와 풍토에 맞지 않아 재배하지 못하는 식물은 아닐 것이다. 건강에 좋은 견과류이니 수입해 오는 것도 좋지만, 국내에서 재배하여 많이 생산하였으면 좋겠다.

〈청하문학 13집, 서울 : 문예운동사, 2014.〉

퇴임 교장의 밭농사

　며칠 전 교일산우회 남부모임 회원들과 함께 서울시내 초등학교 교장으로 정년퇴임한 ㅂ회원의 밭농사 현장을 찾았다. 우리는 건강 증진을 위해 먼저 서울시 강동구와 경기도 하남시에 자리 잡고 있는 일자산 산행을 한 뒤에 ㅂ회원이 농작물을 가꾸는 밭에 갔다.

　서울 강동구 둔촌동에 있는 중앙보훈병원에서 만난 회원 9명은 ㅂ회원의 인도로 보훈병원 뒤에 있는 일자산 등성이에 난 길을 따라 걸었다. 경사나 굴곡이 심하지 않은 산등성이가 4km 가까이 이어지므로 '일자산(一字山)'이라 하였다는 산 이름처럼 산길은 경사나 굴곡이 심하지 않아 걷기에 좋았다. 길 양편에 서 있는 크고 작은 나무와 풀들은 푸른빛을 더해 가고 있었다. 회원들과 걸으며 주고받는 대화는 참으로 정겨웠다. 한 시간 넘게 걸은 뒤에 땀을 식히려고 쉼터의 간이의자에 앉았다. 그때 ㅇ회원이 배낭에서 포도주 한 병과 부침개를 꺼내놓았다. ㅂ회원은 오이를, ㄱ회원은 초콜릿 과자를 가져왔다. 쉼터의 간이탁자가 갑자기 조촐한 잔칫

상이 되었다. 회원들은 포도주잔을 높이 들고, '이런 기회가 자주 있기를 빈다.'는 말을 줄인 '이기자'를 건배 구호로 크게 외친 뒤에 건배하였다. 산에서 부침개와 오이, 과자를 안주 삼아 마시는 포도주의 맛은 아주 좋았다.

얼마를 더 걸은 뒤에 왼쪽으로 난 길을 따라 산을 내려갔다. 2시간 이상을 걸었으니, 6~7km는 족히 걸었으리라. 내려가는 길 양편에는 노란 얼굴에 하얀 꽃잎을 예쁘게 단 개망초가 주욱 늘어서서 우리를 맞아주었다. 산을 내려오면서 보니, 밭 가운데에 물류 창고들이 서 있다. 낯선 곳이기에 여기가 어디냐고 물으니, 경기도 하남시 서부면 감북동이라고 하였다. 우리는 ㅂ회원의 인도에 따라 물류 창고 뒤에 있는 밭으로 갔다. 거기에는 두 필지의 널찍한 밭이 있는데, 왼쪽이 ㅂ회원이 농사짓는 밭이다.

밭의 입구에는 농기구와 거름 등을 보관할 수 있는 헛간과 걸터앉을 수 있는 나무토막 등이 있다. 200평은 족히 될 것 같은 밭에는 토마토와 가지·고추가 튼실한 열매를 자랑하고, 상추·호박·오이·땅콩·강낭콩·고구마·도라지·부추·토란·생강·당귀 등이 자라고 있다. 밭 가장자리에는 활짝 핀 백합꽃이 줄지어 서 있다. 이들은 기름진 땅에서 적당한 수분과 충분한 영영분을 섭취한 데다가 햇볕을 제대로 받아 자람 상태가 아주 좋았다. 갈색을 띤 흙은 매우 기름져 보이는데, 두둑은 물론 고랑에도 잡초가 전혀 없다. 부지런한 농사꾼이 정성스레 가꾸는 밭임을 알 수 있었다. 농작물들은 주인이 자기들을 사랑과 정성으로 보살펴 잘 자라고 있다고 말하는 듯하였다.

ㅂ회원은 서울 시내에서 초등학교 교사로 근무하던 20여 년 전부터 농작물을 가꿨다. 어렸을 때 농촌에서 자라며 농사짓는 것을 보았기에 농작물을 가꾸는 일이 낯설지 않아서, 동료들과 공동으로 농사일을 시작하여 지금까지 계속해 왔다. 전에는 강동구 상일동에서 30여 평의 밭을 빌려 농사를 지었는데, 그곳에 아파트가 들어서는 바람에 옮길 장소를 물색하던 중 4년 전에 지금의 밭을 얻어 본격적으로 농사를 시작하였다. 그는 여러 작물의 특성을 연구하여 그에 맞는 재배법으로 가꾸고 있다. 그가 가꾼 밭작물들이 건강하게 잘 자라는 것을 본 이곳 토박이 농사꾼들도 모두 놀라워한다.

그는 화학비료를 쓰지 않고 천연비료를 만들어 쓰느라고 특별한 정성을 기울인다. 거름을 만들기 위해서 천호동 집 근처의 기름집에서 수시로 깻묵을 얻어오고, 건강원에서 건강식품을 달이고 난 찌꺼기를 얻어온다. 깻묵에 뜨물을 부어 발효시킨 뒤에 건강원에서 얻어온 한약재와 건강식품 찌꺼기를 다시 섞어 뜨물을 부어 비닐로 덮어두면, 완전히 발효되어 좋은 거름이 된다. 밭에서 뽑은 풀과 집에서 나오는 음식물 찌꺼기 중 소금기가 없는 밥이나 과일껍질은 물론이고, 대변도 따로 받아 발효시켜 거름을 만든다. 밭 가장자리에 비닐로 덮은 둥그런 더미가 몇 개 있는데, 그게 바로 발효 중인 거름더미라고 한다. 이렇게 해서 만든 거름은 최상의 천연비료이므로, 이를 먹고 자란 농작물은 아주 건강하다. 그래서 병충해에 잘 견디므로, 따로 농약을 칠 필요가 없다. 이렇게 몇 년을 하니, 토질도 바뀌어 농작물이 잘 자라는 땅이 되었다.

천연비료를 만들어 쓰는 그의 꾸준한 노력과 정성이 놀랍고 갸륵
하다.

ㅂ회원에게 농작물을 가꾸는 일이 힘들지 않느냐고 물어보았
다. 그는 힘이 들기는 하지만, 밭에서 일을 하고 있으면, 모든 잡
념이 사라지고, 농작물이 자라는 것을 보면 무한한 기쁨과 보람을
느낀다고 한다. 그는 퇴임한 뒤에 농사일에 전념하면서 몸도 마음
도 더 건강해졌다고 한다. 농작물의 특성에 따른 농사법을 연구하
고, 온 정성을 기울이며 땀을 흘리는 그는 매우 건강하고 만족스
러워 보였다.

나는 일행과 함께 밭의 이곳저곳을 둘러보고, 상추 줄기에 달

린 잎을 따가지고 왔다. 집에 와서 상추를 먹어보니, 쌉쌀하면서 고소한 맛이 유별하다. 음식점에 가서 먹거나 가게에서 사다 먹던 상추의 맛과 다르다. 아내는 이렇게 맛 좋은 상추는 처음 먹어본다며 좋아하였다. 나는 상추를 먹으며 1주일에 4~5일을 거름의 재료를 비롯하여 농사에 필요한 것들을 자전거에 싣고 40분씩 달려가서 농작물을 가꾸는 ㅂ교장의 모습을 그려보았다. 온갖 정성을 기울이는 밭에서 농작물이 자랄 때 노년을 맞은 ㅂ교장의 건강과 행복도 함께 자라기를 바란다. 〈2014. 6. 25.〉

상락아정常樂我淨

며칠 전에 교일산우회 남부모임 회원들과 서울시 서대문구에 있는 '안산자락길'을 걸었다. 지하철 3호선 독립문역 3번 출입구에서 만나 독립문공원을 지나서 아파트 뒤쪽에 있는 등산로를 따라 올라가자 '안산자락길' 표지판이 나왔다. 서울 시내의 크고 작은 산에는 쉽게 접근하여 편히 걸을 수 있는 길을 만들어 놓고, '둘레길'이란 이름을 붙였다. 그런데 이곳은 장애인 휠체어나 유모차도 이용할 수 있도록 길을 만들어 놓고, '자락길'이란 이름을 붙여 놓았다. '산자락에 있는 길'이란 뜻인 듯하다.

안산은 서대문구에 자리 잡고 있는 산으로, 멀리서 보면 말의 안장과 같다고 하여 '안산(鞍山)'이라는 이름이 붙여졌다. 안산은 정상이 해발 296m로 나지막한 산이다. 전망대에서 남산타워가 바로 보이고, 그 뒤로 관악산이 보인다. 북동쪽으로는 인왕산과 북한산이 보이고, 아래로는 서대문형무소가 보인다. 벚나무, 층층나무가 많은데, 메타세쿼이어와 자작나무숲도 있어 이채롭다. 전에는 서울 서북지방에서 보내는 봉화를 받아 남산으로 보내는 동봉

능안정에 걸려 있는 '상락아정' 현판

화대(東烽火臺)가 있던 곳이다.

우리는 정상에서 남쪽으로 조금 내려가 능안정(陵安亭, 사도세자의 아들 懿昭 세손의 묘가 있던 능안에 지은 정자)에서 ㅅ형이 가져온 커피를 마시며 쉬고 있었다. 내 앞쪽에 앉아 있던 ㅂ형이 뒤쪽을 가리키며 뒤를 보라고 하였다. 내가 몸을 돌려 뒤를 보니, 기둥과 기둥을 연결하는 가로목에 남색바탕에 흰색으로 '常樂我淨'이라 쓴 나무판이 걸려 있다. 그 옆에는 흰색 작은 글씨로 '항상 나는 정함을 뜻함'이라고 풀이하였는데, 적절한 풀이가 아닌 것 같았다. 이를 본 회원들은 각자의 한문 실력을 발휘하여 '상락아정'의 뜻을 풀이하였다. 한 회원이 "항상 즐거워하며 나를 정결하게 하라는 뜻이 아닐까?" 하고 말하였다. 나는 그보다는 더 깊은 뜻이 있는 말인 것 같지만, 구체적인 뜻이 떠오르지 않아 아무 말도 하지 않았다.

그 다음 주 산행 모임 때 ㅈ형이 흰 종이 한 장을 주었다. 그것은 '常樂我淨'의 뜻을 조사하여 정리한 것이었다. 나는 간단히 살펴본 뒤에 주머니에 넣고 집에 와서 다시 읽어 보고, 다른 자료를 찾아보며 내 나름으로 이 말의 뜻을 정리하였다. '상락아정(常樂我淨)'은 불교에서 흔히 쓰는 말로, 열반(涅槃)의 네 가지 덕[四德]이라고 한다. 열반은 모든 번뇌의 얽매임에서 벗어나고, 진리를 깨달아 불생불멸(不生不滅)의 법을 체득한 경지를 이르는 말로, 불교의 궁극적인 실천 목표이다. '상락아정'은 열반의 네 가지 덕목으로, 글자 한 자 한 자가 깊은 뜻을 가진 말이다. 이를 사자성어(四字成語)를 풀이하는 방식으로 뜻을 풀이하려고 하면 그 뜻을 온전히 이해할 수 없다.

상(常)은 '영원한 본성(本性)'을 말한다. 부처 같은 본성은 없어지지 않고, 변하지도 않는다. 낙(樂)은 인연을 초월하고 업장(業障)을 소멸하여 즐거워하는 '해탈의 경지'이다. 아(我)는 본성의 자아(自我)로, 청정무구(淸淨無垢)한 자아이다. 정(淨)은 번뇌와 망상(妄想) 없이 고요하고 맑은 상태를 뜻한다. 시장 한 가운데에 있어도 마음이 동요되지 않고 깨끗하여 누구에게나 도움을 베풀 수 있는 상태를 말한다. 따라서 상락아정은 '맑고 깨끗하여 더럽거나 속된 데가 없는 본성을 찾아 즐거워하고, 거침없이 자기 마음대로 하면서 번뇌와 더러움이 없는 맑고 깨끗한 덕을 이룬다.'는 말이다. 그러고 보면, 상락아정은 이르기 어려운 경지이지만, 이를 얻기 위해 힘써 노력하라는 부처님의 가르침이라 하겠다.

나는 기독교의 경전에도 상락아정과 뜻이 통하는 구절이 있을 것이라 생각하며 성경을 읽었다. 〈데살로니가 전서〉 5장 16~18절에 있는 "항상 기뻐하십시오. 끊임없이 기도하십시오. 모든 일에 감사하십시오. 이것이 그리스도 예수 안에서 여러분에게 바라시는 하나님의 뜻입니다."라는 구절이 이에 상응한다는 생각이 들었다. 항상 기뻐하라는 것은 모든 욕심을 버리고 하나님이 주신 본성 즉 양심에 따라 행동하면서 기뻐하라는 것이니, 앞에서 말한 상(常)과 낙(樂)에 해당한다. 하나님의 뜻에 맞게 살려는 마음을 가지고 끊임없이 기도하는 것은 아(我)에 해당한다. 하나님의 뜻에 맞게 살면서 모든 일에 감사하는 것은 정(淨)에 해당한다. 이것이 '그리스도 예수 안에서 하나님이 바라시는 뜻에 맞는 삶'이다. 이런 삶을 불교식으로 말하면, 열반의 경지에 이른 삶이다. 그러고 보면, 불교에서 말하는 '상락아정'이나 '항상 기뻐하고, 끊임없이 기도하며, 모든 일에 감사하라.'는 성경의 말씀은 같은 맥락의 가르침이다.

나는 기독교인으로 '항상 기뻐하고, 끊임없이 기도하며, 모든 일에 감사하라.'는 말씀을 성경에서 여러 번 읽었고, 목사님의 설교 말씀에서도 수없이 들었다. 이 말씀을 읽거나 들을 때마다 이를 실천하겠다고 다짐하곤 하였다. 그러나 그 결심은 작심삼일(作心三日)로 끝나곤 하였다. 이번 산행에서 본 '상락아정'의 뜻을 되새기면서 이 말씀의 실천을 다시 한 번 다짐해 본다.

안산자락길 능안정에 걸려 있는 '상락아정'의 현판은 무심코 지나는 사람에게는 별 의미가 없는 나무판에 불과하다. 그러나 이 말의 의미를 깊이 생각하는 사람에게는 삶의 자세를 생각하고, 가다듬는 계기를 마련해 주는 귀한 말이다. 이 현판은 나이가 들어가면서 매사에 무뎌져가는 나에게 삶의 자세를 되돌아보고, 앞으로 어떤 태도로 살 것인가를 생각해 보게 하는 계기를 마련해 주었다. 〈2014. 4. 17.〉

효심이 담긴 오찬

교일산우회 남부회원 8명은 지난 금요일에도 다른 때와 마찬가지로 오전 10시에 수서역에서 만나 대모산 산행을 하였다. 잘 자란 소나무와 참나무를 비롯한 온갖 나무와 풀들이 만들어주는 맑은 공기를 마시며 시원한 그늘을 따라 걷는 산길은 정말 상쾌하였다. 오랜 친구들과 함께 걷는 산길이어서 그 기쁨과 즐거움 역시 컸다. 건강 증진에도 보약을 먹는 것 이상의 효과가 있을 것 같다.

산행을 마친 뒤에 대모산입구역 근처에 있는 식당 '가마골오리'로 점심을 먹으러 갔다. 우리는 산행 후에 가끔씩 가던 식당이었으므로, 별다른 생각 없이 식당으로 들어가 자리를 잡았다. 자리에 앉자마자, 몇 주 동안 나오지 않다가 오랜만에 나온 ㅈ형이 오늘 점심을 대접하겠다고 하였다. 무슨 좋은 일이 있느냐고 물으니, 그는 큰딸이 금요일마다 함께 산행을 하는 친구들에게 점심 대접을 하라며 금일봉을 주었다며, 꼭 대접을 해야 한다고 강조하였으니, 사양하지 말라고 하였다. 의아한 얼굴로 바라보는 회원들을 향해 그는 뜻밖의 말을 하였다.

그는 산행 모임에 몇 주 빠졌는데, 회원들은 바쁜 일이 있어서 나오지 못하는 것이라 생각하고, 사생활에 간섭하는 느낌을 주지 않기 위해 따져 묻지 않았다. 그런데 한 회원이 며칠 전에 전화를 걸어 "따님들을 잘 둔 덕에 해외여행을 하느라고 빠졌는가?" 하고 물었다고 한다. 그래서 그 말을 큰딸에게 하였더니, 큰딸이 아버지를 잘 모시지 못하는 딸을 정겨운 시선으로 봐 주는 친구 분들께 어떻게 감사해야 할지 모르겠다면서, 자기가 나와서 식사 대접을 하겠다고 하더란다. 그가 번거로우니 그만두라고 하자, 딸은 아버지가 친구들에게 꼭 식사 대접을 하라며 돈을 주었다고 한다. 그는 딸의 마음 씀이 고마워서 돈을 받아왔다면서, 인증 사진을 찍어서 보내겠다고 하였다. 이 말을 들은 우리는 대학의 교수인 큰딸의 효심이 가상하다며 감사와 치하의 인사를 하였다.

어디를 갔었느냐고 묻자, 그는 '부활여행(復活旅行)'을 하였다고 하였다. 선뜻 이해가 가지 않아 의아한 표정을 지으니, 그는 그동안의 일을 대충 이야기하였다. 그는 위(胃)에 작은 물혹이 있다고 하여 시술을 받고 입원하였다가 퇴원하였는데, 문제가 생겨 응급실로 실려가 치료를 받고 다시 입원하여 며칠을 지낸 뒤에 퇴원하였다고 한다. 그는 그 과정에서 죽었다가 살아나는 체험을 하였기에 이를 '부활여행'이라고 이름을 붙였다고 한다. 부활여행을 하느라 산행에 빠졌는데, 일부 회원이 해외여행을 간 것으로 짐작한 것이라 하였다. 이 말을 들으니, 그동안 그가 생사의 갈림길을 오간 것에 놀라고, 건강을 회복한 것에 안도하면서 그동안 그의 근황에 무심하였던 것이 미안하여 얼굴이 화끈거렸다.

그가 죽음의 문턱까지 갔다가 돌아와 건강을 회복하는 동안 육체적 고통은 물론 마음고생도 컸을 것이다. 이를 지켜보는 부인과 세 딸의 놀라움과 걱정은 말로 표현할 수 없을 만큼 크고 무거웠을 것이고, 그 여행을 무사히 마쳤을 때에는 기쁨과 감사가 넘쳤을 것이다. 그런 마음을 아버지의 친구들에게까지 표현하는 것은 쉬운 일이 아니다. 현대사회는 산업사회로 발전해 오면서 충효보다는 개인의 이익이나 편리함을 더 중요시하는 사회가 되었다. 그에 따라 부모를 생각하는 마음은 옅어져 뒷전으로 밀려나 있다. 이러한 사회 분위기를 생각한다면, 그의 딸의 효심은 정말 기특하고 갸륵하다 하지 않을 수 없다.

우리는 그에게 효심이 깊은 딸을 둔 것을 치하하고, 건강을 회복한 것을 축하한다는 인사를 한 뒤 오리고기와 그가 준비한 인삼주를 맛있게 먹었다. 오늘은 산행 뒤에 효심이 어린 오찬을 즐길 수 있어서 몸도 마음도 즐겁고 흐뭇하다. 그와 효성이 지극한 세 딸의 가정에 건강과 행운이 늘 함께 하기를 기원한다. 〈2014. 5. 16.〉

소요산의 연리지문連理枝門

경기도 동두천에 있는 소요산은 여러 봉우리와 바위들이 조화를 이루어 경관이 빼어나므로, '경기의 소금강'이라는 별명이 붙은 산이다. 특히 진달래가 피는 4월과 단풍이 드는 10월은 경관이 아름답기로 유명하다. 10월의 마지막 날 교일산우회 남부모임 회원들과 함께 단풍이 곱게 물든 모습을 보기 위해 다시 소요산을 찾았다. 전철 1호선 소요산역에서 내려 소요산으로 가는 길은 평일인데도 사람들로 붐볐다.

소요산에는 신라의 고승(高僧) 원효대사(元曉大師, 617~686)와 태종무열왕의 딸 요석공주(瑤石公主)의 애틋한 사랑 이야기가 깃들어 있다. 두 사람의 사랑과 소요산과의 인연은 《삼국유사(三國遺事)》를 비롯한 문헌에 전해 온다.

신라 태종무열왕 때 고승으로 이름을 떨친 원효대사는 속성(俗姓)이 설(薛)씨이다. 수도에 전념하던 원효대사가 거리를 돌아다니며 "누가 나에게 자루 없는 도끼를 주어 하늘을 떠받칠

기둥을 찍게 하겠는가(誰許沒柯斧 我斫支天柱)!"하고 노래를 불렀다. 사람들은 이 노래의 뜻을 알지 못하였다. 그러나 태종무열왕은 "대사가 귀부인을 얻어 현인(賢人)을 낳고자 하는구나. 현인을 얻는 것은 나라의 큰 이득이다."하고, 관리를 시켜 대사를 찾아 홀로 된 요석공주가 살고 있는 요석궁(搖石宮)으로 모시고 가라고 하였다. 관리가 대사를 찾아다니는데, 그때 마침 다리를 건너던 대사가 미끄러져 물에 빠졌다. 관리는 대사를 요석궁으로 데리고 가서 옷을 갈아입게 하였다. 대사는 요석궁에서 며칠을 묵은 뒤에 떠났다.

얼마 뒤 요석공주가 아들을 낳고, 이름을 설총(薛聰)이라 하였다. 이 아이는 자라서 당대의 석학(碩學)이 되었다. 파계승(破戒僧)이 된 원효대사는 속인(俗人)의 옷을 입고 전국을 떠돌며 노래하고 춤추면서 중생(衆生)을 교화(敎化)하다가 소요산에 와서 머물며 수행(修行)에 전념하였다. 대사가 소요산에 머물고 있다는 소식을 들은 요석공주는 설총을 데리고 이곳으로 와서 별궁을 짓고 살면서 수도하는 원효대사를 향해 매일 절을 올리곤 하였다.

이처럼 이곳은 원효대사와 요석공주의 사랑이 깃든 곳이기에, 입구에 이를 형상화한 '연리지문(連理枝門)'을 소요산 상징 아치(arch)로 세워 놓았다. 연리지(連理枝)는 두 나무의 가지가 서로 맞닿아서 결이 서로 통한 것을 말하는데, 화목한 부부나 남녀 사이를 비유적으로 이르는 말이다. 아치의 왼쪽 원효목(元曉木)은 원각

소요산 입구의 연리지문

(圓覺)의 도를 깨우치기 위해 수도하는 원효대사를 형상화한 것이고, 오른쪽 요석목(搖石木)은 지순한 사랑을 품은 요석공주를 형상화한 것이다. 소요산을 원효대사와 요석공주의 사랑 이야기와 연관 짓고, 이를 연리지문으로 형상화한 것은 아주 좋은 착상이라 하겠다. 이 문을 지나는 모든 사람이 연리지처럼 서로 화목하게 마음을 나누며 살았으면 좋겠다.

연리지문을 조금 지나 자재암(自在庵) 쪽으로 올라가니, 요석공원이 있고, 통행로 건너편에 요석궁터 표석이 있다. 나는 요석공원과 요석궁터 앞에 서서 파계(破戒)하여 요석공주와 인연을 맺던 원효의 모습, 며칠 동안 꽃피웠던 아름다운 사랑과 그 열매인 아들 설총을 데리고 이곳에 와서 수도에만 전념하는 대사를 멀리서 바라보며 매일 예를 갖춰 절을 올리는 요석공주의 단풍잎보다 더 곱고 예쁜 사랑을 떠올려 보았다. 이런 공주의 지성과 사랑을 기리는 뜻에서 맨 오른쪽에 있는 산봉우리의 이름을 '공주봉(公主峰)'이라고 하였다고 한다. 이 봉우리 이름을 원효대사가 지었다고 전해 오기도 하는데, 후세 사람들이 붙인 것인지도 모르겠다.

일주문을 지나 자재암으로 가려면 해탈문(解脫門)을 지나야 하는데, 108계단을 올라가야 한다. 나는 108계단을 오르면서 벗어나야 할 108번뇌가 무엇인가를 생각해 보았다. 사람은 눈, 귀, 코, 혀, 몸, 뜻(마음)의 여섯 감각기관이 사물을 접할 때 '좋다·나쁘다·그저 그렇다'는 세 가지가 서로 같지 않아 18가지 번뇌를 일으킨다. 또 '괴로움·즐거움·그저 그런 것'과 관련지어 18가지 번뇌가 일어난다. 이들을 합친 36가지 번뇌가 다시 각각 '과거·현재·미래'의 삼세(三世) 때문에 108가지 번뇌가 된다. 이런 세속의 백팔번뇌(百八煩惱)에서 벗어나야 해탈(解脫)의 경지에 이르게 된다고 한다. 나는 모든 번뇌에서 벗어나는 것이 쉽지 않다는 것을 알지만, 번뇌에서

요석공주 별궁터임을 알려주는 표석

벗어나기 위해 마음을 가다듬으며 108계단을 오르고, 해탈문을 지났다.

해탈문을 지나니, 절벽위에 '원효대(元曉臺)'가 있다. 옛날에 원효대사가 도를 깨치지 못해 절벽 아래로 뛰어내리려고 하는 순간 문득 도를 깨우쳤다는 이야기가 전해오는 곳이다. 원효대에서 아래쪽을 보니, 단풍이 물들어가는 산자락의 모습이 장관이다. 고개를 돌려 산 쪽을 바라보니, 산줄기를 따라 잘 자란 나무들이 가을 옷으로 갈아입고, 자태를 뽐내는 모습이 정말 아름답다. 나는 이곳에 서서 사방을 둘러보며, 오랜 동안 간절한 마음으로 도를 닦고, 절박한 마음으로 큰 깨우침을 구하던 원효의 모습을 그려 보았다.

세상에서 벗어남을 뜻하는 속리교(俗離橋)를 지나고, 극락교(極樂橋)를 지나 자재암에 이르렀다. 자재암은 원효대사가 초가를 짓고 수도하던 곳에 선덕여왕 14년(645)에 세운 절이다. 고려 광종 25년(974)에 각규대사가 중창하였다. 고려 의종 7년(1153)에 불에 타서 이듬해에 다시 지었다. 조선 고종 9년(1872)에 다시 지었는데, 순종 원년에 불에 타고, 그 뒤 다시 지었으나 6·25전쟁 때 불에 탔다. 지금 있는 대웅전은 1961년에 다시 지은 것이고, 스님들이 거처하는 요사(寮舍)는 1971년에, 포교당과 원효대는 1974년에, 삼성각은 1977년에 지었다. 우리는 자재암의 이곳저곳을 둘러본 뒤에 원효약수에서 물을 마시고, 산행을 시작하였다.

자재암 뒤에 만들어놓은 계단을 밟고 힘겹게 오르니, 해발 440m에 위치한 '하백운대'가 나왔다. 그곳에서 땀을 식히고, ㅂ형

이 가지고 온 찐 고구마로 시장요기를 하고, 다시 30분가량을 걸어 해발 510m에 위치한 '중백운대'에 도착하였다. 소요산은 하백운대, 중백운대, 상백운대(해발 560.5m), 나한대(해발 571m), 의상대(해발 587m), 공주봉(해발 526m) 등 6개의 봉우리가 말발굽모양으로 능선을 이루고 있다. 거기서는 산봉우리들이 모두 보여 소요산 전체의 모습을 볼 수 있어 좋았다.

우리는 '중백운대'에서 '상백운대' 쪽으로 조금 가다가 오른쪽으로 난 '선녀탕길'을 따라 내려왔다. 상백운대까지 가보고 싶은 생각도 있었으나, 과로할 것 같아 자제하였다. 내려오는 길은 가파르고 바위가 많아 지팡이를 짚고 조심조심 발을 옮겨야 했다. 그래서 매우 힘들고 시간도 많이 걸렸다.

이날 우리가 택한 등산코스는 일흔 살이 넘은 우리가 걷기에는 적당하지 않은 길이었다. 소요산 등산 안내서에 소요시간이 1시간 30분으로 적혀 있는 것을 그대로 믿고 가벼운 마음으로 시작하였기 때문인데, 체력 면에서 부담스러웠다. 그러나 단풍이 곱게 물들어가는 소요산에서 원효대사와 요석공주의 숨결을 느끼며 걷는 길은 매우 뜻깊고, 즐거웠다. 〈2014. 10. 31.〉

구곡폭포와 문배마을

　며칠 전에 친구들과 함께 관광지로 이름난 강원도 춘천시 남산면 강촌리에 있는 구곡폭포와 문배마을을 찾았다. 서울 상봉역에서 춘천행 열차를 타고 1시간쯤 달려 강촌역에 도착하였다. 강촌역에서 택시를 타고 구곡폭포 매표소 앞으로 갔다.

　구곡폭포 매표소 앞에는 길 양쪽에 세운 나무기둥에 '자연이 살아 숨쉬는 구곡폭포 관광지'라고 커다랗게 쓴 현판이 걸려 있다. 길 양편에 서 있는 아름드리나무들이 만들어 주는 그늘을 따라 황톳길을 걸어 올라갔다. 길옆의 계곡에는 물이 조금씩 흐르고, 산에는 여러 모양의 바위들이 멋진 모습을 자랑하고 있다. 계곡에 많은 물이 흘렀으면 시원함과 산길의 운치를 느끼게 해주었을 터인데, 초여름의 가뭄이 심한 탓에 물이 거의 말라 아쉬웠다.

　구곡폭포 가까이 가니, 구곡폭포와 문배마을 갈림길이 나왔다. 구곡폭포 안내표지를 따라 경사가 급한 꼬부랑길 위에 놓은 나무계단을 한참 올라갔다. 수많은 계단을 힘겹게 올라가자, 50m 높이의 폭포가 보였다. 그러나 가뭄 탓에 흐르는 물이 적어 폭포로서

구곡폭포 관광지 현판

의 이름값을 느낄 수 없어 아쉬웠다.

구곡폭포는 높이 50m의 폭포인데, '아홉 굽이를 돌아서 떨어지는 폭포'라 하여 붙여진 이름이다. 1981년 2월 13일에 춘천시 관광지로 지정된 이 폭포의 옛 이름은 '문폭(文瀑)'이다. 구곡폭포 가는 길 초입에 세워놓은 안내판에는 흥미로운 내용이 적혀 있다. "구곡폭포는 봉화산(해발 525.8m)이 품고 있는 생명수가 아홉 골짜기를 휘돌아 내리고, 선녀의 날개옷처럼 하늘거리는 아홉 줄기의 사뿐한 물 내림, 그 조화로운 물소리가 아름답고 단아한 폭포이다. 폭포에 이르는 황톳길과 시냇물을 벗 삼아 폭포에 이르면, '꿈, 끼, 꾀, 깡, 꾼, 끈, 꼴, 깔, 끝'의 쌍기역(ㄲ) 아홉 가지 구곡혼(九曲魂)

을 담아갈 수 있다."고 하였다.

구곡혼으로 제시한 아홉 개 낱말 중에는 그 뜻과 나타내려는 의도가 얼른 떠오르는 말도 있지만, 무어라고 설명해야 좋을지 모르는 말도 있다. 조금 올라가니, 낱말 하나를 적고, 그 말이 지닌 의미와 지향점을 짧게 풀이한 다음, 그에 상응하는 영어 단어를 적어놓은 작은 표지판(leaflet)이 서 있다. 조금 더 올라가자, 그 다음 낱말에 대해 적은 작은 표지판이 서 있고, 그 위에 또 하나가 서 있다. 그래서 모두 아홉 개의 작은 표지판이 폭포 앞까지 띄엄띄엄 서 있다. 각 낱말의 뜻과 지향점, 그 말을 번역한 영어 단어를 적어보면 다음과 같다.

꿈(희망은 생명. Dream)

끼(재능은 발견. Talent)

꾀(지혜는 쌓음. Wisdom)

깡(용기는 마음. Courage)

꾼(전문가는 숙달. Expert)

끈(인맥은 연결고리. Connection)

꼴(태도는 됨됨이. Attitude)

깔(맵시와 솜씨는 산뜻함. Freshness)

끝(아름다운 마무리는 내려놓음. End)

구곡폭포(九曲瀑布)에서

구곡혼(九曲魂)을 담아가세요

봉화산(해발525.8m)이 품고 있는 생명수(生命水)가 아홉 골짜기를 휘돌아 흘러 내리고, 선녀의 날개옷처럼 하늘거리는 아홉 줄기의 사뿐한 물내림, 그 조화로운 물소리가 아름답고 단아한 폭포입니다.

폭포에 이르는 황토 오솔길과 시냇물을 벗삼아 폭포에 이르면 꿈, 끼, 꾀, 깡, 꾼, 끈, 꼴, 깔, 끝의 쌍기역(ㄲ) 아홉가지 구곡혼(九曲魂)을 담아 가실 수 있습니다.

구곡혼 안내판

쌍기역으로 된 한 글자 낱말 9개를 제시하고, 이를 '구곡혼'이라고 한 발상이 매우 흥미롭다. 이것들은 모두 마음 깊이 간직하고, 성취하기 위해 힘써야 할 일들이다. 일상생활에서 자주 사용

45

하는 쉬운 낱말의 뜻에서 간직하고 지향해야 할 점을 꼬집어 풀이한 것이 매우 신선하게 느껴졌다. 이곳을 찾는 사람들이 구곡폭포의 멋진 풍경과 함께 구곡혼을 마음에 담아가지고 갔으면 좋겠다.

구곡폭포를 본 뒤에 오른쪽 능선 쪽으로 길을 잡아 문배마을로 향했다. 널찍하게 닦아놓은 비탈길을 40여 분 걸어 올라가니, 문배마을이 나왔다. 문배마을은 산의 정상처럼 보이는 곳에 있는 분지(盆地) 마을로, 6·25 전쟁 때 전쟁이 일어난 것도 모르고 살았다는 평화로운 마을이다. 약 66,000㎡ 넓이의 분지인 이 마을은 200여 년 전에 형성되었다. 마을 이름은 산간에 돌배보다는 크고 과수원 배보다는 작은 문배나무가 자생하고 있고, 마을의 생김새가 짐을 가득 실은 배 모양이어서 '문배마을'이라고 하였다. 문폭(구곡폭포의 옛이름)의 뒤쪽에 있는 마을이라는 뜻에서 '문배(文背)마을'이라고 하였다고 하기도 한다. 구한말 춘천 의병장으로 유명한 이 마을의 선비 습재(習齋) 이소응(李昭應, 1852~1930) 선생은 그의 문집에서 구곡폭포를 '문폭'이라 하고, "문배의 샘물은 달고, 토지는 비옥하며 둘러친 산으로 하여 마치 큰 배와 같이 생겼다."고 하였다.

문배마을 어구에는 '자연생태 우수마을'로 인정한 환경부장관의 인증서(2010. 1. 1.~2012. 12. 31.)를 확대하여 올려놓은 안내판이 서 있다. 마을로 들어서자, 길옆에 심어놓은 여러 가지 꽃이 개망초를 비롯한 야생화와 어울려 아름다움을 자랑하고 있다. 아주 조용하고 평화로운 느낌을 주는 마을에는 집 몇 채가 띄엄띄엄 있는데, 모두 식당 간판이 붙어 있다. 각 집에는 주차장은 물론 족구장을 비롯한 작은 운동장과 간이 운동 시설이 보였다. 이로 보아 이곳은 관광객이 많이 찾는 마을로, 우리처럼 잠깐 왔다가는 손님도 있지만, 단체로 와서 친목 도모와 함께 체력 단련을 하는 손님이 많은 곳임을 알 수 있다.

우리는 ㅂ형이 서울에서 소개받았고, 이곳으로 오는 도중에 만난 서울 손님들이 소개한 신씨네 집을 찾아갔다. 야외에 마련된 넓은 마루에 앉아 닭백숙을 주문하고, 서비스로 주는, 칡가루로 부친 전을 안주로, 이 집에서 담갔다는 술을 한 잔씩 마셨다. 우리는 문배마을에서 빚은 술은 '문배주'일 것이라고 하면서, 이 술이 그 이름난 문배주와 관계가 있느냐고 물었다. 젊은 주인은 이곳에 오는 손님들이 이 술을 문배주라고 하지만, 이름난 문배주와는 관계가 없다고 하였다.

문배주는 원래 평양에서 밀·좁쌀·수수를 재료로 하여 만들던 술로, 술의 향기가 문배나무의 과일에서 풍기는 향기와 같다 하여 붙여진 이름이다. 문배주는 1986년에 국가무형문화재로 지정되었다. 2000년 6월 평양에서 남북정상회담이 열렸을 때 김대중 대통령이 김정일 위원장과 건배하여 유명해졌다. 우리는 문배마을에 와서 전통의 문배주를 맛볼 수 없어 아쉽기는 하지만, 문배마을에서 빚은 술이니 이 술이 곧 문배주라며 웃었다.

닭백숙을 기다리는 동안 여행, 건강, 사회문제 등에 관해 이야기를 나누었다. 6·25전쟁이 난 것도 몰랐던 깊은 산속마을, 자연 생태를 지닌 마을에서 먹은 맛있는 닭요리와 유익한 대화는 고갯길을 넘어오느라고 쌓인 피로를 말끔히 날려 주었다.

돌아오는 길에 사방을 찬찬히 둘러보면서, 웅장한 산세(山勢)와 호젓한 산길, 여러 나무와 풀이 잘 어울려 조화를 이루고 있는 풍경에 감탄하였다. 파아란 하늘과 초록빛을 자랑하는 나무들을 번갈아 보면서 70이 넘은 나이에 건강한 몸으로 이런 곳에 올 수 있다는 사실에 감사하였다. 가뭄으로 물이 적어 구곡폭포의 멋진 모습을 보지 못하고 내려오는 길이 아쉬웠지만, 구곡혼을 간직하고 돌아올 수 있어서 흐뭇하였다. 〈2014. 6. 27.〉

인천의 차이나타운과 공원

친구들과 함께 인천 차이나타운에 갔다. 인천 차이나타운은 약 130년 전인 1882년 임오군란 당시 청나라의 군인과 함께 온 40여 명의 군역상인(軍役商人)들이 이 땅에 정착하면서 그 역사가 시작되었다.

지금의 인천시 선린동 일대의 약 $16,500m^2$(5,000평) 토지에 1884년 중국 조계지(租界地)가 생기고, 청나라 영사관도 세워졌다. 여기에 중국의 건축 방식을 본뜬 건물이 많이 세워졌는데, 이것이 '차이나타운'의 시작이다. 1883년에 48명이던 화교(華僑)가 1년 후에는 5배에 가까운 235명으로 늘어났고, 1890년에는 약 1천 명에 이르렀다. 1898년 중국에서 의화단(義和團)의 북청사변(北淸事變)으로 산동성 일대가 전란에 휘말리자, 이 일대의 중국인들이 피난 차 가까운 한국으로 많이 건너왔다. 이들은 주로 인천에 모여 살았으므로, 그때 인천은 서울과 함께 화교들의 양대 세력권이 되었다.

한국의 근대화 과정에서 생겨 발전하면서 상권(商圈)을 형성하고, 한국의 상업과 무역에 영향력을 행사하던 인천 차이나타운은 인천상륙작전 때의 포격으로 거의 파괴되었고, 전쟁 후 화교들은 한국에서 외면을 당하기 시작하였다. 화폐개혁으로 장롱 속에 깊숙이 감춰두었던 돈을 모두 신고해야 했고, 외국인 부동산 소유 제한으로 반세기 이상 가꾸어 온 주안·용현동·부평 일대의 황금 농장이 헐값에 매매되거나, 남의 손으로 넘어가게 되었다. 또 화교들만이 운영할 수 있던 중국음식업체의 경영이 한국인들에게도 허가되었다. 이런 일들이 겹쳐 어려움을 겪던 화교들은 절반 가까이 한국을 떠났다. 그에 따라 차이나타운은 쇠퇴의 길을 걸었다. 이 무렵에 세계 여러 나라의 차이나타운 중에서 쇠퇴한 곳은 한국뿐이라는 말이 떠돌기도 하였다.

21세기에 접어들면서 인천이 중국 교류의 중심도시로 성장하고, 지구촌의 세계화 바람이 일자 이 지역의 역사성과 문화성이 재조명되었다. 그래서 인천 차이나타운은 인천의 새로운 문화와 관광 명소로 떠오르게 되었다. 최근 정부의 지역특화발전특구정책(地域特化發展特區政策)에 따라 인천시와 중구청은 이 지역을 관광특구로 지정하고, 정부 예산과 지자체 예산을 집중 투자하여 본격적인 개발을 하고 있다. 인천 차이나타운의 형성과 번영, 쇠퇴와 부흥 과정은 한국과 중국 두 나라의 정치적·사회적 변화 모습을 축약해 놓은 것과 비슷하다.

인천역 앞의 큰길을 건너가니, 대로를 가로질러 세운 중국식 패루(牌樓)인 '중화가(中華街)'가 우리를 맞아 주었다. 세 개의 패루는 중국식 전통 대문으로, 정교하고 아름다운 건축 양식을 보여주고 있는데, 중국 웨이하이(威海) 시에서 기증한 것이다. 패루를 지나

삼국지 벽화거리

언덕길을 걸어 올라가니, 중국 음식과 상품들을 파는 가게들이 붉
은색 간판을 달고 늘어서 있다. 삼거리에 가자 월병(月餠)과 공갈
빵을 사라고 외치는 소리가 관광객들의 주의를 끌었다. 물건을 파
는 사람들 중에는 한국어를 유창하게 말하는 화교도 있고, 이곳에
온 지 얼마 안 되어 한국어가 서툰 중국인들도 있다.

삼거리에서 왼쪽으로 올라가니, '삼국지벽화거리'가 있다. 이곳
에는 건물 벽에 소설 〈삼국지연의〉 속의 인물인 유비, 관우, 장비,
제갈공명 등의 무용(武勇)과 지모(智謀)를 그린 대형 벽화들이 그려
있다. 150m가량 이어지는 길의 양편 건물 벽에 붙인 타일에 그린
벽화를 보는 순간 소설의 주요 대목이 떠올라 당시로의 시간 여행
을 하는 것 같았다. 차이나타운은 3년 전에 아내와 함께 갔던 곳인

데, 친구들과 다시 방문하여 찬찬히 살펴보니, 감회가 새로웠다.

다시 삼거리로 와서 짜장면박물관 옆에서 북동쪽으로 난 길로 꺾어져 중국문화체험관을 지나 북서쪽으로 난 길을 따라 조금 올라가니, 청·일 조계지(租界地) 쉼터가 나왔다. 조계지는 계단을 기준으로 왼쪽은 청나라, 오른쪽은 일본의 조계지였다. 1883년부터 30여 년간 지속되다가 1910년 경술국치(庚戌國恥) 후 폐지되었다. 중앙부의 계단은 인천광역시 기념물 제51호로 지정되었다. 왼쪽과 오른쪽에 당사국인 중국과 일본 고유 양식의 석등(石燈)을 세워 놓았다. 계단 위쪽에는 공자(孔子) 석상(石像)이 서 있다. 이것들은 역사적 기념물로서의 의미를 담은 것이라 하겠다. 쇄국정책(鎖國政策)을 펴던 조선이 외국의 힘에 밀려 개항(開港)을 하고, 우리 땅을 조계지로 내놓아야 했던 당시의 상황을 생각하니, 마음이 착잡하였다.

차이나타운의 중심거리에 있는 식당 '자금성(紫禁城)'으로 들어가 점심식사를 하였다. 화교인 듯한 아줌마가 권하는 대로 '세트 메뉴'(135,000원)를 시켜 팔보채, 유산슬, 탕수육, 고추잡채와 빵을 먹은 뒤에 짜장면을 먹었다. 음식은 맛도 좋고, 양도 많아 9명이 배불리 먹었다. 중국 산동에서 이곳에 온 지 얼마 안 되어 한국말을 잘 못한다는 예쁜 한족 아가씨의 정성어린 서빙(serving)은 아주 인상적이었다. 중국 음식점의 분위기를 느끼며 중국요리를 맛있게 먹을 수 있어서 좋았다.

옛 조계지 위에 있는 공자상을 지나 응봉산(鷹峰山) 남쪽에 자리 잡고 있는 자유공원에 갔다. 자유공원은 1888년 러시아 측량

청일조계지 쉼터의 공자상   자유공원 맥아더 장군상

기사 사바틴(Sabatin)이 설계하여 만든 우리나라 최고(最古)의 서양
식 공원으로, 서울의 탑골공원(파고다공원)보다 9년 앞선다. 처음에
는 미국·영국·독일 등 각국 조계지 안에 있다 하여 '각국공원(各
國公園)'으로 부르다가 '여러 나라'라는 뜻을 담아 '만국공원(萬國公
園)'이라고 하였다. 1914년 각국 조계지가 폐지되면서 일제는 지금
의 인천여자상업고등학교 자리에 신사(神社)를 세우고, 그곳을 '동
공원(東公園)'이라 하고, 만국공원을 '서공원(西公園)'이라고 하였다.
광복 후에는 다시 만국공원으로 불렀다. 6·25전쟁을 겪고 난 뒤인
1957년 개천절에 이곳에 맥아더 장군 동상을 세우면서 자유공원
으로 명칭을 바꾸어 오늘에 이르고 있다. 공원 이름이 바뀌어 온

내력이 우리나라의 슬픈 역사를 말해주고 있다.

자유공원에서 맥아더장군 동상 앞에 서니, 북의 인민군과 중공군이 점령한 대한민국의 영토를 되찾기 위해 인천상륙작전을 진두지휘한 장군에게 감사하는 마음이 일었다. 당시의 불리한 전세를 역전시켜 대한민국의 운명을 바꿔놓은 장군의 결단과 용기는 두고두고 치하하고 감사해야 마땅하다. 그런데 맥아더 장군의 동상을 철거해야 한다고 주장하는 사람들이 있으니, 참으로 안타깝고 딱한 일이다.

자유공원을 둘러본 뒤 건너편에 있는 월미공원으로 갔다. 월미공원은 나무가 울창한 월미산과 그 자락에 조성되었는데, 면적은 590,000m^2(178,000평)이다. 산 아래 평지에는 한국전통정원, 월미문화관과 한국이민사박물관이 있다. 이곳은 조선시대에는 한양을 지키던 군사기지였고, 개항기에는 외국의 배들이 조선에 들어오기 위해서 머무는 첫 기착지였다. 6·25 전쟁 때에는 인천상륙작전의 첫 상륙 지점이었다. 전쟁 후 50년 동안 군부대가 주둔하다가 2001년에 시민들에게 개방하였다.

인천역에서 월미공원으로 가는 길가에 1950년 9월 15일 인천상륙작전 때 상륙한 지점임을 알리는 비석이 서 있다. 이 비석을 보니, 오래 전에 인천상륙작전을 펼칠 무렵의 긴박했던 장면을 담은 영상을 본 기억이 떠올랐다. 월미공원 정문을 들어서니, 잘 가꾼 국화와 코스모스가 활짝 웃는 얼굴로 맞아 주었다. 인천아시아경기대회에 맞춰 준비한 국화전시회가 열리고 있어서 여러 종류의 국화를 볼 수 있어서 좋았다.

한국전통정원 일부를 둘러본 뒤에 월미산 정상에 있는 전망대로 올라갔다. 전기로 움직이는 '물범 셔틀카'를 타고 올라갈 수도 있지만, 걷는 것이 건강에 좋다는 생각에서 걷는 길을 택했다. 걷는 길에는 아래쪽과 위쪽 두 곳에 나무계단이 설치되어 있다. 아래쪽에 놓인 계단의 첫째 계단 밑에 '건강길 오르기/ 계단 하나에 소모되는 칼로리는 0.15칼로리이고, 수명은 약 4초 늘어납니다.'라고 쓰여 있다. 아래쪽에 놓인 계단을 모두 오르니, '119번째 계단을 올라오셨습니다. 수명이 7분 56초 적립되셨습니다. 칼로리 소모량은 17.85칼로리'라고 쓰여 있다.

아래쪽에 놓인 계단을 다 오른 뒤에 평지를 조금 걷자, 위쪽에 놓인 계단이 나왔다. 위쪽에 놓인 계단은 모두 356계단이므로 계산해 보니, 소모 칼로리는 53.4칼로리이고, 수명은 23분 44초 적립되었다. 모두 475계단을 올라갔으니, 앞의 계산대로 하면 모두 71.25칼로리를 소모하고, 31분 40초의 건강수명을 적립한 셈이다.

계단을 오른 뒤에 포장된 길로 조금 내려가니, 전망대가 있다. 엘리베이터를 타고 전망대에 올라가자, 인천 시가지와 앞바다가 한눈에 보였다. 바다에서 움직이는 배들의 모습을 보니, 활기가 넘쳐나고, 한국의 기운이 전 세계로 뻗어나가는 듯하였다.

내려올 때는 비가 내려 옷이 젖었지만, 월미공원의 울창한 숲속 계단길을 걸어 건강수명을 적립하고, 아름다운 전통정원과 예쁜 국화꽃, 인천항의 활기찬 모습을 보았기에 마음은 뿌듯하였다.

〈2014. 9. 26.〉

소국원

　소국원(小菊院)은 충남 연기군 동면 합강리(세종시 연동면 태산로)에 사는 고향 친구 부인의 당호인데, 지금은 조촐한 음식점 이름으로 더 많이 알려졌다. 금강과 미호강이 만나는 곳이라 하여 지명이 합강리(合江里)인 이곳에 자리잡은 소국원의 경치는 산과 강이 조화를 이루어 빼어나게 아름답다. 소국원 앞에서 북쪽을 보면, 정북(正北)에 황우산(黃牛山) 주봉이 있고, 좌우로 뻗친 이 산의 줄기가 소국원을 감싸고 있다. 남쪽을 보면 집 앞으로 난 길 아래에 금강이 유유히 흐른다. 강 건너 정남(正南)으로 부용산(芙蓉山) 주봉이 보이는데, 동서로 뻗친 이 산의 줄기가 아름다운 모습을 자랑한다. 그래서 소국원 자리를 멀리서 보면, 연꽃이 물위에 떠 있는 모습을 연상하게 한다. 풍수를 아는 사람이 이 자리를 '연화부수형(蓮花浮水形)'이라고 한 것은 이곳의 지형을 잘 드러낸 말이라 하겠다.

　이 친구가 이곳에 와서 자리잡은 것은 몇 년 전의 일이다. 대학을 졸업한 후 서울과 대전에서 직장 생활을 하던 그는 나이가 들면서 모든 것을 정리하고, 조용한 곳에 가서 살고 싶다는 생각을 하게 되었다. 그래서 오래 전부터 적당한 곳을 찾다가 아는 사람의 소개로 이 집을 사서 이사하게 되었다. 조선 시대의 선비들은 고향을 떠나 벼슬살이를 하면서 귀거래(歸去來)를 노래하였으나, 뜻을 이루지 못한 이가 많았다. 요즈음에도 나이 들면서 전원생활을 꿈꾸는 이가 많지만, 여러 가지 사정으로 실행에 옮기지 못하는 이가 많다. 그런데 그는 오래 살던 대전에서 멀지 않고, 고향 홍성과도 그리 멀지 않은 이곳에 와서 꿈을 펼칠 수 있게 되었으니, 실천력이 있는 사람이고, 복 받은 사람이라 하겠다.

그는 처음부터 음식점을 하려고 마음먹고 이곳에 온 것이 아니다. 얼마 안 되는 밭에 철따라 채소를 가꾸고, 집 둘레에 꽃과 과수를 기르며 조용히 살고 싶은 마음뿐이었다. 그런데 이곳에 온 지 얼마 안 되어 부인의 음식 솜씨가 뛰어난 것을 아는 주위 사람들이 그 좋은 솜씨를 묻어두기 아깝다며 권하여 음식점을 열 생각을 하게 되었다. 부인은 키가 그리 크지 않고, 동그스름한 얼굴에 이목구비(耳目口鼻)가 균형 잡힌 미인으로, 지성적이면서도 따스한 인상을 준다. 꽃에 비유하면 작은 국화 같다고나 할까. 그의 집에는 '小菊院'이라고 붓으로 쓴 액자가 걸려 있다. 이것은 그와 가깝게 지내는 분이 부인에게 당호를 지어 주면서 써 준 것이다. 부인의 외모와 개성을 잘 드러내는 당호를 지어준 그분의 통찰력(洞察力)과 안목이 대단하다 하겠다. 그들 부부는 음식점을 열기로 한 뒤에 당호를 지어준 분과 상의하여 '소국원'을 상호로 쓰기로 하였다.

소국원에서 먹을 수 있는 음식은 훈제 오리고기와 민물 새우

찌개 두 가지인데, 훈제 오리를 찾는 사람이 더 많다고 한다. 그곳에서 훈제 오리를 시키면, 부인이 솜씨를 발휘하여 준비한 김치와 나물, 젓갈, 마늘장아찌, 멸치볶음 등 몇 가지 밑반찬과 그가 직접 가꾼 상추, 쑥갓, 깻잎, 풋고추 등 채소를 정갈하게 담아 내온다. 그리고 맵시 있게 자른 훈제 오리고기를 큰 접시에 담아서, 그가 손수 쑥과 몇 가지 채소를 짜서 만든 소스를 겨자와 함께 가져다준다. 보기에도 깔끔하고 맛깔스러워 입에 침이 솟는다. 예쁘게 썰어 놓은 부추, 배, 양파, 당근 등을 소스에 넣었다가 오리 고기와 함께 상추나 깻잎에 싸서 먹으면 정말 맛이 있다. 오리 고기를 탐탁하게 여기지 않던 사람도 맛있다는 감탄사를 연발하며 고기를 먹는다.

소국원은 부부가 직접 운영하는데, 식탁이나 식기 관리, 상차림이 청결하여 위생적이고, 음식 맛이 좋으며, 아주 친절하다. 그는 돈 벌 욕심을 내지 않고, 자기 집을 찾는 손님을 가족처럼 진심으로 대하고, 손님의 건강을 생각한다. 그래서 자기가 가꾸는 채소에 농약을 쓰지 않는다. 채소에 키토산이 좋다는 말을 듣고, 스스로 실험을 해 본 뒤에 비싼 키토산을 거름으로 주어 맛좋은 상추와 배추를 가꾼다. 그래서 한 번 다녀간 사람은 다시 그곳을 찾는다. 그곳은 큰 길에서 2km나 떨어진 산속 강변에 자리 잡고 있어서 그곳에 오는 손님은 한 번 왔던 사람 아니면, 아는 사람의 소개로 찾아가는 사람뿐이다. 그런데도 손님이 끊이지 않는 것은 음식의 맛과 청결과 친절 덕분일 것이다. 당호나 상호에 들어가는 '원' 자를 한자로 쓸 경우에는 '원(園)'이나 '원(苑)'을 쓰는 것이 보통인데, '소국원'은 '원(院)' 자를 쓴다. '원(院)'이란 글자에는 '옛날에 관아(官衙)에서 돈 없는 사람을 위해 무료로 운영하던 숙소'의 뜻이 들어 있다. 그는 소국원을 무료로 운영하지는 못하지만, 상호에 담긴 뜻을 살려 친절과 봉사의 정신을 가지고 운영한다고 한다.

내가 근무하는 한국교원대학교에서 소국원은 15km 정도 떨어져 있어서 점심시간이나 바쁠 때는 가지 못하지만, 시간이 좀 자유스러운 저녁 시간에는 가끔 찾는다. 내가 찾아가면 친구가 달려 나와 손을 잡고, 잔잔한 미소를 머금은 아주머니가 뒤따라 나와서 공손히 인사하며 나를 맞아준다. 나는 방으로 먼저 들어가지 않고, 집 둘레에 있는 화단의 꽃과 나무, 채소밭을 둘러본다. 친구의 자상한 손길과 땀을 먹으며 자란 꽃과 나무, 채소를 보고 있으면 계절의 변화와 함께 고향의 정취를 느끼게 된다. 그는 바쁜 일이 없으면 나와 함께 화단과 채소밭 가를 거닐며 그동안 있었던 일, 다른 친구를 만났던 이야기를 한다. 그럴 때는 아련한 추억이 되어 버린 어린 시절 고향의 일들이 떠오르곤 한다.

집 둘레를 살펴본 뒤에는 함께 간 사람들과 야외용 식탁 앞의 의자에 앉아 시원한 음료와 맥주를 마시며 주변의 경관을 감상한다. 그때는 논문을 쓰다가 풀리지 않아 골똘하던 문제나 어떠어떠한 일을 해야 한다는 긴박감에서도 해방되고, 힘들고 복잡한 일로 짜증스럽던 감정도 누그러진다. 방으로 들어가 아주머니의 정성과 솜씨가 담긴 김치, 된장찌개, 젓갈, 나물, 장아찌 등을 먹을 때는 어린 시절에 즐기던 고향의 맛을 느끼게 된다. 친구가 기른 상추, 쑥갓, 시금치, 마늘, 고추 등을 먹을 때는 어린 시절에 내가 그것을 직접 가꿔서 온 가족이 함께 먹던 일이 생각나기도 한다.

내가 함께 간 사람들과 어울려 화제의 꽃을 피울 때쯤 친구는 쑥의 효소를 섞어 만든 '쑥술'을 가져와 일행에게 한 잔씩 권하며 잠깐씩 우리의 화제에 끼기도 한다. 일행 중에 처음 간 손님이 있어도, 그의 말과 행동이 소박하고 진솔하여 부담감을 주지 않는다. 그래서 처음 갔던 사람이 다시 갔을 때는 그에게 친근감을 느끼게 된다. 나는 그의 언행을 보면서, 사람을 대할 때 예의를 지키며 소박하고 진실하게 대하면 곧 친근감을 느끼게 된다는 것을 새삼 느끼곤 한다.

얼마 전부터 그는 앞치마를 두르고 주방 일을 한다. 주방 일을 도와주던 아주머니가 오지 않아 부인 혼자 하는 주방 일을 돕기 위해 시작한 일인데, 자꾸 하다 보니 요령도 터득하였고, 일하는 재미도 느끼게 되었다고 한다. 요즈음에는 일하는 아주머니를 승용차로 아침에 모셔오고, 저녁에 모셔다 드리며 받들어 모시느라 속 썩는 것보다 직접 일하는 것이 낫다는 생각에서 주방 일을 열심히 한다고 한다. 처음에는 손님이 오면, 앞치마를 벗고 밖으로 나오기도 하고, 일부러 모른 체하기도 하였는데, 요즈음에는 생각이 바뀌어 주방 일과 손님 시중에 재미와 보람을 느낀다고 한다. 그가 이렇게 일하는 것을 보고, 장교로 군복무를 마치고 대학원을 다니는 아들과 대학에 다니는 딸도 집에만 오면 주방의 일과 손님 시중에 정성을 다한다.

며칠 전, 아내와 함께 그곳을 찾았을 때, 그는 그동안의 일을 이야기하며 이렇게 말했다. 자기 집에 오는 손님은 주로 점잖고 교양 있는 분들이어서 손님들을 접대하며 시중들다 보니, 자기도 교양이 높아져서 직장 생활할 때보다 격상된 느낌이라고 하였다. 이 말을 들은 내가 그동안 수양 많이 했다고 하자, 그는 웃으며 지금의 생활에 만족하고 있으며, 왜 진작 이런 생활을 찾지 못했나 하는 생각을 한다고 하였다.

그의 화단에는 국화가 많이 있는데, 잔뿌리와 줄기를 잘라 여기저기에 심고 있다. 상호가 소국원이니, 소국이 만발한 집을 만들겠다는 생각에서다. 가을이 되면 색색의 예쁜 국화꽃이 소국원을 감싸며 아름다움을 자랑할 것이다. 무럭무럭 자라는 국화처럼 그의 행복도 무럭무럭 자라 활짝 피기를 간절히 바란다.

〈충청문학 11, 서울 : 충청문인협회, 2000. 10.〉

국립서울현충원 참배

    며칠 전 교일산우회 남부모임 회원 7명과 함께 서울시 동작구 현충로에 자리한 국립서울현충원을 찾았다. 이날 현충원을 찾은 것은 순국선열(殉國先烈)과 호국영령(護國英靈)이 영면(永眠)해 계신 국립현충원에 참배(參拜)하면서 이분들의 나라를 위해 헌신한 뜻을 기리고, 묘역 전체를 한 바퀴 돌면 산행의 효과도 거둘 수 있을 것이라는 생각에서였다. 아주 오래 전에 다녀온 뒤 최근에는 가지 못하였으므로, 조금 죄송스런 마음을 안고 갔다.

    우리는 현충원 정문 안 종합민원실 뒤편의 쉼터에서 만나 겨레 얼마당을 지나 현충문 앞으로 갔다. 먼저 현충문 왼쪽에 있는 학도의용군 무명용사탑과 오른쪽에 있는 육탄10용사비를 살펴보았다. 그리고 그 옆에 있는 호국종(護國鐘)을 살펴본 뒤에 장병묘역(將兵墓域)으로 갔다. 장병묘역에는 나라를 위해 싸우다가 숨진 많은 장병의 계급과 이름이 적힌 비석이 가지런히 서 있다. 1번 묘역을 지나 2번 묘역에 가니, 장병들의 비석 앞에 채명신 장군의 묘비가 보였다.

채명신 장군은 5·16군사정변에 가담하였으나 정치에 뜻을 두지 않고 군으로 돌아가 군인으로서의 책무를 다하던 중 1965년 8월부터 3년 8개월간 초대 주월한국군사령관 겸 맹호부대장으로 근무하면서 큰 공을 세웠다. 그는 부하 장교와 병사를 사랑하는 마음이 유별하여 많은 장병의 존경과 사랑을 받았다. 그는 박정희 대통령의 10월 유신에 반대하였으므로, 대장으로 진급하지 못하고 전역하였다. 그 뒤에 스페인·그리스·브라질 대사를 지냈다. 그는 장군묘역에 묻힐 수 있는 충분한 자격을 갖추고 있었음에도 "계급은 다르지만 생사고락(生死苦樂)을 같이 했던 전우들 곁에 묻히고 싶다."는 유언에 따라 장병 묘역에 안장되었다. 그는 '살아서는 전쟁영웅, 죽어서는 참군인'으로 추앙받는 분이다. 우리는 채명신 장군의 묘비 앞에 일렬로 서서 거수경례로 추모의 뜻을 표하였다. 채 장군이 주월한국군사령관일 때에 월남에서 사병으로 근무한 ○형은 추모의 마음이 훨씬 더 깊었을 것이다.

우리는 경찰충혼탑, 임정묘역(臨政墓域), 대한독립군무명용사 위령탑을 지나 장군묘역을 둘러보고, 맨 위쪽에 자리잡은 박정희 대통령 묘소를 참배하였다. 박정희 대통령은 1917년 11월 14일 경북 선산에서 출생했다. 1963년 대한민국 제5대 대통령에 취임해 연이어 제9대 대통령까지 역임하면서 수차례에 걸친 5개년 경제개발계획을 성공적으로 추진하여 산업입국(産業立國)을 다졌다. 그리고 근면·자조·협동을 기본정신으로 한 새마을운동을 범국민적으로 전개하여 가난을 극복하고, '하면 된다'는 국민적 자신감을 일깨웠다. 그래서 우리 조국의 근대화와 산업화를 이룩하여 대한

채명신 장군묘   이승만 대통령묘

민국 선진화의 기반을 구축했다. 또 오늘날 우리 국군의 현대화를
위한 율곡계획을 집념 있게 추진하여 국방력 증강 및 자주국방의
기틀을 다지는 데 크게 기여하였다. 1979년 10월 26일 서거하여
11월 3일 국장(國葬)으로 국립서울현충원에 안장되었다.

　박정희 대통령 봉분 옆에는 영부인 육영수 여사의 봉분이 있다.
1925년 11월 29일 충북 옥천에서 출생한 육영수 여사는 영부인이
된 뒤 각종 사회사업과 육영사업에 앞장섰다. 1974년 8월 15일 광
복절 기념식 중 북한의 사주(使嗾)를 받은 문세광의 저격(狙擊)으로
서거(逝去)하여 8월 19일 국민장으로 이곳에 안장되었다. 나는 박
정희 대통령 묘소를 참배하고 내려오면서 박정희 대통령의 나라
를 위한 충정과 경제 발전을 이룩한 공로는 인정하지 않고 독재자
로만 보는 시각이 만연(蔓延)해 있는 현실을 개탄하였다.

　우리는 내려오면서 김대중 대통령의 묘소를 참배하였다. 김
대중 대통령은 1924년 1월 6일 전남 신안 하의도에서 출생하여

박정희 대통령묘   김대중 대통령묘

1961년 민의원, 1963년 제6대 국회의원을 시작으로, 7·8·13·14
대 국회의원을 역임하였다. 세 번의 대통령 선거 패배를 딛고
1997년 대통령선거에 당선되어 1998년 2월 25일 대한민국 제15
대 대통령으로 취임하였다. 오랜 기간의 정치적 역경(逆境)에도 민
주주의와 자유, 평화를 이 땅에 정착시킨다는 일념으로 헌신했다.
취임 후 1997년부터 시작된 외환위기(外換危機)의 극복을 위해 금
융·기업·공공·노동 4대 분야 개혁을 단행하고, 정보화정책을 적
극 추진하여 우리나라를 선진국으로 발전시켰다. 또한 국민기초
생활보장과 자율적 문화정책을 통해 우리나라를 복지, 문화국가
가 되게 했다.

2000년 6월에는 분단 55년 만에 처음으로 남북정상회담을 하
여 한반도에 평화를 정착시켰다. 그해 12월에는 민주주의, 인권,
평화에 헌신한 공로로 노벨평화상을 수상하였다. 2009년 8월 18
일 서거하여 8월 23일 국장으로 이곳에 안장되었다. 나는 김 대통

령 묘소에 참배하고 내려오면서 김 대통령이 많은 실적을 남겼지만, 도를 넘은 햇볕정책으로 우리 사회에 많은 부작용을 남겨 놓았다는 점에서 비판을 받고 있는 것이 안타까웠다.

우리는 김 대통령의 묘소를 참배하고 내려오다가 이승만 대통령의 묘소에 참배하였다. 이승만 대통령은 1875년 3월 26일 황해도 평산 출신으로 일제강점기에 서재필 박사와 함께 독립협회를 조직해 독립사상을 고취하고, 민족계몽에 앞장섰다. 1919년 3·1운동 이후에 상해 임시정부 초대 대통령을 역임하고, 미국으로 건너가 항일투쟁 외교활동을 펼치던 중 광복이 되자 귀국하여, 1948년 제헌국회의장과 대한민국 초대 대통령이 되었다. 이 대통령은 해방 직후의 혼돈(混沌)을 극복하고, 자유민주국가로서의 대한민국의 기틀을 다졌다. 6·25전쟁의 국난을 극복하고 인도적 차원에서 반공포로를 석방하였으며, '한미상호방위조약'을 체결하여 한미동맹을 구축하였다. 그러나 4·19민주혁명으로 대통령직에서 하야(下野)한 뒤 하와이에서 생활하다 1965년 7월 19일 서거하였다. 같은 해 7월 27일 가족장으로 영결식을 거행하고 국립서울현충원에 안장되었다. 이 대통령은 국립묘지에 최초로 안장된 국가원수이다.

이 대통령의 영부인 프란체스카 도너 리 여사는 이 대통령과 합장되었다. 1900년 6월 15일 오스트리아 빈에서 출생한 프란체스카 여사는 1933년 스위스 제네바에서 열린 국제연맹회의에 대한민국 임시정부 대표로 참석한 이승만 전 대통령을 만나 1934년 10월 8일 뉴욕시에서 결혼하고, 1948년 영부인이 되었다. 1992년

3월 19일 이화장에서 향년(享年) 93세로 서거하여 3월 23일 가족장으로 이곳에 합장되었다. 이 대통령의 묘소를 참배하고 내려오면서 이 대통령이 대한민국 건국과 국가의 기틀을 다진 공(功)은 속으로 묻히고, 독재자로만 매도(罵倒)되고 있는 현실이 참으로 안타깝게 생각되었다.

나는 이어지는 장병 묘역을 지나 정문 쪽으로 내려오면서 두 가지 생각을 하였다. 하나는 우리 모두 나라를 위해 목숨을 바친 애국선열과 호국영령들이 지녔던 애국 충정을 잊지 말아야겠다. 다른 하나는 전직 대통령에 대한 인식이나 평가가 바람직한 방향으로 바뀌었으면 좋겠다. 지금 우리나라에서는 이곳에 계신 세 분 대통령에 대한 인식이나 평가가 극단적인 대립을 보이고 있다. 세 분 대통령은 재직할 때 잘한 일도 있고, 잘못한 일도 있다. 잘한 일만을 확대하여 잘못한 일을 덮으려는 것도, 잘못한 일만을 확대하여 잘한 일을 폄훼(貶毁)하는 것도 올바른 태도가 아니라 생각한다. 공(功)은 공대로 인정하고 치하하면서 과(過)는 과대로 지적하고 비판하는 태도를 갖는 것이 우리나라의 장래를 위해서도 올바른 태도일 것이다. 나는 터키에 있을 때 전 국민이 아타튀르크 대통령을 국부(國父)로 추앙(推仰)하고 있는 것을 보고 몹시 부러워한 적이 있다. 우리나라에서도 온 국민이 추앙하는 대통령이 속히 나오기를 바라는데, 이 마음이 지나친 기대가 아니었으면 좋겠다.

〈2014. 7. 18.〉

서삼릉과 조선의 능제陵制

친구들과 함께 경기도 고양시 덕양구 서삼릉길에 있는 서삼릉 (西三陵)에 갔다. 서삼릉은 조선 제11대 중종(中宗)의 제1계비 장경왕후(章敬王后) 윤씨를 모신 희릉(禧陵), 제12대 인종(仁宗)과 그의 비 인성왕후(仁聖王后) 박씨를 모신 효릉(孝陵), 제25대 철종(哲宗)과 그의 비 철인왕후(哲仁王后) 강씨를 모신 예릉(睿陵)이 있는 곳이다. 대궐의 서쪽에 있는 세 능이라 하여 '서삼릉'이라 하였다.

우리는 희릉 앞에서 문화재 해설사로부터 중종이 연산군을 쫓아낸 반정공신들의 추대로 왕위에 오르는 과정, 반정공신들의 주청으로 정비(正妃)인 단경황후(端敬王后)를 폐위하고, 제1계비인 장경왕후 윤씨를 맞아들인 일, 장경왕후가 인종을 낳고 산후병으로 별세하여 이곳에 묻힌 일 등에 대한 설명을 들었다. 그리고 조선시대의 능제(陵制)에 대한 해설도 들었다.

희릉은 봉분에 병풍석(屛風石)이 없고 난간석(欄干石)만 두른 단릉(單陵)으로, 조선 전기의 능제를 충실히 따르고 있다. 봉분에는 곡장(曲墻)이 둘러 있고, 석양(石羊)과 석호(石虎)가 봉분을 호위하고 있다. 봉분 앞에는 혼유석(魂遊石)과 망주석(望柱石), 장명등(長明燈), 문인석(文人石), 무인석(武人石), 석양(石羊), 석호(石虎) 등이 배치되어 있다. 능원(陵園) 아래에는 부속건물인 정자각(丁字閣), 비각(碑閣), 제향(祭享) 후 축문을 태우는 예감(瘞坎), 능을 출입할 때 참배하는 곳인 배위(拜位), 홍살문이 있다.

우리는 예릉으로 가서 해설사로부터 초야에 묻혀 지내던 강화 도령이 조선 제25대 철종으로 등극(登極)한 일과 재위 기간에 안동 김씨의 세도(勢道)로 국정을 바로잡지 못한 일, 철인왕후 김씨가 책봉되어 원자를 낳았으나 곧 죽고 홀로 지내다가 이곳에 안장된 일 등에 대한 설명을 들었다. 능제는 봉분을 난간석으로 연결한 쌍릉(雙陵)이다. 봉분 앞의 시설물은 희릉과 비슷하다.

왕릉에서 쓰는 말이나 시설물의 명칭은 전부터 알고 있는 것도 있지만, 잘 모르는 것도 있었다. 예릉을 보면서 해설사의 설명과 능 앞에 세워놓은 안내문을 참고로 이를 대강 정리해 본다. 봉분(封墳)은 능의 주인이 잠들어 있는 곳으로, 능침(陵寢)이라고도 한다. 봉분을 보호하기 위해 삼면으로 둘러놓은 담장을 곡장(曲墻)이라고 한다. 곡장은 무덤의 기운이 밖으로 나가는 것을 막기 위한 것인데, 8마리의 석수(石獸)가 곡장을 향해 서 있다. 석수는 산양과 호랑이이다. 산양은 전에 중국에서 호랑이보다 더 무서워하는 짐승이었으므로, 지하의 사기(邪氣)를 막으라는 뜻에서, 호랑이는 지상의 사기를 막으라는 뜻에서 세운 것이다.

왕릉의 봉분 앞에는 직사각형의 돌이 놓여 있는데, 이를 혼유석(魂遊石)이라고 한다. 일반인의 묘에서는 상석(床石)이라고 하여 제물을 차려놓지만, 왕릉은 정자각(丁字閣)에서 제를 올리므로, 혼령이 앉아 노는 곳이라 하여 이렇게 부른다. 혼유석은 북 모양의 돌 4개로 고였는데, 이를 고석(鼓石) 또는 북석(북돌)이라고 한다. 고석은 귀면(鬼面)으로 되어 있는데, 이는 벽사(辟邪)의 의미를 담고 있다. 봉분의 좌우측에 하나씩 돌 받침 위에 여덟모가 난 기둥 모양의 망주석(望柱石)이 있다. 혼유석 앞에는 석등(石燈)이 있는데, 이를 장명등(長明燈)이라고 한다. 이것은 돌아가신 분의 장생발복(長生發福)을 기원하는 뜻에서 세운 것이다. 예릉의 장명등은 문인석과 무인석보다 더 앞으로 나가 있어 다른 왕릉과 다르다. 이것은 풍수지리설로 볼 때 예릉이 배의 형국이어서 장명등을 앞으로 내

제25대 철종(哲宗)과 철인왕후(哲仁王后) 강씨를 모신 예릉(睿陵)

어 돛대의 역할을 하면서 균형을 잡도록 하기 위한 것이라 한다.

혼유석 앞 장명등 좌우에는 문인석과 무인석이 서 있다. 문인석은 두 손으로 홀(忽)을 쥔 자세로, 무인석은 두 손으로 장검을 짚고 위엄 있는 자세로 서 있다. 문인석과 무인석은 왕릉에만 있는데, 문인석이 봉분 가까이 있다. 이것은 문(文)을 무(武)보다 중히 여기는 의식의 소산이다. 문인석과 무인석은 각각 석마(石馬)를 데리고 있다. 임금을 모시고 어디든지 갈 준비를 하고 있음을 드러내는 것이리라.

봉분 아래에는 정자각이 있다. 이곳은 제향을 올리는 곳으로, 황릉(皇陵)은 일 자(一字) 모양의 일자각을, 왕릉은 정 자(丁字) 모양의 정자각을 세웠다. 일자각이나 정자각의 오른쪽에 비각이 있는데, 비석이나 신도비(神道碑)를 안치하였다. 신도비는 능 주인의 생전의 업적을 기록하여 세우는 비석이다. 정자각을 오르는 계단은 동쪽과 서쪽에 있다. 동계(東階)는 왕·제관(祭官)이 오르내리는 계단으로, 오른 발을 먼저 내딛는다. 서계(西階)는 축관이 축문을 태우기 위해 오르내리는 계단으로, 왼 발을 먼저 내딛는다. 정자각 서쪽에는 제향을 올린 뒤에 축문을 태우는 곳이 있는데, 이를 예감이라고 한다. 정자각과 봉분 사이에 작은 골을 만들고 놓은 다리는 신교(神橋)라고 한다.

왕릉 앞에는 신성한 지역임을 알리는 홍살문이 있다. 붉은 칠을 한 둥근 기둥 두 개를 세우고, 위에는 살을 박아 놓았는데, 홍문(紅門) 또는 홍전문(紅箭門)이라고도 한다. 홍살문 옆에 한 평 정도의 땅에 돌을 깔아놓은 곳이 있다. 이곳은 왕이나 제관이 능을 향하여 4배를 하는 곳이다. 이곳을 판위(版位) 또는 어배석(御拜石), 망릉위(望陵位)라고도 한다.

홍살문에서 정자각까지 가는 곧은 길은 참도(參道)이다. 좀 높은 길은 신도(神道)로 신위를 모신 제관이 가는 길이고, 좀 낮은 길은 어도(御道)로 임금이 들어가는 길이다. 철종의 능에는 참도가 셋이다. 이것은 철종을 황제로 추존하였기 때문에 황릉의 능제를 따른 것이다. 황릉의 경우, 가운데 높은 길은 신도이고, 오른쪽은 황제가, 왼쪽은 황태자가 들어가는 길이라고 한다. 참도에는 박석(薄石, 얇고 넓은 돌)을 깔아놓았는데, 면이 곱지 않고 울퉁불퉁하다. 이것은 길바닥을 울퉁불퉁하게 하여 조심스레 걷도록 하려는 뜻과 함께 바닥에 곱게 간 돌을 깔아 햇빛이 반사하여 왕의 눈을 피로하게 하는 것을 막기 위한 것이라고 한다. 참으로 세심한 배려라 하겠다.

왕릉 앞에는 금천(禁川)이라고 하는 작은 내가 있다. 그 위에 놓은 작은 다리를 금천교(禁川橋)라고 한다. 이 다리를 중심으로 외부 공간은 속세이고, 내부 공간은 선왕의 영혼이 머무는 성역(聖域)이다.

왕릉 둘레에는 소나무, 오리나무 등을 심었다. 두 종류의 나무를 심은 데에는 나름의 뜻이 있다. 소나무는 상록수로 '절개(節槪)', '장수(長壽)', '번영(繁榮)'의 상징적 의미를 지니고 있다. 또 벌레들이 싫어하는 피톤치드를 발생하여 벌레들을 막음으로써 시신이 깨끗이 썩도록 하려는 실용적 의미도 있다. 오리나무는 습기를 좋아하여 습기를 잘 빨아들임으로써 땅이 습해지는 것을 막기 위해

서이다. 왕릉 둘레에 나무의 특성을 고려하여 심은 선인들의 지혜와 정성이 놀랍다.

희릉과 의릉을 관람한 뒤에는 조선 영조(英祖)의 아들 장조(莊祖, 사도세자)의 제1자 의소세손(懿昭世孫, 1750~1752)의 묘소인 의령원(懿寧園), 조선 정조의 아들 문효세자(1782~1786)의 묘인 효창원(孝昌園)을 관람하였다. 의령원은 서대문구 북아현동 중앙여고 안에 있던 것을 1949년에 옮긴 것이고, 효창원은 용산구 청파동 효창공원에 있던 것을 일제강점기인 1944년에 이곳으로 옮긴 것이다.

서삼릉에는 조선 12대 인종(仁宗)과 그의 비 인성왕후(仁聖王后)의 능인 효릉(孝陵)이 있다. 이곳은 비공개 지역이어서 관람하지 못했다. 조선 제16대 인조의 맏아들 소현세자의 묘소인 소경원(昭慶園) 역시 비공개 지역이어서 보지 못하였다. 이곳에는 폐비 윤씨의 묘, 후궁들의 묘, 왕자와 공주의 묘가 있고, 태실(胎室)도 있다. 태실은 전국에 흩어져 있던 것을 일제강점기에 일제가 한 곳에 있어야 잘 관리할 수 있다는 명분으로 이곳으로 옮겨 놓았다. 왕자의 태실은 왕자가 태어났을 때 좋은 자리를 골라 묻은 것이다. 일제는 명당(明堂)에 묻혀 있는 태(胎)의 후손 중에 큰 인물이 나지 못하게 하고, 태와 함께 묻은 귀중품을 발굴하려는 속셈에서 이러한 만행(蠻行)을 저질렀다. 이때 비석을 훼손하였을 뿐만 아니라 비석에 일본의 연호를 새겨 넣기도 하였다. 이런 아픈 역사의 현장을 보고 싶었는데, 비공개 지역이어서 보지 못하였다. 후일을 기약하고 아쉬운 마음을 안고 발길을 돌렸다.

서삼릉을 보면서 왕릉에 세운 시설물 하나하나에 깊은 의미가 담겨 있고, 나무를 심을 때에도 나무의 특성과 상징적 의미를 고려하여 심었음을 알았다. 왕릉에는 왕을 비롯한 상류층의 문화적 의식과 상징체계가 압축되어 있는데, 과학적 지식과 혼융(混融)되어 세심하고 섬세하게 반영되어 있다. 조선시대 왕릉은 모두 42기로, 40기는 남한에, 2기는 북한 지역에 있다. 유네스코에서는 2009년에 조선왕릉을 세계문화유산으로 지정하였다. 이런 문화유산을 가진 것이 참으로 자랑스럽다. 〈2014. 4. 18.〉

심청각이 우상인가

〈심청전〉은 〈춘향전〉과 함께 많은 독자에게 널리 읽혀졌던 고소설 중의 하나로, 우리 민족의 문학 생활과 밀접한 관련을 맺어온 훌륭한 작품이다. 〈심청전〉이 허구적으로 구성한 소설 작품이기는 하지만, 이 작품이 어느 곳을 배경으로 한 작품일까를 알아보는 일은 이 작품의 바른 이해를 위해서나, 선인(先人)들의 깊은 정신을 이해하기 위해 아주 중요하다.

인천광역시 옹진군 백령면에 있는 섬 백령도 부근에는 아버지의 눈을 뜨게 하려고 공양미 300석에 몸을 판 심청이 용왕에게 바치는 제물로 몸을 던졌다는 '인당수'와 심청이 용궁에서 타고 온 연꽃이 걸려 있었다는 전설을 간직한 '연봉바위'가 있다. 그래서 〈심청전〉의 발상지가 백령도라는 말이 오래 전부터 전해 온다. 〈심청전〉의 배경이 되는 곳이 과연 백령도인가는 고증해 보아야 한다. 고증 결과 그것이 어느 정도 타당성이 있는 것이라면, 거기에 우리의 훌륭한 문학유산인 〈심청전〉 관련 기념물을 세워 기념하는 한편, 효의 교육장으로 활용하는 방안을 검토해 볼 필요가

심청이 몸을 던진 '인당수'와 용궁에서 타고 온 연꽃이 걸려 있었다는 '연봉바위'가 바라다 보이는 곳에 세운 심청각

있다.

지난해 12월에는 백령도에 '심청각(沈淸閣)'을 세운다는 기사가 여러 일간지에 실렸다. 인천광역시에서는 이를 위한 예산 10억을 배정하였다는 소식이 함께 실려 있었으므로, 많은 사람이 뜻깊은 일이라 하여 기뻐하였다. 그런데 이 일을 추진하는 데에 문제가 생겨 관계자들이 어려움을 겪고 있다고 한다.

옹진군청에서는 이 일의 기초가 되는 〈심청전〉 발상지 고증 문제를 매듭지었다. 그리고 심청각을 비롯한 심청 기념물을 설치하려던 차에 '백령도 기독교연합회' 명의의 진정서가 관계 기관에 전달되어 담당자가 어려움을 겪고 있다고 한다. 진정서에는 심청각 건립이 사라져가는 샤머니즘 문화의 정착이고, 허구적인 이야

심청각 옆에 세운 효녀상

기이므로 반대한다는 등의 여러 조항이 있다. 또 백령도의 교통 문제, 관광지로 개발하는 데에 따른 문제점을 지적하였다. 행정적인 문제는 제외하고, 〈심청전〉의 바른 이해와 관련되는 문제에 관해서만 생각해 본다.

'심청각'이 우리 기억 속에서 사라져가는 샤머니즘 문화를 정착시키는 결과를 초래할 것이라는 우려가 있다. 〈심청전〉은 여러 종류의 필사본(筆寫本)이 전해올 뿐만 아니라, 판각본(板刻本)·활자본으로 여러 차례 간행되었다. 이 작품은 한국인의 사랑을 받으며 판소리로 불려지고 있으며, 영화화한 작품이 관객들에게 큰 감동을 주기도 하였다. 최근에는 번역되어 외국에 소개되고 있으며, 〈오페라 심청전〉이 외국에서 공연되어 절찬을 받기도 하였다.

이처럼 〈심청전〉은 한국인뿐만 아니라 외국인에게까지 감동을 주었다. 그것은 아버지를 위하여 자기 몸을 희생하는 심청의 지극한 효심이 동서양의 구별 없이 이 작품을 감상하는 독자나 관객들에게 깊은 감동을 주었기 때문이다.

백령도가 〈심청전〉의 발상지라는 것이 어느 정도 밝혀지면, '심청각'을 세워 기념하자는 의견이 전부터 현지 주민들 사이에 있었다고 한다. 이것은 아주 자연스럽고도, 당연한 것이라 생각한다. 심청각을 어떤 형태로, 어떻게 세우는가 하는 것은 이 일이 실천 단계에 들어갔을 때 깊이 있게 검토해야 할 일이기는 하지만, 그곳에 〈심청전〉의 내용을 소개하는 그림과 함께 심청의 초상화를 그려 붙이는 방안도 검토될 수 있을 것이다. 초상화는 소설작품 속에 표현된 심청의 모습을 형상화하여 그리는 것으로, 작품 속에 나오는 심청의 이미지를 구체적으로 표현하여 강한 감동을 주자는 뜻이라 생각한다. 이것을 '우상숭배'로 보아 '샤머니즘 문화의 정착'이라고 하는 것은 한국의 문학이나 문화를 종교와 혼동하는 데서 온 것이라 생각한다.

전북 남원의 광한루는 〈춘향전〉의 배경이 된 곳으로 널리 알려짐으로써 그곳을 찾는 사람의 발길이 끊이지 않는다. 그곳에는 '춘향각(春香閣)'이 있고, 그 안에는 춘향의 화상(畵像)이 있다. 그런데 그곳을 찾는 사람들은 춘향각을 하나의 문학적 기념물로 관람하면서 작품에 나타나는 춘향의 모습을 어떻게 형상화하여 그렸는가에 관심을 가질 뿐이지, 이를 종교적 심성이나 의식을 가지고 보지 않는다. 수학여행이나 국문학 유적지 답사 때 중·고등학교 학생을 인솔하고 춘향각에 갔던 교사나 대학생들과 함께 춘향각을 찾은 적이 있는 교수들은 이러한 점을 누구보다도 잘 알고 있다. 이곳을 찾는 일반인 역시 같은 생각일 것이다.

전설이나 동화, 소설 작품의 발상지로 꼽히는 곳에 기념물을 세우고 기념하는 예는 국내외에 많이 있다. 남원의 광한루는 말할 것도 없고, 전북 임실군 오수면 오수리에는 주인을 살리기 위해 있는 힘을 다하다가 죽은 개를 기리는 개의 동상과 의견비각(義犬碑閣)이 있다. 최근 중국에서는 소설 〈삼국지연의〉의 영화촬영 세트를 모두 반영구적인 것으로 만들어 놓고, 이를 보존하면서 세계적인 관광 명소로 선전하고 있다. 서양의 각국에서도 명작 소설의 작가와 작품의 배경이 된 곳에 여러 가지 기념물을 만들어 놓았는데, 이런 곳이 관광의 명소로 꼽히고 있다.

허구적인 소설이나 전설을 사실처럼 꾸며 교육의 소재로 삼는 것은 바람직하지 않다는 주장에 대하여 살펴본다. 설화나 소설은 실제로 있었던 사실의 기록이 아니라, 문학적으로 꾸며낸 이야기이다. 그러나 그 이야기 속에는 그것을 꾸며냈거나, 즐긴 사람들의 꿈과 낭만, 웃음과 재치, 생활을 통해서 얻은 지혜와 용기, 소중하게 생각하는 가치와 교훈 등이 형상화되어 있다. 그래서 이것에서 즐거움을 느끼는 한편, 세상을 살아가는 지혜와 교훈을 얻기도 한다. 이것이 문학의 본질이며 기능(機能)인 것이다. 심청각이나 심청기념관을 건립하자는 것은 〈심청전〉이라는 소설 작품의 내용을 바르게 이해하고, 작품이 가진 가치관이나 교훈을 효과적으로 전하는 데에 뜻이 있는 것이다. 그러므로 그 내용이 사실이냐 아니냐는 문제가 되지 않는 것이다.

〈심청전〉의 내용은 부모를 위해서라면 자식이 희생되어도 좋다는 논리를 강조하므로 안 된다는 주장에 대하여 살펴보겠다. 한국인은 일찍부터 효(孝)에 최고의 가치를 부여하고, 효를 실천해야 하는 최고의 덕목으로 생각하는 효지상주의적 사고(孝至上主義的思考)를 지녔다. 그래서 효의 성취를 위해 자기 자신이나 자식을 희생하는 희생효(犧牲孝) 설화나 소설이 많이 만들어졌다. 그런데 이들 작품 속에서는 주인공이 효의 성취를 위해 자기 자신이나 자식을 희생하면, 이에 감동한 사람이나 동물 또는 천지신명(天地神明)이 감동하여 주인공을 돕는 이적(異蹟)이 일어난다. 그래서 주인공은 효를 성취함은 물론, 복을 받아 행복을 얻게 된다. 이런 희생효 설화나 소설은 많은 사람의 사랑을 받으며 전해 오면서, 효관념(孝觀念) 강화의 기능을 해 왔다. 〈심청전〉에서 아버지를 위해 자기를 희생하기까지 한 심청이 옥황상제와 용왕과 부처님의 도움으로 다시 살아나 황후가 되고, 눈뜬 아버지와 행복하게 산 것은 이런 한국인의 심성과 문학적 전통을 바탕으로 한 것이다.

〈심청전〉은 자기 몸을 희생해서라도 효도를 하겠다는 효심을 가지고 노력하는 사람은 복을 받는다는 것을 강조하는 데에 뜻을 두고 있는 작품이지, 부모를 위해서는 자식이 희생되어도 좋다는 논리를 강조하는 작품이 아니다. 이 작품이 부모를 위해 자식을 희생해도 좋다는 논리를 강조하는 것으로 보는 것은 이 작품을 전체적으로 보지 못하고, 한 부분만을 보는 데서 연유된 것이라 생각한다.

사람을 사서 제물로 삼는다는 것이 마치 인신매매를 허용하는 것과 같다는 주장에 대하여 살펴보겠다. 아주 오랜 옛날에는 신에게 제사를 지낼 때 사람을 제물로 바치는 풍습이 있었다. 이것은 후대로 내려오면서 양이나 돼지와 같은 동물을 대신 바치는 것으로 바뀌었다. 사람을 제물로 바치는 풍습은 일찍이 없어졌지만, 이를 소재로 한 설화는 우리나라는 물론 외국에도 많이 전해 온다. 〈심청전〉에서 심청이 항해의 안전을 비는 제물로 팔려가는 것은 이런 설화에서 소재를 취한 것이라 생각한다.

공양미 300석이라는 큰돈을 낼 만한 사람은 돈이 많은 사람으로, 그만한 절박한 이유가 있어야 한다. 그래서 배를 타고 다니며 외국과 무역을 하는 남경장사 선인들이 항해의 안전을 비는 제물로 큰돈을 주고 심청을 사가는 것으로 꾸민 것이다. 심청이 제물로 몸을 판 것은 심청의 효행을 드러내기 위해 오래 전부터 전해 오는 설화에서 소재를 취하여 구성한 것이다. 이를 두고 인신매매 허용이라고 비판하는 것은 문학작품 이해의 기본을 모르는 데서 나온 것이다.

공양미 300석이면 소경도 눈을 뜰 수 있다는 것은 근거 없는 허구라는 주장에 대하여 살펴보겠다. 수십 년 동안 앞을 보지 못하던 장님이 수술을 받지도 않았는데 눈을 떠서 앞을 본다는 것은 현실적으로 불가능한 일이다. 그러나 미분적 상상(未分的 想像)으로 작자나 독자의 심성을 마음껏 펼쳐 보이는 설화나 고소설 작품 속에서는 얼마든지 가능한 일이다. 우리 조상들은 효에 최고의 가치를 부여하고, 효를 실천해야 하는 최고의 덕목으로 생각하는 효지

상주의적 사고와 효는 만물을 감동시킬 수 있다는 효감만물사상(孝感萬物思想)을 지녔었다. 효감만물사상은 설화나 소설에서 효행에 따른 이적을 일으킨다. 그래서 주인공은 효를 성취하고 행복을 얻는다. 〈심청전〉에서 심봉사가 눈을 뜬 것은 심청의 효행에 따른 이적에 의한 것이다.

공양미 300석을 부처님께 시주하여 부처님의 영력(靈力)에 의해 눈을 뜨게 된다는 사건 구성을 일부 기독교인은 불교적 심성을 강조한 것이라 하여 못마땅하게 보기도 한다. 그러나 이것은 〈심청전〉이 형성된 시기가 조선 후기인 점을 생각하면 문제가 되지 않는다. 삼국시대에 들어온 불교는 통일신라시대와 고려시대를 지나는 동안에 민간신앙과 함께 한국인의 심성에 깊이 자리 잡게 되었다. 조선시대에 들어와 억불숭유정책(抑佛崇儒政策)으로 불교를 탄압하였다. 이 정책은 불교를 민중 속으로 깊숙이 파고들게 하는 결과를 초래하였다. 이런 상황에서 심봉사의 개안(開眼)은 불교와 관련을 지어 구성된 것이다.

심 봉사의 개안을 불교와 관련을 지었다 하여 못마땅하게 생각하고 비판하는 것은 고무신이나 구두가 나오기 이전의 우리 조상들이 짚신을 신었다고 하여 못마땅하게 생각하고 비판하는 것과 다를 바 없는 편견이다. 그 당시에 널리 선교되지도 않은 기독교와 관련을 시켜 사건을 구성할 수는 없는 것 아닌가? 만일 당시에 기독교가 널리 선교되었다면, 부처님께 바친 공양미 300석은 교회에 바치는 특별헌금으로 표현되었을 수도 있을 것이다.

바다에 빠진 사람이 용왕을 만나고, 죽었던 어머니를 만난 뒤 다시 연꽃을 타고 돌아와 왕비가 되었다는 것은 현실성이 없다는 비판에 대하여 살펴보겠다. 소설은 허구적으로 꾸며낸 이야기이므로, 그 내용의 사실성이나 현실성이 문제가 아니고, 작가가 그 이야기를 통하여 무엇을 나타내려고 하였는가를 알아보는 것이 더 중요하다. 〈심청전〉의 작자(누구인지는 모르지만)는 자기가 살고 있던 시대에 널리 퍼져 있던 효관념과 용궁사상, 생사관(生死觀), 재생(再生)에 대한 관념 등을 바탕으로 이 작품을 구성하였다. 그러므로 작품을 바로 이해하려면, 이 작품이 형성되어 널리 읽혀지던 시대의 의식이나 관념·시대상을 알고, 그것을 바탕으로 이해하여야 한다. 그런데 이를 현대인의 관점에서 현실성이 적다하여 부정적으로 비판하는 것은 곤란하다. 이것은 고전문학을 보는 안목이 없기 때문이다. 고전문학을 보는 바른 안목을 가질 때, 이것은 아무 문제가 되지 않는다.

기독교인의 입장에서 볼 때, '우상숭배'는 하나님의 계명에 위배되는 것이므로 용납할 수 없다. 그러나 문화적인 현상을 종교적인 것으로 보아 우상숭배라 하면서 반대하고, 극단적인 행동을 하는 일은 없어야 한다. 그리고 문학작품을 작품으로 이해하지 못하고 현실로 착각하거나 편견을 가지고 비판하는 일은 지양되어야 한다. 이것은 한국문화의 바른 이해와 계승을 위해서나 기독교의 선교를 위해서 아무 도움이 되지 않는 일임을 알아야 하겠다.

〈조선문학 48, 조선문학사, 1995. 3.〉

추임새를 잘하는 사람

추임새를 잘하는 사람

추임새는 판소리를 부를 때 장단을 짚는 고수(鼓手)가 창(唱)의 사이사이에 흥을 돋우기 위하여 끼워 넣는 소리이다. 대개 '좋지', '얼씨구', '좋다', '그렇지', '잘한다' 등의 말을 한다. 추임새는 고수뿐만 아니라 청중도 하고, 판소리에서만 하는 것이 아니라 탈춤에서도 많이 한다.

지금으로부터 40여 년 전, 국립극장으로 고(故) 박동진 명창의 판소리 공연을 보러 갔을 때의 일이다. 박 명창이 마이크 앞에 서서 허두가(虛頭歌)를 불렀는데, 청중들이 조용히 앉아 듣기만 하였다. 박 명창은 스탠드에 걸려 있던 마이크를 빼 들더니, "아니, 이 잡것들, 요렇게 가만히 자빠져 있으려면 뭐하러 왔당가? 내가 소리를 잘하면, '좋지', '얼씨구', '잘한다' 하면서 손뼉도 치고 그래야 내가 신명이 나서 소리를 하지! 가만히 자빠져 있으려면 집에 가서 낮잠이나 자!" 하고 말했다. 이런 야유 섞인 꾸지람을 들은 청중들이 머쓱해 하자, 박 명창은 "서양음악 감상회에 가서는 조용히 앉아 감상해야 하지만, 판소리 공연장에서는 추임새를 해야 소리꾼이 신명이 나서 소리를 할 수 있다.”고 하면서, 추임새의 필요성과 요령을 친절히 설명해 주었다. 판소리 공연장의 분위기나 감상 태도에 익숙하지 않아 조심하던 청중들이 박 명창의 설명을 들은 뒤에 적절히 추임새를 하였다. 그래서 그날의 공연장은 아주 흥겨운 소리판이 되었다.

'추임새'란 말은 '다른 사람의 기분을 맞추느라 훌륭하다거나 뛰어나다고 말하다.'의 뜻을 가진 '추다', 또는 '추어주다'의 관형형에 '모양, 상태, 정도'를 나타내는 접사(接辭) '새'를 더한 말이다. 이렇게 보면 소리판이나 탈판의 추임새는 소리꾼이나 탈꾼의 흥을 돋우기 위해 하는 말이다. 고수나 청중이 분위기에 맞춰 추임새를 잘하면, 판소리 창자(唱者)나 탈춤 연희자(演戲者)는 흥이 나서 더 잘하게 된다. 그에 따라 관객도 더욱 흥이 나서 마음껏 즐길 수 있게 된다. 그러고 보면, 추임새는 창자나 연희자만을 위한 것도 아니고, 관객만을 위한 것도 아닌, 양편 모두를 위한 것이다.

추임새는 소리판이나 놀이판에서만이 아니라 우리의 일상생활에서도 꼭 필요하다. 상대방이 어떤 말이나 행동을 하였을 때, 그것을 이해하고 잘한다고 칭찬을 하고 격려해 주면, 그 사람은 신명이 나고, 힘이 생겨 그 일을 더 잘하게 된다. 이를 보는 사람도 덩달아서 기쁘고 즐겁게 된다. 이것은 가정이나 학교, 직장, 교회 생활에서도 마찬가지이다. 성경을 보면, 〈잠언〉 25장 11절에 "경우에 알맞은 말은 은쟁반에 담긴 금사과"라고 하였다. 그리고 〈에베소서〉 4장 29절에는 "나쁜 말은 입 밖에 내지 말고, 덕을 세우는 데에 필요한 말이 있으면, 적절한 때에 해서, 듣는 사람에게 은혜가 되게 하십시오.”라고 하였다. ‘경우에 알맞은 말’은 남을 깎아내리거나 헐뜯는 말이 아니고, 상대방을 이해하고, 마음을 편하게 해주며, 칭찬과 격려의 마음을 담은 말이다. 나쁜 말은 입 밖에 내지 않으며, 덕을 세우는 데에 필요한 말을 적절한 때에 하면 듣는 사람에게 용기와 힘을 주게 되고, 하던 일을 더 잘할 수 있게 해준다. 이런 말은 ‘은쟁반에 담은 금사과’처럼 귀하고 예쁘며, 품위가 있고 멋이 있으며, 상대방에게 은혜가 된다. 이런 말은 곧 판소리나 가면극에서 말하는 추임새와도 같을 것이다.

　오래 전에 한 대학에서 몇 년간 함께 근무한 적이 있는 교수 한 분은 그 자리에 없는 사람에 관해 이야기할 때, 그 사람의 장점을 들어 이야기하곤 하였다. 부족한 점이나 잘못한 일은 되도록 화제에 올리지 않거나 감싸는 모습을 보이곤 하였다. 나는 그분에게서 많은 것을 배웠고, 그 뒤 이를 본받아 실천하면서 살아왔다.

　사람들 중에는 분위기에 맞춰 칭찬하고 추임새를 하는 것보다 상대방의 단점이나 잘못된 점을 들추어 꼬집기를 잘하는 사람도 있다. 그런 사람은 곧잘 그 자리에 없는 사람을 깎아내리거나 욕하기도 한다. 이런 사람의 말은 말하는 사람의 품위를 떨어뜨릴 뿐만 아니라, 듣는 사람으로 하여금 바로 싫증을 느끼게 한다.

　내가 아는 사람 중에 만나기만 하면, 그 자리에 없는 사람의 지난 일, 그 사람이 힘들 때 조금 도와주었던 일 등을 되뇌면서 그 사람을 꼬집고 헐뜯어 말하는 선배가 있었다. 나는 그분과 함께 앉아 이야기하게 되었을 때에 딴 생각을 하곤 하였으며, 다시 만나고 싶지 않아 피하곤 하였다. 나는 그분에게 좋은 것만 기억하고, 나쁜 것은 빨리 잊고 화제에 올리지 말라고 하면서, 기분 좋은 화제로 시간을 보낼 수 있다면 자주 만나 술을 대접하겠다고 하기도 하였다. 그러나 그럴 기미가 보이지 않아 자주 만나지 않은 채 세월이 흘렀는데, 지금은 고인이 되었다. 참으로 안타까운 일이다.

　사람은 누구나 장점도 있고, 단점도 있다. 남의 결점은 감싸주고, 장점을 드러내어 칭찬하는 사람이 추임새를 잘하는 사람이다. 분위기에 맞게 하는 칭찬 즉 추임새는 상대방을 즐겁고, 신명나게 하며, 그에 따라 나도 즐겁게 된다. 칭찬은 고래도 춤추게 한다고 한다. 우리는 일상생활에서 추임새를 잘하는 습관을 가져야 한다. 추임새를 잘하면, 사람들이 나를 좋아하고 따르게 된다. 추임새의 요령과 효과를 잘 알고 실천하면, 우리의 삶은 '은쟁반의 금사과'처럼 더욱 예쁘고, 품위가 있으며 풍요로워질 것이다.

〈성동문단 제14호, 서울 : 성동문인협회, 2014.〉

말의 힘

얼마 전에 '말의 힘'에 대해 실험한 결과를 적은 글을 읽었다. 국립국어원에서 발행한 《쉼표, 마침표》(2014년 9월)에 실린 글인데, 고등학교 국어선생님이 학생들과 함께 실험한 내용이어서 매우 흥미로웠다.

서울성수고등학교 ㄱ선생님은 교실에 두 개의 유리병에 밥을 넣어놓고, 한쪽에는 '감사합니다.'를, 다른 한쪽에는 '짜증나!'를 써 놓았다. 두 개의 유리병을 교실 뒤에 놓고 학생들이 지나다닐 때마다 한쪽 병에는 '고마워'·'사랑해'·'감사해' 등의 긍정적인 말을 하고, 다른 한쪽 병에는 '미워'·'싫어'·'짜증나' 등의 부정적인 말을 하게 하였다. 3주 후에 그 결과를 본 선생님과 학생들은 모두 놀랐다. '감사합니다'를 써 놓은 병의 밥에는 구수한 냄새가 나는 누룩곰팡이가 피어 있고, '짜증나'를 써 놓은 병의 밥에는 숨이 막힐 정도로 지독한 냄새가 나는 시커먼 곰팡이가 피어 있었다.

이 실험 결과는 한국교육방송(EBS)이 다큐멘터리로 제작해 소개하였는데, 학생들은 이를 믿으려 하지 않았다. 이를 안타깝게 여긴 정화여자상업고등학교 국어과 교사인 ㅊ선생님은 '말의 힘'을 믿지 않는 학생들에게 직접 실험을 하여서 보여 주기로 마음먹었다. 그는 바나나 두 개를 골라 똑같은 모양의 플라스틱 통에 넣었다. 하나에는 '예쁜아 사랑해!', 다른 하나에는 '쓰레기 같은 놈'이라고 써서 붙였다. 그리고 아침저녁으로 '예쁜아 사랑해'가 적힌 바나나에는 사랑의 말을, '쓰레기 같은 놈'이 적힌 바나나에는 나쁜 말을 해 주었다. 열흘 후에 보니, '쓰레기 같은 놈'이 적힌 바나나는 완전히 검은색으로 썩어 있는 반면, '예쁜아 사랑해'가 적힌 바나나는 본연의 노란색을 어느 정도 유지하고 있었다고 한다.

사람끼리 하는 말에는 힘이 있어 그 영향이 크다는 것은 전부터 알고 있다. 재배하는 농작물이나 화초, 사육하는 가축이나 애완동물과 대화하며 칭찬의 말을 하면 긍정적인 효과가 나타난다는 것도 전부터 들어서 알고 있다. 칭찬은 고래도 춤추게 한다는 말은 널리 알려진 일이 아닌가! 그러나 말의 힘이 무생물인 밥이나 바나나에도 미친다는 사실은 얼른 받아들이기 어려웠다. 그래서 실험 과정을 자세히 읽었다. ㅊ선생은 실험 대상으로 삼은 바나나를 고를 때 같은 송이에 붙은 것으로, 모양·익은 정도·껍질에 생긴 점의 개수까지 비슷한 것을 골랐다고 한다. 실험할 때에는 조건을 똑같이 하기 위해서 하루는 '예쁜아 사랑해'에게 먼저 말을 걸고, 다음 날에는 '쓰레기 같은 놈'에게 먼저 말을 걸었다. 초(秒)를 재가면서 똑같은 시간 동안 말을 하였고, 채광 조건이나 바람, 습도도 똑같이 맞추었다고 한다. 이렇게 엄정한 조건 아래에서 선생님과 학생들이 정성을 다해 실험한 결과라면 믿지 않을 수 없다. 말의 힘을 믿지 않던 학생들도 실험이 끝난 뒤에는 말의 힘을 믿고, 말 한마디 한마디에 신경을 쓰는 모습을 보이고, 남에게 상처를 주는 말을 하지 않으려고 노력하였다. 그리고 전학을 가는 학생에게 반 학생 전원이 다른 학교에 가서도 학교생활을 잘할 수 있을 거라는 격려의 말을 써서 주었다고 한다.

이 실험 결과를 받아들이기로 생각하니, 말의 힘이 무생물에까지 미친다는 사실이 참으로 놀랍다. 무생물에게까지 미치는 말의 힘이 감성을 지닌 사람에게는 더 큰 힘을 발휘할 것 아닌가! 옛사람들은 '말에는 신령스런 힘이 있다.'는 '언령관(言靈觀)'을 지니고 있었다. 이런 관념이 마음 바탕에 있었기 때문에 좋은 말만 골라서 하고, 상스러운 말이나 욕, 남에게 상처를 주는 말은 삼가도록 가르쳤다. 또, 자기가 이루고 싶은 일을 말로 표현하고, 기도하면 이루어진다고 믿었다. 다른 사람에게 축복의 말을 하고, 덕담(德談)을 나누는 것도 이런 관념이 마음 바탕에 있었기 때문이다.

우리 속담에 '말이 씨가 된다.'는 말이 있다. 말한 것은 이루어진다는 의식을 바탕으로 한 것인데, 좋은 말은 입에 올리되 좋지 않은 말은 입에 올리지 말라는 경계의 뜻도 담고 있다. 긍정적인 생각을 가지고, 긍정적인 말을 하면 긍정적인 일들이 현실로 나타나게 될 것이다. 부정적인 생각을 가지고 부정적인 말을 많이 하면, 그런 일들이 현실로 나타나게 될 것이다. 또, '가는 말이 고와야 오는 말이 곱다.', '말이 고마우면 비지 사러 갔다가 두부 사온다.', '말 한마디로 천 냥 빚 갚는다.'는 속담도 있다. 이런 속담은 말에 힘이 있다는 것을 전제로 한 속담들이다. '말이 마음이고, 마음이 말이다.'라는 말도 있다. 내가 먼저 마음을 열고 좋은 말을 하면, 상대방도 나를 좋게 말할 것이다.

성경에도 말에 관한 가르침이 있다. 사람을 더럽히는 것은 '입으로 들어가는 것이 아니라, 입에서 나오는 것'(마태복음 15:11), 즉 말이다. 말은 사람을 깨끗하고 품위 있게 하기도 하고, 더럽히기도 한다. 말은 사람의 '마음에서 나오는 것'(마태복음 15:18)이므로, 먼저 마음을 가다듬고 깨끗이 해야 한다. 그래야 덕을 세우는 말, 분위기에 맞는 말, 좋은 말을 할 수 있을 것이다. 〈창세기〉 12장 3절에는 "너를 축복하는 사람에게는 내가 복을 베풀고, 너를 저주하는 사람에게는 내가 저주를 내릴 것이다."라고 하였다. 다른 사람이 나에게 복을 빌어주면 그 말대로 되지만, 저주의 말을 하는 사람에게는 저주를 내린다고 한다. 이것은 말에 따른 축복과 저주에 관한 하나님의 말씀이다. 내가 다른 사람의 축복을 받으려면, 내가 먼저 다른 사람을 축복해야 한다. 다른 사람의 약점을 말하거나 비판하는 말을 하지 말고, 불평의 말·저주의 말 대신에 축복의 말을 하여야 한다. 그래야 그 사람도 나를 위해 복을 빌어 줄 것이다.

사람들은 말로 인하여 칭찬을 받거나 복을 받기도 하지만, 말을 잘못하여 다른 사람의 마음에 상처를 주거나 화를 불러오기도 한다. 다른 사람의 잘못을 꼬집고, 마음을 상하게 하는 말은 독이 되어 나에게 돌아온다. 그러나 다른 사람의 장점을 찾아 칭찬하고, 축복하는 말은 나에게 복으로 돌아온다. 말이 지닌 힘이 좋은 쪽으로 미치도록 다른 사람을 축복하는 말을 많이 하며 살아야겠다.

〈2015. 5. 16.〉

부자도 부럽지 않다는 근로자

지난 6월 중순에 몇 년 동안 미루어 오던 지붕 공사를 시작하여 몇 사람의 기술자들이 번갈아 일을 하였다. 첫째 날과 둘째 날에는 30세 전후의 젊은이 둘이 와서 지붕의 기와를 벗겨 차에 실어다가 버리고, 밧줄을 타고 2층 벽에 매달려 물받이 홈통을 교체하는 일을 하였는데, 힘들고 위험한 일을 정말 열심히 하였다. 힘들고, 더럽고, 위험한 일을 기피하는 사람들이 늘어가는 요즈음에 이들처럼 열심히 일하는 젊은이가 있다는 사실은 정말 기쁘고 마음 든든한 일이다.

그 다음에는 40대 부부가 와서 지붕 슬라브에 방수(防水)를 하고, 그 위에 방수용 시트를 덮고, 아스팔트싱글을 붙인 뒤 집 외부에 페인트칠을 하였다. 이들은 여러 날 동안 일을 하였는데, 나는 틈이 나는 대로 이들이 일하는 곳으로 가서 일하는 모습을 지켜보기도 하고, 이들의 일을 거들며 이야기를 나누기도 하였다. 나는 열심히 일하는 이들의 모습에 큰 감동을 받았다.

이들 부부는 자기의 기술과 능력에 대한 자부심을 가지고 열심히 일하였다. 힘들고 어려운 일을 하느라고 땀을 비오듯 흘리면서도 즐거운 표정이었고, 내가 보건 보지 않건 조그만 잘못도 생기지 않도록 정성껏 일하였다. 함께 온 청년 역시 이들 부부를 본받아 정말 열심히 일하였다. 이들은 20여 년 전부터 이 일을 하였다는데, 기술도 좋고 성의껏 일한다고 소문이 나서 건축 경기가 좋지 않을 때에도 일이 끊이지 않는다고 한다.

이들 부부는 힘든 일, 위험한 일을 하면서 서로 위로해 주고, 쉬는 시간은 물론 일하는 동안에도 가끔씩 정겨운 대화를 나누었다. 함께 온 젊은이는 이들 부부가 신혼부부처럼 다정해 보인다고 하였다. 이들이 힘든 일을 매일 계속하면서도 건강하고, 밝은 표정을 가질 수 있는 원동력은 바로 여기서 나오는 것이리라.

이들은 근검·절약하는 생활 태도를 지니고 있었다. 이들은 한겨울과 비오는 날 외에는 놀지 않고 일을 하며 근검·절약하는 생활을 하여 많은 저축을 하였다. 그래서 그들이 사는 경기도 구리시에서 '저축왕'으로 뽑히기도 하였다고 한다. 이 부부는 고등학교 3학년인 딸과 중학교 3학년인 아들을 두었는데, 둘 다 근면·성실하며, 공부에 열심한다고 한다.

부부가 정답게 살면서 부지런히 일하고, 근검·절약하는 생활을 한다면 경제적으로 윤택해질 것이고, 자녀들 역시 부모를 본받아 근면·성실하게 생활하면서 학업에 열중할 것이다. 이러한 부부는 삶의 보람을 느끼게 될 터이니, 이러한 삶이 바로 행복한 삶이 아니겠는가? 이들은 많이 배우지 못했고, 힘든 일을 하면서 살고 있지만, 세상 어느 누구도 부럽지 않다고 하였다.

나는 이들 부부를 보면서 30여 년 전에 나에게 큰 감동을 주었던 손수레를 끌던 부부의 모습이 떠올랐다. 1960년대 중반에 길을 걷다가 벽돌을 가득 실은 손수레를 남편은 앞에서 끌고, 아내는 뒤에서 밀며 가는 모습을 보았다. 그것은 살기 어렵던 시절에 흔히 볼 수 있는 광경이었는데, 신혼의 나에게 부부가 정답게 살면서 부지런히 일하고, 근검·절약한다면 남부럽지 않게 살 수 있다는 것을 일깨워 주었다. 나는 가끔씩 그 모습을 떠올리며 그때의 다짐을 생각해 보곤 한다.

　내 분수껏 열심히 일하여 자식을 공부시키면서 살면 그만이지, 부자가 부러울 게 무어냐고 자신 있게 말하던 그 부부의 모습은 신선한 충격으로, 나의 마음속에 오래 기억될 것이다.

〈홍성신문 제396호, 1996. 7. 29.〉

노후를 위한 투자

작년 여름에는 효를 주제로 한 고소설 〈심청전〉의 배경이 된 곳이 어디인가를 고증하기 위해 백령도에 갔다. 나는 거기서 백령도가 〈심청전〉의 배경이 된 곳이니, 그곳에 심청각을 세우고, 효도교육의 산 교육장으로 해야 한다는 신념으로 여러 가지 일을 추진하고 있는 백령중·종합고등학교의 백원배 교감선생님을 만났다. 알고 보니, 그분은 내 고등학교 5년 선배였다. 나는 여러 날 그분과 함께 조사 활동을 하다가 틈이 날 때는 그분의 댁을 방문하기도 하였다. 그러는 동안 나는 그분의 여러 가지 면을 보아 알게 되었는데, 특히 부지런하고 성실하게 살면서 어머니를 지성으로 모시는 태도에 큰 감명을 받았다.

금년에 60이 된 백 교감은 85세 된 노모를 모시고 있는데, 효성이 지극하기로 소문이 나 있었다. 나 역시 노모를 모시고 있으므로, 백 교감이 어머니를 어떻게 모시는가를 눈여겨보기도 하고, 이웃 사람들의 이야기를 듣기도 하였다. 백 교감 내외는 어머님께서 하루의 생활·음식·잠자리 등에서 불편이 없도록 배려함은 물론, 기쁘고 즐겁게 지내실 수 있도록 세심하게 배려하고 있었다. 백 교감이 어머니를 모시는 일 중 나에게 감동과 깨우침을 준 일이 몇 가지 있다.

백 교감은 출근하여 학교에 있든, 공적인 일 또는 사적인 일로 다른 곳에 있든 하루에도 몇 번씩 틈이 나는 대로 전화를 걸어 어머니와 이야기를 나눈다. 그리고 퇴근한 뒤에는 그 날 하루 동안 무슨 일을 하며 어떻게 지냈는가를 어머님께 말씀드린다. 내가 방문하였을 때에도 백 교감은 평상시와 같이 어머님께 그 날 하루 동안 있었던 일을 말씀드렸다.

백 교감의 어머님은 서울의 큰아드님 댁에서 사시다가 몇 년 전에 백 교감 댁으로 오셨기 때문에 백령도에는 아는 사람이 많지 않다. 그런데다가 백령도는 외딴 섬이므로 친척이나 친지들이 자주 왕래하지 못한다. 그래서 백 교감의 어머님은 친척이나 친지들과 전화 통화를 자주 하신다. 백 교감은 어머님이 친척·친지들과 마음 놓고 통화하실 수 있도록 어머니 방에 별도 회선의 전화를 놓아 드렸다.

백 교감은 어머님을 예배 시간에 교회에 모시고 가는 것은 말할 것도 없고, 어머니가 가고 싶어 하는 곳, 만나고 싶어 하는 사람이 있으면 언제든지 모시고 간다. 우리와 식사를 할 때에도 모시고 나와 함께 식사를 하기도 하였다. 백 교감의 어머님은 나를 만나자, 나에 관한 이야기를 아들한테 많이 들어서 알고 있다고 하시면서 반가워하셨다. 그리고 아들·며느리의 효성이 지극하다고 자랑하셨다.

나는 백 교감이 세심하게 마음을 쓰면서 정성으로 어머니를 모시는 것을 보고 큰 감동을 받았다. 그리고 그동안 내가 어머니를 잘 모시지 못하였음을 반성하면서 앞으로 더 잘 모실 것을 마음속으로 다짐하였다. 백 교감은 남매를 두었는데, 서울에서 직장 생활을 하면서 야간 대학에 다니는 아들도, 주간대학에 다니는 딸도 모두 할머니와 부모님을 생각하고 위하는 정성이 지극하다고 한다. 이것은 그들이 할머니께 효도하는 부모님의 모습을 보며 자랐기 때문일 것이다.

내 아내의 말을 들으면, 나의 장인·장모님은 85세까지 사신 처조모님을 정성으로 모셨다고 한다. 내 아내는 6남매의 맏이여서 나는 처제 둘과 처남 셋이 있는데, 세 처남이 나의 장인·장모를 모시는 정성은 아주 지극하다. 내 아내나 처제들 역시 그들의 시부모님과 친정 부모님을 잘 모시고 있다. 이것은 그들이 할머니께 효도하는 부모님의 모습을 보며 자랐기 때문이라 생각한다.

내가 아는 몇몇 가정의 예를 보아도 본인들이 부모님께 효성을 다한 사람은 그 자녀들로부터 효도를 받으며, 노후를 편안히 지내고 있다. 이러한 사례를 보면서 나는 자기 자녀들로부터 효도를 받느냐, 못 받느냐 하는 것은 자기가 부모님을 어떻게 모시며 살았는가에 달려 있다고 생각한다. 이것을 다른 말로 표현하면, '뿌린 대로 거두는 것', 또는 '투자한 만큼 이윤을 얻는 것'이라 하겠다. 이렇게 보면, 자기가 부모를 잘 모시고 효도를 하는 것이 곧 자기가 노후에 효도를 받을 수 있는 확실한 투자가 아닐까 생각한다.

고도로 산업화한 사회에서 생활하는 현대인들은 자기를 앞세우는 이기심이 점점 강해지고 있다. 그에 반비례하여 자기 부모나 조부모를 위하는 효관념은 점점 약화되어 가고 있다. 그래서 내가 노후를 위한 투자를 하여도 돌아올 이윤이 예상보다 적을 수 있다. 그러나 투자에 따른 최소한의 이윤은 얻을 수 있을 것이라 생각한다.

내가 아는 사람 중에는 직장에 나가는 자기를 대신하여 두 아이를 초등학교에 들어갈 때까지 키우면서 살림해 준 시어머니를 홀로 두고, 어느 날 갑자기 짐을 싣고 이사를 가 버린 며느리가 있다. 그런가 하면, 형제자매간에 불화하면서 자기 어머니를 제대로 모시지 않는 아들들도 있다. 아이들은 부모가 말로 하는 가르침을 따르기보다는 부모가 하는 행동과 뒷모습을 보고 배운다는 점을 생각하면, 이들이 노후에 자기 자녀들로부터 어떤 대접을 받을지 궁금하다. 이들은 노후를 위한 투자를 전혀 하지 않는 사람이라 하겠다.

효는 현대 사회에도 우리의 가정과 사회를 지탱해 주는 가치 규범이다. 그러나 효를 실천하는 방식은 예전과 같을 수 없고, 요즈음의 실정에 맞게 해야 한다. 효도는 효자라고 소문난 특정의 사람만 할 수 있는 것이 아니다. 각자의 형편에 따라 부모님을 모시되, 부모님의 마음을 편케 해 드리면서 잘 봉양하면, 그것이 곧 효도인 것이다.

부모님을 잘 모시지 못하는 사람은 늘 마음이 편치 않지만, 효도하는 사람은 늘 마음이 편하다. 그러므로 효도하는 사람은 자기 일에 충실하면서 자기의 행복을 가꿔 나갈 수 있다. 그리고 노후에는 자기 자녀들로부터 효도를 받을 수도 있다. 따라서 효를 실천하는 것은 노후의 행복을 얻을 수 있는 보증수표와 같다고 하겠다. 성경에서는 부모를 공경하면, 그 복이 수천 대까지 이를 것이라고 하였다. 효도는 부모를 위한 것이면서 동시에 자기 자신을 위한 것이기도 하다. 자기 자신을 위한 일에 게을러서야 되겠는가? 〈시와 시론 제54호, 서울 : 시와 시론사, 1996.〉

사랑의 매

얼마 전, 가까운 곳에 사는 둘째 누님 댁에 갔다. 누님은 아들 셋과 딸 하나를 두었는데, 모두 혼인을 하여 아이를 하나 또는 둘씩 두었다. 그 날은 매형의 생일이어서 생질 4남매의 가족이 모두 모였는데, 아이들은 초등학교 입학을 전후한 고만고만한 아이들이 일곱이나 되었다. 오랜만에 만난 아이들은 한데 어울려 재미있게 놀기도 하고, 싸움을 하기도 하였다. 나는 아이들이 노는 모습을 보면서, 아빠와 엄마의 자녀 교육 방법과 분위기에 따라 아이들의 말과 행동이 다름을 보았다. 그러나 일곱 아이들 모두 열차나 식당에서 본 적이 있는, 버릇없는 아이들의 노는 모습과 달랐다. 자상하면서도 엄격한 부모의 교육을 받고 자란 4남매라서 자녀 교육을 바로 하고 있는 것 같아 흐뭇하였다.

저녁 식사를 마친 뒤 생질들과 한 자리에 앉아 자녀 교육에 관해 이야기하다가 '사랑의 매'가 화제에 올랐다. 그들은 아이들을 무척 아끼고 사랑하지만, 해도 좋은 일과 해서는 안 될 일을 가르치기 위해서, 필요하다고 생각하는 경우에는 사랑의 매를 아끼지 않는다고 하였다. 나는 그들의 말을 들으면서 오래 전부터 기억하고 있는 옛날이야기 〈회초리 맞는 아들〉이 생각났다.

옛날에 한 효자가 홀어머니를 모시고 살았는데, 그는 가난하였지만 어머니에 대한 효성이 지극하였다. 그는 어려서부터 어머니께서 글을 읽지 않는다고 꾸중하시면 더욱 열심히 공부하였다. 어머니는 조금만 잘못하여도 회초리로 종아리를 때렸는데, 어머니가 아무리 힘껏 때려도 그는 아픔을 참고 울지 않았다. 몇 년의 세월이 흐른 뒤에 그는 예절 바르고 착한 청년이 되었다.

어느 날, 그가 작은 잘못을 하였는데, 어머니는 꾸중을 하시며 회초리를 꺾어 오라고 하셨다. 그가 회초리를 한 줌 마련해 오자, 어머니는 그를 목침 위에 세우고 종아리를 때렸다. 그런데 전에는 그날보다 더 아프게 때려도 울지 않고 잘못했다고 하던 그가 자꾸 울었다. 어머니가 이상히 여겨 우는 이유를 물었다. 그는 어머니의 힘이 약해져서 종아리가 아프지 않은 것이 슬퍼서 운다고 하였다.

이 이야기에는 자식 잘되라고 때리는 어머니의 엄격하면서도 따뜻한 마음, 그 어머니의 가르침을 잘 받들어 바르게 자란 아들의 착한 마음이 들어 있어 훈훈함을 느끼게 해 준다. 이 이야기는 부모님의 매는 자녀를 바른 길로 인도하는 '사랑의 매'이니, 자녀는 이를 달게 받고, 부모의 뜻을 잘 받들 것을 일깨워준다.

며칠 전 신문에 났던 사건 기사가 생각난다. 아버지가 새벽 1시에 술에 취해 들어온 18세 딸을 꾸짖으며 뺨을 때렸는데, 딸이 아버지를 폭력배로 몰아 경찰에 신고하였다. 신고를 받고 달려간 경찰관은 아버지가 상습적으로 자녀를 때리는 사람인가를 알아보았는데, 그 아버지는 그런 사람이 아니어서 크게 문제 삼지 않았다고 한다. 열여덟 살 먹은 딸이 술에 취해 늦게 들어오는 것을 본 아버지가 딸을 꾸짖고, 딸의 태도가 곱지 않을 때 매를 드는 것은 있을 수 있는 일이다. 그런데 딸은 자기의 잘못을 뉘우치기는커녕 아버지를 자녀를 괴롭히는 폭력배로 몰아 경찰에 신고하였다. 딸이 아버지를 고발한 것은 아버지한테서 다시는 때리지 않겠다는 각서를 받기 위해서였다고 하니, 참으로 어처구니없는 일이다.

우리나라에서는 1970년대부터 인구 증가를 억제하기 위해 '아들 딸 구별 말고 둘만 낳아 잘 기르자.'는 가족계획 운동을 하였다. 그 후 사회가 급속도로 발전하면서 젊은 아빠와 엄마들이 여러 자녀를 길러 공부시키는 데 따른 어려움을 자각하고, 자녀에게 매이지 않고 부부 중심의 여가 생활을 하는 것이 좋다는 의식을 갖게 되었다. 그래서 요즈음은 자녀를 하나 또는 둘만 낳는 가정이 늘어가고 있다. 젊은 아빠와 엄마는 자녀를 누구보다도 잘 키우겠다는 생각에서 아이에게 사랑을 쏟으며 뒷바라지하기에 온 힘을 기울인다. 아이가 해 달라는 것은 무엇이든 해 주면서 아이의 마음을 상하게 하지 않으려 애를 쓴다.

부모의 태도가 이러하니, 아이는 자기가 세상에서 제일가는 사람이고, 하고 싶은 것은 무엇이든지 할 수 있는 왕자나 공주인 양

착각한다. 요즈음 흔히 말하는 '왕자병', '공주병' 환자가 되는 것이다. 이런 아이는 자라면서 조금만 힘들어도 좌절하거나, 포기한다. 선생님의 꾸중을 들었다 하여, 또는 학교 성적이 오르지 않는다 하여 자살하는 청소년이 있다고 하는데, 이것은 아이를 곱게만 길러 어려움을 이겨낼 힘을 길러주지 않았기 때문이라 하겠다. 열차나 식당 안에서 이리저리 뛰어다니며 소란을 피우는 자녀들을 꾸짖기는커녕 흐뭇한 표정으로 보는 젊은 엄마들도 눈에 띤다. 이런 엄마의 모습을 보면 짜증스럽기도 하지만, 아이의 장래가 걱정스럽기도 하다.

초등학교 교사인 제자한데 들은 이야기는 정말 어이가 없다. 선생님이 교실에서 장난을 하다가 화분을 깨뜨린 아이를 불러 꾸짖자, 그 아이는 "화분 값 물어내면 되지 뭘 그래요?" 하고 대들더라고 하였다. 한번은 선생님이 반 아이와 싸워 상대방에게 큰 상처를 입힌 아이의 어머니를 만나 그 일을 어떻게 처리할 것인가를 상의하였다. 그 어머니는 다친 아이에 대한 미안한 마음을 내비치거나 위로의 말을 하기는커녕 치료비를 물어주면 되지 무얼 걱정하느냐고 하면서, 자기 아이가 싸움에 이긴 것만을 만족스럽게 여기더라고 하였다. 이 말을 들으면서 나는 할 말을 잃었다.

아이를 잘 기르기 위해서는 노력해서 얻는 정신을 기르고, 어려움을 참는 연습을 하게 해야 한다. 그리고 해서는 안 되는 일과 해도 좋은 일, 바른 것과 그른 것을 제대로 아는 판단력을 길러 주어야 한다. 그러기 위해서는 필요에 따라 사랑의 매를 들기도 해야 한다. 아이들은 사랑의 매를 맞으며 자기의 잘못을 반성하게 될 것이고, 옳고 그름을 판단하는 능력을 기를 것이다. 그리고 부모님한테 매 맞을 것을 생각하여 하고 싶은 일을 참는 자제력과 인내심도 기를 것이다. 요즈음 청소년들은 남을 배려하지 않고 모든 것을 자기 위주로 생각하는 경향이 있다. 그래서 자기의 마음에 들지 않거나, 자기의 잘못을 지적하면 이를 참지 못하고 반발한다. 이러한 심리는 자기 부모에게도 그대로 작용하여 부모의 꾸지람이나 바른 훈계를 받아들이려 하지 않는 태도로 나타난다. 청소년들이 이런 태도를 갖게 된 것은 자녀들의 기를 살려주어야 한다는 생각에서 떠받들기만 하고 바로 가르치지 않고, 공부만 잘하면 된다고 가르쳐 온 부모와 이를 부추겨 온 사회의 탓이다. 언제까지나 이대로 둘 수는 없다. 이제부터라도 가정교육, 학교교육을 철저히 하고, 필요할 경우 '사랑의 매'를 들어서라도 청소년들이 바르게 성장할 수 있도록 하여야 한다.

〈불교 통권 533호, 서울 : 월간 불교, 2000. 3.〉

딸의 담임교사 뺨을 때린 어머니

며칠 전 서울에 있는 어느 학회에서 주관하는 강습회에 가서 오전 강의를 하였는데, 마침 거기에 고향 후배가 있어 나이 든 수강생 몇 사람과 함께 점심을 먹으러 갔다. 우리는 조용한 방에 앉아 점심을 먹으며 여러 가지 이야기를 하였다. 교육에 관심이 있는 사람들이어서 입시 제도와 학교 교육이 자연스럽게 화제에 올랐다. 그중 한 분이 최근에 자기가 사는 아파트에서 있었던 일이라면서 딸의 담임교사 뺨을 때린 젊은 어머니 이야기를 하였다.

서울 시내 아파트 밀집 지역에 있는 초등학교의 5학년 담임 여교사가 3교시 끝나고 쉬는 시간에 당번 역할을 잘못한 여자 어린이를 불러 꾸중을 하였다. 그 어린이는 선생님께 꾸중을 들은 것이 억울하고 분해서 식식거리고 앉아 있었으나, 선생님은 모른 체 1시간 수업을 진행하였다.

점심시간이 되었다. 그 학교에서는 점심시간에 반별로 학교 급식실에서 밥과 반찬을 타다가 나누어 먹는데, 담임선생님의 밥은 당번 어린이가 타다 드리게 되어 있었다. 그 어린이는 선생님의 밥을 타다 드리면서, 선생님 밥그릇에 침을 뱉었다. 이를 본 한 어린이가 이 사실을 선생님께 말씀드리자, 선생님은 화가 치밀어 올라 그 어린이를 불러 뺨을 때렸다. 그 어린이는 밥도 먹지 않고, 친구들의 만류를 뿌리친 채 울면서 집으로 갔다. 점심시간이 끝나고, 오후 수업을 시작하려고 하는데, 갑자기 교실 문이 열리더니, 성난 그 아이의 어머니가 달려 들어와 "네가 뭔데 내 딸의 뺨을 때려? 너 좀 맞아 보아라." 하고는 선생님의 뺨을 때렸다. 반 어린이들 앞에서 뺨을 맞은 선생님은 망연자실(茫然自失)하다가 울음을 터뜨렸다고 한다.

이 일은 반 아이들의 입을 통해 그날로 그 반 학부모에게 알려졌고, 2~3일 뒤에는 그 아파트 주민의 대부분이 알게 되었다. 이 일이 알려지자, 그녀를 아는 사람들은 '저 여자가 담임선생님 뺨을 때린 무서운 여자'라고 수군대며 그녀를 멀리하였다. 그녀와 가깝게 지내던 이웃들도 그녀를 건성으로 대할 뿐 전처럼 가까이 하지 않았다.

있을 수 없는 일, 있어서는 아니 되는 일이 실제로 일어나고 있다는 말을 들은 나는 기가 막혀 한동안 할 말을 찾지 못하고 앉아 있었다. 우리나라의 교육이 무너지는 것을 보는 아찔함을 느꼈다. 학교 교육에서 선생님은 자애로우면서도 엄격함이 있어야 하고, 학생은 선생님을 믿고 따라야 한다. 그래야 선생님의 권위도 서고, 학습 지도의 성과와 아울러 인성 지도의 성과를 기대할 수 있는 것이다. 그런데 그 선생님은 그 학생이 믿고 따르지 않아 교사로서의 권위가 서지 않는데, 그 학생을 불러 꾸중을 하였으니, 그

꾸중이 아이에게 받아들여지지 않았다. 그 결과 아이는 선생님에 대해 반감을 가지게 되었다. 그 학생의 반감은 마침내 선생님의 밥에 침을 뱉는 행위로 나타났고, 이를 참지 못한 선생님은 학생의 뺨을 때린 것이다. 이때, 선생님이 조금 더 자애로운 마음으로 아이의 행동을 이해하고, 화를 자제한 후 다른 방법으로 아이의 잘못을 일깨워 주었더라면 얼마나 좋았을까 하는 아쉬움이 있다.

선생님께 꾸중을 들은 것이 억울하고 분해서 식식거리고 앉아 있다가 선생님의 밥에 침을 뱉은 아이의 행동은 이해하기 어렵다. 이 아이는 자기만 위해 주는 가정 분위기에서 자랐기 때문에 잘된 것은 자기의 공이고, 잘못된 것은 남의 탓으로 돌리는 버릇이 형성된 아이가 아닌가 싶다. 그래서 자기의 잘못을 지적하고 고치라고 하는 선생님의 말씀을 받아들이지 않고, 복수할 방도를 찾다가 선생님의 밥에 침을 뱉은 것이리라. 이 아이에게 이러한 성격과 행동 양식을 지니도록 한 것은 어머니일 것이라 생각한다.

이 학생의 어머니는 자식을 사랑하는 마음이 지나쳐 자기 아이를 잘못 가르치고 있고, 자기 아이의 장래를 그르치고 있다는 생각이 든다. 그 어머니가 '미운 자식 떡 한 개 더 주고, 고운 자식 매 한 대 더 때린다.'는 속담의 의미를 제대로 알았더라면, 그런 식으로 자녀 교육을 하지는 않았을 것이다. 이 어머니는 아이가 원하는 것이면 무엇이든지 해 주는 것이 아이를 위하는 것인 줄 알고 있는 모양이다. 이것은 아이의 기를 꺾지 않고, 개성을 살릴 수 있다는 긍정적인 면이 있다. 그러나 자녀에게 적극성과 자제력을 길러주지 못하고, 자녀로 하여금 자기를 과대평가 하게 만들어 '공주병' 또는 '왕자병'에 들게 하는 부정적인 면을 지니고 있다. 이런 병에 걸린 아이는 자라면서 상상하기조차 어려운 좌절감과 고통을 겪어야만 이 병에서 벗어날 수 있을 것이다.

이 어머니는 자기 딸을 제일로 인정해 주지 않는 선생님에 대한 분노를 표출하고 나서 후련함을 느꼈을 것이다. 속상해 하는 딸의 화를 대신 풀어주었으니, 딸을 위해서는 무엇이든지 다 해줄 수 있음을 보여주었다는 생각에 만족감을 느끼고, 자기 딸에게 체면이 섰다고 우쭐하였을지도 모른다. 그러나 그것은 잠시의 일이고, 그 뒤에는 그 어머니가 생각하기 어려운 일들이 기다리고 있었을 것이다.

선생님이라 하여 다 도덕군자(道德君子)일 수 없다. 선생님이 그 아이를 너그럽게 받아들이지 않고 인성 지도를 포기해야 할 아이로 마음속에 담아두면 어쩌나 걱정이다. 그 어머니는 담임을 바꿔달라고 요구하거나, 이참에 그 선생님을 그 학교에서, 또는 교육계에서 물러나게 해야 한다고 온갖 수단과 방법을 동원할 것이다. 그러나 그게 그렇게 쉬운 일도 아니고, 또 그렇게 되어서도 아니된다. 그 일은 그 학교에 재직하고 있는 선생님의 입을 통해 다른 학교 선생님들에게도 알려질 것이니, 그 일을 아는 선생님 누가 그 아이를 따뜻한 마음으로 받아들일 것인가? 정말 딱한 일이다.

그 어머니는 반 학생의 학부모나 같은 아파트에 거주하는 어머니들로부터 따돌림을 받게 될 것이다. 반 학생들의 학부모나 이웃들로서는 학생들이 있는 자리에서 딸의 담임교사 뺨을 때리는 거친 성격의 소유자에게 마음을 열고 대하기 어려울 것이다. 그리고 그 어머니는 같은 반 학부모나 이웃들로부터 선생님의 권위와 학교 교육의 효과를 실추시킨 인물로 지탄을 받게 될 것이다.

우리 둘레에는 이 어머니와 같은 젊은 어머니들이 많이 있다고 한다. 젊은 어머니들은 자기의 자녀 사랑 방법, 자녀 교육 방법이 옳았는가를 다시 생각해 보아야 한다. 지금처럼 자녀를 키웠을 때, 그 아이가 어떤 모습으로 자랄 것인가를 생각하여 바르게 행동하여야 한다. 학교 선생님을 공교육의 주체로 인정하고, 자기 자녀만을 감싸며 사랑해 주는 도구적인 인물이기를 기대하지 않는 현명함이 있어야 한다. '문제 학생 뒤에 문제 부모가 있다.'는 말의 의미도 되새겨 봄직하다.

요즈음에는 학교 교육이 흔들리고, 교실이 붕괴되고 있다고 개탄하는 소리가 높다. 그런데도 정치 지도자들은 국가의 백년대계(百年大計)인 교육을 경제 논리로 풀려 하고 있고, 사회에는 교사를 무시하는 경향이 확산되고 있으니, 정말 답답한 일이다. 어린이를 육체적으로나 정신적으로 건강하게 기르려면, 교실을 바로 세워야 한다. 훌륭한 자질을 가진 젊은이가 교직으로 들어올 수 있도록 교사를 우대하고, 교사의 권위를 세워 주어야 한다. 자녀의 바른 성장을 위해, 교육을 바로 세우기 위해, 자기 아이만을 위하는 마음을 자제할 줄 아는 현명한 어머니가 많아지기를 기대하는 마음 간절하다. 〈수필문학 제120호, 서울 : 수필문학사, 2000. 6.〉

잎을 따기 위해 나무를 베는 사람

　며칠 전 한국관광공사 관광교육원 중국어 통역안내원 연수 교육에 강의하러 갔을 때의 일이다. 수강생은 모두 한국에 사는 화교(華僑)들로, 전에 나의 '민속문화' 강의를 들은 적이 있어 낯익은 얼굴들이었다. 쉬는 시간에 한 수강생이 지름 5mm 정도로 둥글게 뭉친 찻잎을 더운물에 넣어 잘 우러난 뒤에 건네주면서, 중국에서 제일로 꼽는 모리차(茉莉茶) 맛을 보라고 하였다. 냄새와 맛에 예민하지 못하여 무어라고 말할 수는 없지만, 향과 맛이 부드럽고 그윽하면서도 특이하였다. 음식을 잘 만들어 호텔 주방장을 하기도 하였다는 그는 차를 매우 좋아하여 차의 맛과 향에 관심이 많다고 한다. 나는 그가 준 차를 마시며, 중국의 차에 관한 이야기를 들었다.

　중국에는 모리, 철관음, 보이, 오룡, 천노, 천룡 등 8대 명차(名茶)가 있는데, 그중에서 제일로 꼽는 것은 모리차라고 한다. 이 차는 맛과 향이 특이하여 예로부터 사람들이 좋아하였는데, 당나라 양귀비가 특히 좋아하였다고 한다. 양귀비는 이 차를 즐겨 마셨으므로, 그녀의 땀에서도 이 차의 향기와 같은 냄새가 났다. 당나라 현종(玄宗)이 그녀를 특별히 좋아한 것은 그녀의 몸에서 나는 이 향내 때문이었다고 한다. 모리나무는 양자강 중상류 지역에 자생하는데, 줄기가 4~5m 자라야 잎이 나온다. 그 잎을 따다가 젊은 여인이 침을 뱉어가며 둥글게 말아 환(丸)을 만드는데, 찻잎이 많이 나지 않고, 손이 많이 가므로 생산량이 적어 매우 귀하고, 값이 비싸서 그 값은 금값에 버금간다고 한다.

오래 전의 일이라고 한다. 어떤 사람이 향이 좋은 모리 잎으로 차를 만들기 위해 잎을 따려고 하였으나, 손이 닿지 않았다. 나무 위로 올라가려고 하였으나, 그것도 그리 쉽지 않았다. 그 사람은 여러 가지로 궁리한 끝에 나무를 베어 넘어뜨린 뒤에 잎을 따서 차를 만들었다. 그 사람은 그곳에 있는 나무를 하나씩 벤 다음에 잎을 따서 차를 만들어 팔아 많은 돈을 벌었다. 그러나 나무를 다 베고 난 뒤에는 더 이상은 찻잎을 딸 수 없었다. 이 차의 맛과 향이 좋다는 것을 안 사람들이 잎을 따려 하였으나, 소용이 없었다. 그로부터 150년이 지난 뒤에야 다시 나무가 자라서 차를 생산할 수 있었다.

그 후에 사람들은 모리나무를 베지 않고 잎을 딸 수 있는 방법을 여러 가지로 궁리하였다. 궁리 끝에 한 사람이 배에 과일을 싣고, 모리나무 밑으로 가서 나무 위에서 놀고 있는 원숭이를 향해 던졌다. 그러자 던질 것이 없는 원숭이는 나뭇잎을 따서 아래로 던졌다. 그 사람은 그 잎을 모아 가지고 와서 차를 만들었다. 지금도 모리차는 원숭이를 이용해 딴 잎을 말린 뒤에 여인들이 손으로 환을 만든다고 한다.

나는 이 이야기를 듣고, 진짜 현명한 사람이 누구인가를 생각해 보았다. 모리나무 잎을 따고 싶지만, 손이 닿지도 않고, 올라갈 수 없어서 잎 따기를 포기한 사람도 많았을 것이다. 그런데 한 사람은 나무를 베고 잎을 따서 많은 돈을 벌었다. 그 사람은 잎 따기를 포기한 사람에 비해 적극적이고 현명한 사람임에 틀림없다. 그러나 그 사람은 나무를 다 벤 뒤에는 그 잎을 딸 수 없었고, 그 뒤로 150년 동안 그 차를 생산할 수 없게 하였다. 그는 눈앞의 이익만을 생각하고, 그 뒤에 생길 일에는 관심을 가지지 않았다. 원숭이를 이용하여 잎을 딴 사람은 오늘은 말할 것도 없고, 내일도, 내년에도 잎을 딸 수 있을 것이다. 오늘의 이익과 함께 내일의 이익도 챙길 수 있으니, 그 사람이야말로 진짜 현명한 사람이라 하겠다.

우리 둘레에는 나무를 베고 잎을 따는 것과 같은 어리석은 일들이 수없이 벌어지고 있다. 지방세 수입을 늘리기 위해 보존해야 할 산림 녹지에 건축 허가를 내준 지방자치단체나, 당장의 이익을 위하여 산림을 훼손하는 사람들의 행동이 그렇다. 온천을 개발한다고 산림을 마구 훼손하고, 여기저기에 구멍을 뚫다가 방치해 두는 일 또한 그렇다. 홍수 조절과 물 부족 예방을 이유로 동강에 댐을 건설해야 한다는 주장 역시 마찬가지인데, 이를 백지화하기로 하였다니 다행이다. 그러나 동강댐 계획은 자연 자원을 보호하기 위해 백지화하는 것이 좋겠다고 하면서도 홍수 조절용 댐은 건설해야 한다는 주장이 새로 나왔다. 이것 역시 당장의 이익을 위하여 더 큰 것을 버리는 일이 아닌지를 깊이 생각해야 한다. 무분별

한 개발로 국토가 훼손되어 복구할 길이 없다는 말을 들으면, 답답하기 그지없다.

학교나 각급 기관에서 행하는 교육의 경우도 그렇다. 교육은 그 효과가 금방 나타나는 경우도 있지만, 일정 기간이 지난 뒤에 서서히 나타나는 것이고, 측정하기도 어려운 것이다. 그런데도 교육 기관의 경영이나 교육의 효과를 경제 논리로 가늠하고, 가시적인 효과가 나타나지 않은 교육과정이나 기관을 구조 조정이라는 이름으로 손질하려고 한다. 이 역시 잎을 따기 위해 나무를 베는 것과 같은 어리석은 일이라 하지 않을 수 없다.

요즈음 젊은 어머니나 아버지가 자녀를 가르치는 것을 보면서 걱정하지 않을 수 없다. 부모들은 아이가 찡그리기만 하여도 무엇이 못마땅해 그러는가를 살피느라 여념이 없고, 자녀가 해 달라는 것이면 무엇이든지 해 주고, 잘못을 저질러도 따끔하게 꾸짖지 않는다. 그리고 모든 것을 돈으로 해결하려 한다. 그래서 자녀들로 하여금 어려움을 모르고, 자제할 줄도 모르면서 제가 제일인 줄 알고, 돈을 제일로 알며 자라게 한다. 이런 아이는 자라서 남을 배려할 줄 모르는 이기적인 사람, 모든 것을 돈으로 해결하려는 사람, 어려움에 처하면 쉽게 좌절하는 사람, 모든 것을 남의 탓으로 돌리는 사람이 될 게 뻔하다. 자녀를 사랑하면 사랑할수록 지금 하는 일이 자녀의 인성 형성에 어떤 효과를 줄 것이며, 자녀의 장래에 어떤 영향을 미칠 것인가를 생각해야 한다. '지곤자성(知困自成)'이란 말이 있다. 곤고함을 알아야 스스로 성취하기 위해 노력하고, 노력 한 뒤에 성취할 수 있다는 말이다. 자녀를 키우는 부모는 자녀를 맹목적으로 사랑하고 감싸며 자녀의 기를 죽이지 않으려고 허둥대는 것과 같은 행동이 잎을 따기 위해 나무를 베는 것과 같은 어리석은 일임을 알아야겠다.

접객업소를 운영하는 어른들이 미성년자를 고용하여 말썽을 일으키고 있다. '영계가 좋다'며 미성년자가 있는 업소를 찾는 어른들이나, 눈앞의 이익에 눈이 어두워 이들을 고용하는 업소 주인들 역시 사회와 국가의 장래를 생각하지 않는 어리석음을 범하고 있다. 요즈음에는 외국의 값비싼 소비재 수입이 급증하고 있다고 한다. 외국산을 좋아하는 일부 사람들의 기호에 맞춰 소비 심리를 부추기면서 이익을 챙기려는 수입업자나 유통업체 운영자의 영리함이 나라의 경제를 어렵게 하고 있다. 이러한 사람들 역시 모리차 잎을 따기 위해 나무를 벤 사람과 다를 바 없다고 생각한다. 소비가 미덕인 양 소비 심리를 자극하고, 값비싼 소비재를 수입하여 무역 역조(逆調)가 심화되면 한국 경제가 어려워질 것은 뻔한 일이다. 모리나무가 다시 자라는 데 150년이 걸렸다고 하는데, 한 번 어려워진 경제를 바로잡기 위해서는 몇 년을 기다려야 할 것인가를 생각하면 답답하기 그지없다.

나무를 베고 잎을 따는 어리석음을 되풀이하지 않으려고 원숭이를 이용하여 모리나무 잎을 따는 양자강 유역 사람들의 지혜로운 이야기가 우리의 생활을 돌아보는 계기가 되었으면 한다.

〈조선문학 111, 서울 : 조선문학사, 2000. 6.〉

남을 배려하는 마음

며칠 전 강의실에서의 일이다. 강의실 앞쪽은 몇 가지 시청각 기자재가 자리 잡고 있어서 수강생 60명이 모두 들어오면 통로가 없을 정도로 비좁은 방인데, 수강생 중 몇 명이 교육실습을 나간 관계로 강의실 앞쪽과 뒤쪽에 빈자리가 있었다. 그런데 한 여학생이 강의용 의자를 강의실 뒷벽에 붙이고 뒷문 쪽에 앉아 있는데, 늦게 들어오는 학생이 뒷문을 여니 문이 의자에 걸려 다 열리지 않을 뿐만 아니라 부딪는 소리가 났다. 그것을 본 나는 큰 소리로 "뒷문 앞에 앉은 학생은 출입에 방해가 되니, 옮겨 앉아요." 하고 말한 뒤에 출석을 부르기 시작하였다. 출석 부르는 동안에도 몇 학생이 문 부딪는 소리를 내며 들어왔다. 출석을 다 부른 뒤에 그 여학생을 보니, 여전히 그 자리에 앉아 있었다.

나는 그 학생이 출입에 방해가 되는 것을 알면서도, 담당 교수가 옮겨 앉으라고 세 번씩이나 말을 하는데도 꼼짝도 하지 않은 이유를 이해할 수 없었다. 그래서 언성을 높여 출입에 방해가 되니 의자를 안쪽으로 당겨 놓으라고 하자, 그제야 옆의 책상으로 옮겨 앉았다. 나는 그 학생이 옮겨 앉는 것을 보면서, 어째서 저런 행동을 할까? 요즈음 학생들은 형제자매가 하나 또는 둘인 집에서, 부모님이 자기만을 위해 주는 분위기에서 자라서 남을 배려하는 마음을 기르지 못한 데다가 남의 말을 간섭으로 생각하고 잘 받아들이려 하지 않는 때문이 아닐까? 그들에게 남을 배려하는 마음을 기대하는 것은 나의 지나친 욕심이 아닐까? 이런 생각을 하며 마음을 가라앉히고, 강의를 진행하였다.

강의를 마치고 연구실에 온 뒤에는 다른 일을 하느라고 조금 전의 일을 잊고 있었는데, 그 여학생이 찾아와 강의실에서의 일을 사과하였다. 그리고 자기가 뒤에 앉은 까닭이 실은 남을 위한 배려였다고 하였다. 눈물을 흘리며 자기의 진심을 말하는 그 여학생을 보면서, '남을 배려할 줄 모르는 학생'이라고 꾸짖은 나 역시 학생의 입장을 배려하지 못하였다는 생각이 들어 미안하다고 사과하였다. 이어서 매사를 긍정적으로 생각하고, 친구들과 잘 어울리며 생활할 것을 당부하자, 그 학생은 가벼운 표정으로 연구실을 나갔다.

이 일을 계기로 하여 나는 '남을 배려하는 마음'에 관하여 잠시 생각해 보았다. '남을 배려하는 마음'을 가진 사람은 자기만을 생각하는 이기심이나 자기만이 옳다는 독선적인 마음을 갖지 않을 것이다. 그리고 얌체 같은 짓을 하지 않음은 물론, 질서를 잘 지키며, 거짓말을 하거나 남을 속이는 일을 하지 않을 것이다. 또, 남을 골탕 먹이고, 남의 물건을 훔치거나 빼앗는 일을 하지 않을 것이다. 이런 사람이 많은 사회는 질서가 잘 지켜지는 밝고 명랑한 사회가 될 것이다.

승용차를 운전하다 보면, 과속으로 달리기, 급히 차로(車路) 바꾸기, 갑자기 끼어들기 등 교통 법규를 어기는 차량들이 많다. 또 혼잡한 교차로에서 서로 먼저 가려고 차머리를 들이미는 바람에 차들이 뒤엉켜 혼잡을 가중시키는 경우가 많다. 주차장에 가 보면, 옆 차선에 걸쳐서 세운 차가 있어 뒤에 오는 차량 역시 옆 차선에 걸쳐 세우게 되어 결국은 한 대 또는 두 대를 세울 수 없게 하는 경우가 있다. 또, 진출로에 차를 세워 다른 차량의 통행에 불편을 주는 경우도 있다. 운전자가 남을 배려하는 마음을 갖고 조금만 유의하면, 교통질서·주차질서가 확립되어 좀 더 나은 환경에서 운전하고 주차할 수 있을 터인데, 나만을 생각하는 바람에 여러 사람이 많은 불편을 겪지 않으면 안 된다.

몇 년 전에 일본에 갔을 때의 일이다. 일본 사람들은 인도에서 여러 사람이 걸을 때는 반드시 종대(縱隊)로 걸었다. 그래서 뒷사람이 앞질러 가거나 반대편으로 가는 사람이 통행하는 데에 불편을 느끼지 않게 하였다. 이것은 일본인들이 지닌 남을 배려하는 예절이기도 하고, 좁은 인도를 효율적으로 통행하는 지혜라고 할 수도 있다. 그런데 우리의 현실은 어떠한가? 건물의 복도나 좁은 인도를 걸을 때 횡대(橫隊)로 걷는다. 그래서 뒷사람이 앞질러 갈 수도 없고, 반대편에서 오는 사람이 비켜가기도 불편하다. 통행 방법을 기준으로 말한다면, 일본 문화는 '종대문화'이고, 한국 문화는 '횡대문화'라 할 수 있다. 이것은 어려서부터 남을 배려하도록 가르치고 훈련을 하였느냐, 그렇지 않으냐에 따라 생긴 문화의 차이라고 생각한다.

남을 배려하는 마음은 어려서부터, 생활을 통하여 기르도록 해야 한다. 내가 어렸을 때 어른들은 온 가족이 함께 쓰는 세수수건은 다른 식구를 배려하여 한쪽 자락만 쓰라고 하였다. 상위에 놓은 생선을 먹을 때에도 다른 사람을 생각해 한쪽 부위만 먹으라고 하였다. 그리고 학교에서 복도를 지나다닐 때에는 한쪽으로 줄을 서서 다니라고 가르치고 훈련을 하였다. 그런데 요즈음 어른들은 자녀들에게 이런 것을 가르치기보다는 자기만을 생각하고 행동하도록 가르친다. 그래서 자기만 아는 이기적인 아이들을 길러내고 있다. 이렇게 자란 어린이는 어른이 된 뒤에도 자기만을 생각하는 이기적이고 독선적인 사람이 될 것이다. 그래서 자기의 이익을 위하여는 질서를 무시하는 행동을 쉽게 하게 되고, 심할 때에는 범죄 행위도 서슴지 않게 된다.

남을 배려하는 마음은 가정에서 부모가 가르침은 물론이고, 유치원·초·중·고교에서 교육과정에 넣어서 가르치고 훈련해야 한다. 그래서 남의 처지나 형편을 헤아려 행동하는 사람, 질서를 잘 지키는 사람을 길러내야 한다. 남을 배려하는 마음을 가진 사람이 많은 사회는 서로를 존중하는 사회, 질서가 잘 지켜지는 사회가 될 것이다. 이런 사회가 구현(具現)되기를 기대한다.

〈조선문학 통권 152호, 서울 : 조선문학사, 2004. 1.〉

술 생긴 내력과 술버릇

며칠 전, 종로에서 친구와 저녁 식사를 하고, 집으로 오려고 시내버스를 탔을 때의 일이다. 동대문을 지나 안암동에 오니, 손님이 많이 내려 버스 안에는 손님이 별로 없었다. 고려대학교 앞에 오니, 한 중년 남자가 비틀거리며 버스로 올라왔다. 그를 보면서 밤이 깊지도 않았는데 비틀거릴 정도로 취한 것을 보니, 일찍부터 술판을 벌였던 모양이라며 대수롭지 않게 생각하였다.

그 사람은 빈자리가 있는데도 앉지 않고, 자리에 앉아 있는 손님을 찾아다니며 혀 꼬부라진 소리로 말을 걸었다. 손님들이 대꾸하지 않으니까, 뭐라고 욕을 하더니, 앞으로 가서 운전기사에게 말을 걸었다. 기사가 좋은 말로 빈자리에 가서 앉으라고 하였으나, 그 사람은 듣지 않고 욕을 하며 기사의 옷을 잡아 흔들었다. 운전을 제대로 할 수 없을 정도로 기사를 흔들어 대니, 불안을 느낀 손님들이 그만두라고 소리쳤지만, 그 사람은 그에 아랑곳하지 않고 더 세게 흔들어댔다. 화를 참고 다음 정류장에 온 기사는 차를 세우고, 그 사람을 차에서 끌어내린 뒤에 출발하였다.

다음 정류장에서 내린 나는 집으로 오며, 그 사람에 관해 잠시 생각해 보았다. 잠깐이기는 하지만, 오늘의 행동으로 보아 그 사람은 술만 먹으면 아무에게나 시비를 걸어 싸우는 '술버릇'을 가진 게 아닐까 하는 생각이 든다. 그 사람이 곱게 집으로 갔으면 좋으련만, 길가는 사람에게 시비를 걸어 싸우다가 얻어맞거나 제풀에 넘어져 다치지는 않았을까 걱정되었다.

술버릇에 생각이 미치자, 사병으로 군에 있을 때의 일이 생각난다. 내가 근무하는 소대에는 술버릇이 유별난 사람이 둘 있었다. 한 사람은 술만 먹으면 우는 사람이다. 그 부대에 배속된 지 얼마 되지 않은 토요일 밤의 일이다. 오후에 외출했던 그는 술이 얼큰하게 취해 들어와서 동기들과 재미있게 이야기하다가 노래를 부르곤 하였다. 신병인 나는 그의 이야기 소리와 노랫가락을 들으며 잠이 들었다. 한참을 자다가 깨어보니, 그가 소리 내어 '엉엉' 울고 있었다. 나는 무슨 슬픈 일이 있어서 울겠거니 하고, 다시 잠이 들었다. 그 후에도 그는 자주 술을 마셨는데, 술에 취하기만 하면 처음에는 재미있게 이야기하고 노래를 부르지만, 끝에 가서는 '엉엉' 울곤 하였다. 또 한 사람은 술만 먹으면, 싸우는 사람이다. 그는 외출하여 술을 먹기만 하면, 민간인이나 다른 부대 사병들과 싸움을 하고, 부대에 들어와서는 부대원들과 싸움을 하여 상대방을 때리거나 매를 맞곤 하였다. 그래서 그로 인한 말썽이 끊이지 않았다. 두 사람의 술버릇은 제대하여 부대를 떠나는 날까지 계속되었다. 그래서 나는 그 두 사람을 술만 먹으면 우는 사람과 싸우는 사람으로 기억하고 있다.

나는 사회생활을 하면서도 주사(酒邪)가 있는 사람을 여럿 보았다. 이들을 보면서, 이런 술버릇은 왜 생기는 것일까를 곰곰 생각해 보았다. 우리의 설화 중 〈술이 생긴 내력〉 이야기는 옛사람들이 이를 어떻게 생각하였는가를 말해 준다.

옛날에 한 효자가 위독한 아버지의 병은 세 사람의 간을 먹어야 낫는다는 말을 들었다. 그는 밤에 멀리 떨어진 산 고개에 숨어 있다가 그곳을 지나는 선비·중·미친 사람을 차례로 죽이고, 간을 취한 뒤에 시신을 잘 묻어 주었다. 그 약을 먹은 아버지는 병이 씻은 듯이 나았다. 그가 1년 뒤에 세 사람의 무덤을 찾아가 보니, 지금껏 보지 못한 풀이 자라고 있었다. 그는 세 사람의 영혼이 깃들어 있는 풀이라 생각하고, 뽑아가지고 와서 자기 밭에 심었다. 그 풀의 씨앗이 밀인데, 사람들은 밀로 누룩을 만들어 술을 빚어 먹었다.

이 이야기에서 밀은 억울하게 죽은 세 사람의 영혼이 깃들어 있는 곡식이다. 그래서 밀로 만든 누룩을 넣어 빚은 술을 먹으면, 처음에는 선비처럼 점잖지만, 그 다음에는 혼자 염불을 외는 중처럼 묻지 않아도 말을 많이 하고, 그 다음에는 미친 사람처럼 날뛴다고 한다. 이 이야기는 술의 속성과 술 취한 사람이 보이는 행동의 변화를 빗대어 표현하고 있어 매우 흥미롭다.

이스라엘 사람들의 지혜와 교훈이 깃들어 있는 《탈무드》에 포도주 생긴 내력이 적혀 있다. 먼 옛날에 포도나무를 심고 있는 사

람에게 악마가 다가와서 무슨 나무냐고 물었다. 그 사람이 "이 나
무는 달고 맛있는 열매가 열리는데, 그 즙을 먹으면 행복해진다."
고 하였다. 악마는 자기도 끼어 달라고 하더니, 양·사자·돼지·원
숭이를 끌고 와서 죽여 그 피를 비료로 흘려 넣었다. 그 나무에서
열린 열매를 따서 포도주를 만들었다. 그래서 포도주를 처음 마시
기 시작할 때에는 양처럼 온순하고, 조금 더 마시면 사자처럼 난
폭해지고, 그 다음에는 돼지처럼 더러워지고, 그 다음에는 원숭이
처럼 춤을 추기도 하고, 노래를 하기도 하며 허둥댄다고 한다.

이처럼 이스라엘에서는 포도나무가 양, 사자, 돼지, 원숭이의
피를 먹고 자랐기 때문에 포도주를 먹고 취하면 그 동물들의 행태
를 보인다고 한다. 한국과 이스라엘의 술 생긴 내력 이야기는 같
은 사고법에 의해 꾸며졌다. 그러나 농경민족과 유목민족의 문화
요소가 반영되어 서로 다른 점도 있다.

술은 혈액 순환을 촉진하고, 억제되었던 감정을 풀어내어 기분
을 좋게 한다. 그래서 예로부터 술은 '적즉보명 과즉손명(適則保命
過則損命, 적당하면 건강에 좋고, 과하면 건강에 해롭다.)'이라고 한다. 그런데
술은 먹기 시작하면 자꾸 더 먹게 되어 주량을 초과하게 된다. 그
러면 술버릇이 나와 실수를 하게 되고, 건강도 해치게 된다. 술을
먹을 때 '제1단계는 사람이 술을 먹고, 제2단계는 술이 술을 먹고,
제3단계는 술이 사람을 먹는다.'고 한다. 고약한 술버릇은 제1단
계에서는 나타나지 않고, 제2단계를 지나면서 나타나는 것이니,
제1단계에서 술자리를 털고 일어나면 아무 문제가 없을 것이다.

'술버릇은 죽어야 고친다.'는 말이 있다. 이것은 한번 몸에 밴

술버릇은 고치기 어렵다는 것을 나타내는 말이다. 술버릇은 술을 배울 때 생긴다고 한다. 어린 나이에 친구끼리 몰래 술을 마시며 감정을 발산하곤 하면, 자기도 모르게 나쁜 술버릇이 생길 것이다. 그러나 어른들 앞에서 술을 배운 사람은 고약한 술버릇이 생기지 않을 것이다. 제사 지내고 음복(飮福)할 때 어른들이 따라 주는 술을 마시면서 술을 배우거나, 아버지나 어려운 선배와 마시면서 술을 배운 사람은 술버릇이 곱다고 한다. 그래서 옛 어른들은 제사 지낸 뒤에 음복이라는 이름으로 어린아이에게도 술을 따라 주며 마시게 하였고, 관례(冠禮) 때에는 초례(醮禮)라 하여 술 마시는 예절을 가르쳤던 것이다.

〈술이 생긴 내력〉에서 말한 것처럼 술은 선비와 중과 미친 이의 속성을 지니고 있으니, 술을 마시지 않으면 고약한 술버릇을 걱정할 필요가 없다. 그러나 술은 우리 생활과 밀접한 관계를 맺고 있어서 술을 먹지 않으며 사회생활을 하기란 그리 쉽지 않다. 그렇다면, 술은 마시되 자제할 줄 알고, 고약한 술버릇을 갖지 말아야 한다. 그래서 나는 기회가 있을 적마다 가정에서 부모가 자녀에게 술 마시는 예절과 요령을 가르칠 것을 권하고 있다. 이것은 건전한 음주문화를 형성하기 위해서 필요한 일이라 생각한다.

〈한국수필 제104호, 서울 : 한국수필가협회, 2000. 6.〉

말보다 행동으로

며칠 전 큰 회사의 대리로 근무하는 생질(甥姪)과 조용히 앉아 여러 가지 이야기를 나누었다. 함께 이야기하는 중에 '기독교인의 행동'이 화제에 올랐다. 그는 다소 역정 섞인 말투로, "직장에서 예수 잘 믿는다고 떠들며 설치는 사원들 때문에 창피하고 화가 나서 교회를 못 다니겠어요." 하였다. 장로의 아들로, 얼마 전에 교회 집사가 되어 바른 신앙생활을 하려고 애쓰는 그가 이러한 말을 하는 것이 의아스러워 그 이유를 물어 보았다.

그는 몇 사람의 실례를 들면서 이야기하였다. 예수를 믿는다고 떠들며 설치는 사람들이 교회에 나가지 않는 사람보다 더 이기적이고, 독선적인 행동을 하여 사람들의 빈축(嚬蹙)을 사곤 한다는 것이다. 예수를 믿는 사람이라고 내세웠으면, 그에 걸맞은 행동을 하고, 그렇지 못할 바에는 예수 믿는 사람이라고 떠들지나 않았으면 좋을 텐데, 그들은 그러지를 않는다는 것이다. 이기적이고 독선적인 그들의 말과 행동에 사람들은 혐오감을 느끼고, "예수 믿는 사람은 다 저렇다."고 비아냥거린다고 한다. 그런데도 장본인들은 그런 사실을 모르는지, 예수를 믿고 자기 교회에 나오라고 전도를 한단다.

우리 둘레에는 이웃을 사랑하며 남모르게 봉사하는 사람이 많이 있다. 그런가 하면, 기독교인임을 내세워 성경의 가르침대로 살려는 선량한 기독교인들을 속이거나 바가지를 씌워 자기의 이익을 챙기는 사람도 많이 있다. 이런 사람들도 틈만 나면, 믿지 않는 사람들에게 전도하고, 예수를 믿도록 권면하는 말을 한다. 이러한 사람의 전도가 효과가 있을까?

모든 종교는 포교를 매우 중요하게 여기는데, 기독교 역시 그러하다. 따라서 믿지 않는 사람에게 예수를 믿도록 권면하고, 전도하는 일은 기독교인의 사명이기도 하다. 기독교인은 믿지 않는 사람들에게 열심히 전도하여야 한다. 그러나 열심히 전도하고 권면하는 일보다 더 중요한 것은 '내가 예수 이름을 더럽히거나 욕되게 하여 전도를 방해하고 있지 않은가?' 하고 자신을 돌아보는 일이다. 무심코 한 말이나 행동이 전도를 막음은 물론, 한 영혼을 교회 밖으로 쫓아내는 경우도 있다.

내가 아는 교수 한 분이 들려준 이야기는 전도와 관련하여 많은 것을 생각하게 한다. 그분은 교회에 좀 다니다가 미국 유학을 갔고, 거기에서 열심히 교회에 다녔다고 한다. 그가 박사학위를 받고 귀국한 지 얼마 안 되어 부인과 함께 교회에 갔을 때의 일이라고 한다. 교회 마당에 주차 공간이 있기에 후진하여 주차할 요량으로 차를 앞으로 뺐는데, 그 사품에 점잖게 차린 한 중년 남자가 차의 머리를 앞으로 하여 잽싸게 그 자리에 차를 댔다. 그는 화가 나기도 하고, 기가 막혀 멍하니 있다가 다른 자리에 차를 대고, 그 사람의 행동을 지켜보았다. 그런데 그 사람은 미안하다는 표정 하나 없이 차의 문을 잠그고, 바로 그 교회로 들어갔다. 그는 '저렇게 뻔뻔한 사람과 한 자리에 앉아 예배드릴 수 없다.'는 생각에 부인만 예배에 참석하게 하고, 그대로 돌아왔다. 그 뒤로 그는 교회에 나가지 않고 있다고 하였다.

신앙은 사람을 보고 믿는 것이 아니라는 것을 잘 알고 있는 그가, 한 사람의 그릇된 행동을 구실로 교회에 나가지 않는 것은 잘한 일이라고 생각하지 않는다. 그러나 그 교회의 임원일지도 모르는 그 중년 남자는 이기적이고 독선적인 행동을 하여 전도는커녕 제 발로 찾아온 교인을 문전에서 쫓아버리고 말았다는 비판을 면할 길이 없다.

요즈음 믿지 않는 사람에게 전도하기가 여간 힘들지 않다고 한다. 먼저 믿은 사람은 전도하는 데에 힘을 기울이는 것도 좋지만, 전도에 방해가 되는 언행을 하거나, 스스로 교회를 찾은 사람을 쫓는 일이 없도록 해야 한다. 나의 말과 행동이 기독교인으로서 부족함이 없고, 믿지 않는 사람에게 본을 보일 때 전도는 효과가 있는 것이다. 이것은 누구나 아는 사실이지만, 이를 실천하는 것은 쉬운 일이 아니다.

그런데 내가 전에 가르친 학생이었던 ㅁ군은 이를 잘 실천하였다. ㅁ군은 고등학교를 졸업한 후 서울시 공무원 채용시험에 합격하여 동사무소에 근무하면서 대학입시 공부를 하여 30세가 다 되어 야간대학에 입학하였다. 그는 자기가 기독교인이라는 사실을 드러내지 않는 가운데 예수님의 가르침을 실천하려고 애를 썼다. 그는 2학년 때부터 직장을 그만두고 공부만 하였으므로 경제적으로 어려움이 많았지만, 남을 돕는 일에는 앞장을 섰다. 착하고 부지런하며 겸손한 그를 학우들은 좋아하였다. 그래서 나이가 제일 많은 그를 과대표로 선임하였다. 그때는 학교가 재단 문제로 교수와 학생들의 의견이 엇갈려 어려움이 많던 때였다. 그는 서로 다른 학우들의 의견을 나이든 형과 오빠의 입장에서 이해해 주었다. 그리고 충고하고 설득하여 화합을 이루면서 무리 없이 과를 이끌었다. 그는 몇 학기에 걸쳐 과대표를 맡았는데, 과의 일에 솔선수범(率先垂範)하고, 봉사의 자세를 흐트러뜨리지 않았다. 그래서 당시 학생들 사이에 첨예하게 대립되던 재단 문제에 그와 의견을 달리하는 학우들도 그를 욕하거나 탓하지 않고, 그의 말에 귀를 기울임은 물론, 인간적으로 그를 좋아하였다.

그는 가끔 나와 대화하면서 학생으로서, 과대표로서 힘들고 속상한 마음을 털어놓곤 하였다. 그는 과대표를 하는 동안에 재단 문제에 의견을 달리하는 사람들로부터 모함을 당하고, 오해를 받기도 하였으며, 참기 어려운 수모를 당하기도 하였다. 그런데도 끓어오르는 분노를 참고 견디며 정도(正道)에서 벗어나는 언행을 하지 않으려 애를 썼다. 그의 말을 들으면서 그보다 나이를 더 먹고 수양을 많이 하였다고 생각하는 내가 그 상황에 처했다고 하여도 그보다 나은 행동을 할 수 없었을 것이라는 생각이 들었다. 나는 그에게 인격적 수양과 인내력이 대단하다고 칭찬하였다. 그러자 그는 목사님과 성경의 가르침, 신앙에 의지하면서, 예수의 이름을 더럽히지 않겠다는 각오와 결심으로 참으며 생각을 정리하곤 하였다고 하였다.

같은 과에 그와 잘 어울리던 친구 넷이 있었는데, 그들은 모두 직장을 가지고 있었고, 나이도 든 편이었다. 나는 이들과 여러 번 만나 대화한 적이 있는데, 그들은 ㅁ군의 생활 태도와 신앙에 호감을 가지고 있었다. 그중의 한 학생이 그동안 예수 믿는다고 하는 사람 치고 좋은 사람을 못 봤는데, ㅁ군은 좀 다르다면서 예수 믿는 사람들이 모두 ㅁ군만 같다면 자기도 교회에 다니겠다고 하였다. 나는 이 말을 들으며 기독교인은 말로 전도하는 것이 아니라, 행동으로 전도해야 한다는 사실을 다시 한 번 느꼈다.

목사가 되겠다던 ㅁ군은 국문과를 졸업한 뒤에 자기가 다니고 있는 교회가 속한 교파의 신학대학에 편입학하여 학부와 대학원 과정을 마치고, 목사가 되었다. 국문과 학생일 때 행동으로 전도를 하던 그가 신학을 공부하고, 신앙의 탑을 쌓아 목사가 되었으니, 그의 교회는 참신앙을 가진 신도들로 가득 찰 것이라 생각한다.

기독교인으로서 전도하려는 사람은 신약성경 〈사도행전〉에 나오는 바나바처럼 동네에서나 학교에서, 또는 일터에서 착하고 너그러우며 겸손하게 행동해야 한다. 그러면 이웃이나 친구, 직장의 동료들이 그 행동을 보고 따를 것이다. 말없는 가운데 행동으로 보이는 전도가 가장 효과적인 전도의 방법일 것이다.

〈나의 생활 나의 믿음-10인 수상록-, 한국교원대학교 기독인 교수회, 1994. 3.〉

의사의 말 한마디

　말은 사람의 사상과 감정을 나타내는 도구이다. 사람들은 말을 통해서 자기의 생각이나 느낌을 나타냄은 물론, 다른 사람의 생각이나 느낌을 알기도 한다. 말이 없으면, 자기의 생각이나 감정을 제대로 드러낼 수도 없고, 남의 생각이나 느낌도 제대로 알 수 없게 된다. 그러므로 대인관계에서 말처럼 중요한 것은 없다. 우리의 속담 중에 "말 한마디로 천 냥 빚 갚는다"는 말이 있는데, 이것은 말의 중요성을 일깨워 주는 말이다. "고기는 씹어야 맛이요, 말은 해야 맛이다."는 말도 있는데, 이것은 하고 싶은 말을 마음속에 담아두기보다는 말함으로써 오히려 속도 시원해지고, 자기의 뜻을 상대방에 전할 수도 있음을 나타내는 말이다.

　대인관계에서 말을 많이 하는 것이 좋은가, 적게 하는 것이 좋은가는 사람에 따라 다르고, 시간과 장소, 형편과 처지에 따라 다를 것이다. 필요 없는 말을 많이 하는 것은 곤란하지만, 말수가 너무 적은 것도 바람직한 일은 아니다. 나는 처음 만나는 사람이나 친하지 않은 사람과 여러 말을 하는 것을 그리 좋아하지 않는다.

좋아하지 않는다기보다는 무슨 말을 해야 좋을지 몰라서 그저 서먹서먹하게 앉아 있다가 헤어지는 경우가 많다. 그러다 보니, 비사교적이라는 말을 듣게 되는데, 이것은 나의 성격 탓이리라. 그래서 나는 처음 만나는 사람과 이야기를 잘하는 사람, 외국인과 만났을 때에도 서툰 외국어로 쉴 새 없이 이야기하는 사람을 보면, 부러운 생각이 든다.

오늘날에는 말을 많이 해야 하는 직업이 여러 가지가 있다. 이런 직업을 가진 사람은 말하기를 좋아하는 성격이든, 그렇지 않든 간에 말을 많이 해야 한다. 남을 가르치는 입장에 있는 교원은 교육에 대한 확고한 신념과 전문 지식을 가지고 많은 말을 해야 한다. 선생님의 말 한마디는 학생의 인격 형성과 진로 결정에 큰 영향을 끼친다. 남의 병을 고치는 것을 주 임무로 하는 의사 역시 의술에 대한 신념과 전문 지식을 가지고 환자들과 많은 말을 해야 한다. 의사의 말 한마디는 환자에게 심리적 안정과 함께 치병(治病)에 대한 신념을 갖게 해 주기도 하고, 불안과 절망의 늪에 빠지게 하기도 한다.

지난 가을의 일이다. 이에 문제가 생겨 여러 날 치과에 다녔는데, 내가 다니는 치과와 같은 건물 위층에는 안과가 있다. 그래서 잘되었다 싶어 치과에 가는 길에 위층에 있는 ㄱ안과에 가서, 2~3년 전부터 수시로 눈물이 나는 것을 고칠 수 있는가 진찰을 받기로 하였다. 안과에 가 보니, 넓고 깨끗한 진료실과 새로운 진료기기들이 갖춰 있고, 간호사들이 매우 친절하였다. 나는 50대 중반으로 보이는 의사 앞으로 가서, 수시로 눈물이 조금씩 흘러 손수

건으로 씻어야 하기 때문에 고속도로 운전을 할 때나 여러 사람 앞에서 강의를 할 때 매우 불편하여 왔다고 하였다. 의사는 진찰을 하고는 뭐라고 말을 하는 것 같았는데, 잘 알아듣지 못했다. 간호사가 옆방으로 가라고 하여 갔더니, 간이침대에 눕히고, 눈에 약을 넣었다. 조금 누워 있으니까, 의사가 와서 아래눈까풀을 만지더니, 거기에 주사기를 꽂아 아래쪽으로 밀어 넣었다. 아픈 것을 간신히 참고 있으니까, 코로 약물이 넘어왔다. 간호사가 약물이 넘어왔느냐고 묻기에 그렇다고 하니, 주사기를 빼고는 약을 발라 주었다. 그리고는 의사는 말 한마디 없이 진료실로 나가 다른 환자를 진료하였다. 내가 궁금하여 간호사에게 무슨 치료를 하였느냐고 물으니, 간호사가 눈물길이 막혀서 눈물길을 뚫었으니, 괜찮을 것이라고 하면서 주사를 놓아 주었다. 간호사의 안내로 다시 진료실로 나와 적외선 치료를 받았다.

나는 혹시 의사가 나의 병에 대해 말해 줄까 하여 그 앞에 서 있었지만, 의사는 나에게는 전혀 관심을 기울이지 않고, 다른 환자의 차트를 읽고 있었다. 병의 상태와 치료 계획 및 일정을 알기 쉽게 설명해 주던 치과의사와는 아주 대조적이어서 어리둥절하였다. 그때 간호사가 나오라고 하여서 의사에게 인사를 하고, 진료실을 나왔다. 간호사가 두 가지 약을 주었다. 무슨 약이냐고 물으니, 눈물길을 건드려서 염증이 생길 것 같아 염증을 치료하는 약이라고 하면서, 눈에 넣는 요령과 복용법을 설명해 주었다. 나는 내 눈병의 원인과 치료 방법이 무엇인지도 모른 채, 약봉지를 받아들고 나왔다. 집에 돌아오니, 아내가 안과에 갔었느냐면서 눈물이 흐르는 원인과 치료 방법이 무어라고 하더냐고 물었다. 나는 안과에서 있었던 일을 이야기하고, 다음에 가서 자세히 물어봐야 겠다고 하였다.

며칠이 지났다. 간호사가 일러준 대로 눈에 안약을 넣고, 먹는 약을 시간 맞춰 먹었으나 눈물 나는 것은 전과 다름이 없었다. 약속한 날, 치과에 들렀다가 다시 안과에 갔다. 안과 의사는 아무 말 없이 눈을 관찰하고, 약을 발라 주었다. 나는 간호사가 시키는 대로 주사를 맞고, 물리치료를 받고 돌아왔다. 그날도 의사의 말은 한마디도 듣지 못하고 돌아왔다.

세 번째 안과에 갔을 때의 일이다. 차례를 기다리고 앉아 있는데, 간호사가 의사에게 전화가 왔다고 하니, 환자를 진료하던 의사가 전화를 받았다. 친구인 듯한 사람의 전화를 받는 의사는 환자에게 침묵으로 일관하던 것과는 달리 경상도 억양으로, 말을 아주 잘 하였다. 나는 의사가 전화 받는 것을 들으며, '저 의사가 혹시 언어장애가 있어서 되도록 환자에게 말을 적게 하는 것이 아닐까?' 하던 의문이 가셨다. 그 대신 '저렇게 말을 잘하는 의사가 어째서 자기 환자들에게는 말을 잘 하지 않을까?' 하는 의문이 생겼다.

내 차례가 되었다. 의사가 어떠냐고 묻기에, 나는 전혀 달라진 것이 없다고 하면서, 눈물길이 다시 막혀서 또 뚫어야 하는 것 아니냐고 말했다. 그러자 의사는 말없이 고개만 가로저었다. 그리고는 다시 처치실로 가라고 하였다. 의사는 이번에도 아무 말 없이 처음 왔던 날과 같이 눈물길에 주사기를 넣어 약물을 흘려 넣어

보고는 진료실로 가버렸다. 주사를 맞고, 물리치료를 받은 다음, 약봉지를 받아 가지고 돌아오는 나는 자세한 설명을 해 주지 않는 의사의 태도가 섭섭하다 못해 야속하였다. 나는 자기 병원의 환자이기도 하지만, 내 삶의 자리에서 내 몫을 하며 자부심과 긍지를 가지고 살아가는 인격체인데, 대접을 받기는커녕 무시당했다는 생각이 들어 화가 치밀어 오르기도 하였다.

또 한 주일이 지나고, 다시 안과에 가기로 한 날이 다가왔다. 나는 다른 병원으로 갈까 하다가, 다른 병원에는 손님이 많아 기다리는 시간이 많다는 말을 듣고 한 번만 더 가기로 하고, 다시 ㄱ안과에 갔다. 나는 의사 앞에 앉자마자, 여러 가지 궁금하던 것을 묻고, 차도가 없음을 말하는 등 수다를 떨었다. 그러나 의사는 내 말을 들었다는 듯이 고개만 끄덕일 뿐, 별 말이 없었다. 간호사에게 뭐라고 하면서, 서랍 속에서 약을 꺼내 주었다. 나는 또 허탕을 쳤다는 기분을 느끼며, 대기실로 왔다. 간호사는 전과 다른 약병을 보여주며, 이것은 좋은 수입약인데 값이 꽤 비싸다고 하였다.

4주 동안 안과에 다녔으나, 시도 때도 없이 찔끔찔끔 눈물이 흐르는 것은 전혀 달라진 것이 없다. 이 병의 원인이 무엇인지, 치료를 할 수 있는 것인지, 치료가 불가능하여 평생을 그대로 살아야 하는지조차 모른 채, 내가 병원에 다닐 시간을 내는 데 제일 편리한 12월이 다 지나가 버렸다. 그 안과 의사가 섭섭하고 야속하다 못해 원망스럽기까지 하였으나, 나나 내 아들이 안과의사가 되지 못한 것을 탓하는 것밖에는 도리가 없었다.

며칠 후, 나는 집에서 가까운 다른 안과를 찾아갔다. 그 의사는 아주 친절하여 눈물이 나는 원인과 치료 방법을 자세히 설명하고, 치료 방법과 치료 가능성까지 설명해 주었다. 나는 비로소 내 병의 원인이 눈물길의 기능이 퇴화하여 그런 것임을 알았고, 치료의 방법과 회복 가능성에 대해서 알게 되었다. 그 의사의 치료도 효과가 없기는 마찬가지였지만, 나는 내 병의 증세와 치료 방법을 자세히 설명해 주고, 최선을 다한 그 의사에게 감사하는 마음을 가지고 있다.

나는 아는 분의 소개를 받아 또 다른 안과에 갔다. 그 의사는 내 병의 증세를 자세히 설명해 주고는, 서울에서 유명한 안과에 가서 수술을 받으면 효과가 있을 것이라 하였다. 나는 그분의 친절하고 솔직한 말에 감사하며, 그분이 소개해 주는 안과병원으로 갔다.

그곳은 대를 물리며 하는 유명한 안과로, 여러 명의 의사가 전공분야에 따라 진료를 하였다. 눈물길에 관한 것은 그 병원 원장님이 전문이라 하여, 나는 몇 차례에 걸쳐 원장님의 검사를 받았다. 원장님은 눈코 뜰 새 없이 바쁜 데도, 병의 상태·원인·치료 방법 등을 아주 친절하고 자세하게 설명해 주었다. 그리고는 수술을 해야 한다고 하면서, 수술 일정을 잡아 연락해 주겠다고 하였다. 그래서 지금은 수술 일정이 잡혀 연락이 오기를 기다리고 있다. 나는 그분의 친절에 감사하며, 진작 이 병원을 찾지 않고 여기저기 다니며 돈 들이고, 시간 버리고, 고생한 것을 후회하였다.

나는 요즈음 치과·안과의원 외에도 내과·정형외과와 한의원에 간 적이 있다. 그중에는 환자에게 병의 원인과 치료에 대하여 친절하고 자세하게 설명해 주는 의사가 있는가 하면, ㄱ안과의 의사처럼 설명을 하지 않거나, 설명을 하기는 하되 건성으로 하는 의사가 있었다. 그런데 재미있는 것은 환자의 수준에 맞춰 친절하고 자세하게 설명하는 의사가 있는 의원은 예약을 하지 않고는 진료를 받을 수 없을 정도로 환자들이 몰리고, 그렇지 않은 곳은 의사나 간호사가 잡지나 소설책을 읽으며 소일해야 할 정도로 손님이 없는 것이었다. 친절하고 자상하게 말해주는 의사에게 환자가 몰리는 것은 당연한 일이다.

흔히 의술을 인술(仁術)이라고 한다. 의사가 애써서 익힌 지식과 기능(技能)을 환자의 입장과 처지를 생각하면서 성심성의껏 활용하면 인술이 되는 것이고, 그렇지 못하면 인술이라 하기 어려울 것이다. 의사의 친절한 말 한마디는 환자의 불안한 마음을 씻어주고, 환자로 하여금 치병에 대한 신념을 갖게 하며, 의사를 믿고 그의 치료 방법을 따르게 한다. 이럴 때에 환자는 치료의 효과를 거두게 될 것이니, 이를 일러 인술이라 할 것이다. 나는 의사의 친절한 말 한마디가 인술을 베푸는 첫걸음이 아닐까 생각한다.

〈월간충청 제214호, 1994. 7.〉

개와 오륜五倫

사람으로서 지켜야 할 도리를 다하지 못한 사람을 흔히 '개새끼', 또는 '개 같은 놈', '개만도 못한 놈'이라고 욕한다. 이런 욕설은 요즈음에만 쓰이는 것이 아니고, 전에도 많이 쓰였던 모양이다. 이와 관련된 재미있는 옛날이야기가 전해 오는 것을 보면.

조선 시대의 한 선비가 아이·어른 할 것 없이 건뜻하면 '개새끼'라고 욕하는 것을 듣고, "나는 개새끼만 되면 좋겠다."고 하였다. 한 친구가 "다른 사람들은 '개새끼'란 말을 들으면 화를 내는데, 개새끼만 되면 좋겠다고 하는 이유가 무어냐?"고 물었다. 이 말을 들은 그 선비는 '사람은 오륜(五倫)을 지키지 않지만, 개는 오륜을 지키기 때문'이라고 하면서, 다음과 같이 글을 지어 대답하였다.

"용사기부(容似其父, 모습이 애비를 닮음.)하니 부자유친(父子有親)이요, 불폐기주(不吠其主, 주인을 보고 짖지 않음.)하니 군신유의(君臣有義)요. 유시상친(有時相親, 필요한 때에만 짝짓기를 함.)하니 부부유별

139

(夫婦有別)이요, 소불능대(小不凌大, 작은 개가 큰 개를 능멸하지 아니함.)
하니 장유유서(長幼有序)요, 문성상응(聞聲相應, 다른 개의 짖는 소리를
듣고 따라 짖음.)하니 붕우유신(朋友有信) 아닌가?"

이 글은 개의 습성을 오륜과 관련지어 표현한 것인데, 재치가
있어 흥미롭고, 우리에게 많은 것을 생각하게 해 준다. 개는 그 아
비와 어미의 모습을 닮고, 행동 또한 그 아비와 어미를 본받아 그
대로 따라 한다. 이것은 부자유친이라 할 수 있다. 그런데 사람들
은 어떠한가? 부모의 가르침을 잘 따르는 자녀가 있는가 하면, 부
모님의 뜻을 거역하고 제멋대로 행동하여 부모의 마음을 아프게
하는 자식들도 많이 있다. 그런가 하면, 부모가 잘못을 꾸짖는다
하여, 또는 용돈을 달라는 대로 주지 않는다 하여 대들고, 심지어
는 흉기를 들이대는 자식도 있다. 요즈음에는 이런 자식들이 늘어
가고 있으니, 정말 한심한 일이다.
　개는 주인을 보고는 짖지를 않는다. 아무리 어두운 밤이라도 주
인을 알아보고 꼬리를 치고, 주인을 물지 않는다. 그리고 자기를
길러주는 주인을 위해 자기가 할 수 있는 모든 일을 한다. 이것은
군신유의에 비유할 수 있다. 젊은이 중에는 군신유의나 충(忠)을
전제군주국가 시대의 임금과 신하 사이에나 적용될 낡은 윤리라
고 생각하는 사람이 있다. 그러나 그것은 표현의 문제일 뿐이고,
현대인도 역시 지켜야 할 덕목이다. 국가와 민족 · 자기가 소속된
조직의 발전을 위해 노력하고, 자기의 상사에게 예의를 지키며 따
르는 것이 현대인이 지켜야 할 군신유의, 즉 충인 것이다. 이것의

의미를 제대로 알고 오늘에 맞게 실천한다면, 세금을 횡령하는 공무원이나 복지부동(伏地不動)하며 무사안일(無事安逸)을 꾀하는 공무원이 없어질 것이다. 그리고 자기의 이익을 위해 소속 회사나 기관의 기밀을 외부에 유출하는 사람이 없어질 것이다. 또 군인들의 군기문란 행위도 생기지 않을 것이다.

개는 아무 때나 짝짓기를 하지 않는다. 새끼를 낳을 수 있는 신체적 조건이 되어 발정하였을 때에만 자기와 어울리는 짝을 구하여 교미를 한다. 그런데 사람들 중에는 때와 장소를 가리지 아니하고, 상대가 누구인가를 생각하지 아니하고, 성욕을 채우려고 하는 사람이 있다. 그래서 유부남·유부녀의 탈선행위가 일어나고, 성추행이나 성폭력 사건이 신문의 사회면을 장식하게 된다. 이거야 말로 부부유별을 망각한, 개만도 못한 행동이 아니겠는가!

강아지나 작은 개는 큰 개를 능멸하지 아니하고, 큰 개는 강아지나 작은 개를 귀여워하여 핥아 주기도 하면서 잘 데리고 논다. 이것은 장유유서라 할 수 있다. 그런데 사람들은 어떠한가? 학교에서는 후배가 선배를 공경하기는커녕 무시하며 대들고, 선배가 후배를 사랑하기는커녕 구타하여 상처를 입히거나 죽게 하는 학교 폭력 사고가 종종 일어나고 있다. 군에서는 고참병사가 신참들에게 지나친 얼차려를 시키거나 구타하여 말썽을 빚는 사례가 종종 있다. 사회에서는 힘 있는 사람이 그 힘을 이용하여 힘없고 약한 자를 괴롭히고, 가진 것을 빼앗는 사례가 늘어가고 있다. 그래서 동물에게나 적용되는 것으로 생각하던 약육강식(弱肉强食) 현상이 인간세상에서 끊임없이 일어나고 있다. 개도 실천하는 장유유서를 사람들은 지키지 않고 있는 것이다.

개는 한 집 개가 짖으면, 그 소리를 '수상한 사람이 나타났다.'는 신호로 알고, 이웃집 개도 따라서 짖는다. 이웃집 개의 판단과 행동을 믿고, 따르는 것이리라. 그런데 사람들은 친구나 동료와 잘 지내다가도 약간의 이해가 엇갈리기만 하면 신의를 저버리고 상대를 속이고, 모함하고, 심지어는 때려 숨지게 하기도 한다. 이러고서야 어찌 붕우유신을 말할 수 있겠는가?

오륜은 사람들이 반드시 지켜야 하는 도덕적 규범이다. 이를 잘 지키는 사람은 사람다운 사람으로 칭송을 받지만, 이를 어기는 사람은 어떤 형태로든 벌을 받아 마땅하다. 그런데 나는 이를 잘 지키고 있는가? 나 역시 오륜을 제대로 지키며 살고 있다고 자신 있게 대답할 수 없음을 솔직히 시인하지 않을 수 없다. 이런 점을 생각할 때 남에게 '개새끼'라는 욕을 함부로 할 수 있겠는가? '나는 개새끼만 되면 좋겠다'고 하면서 글을 지었다는 어느 선비의 고백은 그것이 비록 궤변에 가까울지라도, 많은 것을 생각하게 해 준다.

오륜(五倫)은 나와 관계없는 전시대의 낡은 유물이 아니다. 문명 사회에 사는 현대인도 사람답게 살기 위해서는 반드시 기억하고 실천해야 할 윤리덕목이다. 사람으로 태어나서 오륜을 지키지 않는다면, 개만도 못하게 될 터인즉, 이는 사람이라고 할 수 없는 것이다. 우리 모두 오륜이 지니는 현대적 의미가 무엇인가를 제대로 알고 실천한다면, 우리 사회는 보다 살기 좋은 사회가 될 것이다.

〈시와 시론 52. 시와 시론사, 1995.〉

법 없어도 살 사람

지난 10월 하순의 일이다. 강원도 양양에서 군복무를 하는 막내아들을 면회하기 위해 토요일 새벽 4시에 승용차를 몰고 집을 나섰다. 춘천 시내를 벗어나 소양대교를 건넌 다음, 양구 쪽으로 가려고 표지판을 보고 우회전을 하였다. 그런데 한참을 가도 소양댐 표지판만 보이고, 양구 표지판은 보이지 않았다. 혹시 길을 잘못 들은 것이 아닌가 하여 두리번거렸지만, 날이 밝기 전이라 왕래하는 사람이 없어 누구에게 물어볼 수조차 없었다. 불안한 마음으로 차를 몰고 있는데, 마침 어떤 남자가 오른쪽 앞에서 걸어왔다. 그 사람 앞에 차를 세우고 창문을 열려고 하였으나, 차 안이 어두워 유리문을 내리는 스위치가 얼른 눈에 들어오지 않아 머뭇거리는 사이에, 그 남자가 차 옆을 지나가려 하였다. 그때, 옆자리에 앉아 있던 딸아이가 얼른 문을 열고 길을 물었다.

제대로 왔다고 하므로 안도의 한숨을 내쉬며 다시 출발하여 300m쯤 갔는데, 딸아이는 손가방이 없다고 하였다. 손가방을 문쪽에 놓았었는데, 문을 열었다가 닫을 때 밖으로 떨어진 것 같다고 하였다. 손가방 안에는 현금 몇만 원과 각종 증명서·신용카드·안경 등의 소지품이 들어 있었는데, 통째로 잃어버렸으니 큰일이었다. 차를 세우고 차 안을 다시 찾아보고, 먼저 정차하였던 곳으로 되돌아가 찾아보고, 또 찾아보았지만, 손가방은 보이지 않았다. 사람의 왕래가 없었으니, 그 남자가 주워가지고 간 것이 틀림없다는 생각이 들어 그 근처 불을 켠 집을 기웃거려 보기도 하였으나, 아무 소용이 없었다.

손가방 찾기를 포기하고 차에 올라 양구 쪽으로 달려 큰 고개를 넘으려 할 때 날이 훤하게 밝아왔다. 주유소 앞에 설치해 놓은 공중전화를 이용하여 신용카드회사로 신용카드 분실신고를 하고, 집으로 전화를 걸어 큰아들에게 은행이 문을 여는 즉시 현금지급카드 분실신고를 하라고 하였다.

이튿날, 막내 면회를 마치고 집으로 올 때, 혹시나 하는 마음에 일부러 전날 가던 길로 왔다. 손가방을 잃어버린 그 지점을 지날 때, 딸아이는 그 사람이 운전면허증과 주민등록증, 그리고 전화번호가 적힌 수첩만이라도 돌려주었으면 좋겠다고 하였다.

그로부터 2일이 지난 월요일 밤 늦은 시각에 아내는 낯선 남자의 전화를 받았다. 춘천에 사는 '남창우'라는 사람인데, 딸아이의 손가방을 주워 보관하고 있으니, 찾아가라고 하면서 전화번호를 알려왔다고 하였다.

학교 교수아파트에 있다가 연락을 받은 나는 즉시 남씨에게 전화를 걸었다. 전화를 받는 남씨는 술에 취해 있는 것 같았는데, 음성이나 말씨로 보아 아주 소박한 사람이라는 느낌이 들었다. 내가 그날 새벽의 일을 이야기하자, 그는 출근하려고 회사의 통근버스를 타러 가던 참에 나를 만나 길을 알려주었다. 내 차가 떠난 뒤에 손가방이 떨어진 것을 보고 주워들고 어떻게 해야 할까를 생각하고 있는데, 통근버스가 와서 바로 타고 갔기 때문에 내가 되돌아왔을 때에는 그 장소에 없었다고 하였다. 집에 가서 손가방 안의 증명서를 보니, 자기 딸과 나이가 비슷하여 돌려주기로 마음먹고, 수첩에 있는 전화번호로 전화를 하였다고 하였다. 나는 고맙다는 인사를 여러 번 하고 전화를 끊었다.

마음 같아서는 그 이튿날 아침에 달려가고 싶었지만, 도저히 시간을 낼 수가 없었다. 그래서 춘천에 사는 제자에게 연락하여, 다음날 남씨를 찾아가 고맙다는 인사를 하고, 손가방 안에 있던 돈에 그의 돈을 조금 더 보태어 사례금으로 드리고, 손가방을 찾아다 달라고 하였다.

나의 부탁을 받은 제자는 그 다음날 점심시간에 남씨가 근무하는 봉산금속을 찾아갔다. 남씨가 나오기를 기다리는 동안에 그가 회사 사람들에게 남씨를 찾아온 사유를 이야기하니, 회사 사람들은 '역시 남창우다운 행동'이라고 하면서, 그 사람은 정직하고 성실하게 사는 사람으로, '법 없어도 살 사람'이라고 하더라고 하였다.

며칠 뒤에 나는 그 제자를 만나 손가방을 돌려받았다. 다시 찾은 딸아이의 손가방을 보며, 나는 여러 가지 생각을 하였다. 그 사람은 힘든 노동을 하며 어렵게 살면서도 몇만 원의 현금과 쓸 만한 물건들이 들어있는 손가방을 돌려주었다. 그것을 돌려주지 않고 돈을 꺼내어 쓰고 싶은 유혹을 느끼기도 하였을 터인데, 이를 자제하고 돌려주었다. 이로 보아 그 사람은 아주 양심적이며 정직하고, 결단력이 있는 사람이다. 그 사람은 사례금으로 주는 몇만 원의 돈을 사양하다가 정말 고마워하면서 받는 태도를 보이더라고 하였다. 정말 소박한 성격의 사람이라는 생각이 든다. 자기의 이익을 위해 남을 속이고, 훔치고, 빼앗고, 죽이기까지 하는 일이 비일비재(非一非再)한 요즈음 세상에 그 사람처럼 주운 물건을 돌려주는 양심적이고 정직한 사람이 있다는 사실이 참으로 다행스럽고 흐뭇하게 느껴졌다.

요즈음에 연달아 일어나는 대형 사건·사고들을 보면서, '세상에 믿을 사람이 하나도 없다.'고 한탄하는 사람이 많다. 나도 그런 생각이 들어 암담하게 느껴질 때도 있었다. 그러나 세상을 너무 암울하게만 볼 필요는 없다. 우리 둘레에는 남씨처럼 양심적인 사람, 남을 위해 자기를 돌보지 않는 믿음직한 사람이 곳곳에 많이 있다. 성수대교 붕괴 참사 때, 구조대가 오기 전에 자기 몸을 돌보지 않고 구조에 나선 의경들이 있다. 그리고 충주호 유람선 화재 사고 때 적극 구조에 나서서 많은 사람을 구한 이웃마을의 어부와 관광객이 있다. 교통사고를 당한 사람의 돈 가방에서 돈이 쏟아져 바람에 날리자, 많은 사람이 돈을 줍는 데만 정신이 팔려 있을 때 부상자를 병원으로 옮기고, 주운 돈을 신고한 사람이 있다. 이런 사람들은 우리가 믿어도 좋은, 믿음직한 사람들이다.

시야를 좀 넓혀서 개인이 아닌 단체나 조직을 보면, 온갖 고생을 무릅쓰고 나라를 지키는 군인들이 있다. 그리고 사회의 안녕과

질서를 지키기 위해 애쓰는 경찰관이 있고, 말없이 자기 일을 충실히 하는 공무원이 있다. 또, 양심대로 행동하며 정직하게 사는, '법 없어도 살 사람'들이 수없이 많이 있다. 이들 역시 우리가 믿을 수 있는 사람들이다.

있을 수 없는 일·있어서는 안 되는 일이 쉴 사이 없이 터지는 세상이지만, 우리 둘레에는 '믿음직한 사람'·'법 없어도 살 사람'이 더 많이 있다. 그러기에 우리 사회는 그런대로 안정을 유지할 수 있고, 안심하고 살 수 있는 것이다. 우리 국민 모두가 양심적인 사람, 믿음직한 사람, 법 없어도 살 사람이 되려고 노력할 때, 우리나라는 지금보다 더 살기 좋은 나라가 될 것이다.

〈시와 시론 52. 시와 시론사, 1995.〉

청복淸福을 누리며 살기를

얼마 전에 경기지역의 노인대학 학장으로부터 옛날이야기를 소재로 강의를 해 달라는 요청을 받았다. 옛날이야기를 깊이 연구한 사람이니 재미있게 잘할 수 있을 것이라는 말도 덧붙였다. 나는 노인대학 학장과 어떤 이야기를 소재로, 무엇에 초점을 맞추어 강의할까를 상의한 후 〈옛이야기에서 행복 찾기〉라는 제목으로 강의하기로 하였다.

옛이야기는 우리 조상들이 꾸며낸, 일정한 짜임새를 가진 이야기이다. 우리 조상들은 생활 속에서 옛이야기를 꾸며 말로 전파·전승해 왔다. 그래서 옛이야기 속에는 우리 민족의 역사, 신앙, 세계관, 꿈과 낭만, 웃음과 재치, 생활 속에서 얻은 지혜와 교훈, 역경을 이겨내는 슬기와 용기 등이 녹아 있다. 따라서 옛이야기를 주의 깊게 살펴보면, 우리 조상들이 무엇에 가치를 두고, 어떻게 살았는가를 알 수 있게 된다.

옛날이야기에서 주인공들은 여러 가지 어려움과 고난을 당할지라도 이를 이겨내고, 자기에게 필요한 것을 얻어 잘 산다. 이들이 얻기 위해 노력하는 것이 곧 행복한 삶의 조건이다. 이것은 주인공이 처한 상황이나 처지에 따라 아주 다양하다. 그러나 이를 몇 가지로 축약하면, 재물·권력·명예·건강·배우자·자손·원만한 인간관계 등을 얻는 것이다. 이런 조건을 충족하면 행복하고, 그렇지 못하면 불행하다. 이것은 옛사람이나 현대인의 경우에도 마찬가지이다.

우리 조상들은 어떠한 삶을 '행복하고 가치 있는 삶'이라고 생각하였을까? 이를 잘 말해주는 이야기 한 편이 떠오른다.

옛날에 세 선비가 봄철에 경치 좋은 곳에서 술을 마시다가 과음(過飮)하여 인사불성(人事不省)이 되었다. 그때 마침 그곳을 지나던 저승사자가 이들의 영혼을 저승으로 잡아갔다. 이들은 저승의 문서를 관리하는 최 판관(判官)에게 살려달라고 애원하였다. 최 판관이 이들의 주소와 성명을 묻고, 수명부(壽命簿)와 대조해 보니, 이들은 10년 후에 잡아와야 할 사람들이었다. 이 사실을 염라대왕에게 보고하니, 염라대왕은 수명이 남은 사람을 잡아온 저승사자를 크게 꾸짖고, 이들을 즉시 이승으로 보내라고 하였다. 이 말을 들은 세 선비는 자기들의 육신이 썩기 시작하여 갈 곳이 없으니, 다시 태어나게 해 달라고 하였다.

염라대왕은 원하는 대로 해 줄 터이니, 소원을 적어내라고 하였다. 첫째 선비는 좋은 집안에 태어나 공부를 많이 하고, 높은 벼슬을 하게 해 달라고 하였다. 둘째 선비는 부잣집 아들로 태어나 사업에 성공하여 부자가 된 후 호의호식(好衣好食)하며 살게 해 달라고 하였다. 셋째 선비는 좋은 집안에 태어나 효행과 예절을 바르게 익히며 올바르게 성장한 뒤에, 부모님께 효도하며, 자녀를 길러 이들이 가정을 이루며 사는 것을 보고, 친척들과 화목하게 지내면서, 수명이 다할 때까지 근심걱정 없이, 건강하게 살게 해 달라고 하였다. 이를 본 염라대왕은 첫째 선비와 둘째 선비의 소원은 바로 들어주었다. 그러나 셋째 선비의 글을 보고는 이렇게 말했다. "인생의 참된 행복이 무엇인가를 아는 너는 참으로 생각이 깊구나. 이것은 그리 쉽게 얻을 수 있는 게 아니다. 그러나 힘써 노력하면 얻을 수 있을 것이니, 그리 알고 어서 가거라."

이것은 조선 후기에 널리 유포되던 이야기꾼들의 이야기를 소설로 꾸며 한글로 적은 〈삼사횡입황천기(三士橫入黃泉記)〉의 요지이다. 이와 비슷한 이야기가 조선 후기에 유재건(1793~1880)이 쓴 《이향견문록(里鄕見聞錄)》의 〈삼사발원설(三士發願說)〉에도 실려 있다. 〈삼사발원설〉에서는 셋째 선비가 원하는 복을 '청복(淸福)'이라고 하였다. 청복은 조선 선비들의 행복관을 나타내는 데 많이 쓰이던 말이다. 청복은 세상의 명예나 권력, 재물을 탐하지 아니하고, 근심 걱정 없이 건강하게 천수(天壽)를 누리며 사는 것을 뜻한다. 사람의 육신은 죽어도 영혼은 죽지 않는다고 하는 영혼불멸관(靈魂不滅觀)과 재생(再生)에 관한 의식을 바탕으로 하여 꾸며진 이 이야기는 사람의 진정한 행복이 무엇인가를 제시해 주고 있다.

문명화된 산업사회에 사는 현대인들은 위 이야기에 나오는 첫째와 둘째 선비처럼 권력이나 재물에 지나치게 큰 가치를 부여하고, 이것을 추구하는 데에 온갖 노력을 기울이는 경향이 있다. 권력이나 재물은 사람의 마음을 끄는 힘이 있어서 한 번 유혹을 받으면 그것에 집착하게 되고, 그것에 집착하다 보면 불을 보고 달려드는 부나비처럼 되고 만다. 그래서 마침내는 파멸의 늪에 빠지고 말게 된다. 지난 날 권력의 핵심부에 있던 사람의 풀죽은 모습, 탈법적인 행위를 한 재벌들의 구겨진 모습을 보면서 온갖 상념(想念)이 교차한다. 그들이 조상들의 행복관을 본받아 청복을 누리고자 했던들 권력과 재물에 눈이 어두워 법을 어기고, 자기의 이익만을 쫓는 일을 하지 않았을 것이다. 그랬으면 오늘날 저토록 처참한 몰골을 보이지 않을 것 아닌가! 생각이 여기에 미치니, 셋째 선비의 소원이 더욱 뜻 깊게 느껴진다.

청복을 누리기 위해서는 먼저 권력과 재물에 집착하는 마음을 버려야 한다. 이들이 유혹할 때에는 뿌리쳐야 하는데, 그러기 위해서는 '행복을 어디에서 찾을 것인가'에 대한 가치관을 정립해야 한다. 그 다음으로는 밖으로 드러나거나 요란스럽지 않은 가운데 참 행복을 느끼며 살려는 노력을 해야 한다. 자기의 능력과 처지를 바로 알고, 분에 넘치는 욕심을 갖지 않으며, 바르게 처신하면서 노력하는 가운데 행복은 얻어지는 것이다. 이렇게 해서 얻은 복은 놓치지 않도록 노력해야 한다. 자기의 올바른 뜻을 펼 수 있을 정도의 지위와 권력, 의식 걱정을 하지 않으면서 자녀들을 가르칠 정도의 재물만 있으면 된다는 생각을 하면, 청복에 한 걸음 다가설 수 있을 것이라 생각한다.

우리 조상들이 재미있는 이야기를 통해 알려 주는 '청복' 즉, 참된 행복은 많은 재물이나 큰 권력을 얻는 것이 아니다. 참된 행복은 올바르게 성장한 뒤에, 부모님께 효도하며, 자녀를 길러 이들이 가정을 이루며 사는 것을 보고, 친척들과 화목하게 지내면서, 수명이 다할 때까지, 근심 걱정 없이 건강하게 사는 것이다. 한국인 모두 청복을 누리며 살기를 기원한다. 〈2015. 5. 27.〉

능소화의 품위와 기개

공처가와 애처가

　요즈음 우리 둘레에는 아내에게 꼼짝 못하고 눌려 지내는 공처가(恐妻家)가 많다고 한다. 이 말을 들은 나는 조선시대 남성들은 어떠하였을까 궁금하였다. 조선 광해군 때 이조참판을 지낸 유몽인(柳夢寅)이 쓴《어우야담(於于野談)》을 읽다가 조선시대에도 공처가가 많았음을 알았다.

　옛날에 한 장군이 10만의 병력을 이끌고 넓은 교외에서 훈련을 하고 있었다. 공처가인 그는 휘하 장병들은 어떨까 궁금하였다. 어느 날, 그는 동쪽과 서쪽에 붉은 깃발과 푸른 깃발을 꽂아놓고, 병사들에게 자기 아내를 두려워하는 자는 붉은 깃발 앞에 서고, 아내를 두려워하지 않는 자는 푸른 깃발 앞에 서라고 하였다. 이 말을 들은 병사들이 모두 붉은 깃발 앞에 섰는데, 오직 한 병사만이 푸른 깃발 앞에 서 있었다.

　장군은 아내를 무서워하지 않는다는 그 병사를 대견스럽게 여겨 가까이 불러서 정말로 아내를 무서워하지 않느냐고 물었다. 그는 자기 아내가 늘 경계하여 말하기를, "남자 셋이 모이면 반드시 여색(女色)을 논하기 마련이니, 세 사람이 모인 곳에 절대로 발을 들여놓지 말라."고 했다고 하였다. 그리고는 "지금은 10만이나 되는 사나이가 한곳에 모였으니, 감히 처의 명령을 어길 수가 없어서 이렇게 혼자 푸른 깃발 앞에 섰다."고 대답하였다.

이것은 당시 선비들 사이에서 회자(膾炙)되던 이야기일 터인데, 공처가 아닌 남자는 없다는 의식이 바탕에 깔려 있다. 세상 남자 중에는 아내의 치마폭에 싸여 아내의 보호를 받으며 사는 것이 편하고 좋아서 스스로 공처가가 된 사람도 있을 것이다. 그러나 대부분의 남자들은 공처가가 되기를 원하지 않는다. 그런데도 많은 사람이 공처가가 되는 까닭은 무엇이며, 이를 극복하는 방법은 무엇일까? 공처가가 된 사연은 사람에 따라 다르고, 복잡·미묘하여 쉽게 말하기는 어렵겠지만, 대략 다음의 몇 가지 경우를 생각해 볼 수 있다.

남편은 열심히 일을 하지 않으면, 아내나 자식한테 떳떳할 수 없다. 스스로 무슨 일이든지 하겠다는 각오와 결심을 가지고 일자리를 찾아 열심히 일해야 한다. 힘들여 일하지 않고 많은 수입을 얻을 수 있는 일자리는 없다. 남편이 자기의 능력과 적성에 맞는 일자리를 찾아 열심히 일하는 모습을 보이면, 아내는 남편을 신뢰하고 노고를 치하할지언정 수입이 적다고 투덜대거나 무시하지는 않을 것이다.

남편은 도덕적으로 깨끗하고, 가정에 충실하지 못하면 아내로부터 무시당한다. 자기 부모님이나 처가 부모님께 불효하고, 형제끼리 우애하지 못하는 남편, 아내 아닌 딴 여자에게 한눈을 파는 남편, 술이나 도박에 팔려 가정에 충실하지 못한 남편은 아내로부터 무시당할 수밖에 없다. 이런 사람은 자기 행동을 바르게 하고서야 아내에게 큰소리를 칠 수 있을 것이다. 아내 덕에 부자가 되었거나 출세를 한 사람 역시 아내한테 쥐어 살기 십상이다. 이런 사람은 생각과 행동을 바르고 떳떳하게 해야 한다. 처가 덕을 보려는 생각은 애당초 하지 않는 게 좋다.

기가 센 아내의 콧대를 꺾지 못해서 쥐어 지내는 남편도 있을 것이다. 자기가 꺾을 수 없을 정도로 기가 센 여자라면, 애당초 배우자로 선택하지 말았어야 한다. 이미 결혼한 경우에는 아내의 쓸데없는 고집이나 필요 이상의 콧대는 꺾어 놓아야 집안이 편하다. 그러나 이것은 주먹으로 되는 것이 아니다. 매사에 바르고 떳떳하게 행동하면서, 사랑으로 감싸고, 명쾌한 논리로 설득하여야 한다. 치밀하게 계획된 수단과 방법을 동원할 수도 있을 것이다.

옛날이야기 중에 고집이 세기로 소문난 처녀와 결혼한 신랑이 첫날밤에 똥을 누어 곤하게 자는 신부의 속옷 속에 넣어 두었다. 잠이 깨어 쩔쩔매는 신부에게 신랑은 "절대로 발설하지 않을 테니 걱정 말라."고 하였다. 신부는 자기의 실수를 감싸주는 남편의 사랑과 넓은 도량에 감사하여 평생 동안 고집을 부리지 않고 살았다고 한다. 또 다른 이야기에서는 단식투쟁을 하여 아내의 거센 기를 꺾어 놓았다고 한다. 아내의 기를 꺾지 못해 고심하는 사람은 참고해 볼 만한 이야기다. 그러나 이런 방법이 누구에게나 효과가 있는 것은 아니다. 각자의 형편과 처지에 맞는 치밀한 계획이 아니고서는 오히려 되잡히는 결과를 가져올 수도 있다.

결혼한 여자 중에는 남편을 무시하고, 쥐고 흔들며 자기 마음대로 해야 직성이 풀리는 사람도 있을 것이다. 그러나 그런 사람은 아주 드물 것이고, 대개의 여성들은 남편을 존경하고, 남편의 사랑과 보호를 받을 때 행복을 느낄 것이다. 그런데 남편이 앞에서 말한 것과 같은 말과 행동을 되풀이한다면 어떻게 될까? 아내는 남편에 대한 존경심이 생기지 않음은 물론, 남편을 무시하게 될 것이다. 그런 상황이 계속되면, 아내는 남편을 무시하고 집안의 대소사를 자기가 주관해야 집안이 잘되고, 자녀 교육도 제대로 할 수 있다고 생각하게 될 것이다. 이런 가정의 남편이 공처가가 되는 것은 시간문제일 것이다.

공처가는 아내한테 눌려 지내고, 자녀들한테도 무시당하지만, 애처가는 아내와 자녀들로부터 사랑과 존경을 받는다. 공처가 아닌 애처가가 되려면 어떻게 해야 할까? 남편은 바쁜 중에도 시간을 내어 아내와 많은 대화를 하며, 사랑을 확인하고, 아내를 이해하며 의견을 존중해 주어야 한다. 그리고 늘 아내에게 마음을 써주어야 한다. 아내의 생일, 결혼기념일을 잊지 않고 기억하여 주머니 사정에 맞게 선물을 해 준다거나, 추억이 서린 곳에 가서 함께 차 한 잔을 마셔 보라. 아내가 머리 맵시를 바꾸었거나, 새 옷을 입었을 때 아는 척을 해 보라. 그러면 아내는 기뻐서 어쩔 줄을 모르고, 감격해 할 것이다. 여자는 작은 일에 감동하기도 하고, 서운

해서 토라지기도 한다. 또, 가정에 충실하고, 부모님께 효도하며, 자녀 교육에 깊은 관심을 가져야 한다. 이런 남편을 무시하거나, 쥐고 흔들려는 아내는 없을 것이다.

남편은 애처가가 되느냐, 공처가가 되느냐 하는 것이 자기 손에 달려 있음을 알고, 애처가가 되도록 스스로 노력해야 한다. 아내는 공처가 아닌 애처가인 남편의 사랑과 보호를 받을 때 행복을 느낄 수 있을 것이다. 아내는 남편을 이해하고 감싸는 마음을 가지고 지켜보면서, 남편이 공처가가 되지 않고 애처가가 되도록 유도하고, 도와주어야 한다. 남편이 공처가가 되든, 애처가가 되든 그 책임의 반은 아내에게 있음을 잊지 말아야 한다.

〈시와 시론 53, 시와 시론사, 1995〉

지성과 감천이 받은 복

옛날이야기를 유난히도 좋아하던 내가 어렸을 때 들어서 지금까지 기억하고 있는 이야기 중에 〈지성과 감천〉 이야기가 있다. 이 이야기는 나에게 우정과 협조, 지성(至誠)과 감천(感天)에 관해 생각하는 계기를 마련해 주었다.

옛날에 장님 거지 '감천'과 앉은뱅이 거지 '지성'이 만나 신세타령을 하였다. 감천은 몸은 자유스러우나 앞을 보지 못하여서, 지성은 앞은 보지만 몸을 마음대로 움직일 수가 없어서 밥을 얻어먹기도 힘들다고 하였다. 두 소년은 서로 돕기로 하였다. 그 이튿날부터 감천은 지성을 업고, 지성이 가자는 대로 가서 밥을 얻어먹고, 잠은 다리 밑에 와서 잤다. 둘이 함께 지내니, 서로 의지가 되어 좋고, 따로따로 다니며 거지 노릇을 할 때처럼 밥을 얻지 못해 굶는 일도 없었다.

어느 날, 두 사람이 산 밑의 옹달샘에 이르러 물을 먹으려고 하는데, 지성이 보니 커다란 금덩어리가 샘 바닥에 있었다. 감천은 지성의 말대로 금덩어리를 꺼냈다. 두 사람은 마침 그 앞을 지나가는 도붓장수(이리저리 돌아다니며 물건을 파는 사람)에게 금덩어리를 둘로 나누어 달라고 하였다. 그런데 그 사람의 눈에는 그게 큰 구렁이로 보이므로, 놀라서 달아나 버렸다. 얼마 후에 포수가 지나가므로, 그들은 포수에게 이를 둘로 나누어 달라고 하였다. 포수의 눈에는 그게 평범한 돌멩이로 보였으므로, 아무 생각 없이 그 돌을 둘로 쪼개어 주고 갔다.

　얼마 후에 두 사람이 어느 절에 가니, 스님들이 반가이 맞아 주었다. 지성과 감천이 그동안의 일을 이야기하고, 금덩이를 내어놓으며 이것을 좋은 일에 쓰라고 하였다. 스님들은 금덩이를 부처님께 바치고 100일 기도를 드리면 효험이 있을 것이라고 하였다. 100일 기도를 마치던 날, 지성은 굽었던 허리가 펴지며 걸을 수 있게 되었고, 감천은 감았던 눈을 뜨게 되었다. 건강해진 두 사람은 마을로 내려가 형제처럼 의좋게 살며 부지런히 일하여 부자가 되어 잘 살았다.

　'지성이면 감천이다.'라는 속담의 유래담으로 꼽히기도 하는 이 이야기는 전국 각지에 널리 유포되어 전해 온다. 이 이야기에는 사람이 장애인, 또는 고아가 되어 밥을 빌어먹어야 하는 것과 같은 역경(逆境)에 처할지라도 참된 우정과 협조 정신을 가지고 꿋꿋하게 살아 나가면, 하늘이 감동하여 복을 내려 준다고 믿는 우리 조상들의 의식이 잘 나타나 있다.

　우리는 세상을 살아가면서, 특히 젊은 시절에 위 이야기에 나오는 지성이나 감천이 겪은 것과 같은 고통과 시련에 부딪치는 경우가 종종 있다. 나 역시 충청도 촌놈이 서울에 와서 지내는 동안 많은 어려움이 있었다. 그때마다 위 이야기를 생각하며 부지런하고 성실하게 살면서 다른 사람과 협조하려고 애를 썼다. 그 결과 친구와 선배, 은사와 친지의 도움을 받아 오늘의 나로 성장할 수 있게 되었다.

야간대학으로 출발한 서경대(전 국제대학)가 48회에 걸쳐 수많은 졸업생을 배출하였다. 우리 동문 중에는 크게 성공한 선배나 후배가 많이 있어 자랑스럽다. 그러나 한편에는 뜻한 일이 제대로 되지 않아 어려움을 겪는 선배나 후배도 있을 줄 안다. 고통과 시련을 당한 동문은 물론, 크게 성공한 동문들 역시 위의 이야기를 생각하면서, 선후배 간에 서로의 어려움을 이해하고 협조하는 마음, 어떤 시련이나 고통도 이겨내겠다는 굳센 의지를 가지고 노력하면, 역경을 이겨낼 수 있으리라 생각한다.

진정한 우정과 협조가 무엇인지 모르고, 자기의 이익 챙기기에만 정신을 쏟는 사람, 고난 극복의 의지가 약하여 쉽게 좌절하는 사람은 하늘이 주는 복을 기대할 수 없을 것이다. 위의 이야기는 이러한 평범한 진리를 산업사회에 사는 우리에게 일깨워 주고 있다. 〈서경대 동문회보 16, 서울 : 서경대 총동문회, 1998.〉

공수拱手와 큰절

대학에서 젊은이들을 가르치는 생활을 20년 가까이 하다 보니, 연초에는 많은 제자들의 세배를 받기도 한다. 그런데 이들이 절하는 모습을 보면, 각기 다르다. 남자의 경우, 왼손이 위로 가게 모아 잡은 손을 바닥에 짚고 무릎을 꿇은 뒤에 머리를 손등에 대는 사람이 있는가 하면, 두 손을 어깨 넓이로 벌려 바닥에 짚거나, 두 손을 앞으로 나란히 붙여 바닥을 짚고 무릎을 꿇은 뒤에 머리를 바닥 가까이 대는 사람이 있다. 이러한 모습은 상가(喪家)에서 조객(弔客)이 영전에 절을 하거나 상주와 절을 할 때에도 흔히 보인다. 텔레비전 방송극에 출연하는 사람들의 절하는 모습 역시 이와 비슷하다. 이렇게 각기 다른 요령으로 절하는 것은 각자 배워 습관이 된 대로 하는 것인데, 어떻게 하는 것이 예법에 맞는 것일까?

우리가 어른을 모시거나 의식(儀式)에 참석하면, 공손한 자세를 취해야 한다. 그것은 두 손을 앞으로 모아 잡고 다소곳하게 서거나 또는 앉아 있는 것이다. 이때, 두 손을 모아 잡는 것을 공수(拱手)라고 한다. 남자의 평상시 공수는 왼손을 위로, 흉사시(凶事時)

공수는 오른 손을 위로 가게 두 손을 포개 잡아야 한다. 여자의 평상시 공수는 오른손을 위로, 흉사시에는 왼손을 위로 가게 두 손을 포개 잡아야 한다. 흉사는 사람이 죽은 때를 말하므로, 자기가 상주 노릇을 하거나, 남의 상가에 조문을 갈 때 등이다. 조상의 제사는 자손이 있어서 제사를 받들므로 흉사로 보지 않는다. 그러므로 흉사시 공수는 장례를 치르고 약 100일 후에 지내는 졸곡제(卒哭祭) 직전까지의 제례에 참석할 때만 하면 된다.

절에는 남녀 모두 큰절, 평절, 반절이 있다. 남자의 큰절은 계수배(稽首拜)라고 하는데, 공수하고 대상을 향해 선 뒤에 허리를 굽혀 공수한 손을 그대로 바닥에 짚고, 왼 무릎·오른 무릎의 순으로 꿇은 뒤에, 팔꿈치를 바닥에 붙이며 이마를 공수한 손등에 댄다. 그리고 잠시 머물러 있다가 머리를 들며 팔꿈치를 바닥에서 떼며, 오른쪽 무릎을 먼저 세우고 일어난다. 평절은 돈수배(頓首拜)라고 하는데, 큰절과 같은 동작으로 하되 이마가 손등에 닿으면 머물러 있지 않고 바로 일어나는 동작을 취한다. 반절은 평절을 약식으로 하는 절이다. 공수한 손을 풀어서 두 손을 벌려 바닥을 짚고 하는 절을 고두배(叩頭拜)라고 한다. 고두배는 신하가 임금께 하는 절로 한 번 절할 때 세 번 이마로 바닥을 두드리는 것이다. 현대는 임금이 없으니, 고두배는 하지 않는 것이 좋다.

여자의 큰절은 공수한 손을 어깨 높이로 수평이 되게 올리고, 고개를 숙여 이마를 공수한 손등에 붙이고 왼 무릎·오른 무릎을 꿇은 뒤에 윗몸을 반쯤 앞으로 굽히는 절이다. 여자의 평절은 원래 무장을 한 군인이 진중에서 군례를 할 때 하던 절인데, 여자의 평절로 행해지고 있다. 평절은 공수한 손을 풀어 양옆으로 자연스럽게 내리고, 왼쪽·오른쪽 무릎을 꿇은 뒤에 손을 무릎과 가지런히 바닥에 대고 윗몸을 반쯤 굽혀 절한다. 일어선 뒤에는 공수하고 원자세를 취한다. 이것은 원래 중국 여자의 큰절이었는데, 우리나라의 큰절보다 수월하므로 평절로 쓰인다. 반절은 평절을 약식으로 하면 된다.

얼마 전에 텔레비전 방송극에서 젊은 남자가 애인의 집으로 가서 그 부모님께 두 손을 어깨 넓이로 벌이고 이마를 방바닥에 대고 절하는 모습을 보았다. 이것은 임금님을 뵈올 때 올리는 고두배 동작이니, 장인·장모 되실 분께 드리는 큰절로는 적절하지 않다. 그런데도 절을 하는 젊은이나 절을 받는 여자의 부모나 그저 기뻐서 싱글벙글하였다. 나는 이 장면을 보면서, '모르면 용감하다.'는 말을 실감하였다.

이제 추석이 며칠 남지 않았다. 추석이 되면 고향을 찾는 사람이 많을 것이다. 오랜만에 고향을 찾는 사람은 부모님이나 친척·친지 어른께 큰절을 올리고, 차례를 지낼 때나 성묘할 때에도 조상님께 큰절을 올릴 것이다. 이번 추석에는 예법에 맞는 큰절을 하면서 조상과 웃어른을 공경하는 마음을 표현하였으면 좋겠다.

〈홍성신문 제409호, 1996. 9. 16.〉

용의 승천과 여의주

새 천년이 시작되는 서기 2000년은 경진년(庚辰年)으로 용해[辰年]이다. 동양에서는 오래 전부터 12지(十二支)에 동물의 이름을 붙여 써 왔는데, 12지에 붙인 열두 가지 동물 중 용은 상상의 동물로, 모든 동물의 장점을 골고루 지니고 있다.

용은 한국인의 의식 속에 상서로운 동물로 살아 있다. 그래서 지금도 우리는 용꿈을 꾸면, 상서로운 일이 있을 것이라 하여 기뻐한다. 용꿈은 첫째, 비범한 인물이 출생할 징조로 믿는다. 신사임당이 용꿈을 꾸고 율곡과 같은 비범한 인물을 낳았다고 하는 것과 같은 태몽은 이러한 의식의 표현이다. 둘째, 각종 시험에 합격하거나, 하는 일이 잘되어 성공함으로써 세상에 이름이 드러날 징조로 받아들인다. 세상에 이름을 남긴 인사들과 관련된 일화 중에 용과 관련된 이야기가 많은 것이 좋은 예이다. 셋째, 뛰어난 인물을 만날 것을 예시하는 것으로 해석한다. 고소설 〈춘향전〉에서 춘향의 어머니 월매는 전날 밤에 꾼 용꿈을 생각하여 춘향과 이몽룡의 만남을 선선히 허락한다. 용꿈을 꾸고 사윗감이나 신랑감을 찾아 만나는 이야기 역시 이러한 의식의 표현이다.

한국인의 의식 속에 새겨져 있는 용의 성격은 매우 다양하다. 용은 하늘을 날아다니며, 비를 내릴 수 있는 신이(神異)한 능력을 지닌 존재이다. 그래서 용이 맡은 일에 충실하면 제 때에 비가 내리지만, 쓸데없는 일에 마음을 쓰거나 한눈을 팔면 가뭄이 오거나 홍수가 온다고 믿었다. 용은 물속에 살면서 물을 주관하는 수신(水神)의 성격을 지닌다. 기우제(祈雨祭)를 지낼 때 용왕제를 지내는 것이나, 뱃사람들이 용왕에게 해상의 안전을 기원하는 것은 이러한 의식의 표현이다. 그런가 하면, 용은 인간의 모습으로 나타나 사람과 사랑을 나누기도 한다. 충남 부여의 〈궁남지(宮南池) 전설〉에서는 연못의 용이 남자로 변신하여 과부와 정을 통하여 아들 서동(薯童)을 낳았다고 한다. 경기 개성의 〈박연 폭포 전설〉에서는 박연(朴淵)이란 사람이 폭포 밑의 연못에 사는 용녀(龍女)와 사랑에 빠져 연못으로 들어갔다고 한다. 용이 앞 이야기에서는 남자로, 뒷이야기에서는 여자의 모습으로 나타나 사람과 정을 통하였다. 이러한 성격을 지닌 용은 왕 또는 왕권을 상징하기도 하였다. 왕이 입는 곤룡포에 용의 무늬를 수놓은 것이라든지, 왕의 자리를 용상(龍床)이라 하고, 왕의 얼굴을 용안(龍顔)이라고 하는 것이 좋은 예이다.

우리나라에는 용과 관련된 이야기가 많이 전해 온다. 이들은 꾸며낸 옛이야기지만, 우리에게 많은 것을 일깨워 준다.

옛날에 어느 농촌에 사는 김 진사의 딸이 산으로 나물을 뜯

으러 갔는데, 큰 구렁이가 길을 막고 있었다. 함께 간 부녀자들은 모두 기겁을 하고 도망하였으나, 그녀는 정신을 가다듬고 구렁이 앞으로 다가가서 "큰 양반이 왜 여기에 이렇게 누워 계시오. 속히 승천(昇天)하시오." 하고 말했다. 그러자 지금껏 가만히 누워 있던 구렁이가 고개를 번쩍 들고 눈을 끔쩍하고, 혀를 널름거리면서 좋아하더니, 하늘로 올라갔다.

그날 밤, 그녀의 꿈에 용이 노인의 모습으로 나타나 "나는 '승천하라'는 말을 듣지 못해 하늘로 오르지 못하고 누워 있었는데, 당신이 와서 '승천하라'는 말을 해 주어서 승천하였다. 정말 고맙다. 내가 은공을 갚는 뜻에서 자식을 많이 낳고, 부귀영화를 누리게 해 줄 터이니 그리 알라."고 말했다.

그 후 그녀는 가난한 선비 집으로 시집을 갔는데, 하는 일마다 잘되어 살림이 늘고, 아들들도 건강하게 자라서 벼슬을 하여 남부럽지 않게 살았다.

위 이야기에서 구렁이가 용이 되어 승천한 것은 출세나 성공을 의미한다. 구렁이는 '승천하라.'는 말을 듣지 못해 그 말을 기다리고 있었다고 한다. 이것은 다른 사람의 도움이나 인정 또는 추대가 없으면 성공할 수 없음을 뜻한다. 김 진사의 딸은 구렁이를 용으로 보는 안목과 지혜, 그리고 그것을 말할 용기가 있었기에 구렁이의 승천을 도와주고, 자기도 복을 받아 잘 살았다. 위 이야기는 상황을 파악하는 지혜, 다른 사람이 잘되도록 도와주고, 추천하는 마음가짐이 있어야 하고, 다른 사람의 도움이나 인정·추대를 받을 때 행복을 얻을 수 있다는 것을 일깨워 준다.

《삼국유사》 권2 〈진성여대왕거타지〉에 재미있는 이야기가 실려 있다.

신라 때 활을 잘 쏘는 궁사(弓師) 거타지(居陁知)는 당나라 사신으로 가는 양패(良貝)를 호위하고 가게 되었다. 그가 탄 배가 곡도(鵠島, 지금의 백령도)에 이르렀는데, 풍랑이 심하여 떠날 수 없었다. 점복자의 말대로 거타지가 배에서 내리자, 물결이 잔잔하여졌으므로, 배는 당나라로 떠났다.

그가 섬에 오르자, 용왕이 노인의 모습으로 나타나 천 년 묵은 여우가 중으로 변신하여 자기를 해하려 하니, 여우를 활로 쏘아 물리쳐 달라고 하였다. 그가 여우를 쏘아 죽이니, 용왕은 그를 사위로 삼았다.

그는 용녀(龍女)를 꽃으로 변신시켜 품속에 넣고 고향으로 돌아왔다. 그는 다시 사람으로 변신한 용녀와 함께 행복하게 살았다.

이 이야기는 왕건의 할아버지인 작제건(作帝建)의 이야기에 수용되어 《고려사》 〈세계(世系)〉에도 기록되어 있다. 이 이야기에서 천 년 묵은 여우의 장난으로 어려움을 겪던 용왕은 궁사 거타지의 도움으로 이를 해결한다. 거타지는 뛰어난 활 솜씨를 발휘하여 용왕을 구하고, 용녀를 아내로 얻었다. 이는 실력이 있어야 남을 도울 수도 있고, 그 보상으로 행복을 얻을 수도 있음을 말해 준다. 실력은 각 사람이 지닌 지식이나 지혜, 기술이나 기능이라고 할 수 있다. 현대 사회는 경제적 지식이나 사업 수완이 뛰어난 사람, 법률적 지식이나 예리한 판단력을 갖춘 사람, 특수한 분야에 전문적인 지식이나 기술을 가진 사람을 요구한다. 남보다 뛰어난 실력을 갖추고 있을 때, 자기가 당면한 문제를 해결함은 물론, 남을 도울 수 있게 되어 다른 사람의 인정을 받게 된다.

옛날에 한 젊은이가 산길을 걷다가 큰 구렁이를 만났다. 그가 구렁이에게 용이 되어 승천하실 분이 왜 여기에 계시냐고 물었다. 구렁이는 여의주(如意珠)가 없어서 못 올라간다면서 "아무 마을에 사는 노파의 하문(下門)에 있는 여의주를 구해다 주면 부자가 되게 해 주겠다."고 하였다.

그가 노파를 찾아가 보니, 영감과 가난하게 살고 있었다. 그가 노인 부부를 양부모로 정성껏 모시면서 여의주를 달라고 하니, 할머니는 하문(下門)에 달려 있던 작은 구슬 같은 것을 떼어 주었다. 그가 그것을 구렁이에게 가져다주니, 구렁이는 용이 되어 하늘로 올라갔다.

승천한 용은 큰비를 내려 그가 사들인 거친 땅을 모두 농경지로 변하게 하였다. 그는 큰 부자가 되어 잘 살았다.

이 이야기에서 여의주는 가난하지만 금실 좋게 사는 노파의 하문에 있다고 하였다. 이것으로 보면, 여의주는 부부가 화합하여, 욕심 없이 살면서, 세상을 보는 지혜와 경험을 쌓은 뒤에 얻을 수 있는 보물이다. 여의주를 지닌 노부부는 뒤늦게 수양아들을 얻어 그의 봉양을 받게 되었다. 젊은이는 구렁이의 딱한 사정을 진심으로 이해하고 도우려는 마음을 가졌고, 노인 부부를 양부모로 성심껏 모셨으므로, 노파의 은밀한 곳에 있는 여의주를 얻어 구렁이에게 가져다 줄 수 있었다. 그의 노력으로 여의주를 얻은 용은 승천하였고, 승천한 뒤에는 그와의 약속을 지켜 그를 부자로 만들어주었다.

2000년 4월에는 총선이 있을 예정이다. 총선에 나서려는 사람은 용이 되어 하늘로 오르려는 구렁이처럼 여의주를 얻어야 국회의원이 되어 정치적인 뜻을 펼 수 있다. 총선에 출마하려는 사람에게는 유권자의 마음이 여의주이다. 여의주를 얻기 위해서는 유권자의 마음을 이해하고, 유권자의 마음을 얻기 위해 정성을 다해야 한다. 그리고 용이 된 뒤에는 선거 공약(公約)을 지켜서 공약(空約)이 되지 않도록 해야 한다.

새해는 새 천년이 시작되는 용의 해이다. 우리 모두 용꿈을 꾸고, 여의주를 얻어 용이 되었으면 하는 마음 간절하다. 용 이야기에 나타난 의미를 잘 알고 실천하면, 여의주를 얻어 용이 될 수 있을 것이다. 여의주를 얻는 비결은 성실하게 노력하면서 남을 돕는 일이다. 〈조선문학 106, 서울 : 조선문학사, 2000. 1.〉

복의 기운이 넘치는 돼지해

2007년은 정해년(丁亥年)으로, 돼지해[亥年]이다. 동양에서는 12 지(支)에 동물의 이름을 하나씩 붙여쓰기도 한다. 이 동물들은 각기 특성을 지니고 있는데, 그 동물의 특성으로 그 해나 그 달, 그 날의 운수를 판단하기도 한다. 한국에서 돼지는 오래 전부터 신에게 바치는 제물이었고, 도읍지를 정해 주거나 왕자를 낳을 여인을 만나게 해 주는 신이한 능력을 가진 동물로 신성시되었다.

《삼국사기(三國史記)》에는 다음의 두 이야기가 실려 있다. 고구려 유리왕은 하늘에 제물로 바치기 위해 기르던 돼지[郊豕]가 달아났으므로, 그 돼지를 찾으러 갔다가 도읍지로 적합한 곳을 발견하고 도읍을 옮겼다. 고구려 산상왕(山上王) 때 하늘에 제사 지낼 때 제물로 바칠 돼지가 달아났는데, 한 처녀가 그 돼지를 붙잡아 주었다. 왕이 이상히 여겨 미복(微服) 차림으로 그 여자를 찾아가 관계하여 아들을 낳았다. 그 아이가 산상왕의 뒤를 이은 동천왕(東川王)이다.

돼지와 관련된 이야기는 비범한 인물인 최치원(崔致遠)을 잉태

하게 한 〈금돼지〉, 머슴살이하는 총각을 장가들게 해 준 〈머슴을 장가보낸 돼지〉, 돼지꿈을 꾸었다고 거짓말하는 젊은이의 꿈을 해몽해 준 〈돼지꿈의 해몽〉 등 많이 있다.

돼지는 오늘날에도 무당들의 굿상이나 동제(洞祭)의 제사상, 각종 고사(告祀)의 제사상에서 빼놓을 수 없는 제물이다. 전에는 통돼지를 제물로 바쳤으나, 요즈음에는 머리만 바치기도 한다. 제상에 올려놓는 돼지는 웃는 모습이어야 좋다고 하여 입을 벌리고 죽은 것을 골라 올려놓는다. 요즈음에는 제상에 놓은 돼지머리의 입에 돈을 끼우고 소원을 빌기도 한다.

돼지는 잘 먹고 잘 자라며, 한꺼번에 8마리 안팎의 새끼를 낳아 기른다. 그래서 각 가정에서는 돼지를 길러 살림을 일으키는 밑천으로 삼았다. 이에 따라 돼지는 복스러운 동물, 다산(多産)의 동물로 매우 소중하게 여겨 왔다. 돼지는 한자로 '돈(豚)'이라고 하는데, 이것은 우리말의 '돈[金]'과 음이 같다. 그래서 돼지를 재물과 관련지어 생각하는 경향이 있다. 각 가정에서는 돼지 모양의 저금통을 마련해 놓고, 수시로 돈을 넣어 저금한다. 전에는 다른 사람에게 자기 아들을 낮춰서 말할 때 '돈아(豚兒)'라고 하였다. 수명이 짧은 집 아이의 이름을 '돼지'라고 부르기도 하였다. 이러한 것은 돼지가 복스러운 동물로 살림의 밑천이 된다는 의식, 돼지같이 잘 먹고 잘 자라라는 의미가 포함되어 있다.

한국인은 꿈에 돼지를 보면 복이 온다거나 음식을 얻는다고 하고, 돼지를 붙잡으면 아주 좋다고 한다. 그래서 요즈음에도 사람들은 돼지꿈을 꾼 뒤에 복권을 사거나 경마장을 찾는다고 한다.

윷놀이를 할 때에 도가 나오면 한 밭 밖에 가지 못한다. 그런데도 처음에 도가 나오면 '살림 밑천'이라고 하면서 '개'나 '걸'이 나온 것보다 좋아한다. 돼지혈[豚穴]에 묘(墓)를 쓰면 후손이 발복하여 부자가 된다고 한다. 이것 역시 돼지는 복스럽고, 재수가 좋은 동물이라는 의식에서 나온 것이다.

돼지[亥]에 해당하는 방위와 시각·날·달·해를 보면, 해방(亥方)은 24방위 중 북서북(北西北)이다. 해시(亥時)는 오후 9~11시이고, 해일(亥日)은 일진(日辰)이 돼지에 해당하는 날이다. 해월(亥月)은 월건(月建)이 돼지인 달 곧 10월이다. 해년(亥年)은 60갑자 중에서 해(亥)가 든 해이다. 해가 들어가는 해는 을해(乙亥), 정해(丁亥), 기해(己亥), 신해(辛亥), 계해(癸亥)로 12년 만에 한 번씩 돌아온다. 돼지해에 태어난 사람을 '돼지띠'라고 하는데, 돼지띠는 일반적으로 음력 1월 1일부터 12월 말일에 태어난 사람이라고 알고 있다. 그러나 사주(四柱) 명리학(命理學)에서는 절기력으로 한 해를 구분하여 그 해 입춘 시각부터 그 다음 입춘 전 시각 사이에 태어난 사람을 돼지띠라고 한다. 돼지띠는 복이 많아 부자가 되어 건강하게 오래 산다고 믿는다. 돼지띠는 대체적으로 성정이 진솔한데, 남성은 일단 목표를 정하면 그 일을 꾸준히 밀고 나가므로 성공 확률이 높다. 여성은 마음먹은 일을 끝까지 철저하게 수행하면서도 자상한 엄마로서 가정에도 충실하다고 한다. 이것은 돼지에 대한 여러 의식이 결집된 것이다.

정해년(丁亥年)의 정(丁)은 오행으로 보아 불인데, 불은 붉은 색이다. 그러므로 2007년 정해년은 '붉은 돼지해'라고 할 수 있다.

붉은 색은 활활 타는 불꽃의 색으로 귀신이 싫어하는 색이다. 그래서 붉은 색은 축귀(逐鬼)·축사(逐邪)의 뜻을 지니고 있어서 재수가 있는 색, 재물 운이 따르는 색으로 여긴다. 붉은 색에 대한 이런 의식은 중국인도 매우 강하다. 이렇게 볼 때 돼지해인 2007년은 재운(財運)이 따르는 복된 해라고 할 수 있다. 이를 근거로 꿈과 기대를 안고 새해를 맞이하고, 꿈을 이루기 위해 노력하는 것은 좋은 일이다.

요즈음 일부 역술인이 2007년을 '600년에 한 번 오는 황금 돼지해'라고 하고, 일부 상인들이 이를 부추기고 있다. 이를 일부 언론이 여과 없이 보도함에 따라 2007년에 출산을 하겠다고 서두르며, 유아용품에 관심을 갖는 사람이 늘고 있다고 한다. 정해년은 '붉은 돼지해'이지 '황(금)색 돼지해'가 아니다. 황색 돼지해는 황색을 뜻하는 토(土)가 들어간 기해년(己亥年)이어야 한다. 2007년은 '600년에 한 번 오는 황금 돼지해'라고 하는 것은 근거가 없는 말이다. 이런 말에 부화뇌동(附和雷同)하지 않았으면 좋겠다.

〈홍성신문 제1008호, 2007. 1. 1.〉

소해를 맞으며

희망과 기대를 안고 맞이하였던 2008년이 저물어가고 있다. 동양에서는 오래 전부터 육십갑자(六十甲子)로 햇수를 세었는데, 12간지(干支)에 열두 동물을 배치시켜 그 해를 그 동물의 특성과 관련지어 생각해 왔다. 이에 따르면 2008년은 무자년(戊子年)으로 쥐해이고, 2009년은 기축년(己丑年)으로 소해이다.

쥐는 아주 부지런하고, 먹을 것을 깊은 곳에 저장하는 습성을 가지고 있다. 또 땅에서 일어날 일을 미리 알아차리고 안전한 곳으로 대피하는 능력도 지니고 있다. 우리는 쥐해를 맞이할 때 쥐처럼 부지런히 일하면서 저축하고, 앞일을 예견하여 대비하며 한 해를 살 것을 결심하고 다짐하였다. 이제 그 결심과 다짐의 실천이 어떠하였는가를 생각해 볼 때가 되었다.

우리는 연초에 다짐한 대로 부지런히 일하고, 절약하며 저축하는 생활을 하였다. 그러나 앞일을 예견하고, 이에 맞는 대응책을 세우는 일은 제대로 하지 못하였다. 그래서 미국에서 시작한 경제위기로 주가가 크게 떨어지고, 환율이 턱없이 올랐다. 기업들은 자금이 돌지 않아 어려움을 겪고 있고, 수출이 줄었으며, 문을 닫는 기업체가 늘어가고 있다. 정원 감축과 구조조정설이 퍼지면서 고용 불안이 가중되고 있고, 소비 심리가 크게 위축됨에 따라 불경기가 계속되어 서민들의 생활은 그 어느 때보다 어렵게 되었다. 미국의 경제위기가 세계로 퍼질 것을 예견하고 미리 준비하지 못한 것이 후회스러울 뿐이다. 금년에 일어난 경제 위기는 반드시 극복해야 한다. 위기는 좌절이나 파멸의 늪에 빠지는 계기가 되기도 되지만, 잘 극복하면 한 단계 더 발전할 수 있는 기회가 되기도 한다. 위기 극복의 의지를 가지고 노력하면, 반드시 극복할 수 있다. 하느님은 인간에게 이기지 못할 시련은 주시지 않는다고 한다. 새해에는 경제적인 어려움을 극복하고, 살기 좋은 나라와 복된 가정을 만들어야 하겠다.

새해는 소해이다. 소는 2,000여 년 전부터 우리 민족과 함께 생활해 왔다. 그러므로 한국인이 소에 대한 의식이 어떠하였는가를 생각하면서, 소해를 어떻게 맞이할 것인가를 생각해 보는 것도 뜻있는 일이라 생각한다.

소에 관한 기록을 보면,《삼국지(三國志)》〈위지 동이전(魏志東夷傳)〉에 부여에서 소를 비롯한 가축을 기르고, 이를 관직의 이름으로 썼으며, 나라에 큰일이 있을 때에는 소를 잡아 하늘에 제사를 지내고, 발굽의 상태를 보아 점을 쳤다고 한다.《삼국사기》에는 3~4세기경에 쟁기 등의 농기구를 만들어 논밭을 갈고, 수레를 만들어 탔다고 한다. 서기 357년에 만든 안악 제3호분 벽화에는 누렁소, 검정소, 얼룩소가 구유에 담긴 여물을 먹는 모습이 보인다.

이런 점으로 보아 소는 2,000여 년 전부터 우리 민족과 함께 한반도에서 살아왔음을 알 수 있다. 이처럼 소는 오랜 옛날부터 우리 민족과 더불어 살아왔으므로, 소에 투영된 우리 민족의 의식 역시 매우 다양하다.

한국인의 의식 속에서 소는 온순하고 매우 부지런하다. 소는 말처럼 행동이 민첩하지 못하고 느리기는 하지만, 맡은 일에 충실하고 꾀를 부리지 않는다. 그래서 사람들은 근면 성실하고, 요령을 피우지 않는 사람을 '소 같은 사람'이라고 부르기도 한다. '소 같은 사람'이라는 말속에는 '우직한 사람'이라는 뜻도 내포되어 있는데, 부정적이기보다는 긍정적인 평가가 그 속에 담겨 있다. 소는 어떠한 어려움이 있어도 참고 견디며 있는 힘을 다하여 일한다. 〈소가 된 게으름쟁이〉 이야기를 보면, 일하기 싫어하는 젊은이에게 소머리 탈을 씌우자 소가 되었다. 그는 소가 되어 쉴 새 없이 일을 하다가 먹으면 죽는다고 한 무를 먹었더니, 다시 사람이 되었다. 그는 자기의 잘못을 깨닫고 부지런히 일을 하여 부자가 되었다. 이 이야기에서 소는 게으른 사람을 깨우쳐 부지런한 사람이 되게 한다. 우리 속담에는 '종은 믿고 살지 못해도 소는 믿고 산다.', '아내에게 한 말은 나도 소에게 한 말은 안 난다.'는 말이 있다. 이것은 소의 변함없는 마음과 성실성을 말해 주는 말이다.

소는 충직하고 의리가 있다. 경북 구미시 산동면 인덕리 문수마을에 전해 오는 〈의우총(義牛塚) 전설〉을 보면, 김기년이라는 농부가 산 밑에 있는 밭에서 일을 하는데, 갑자기 호랑이가 나타나 소를 물려고 하였다. 그가 소를 구하기 위해 작대기를 들고 호랑이한테 덤비자 호랑이는 소를 놔두고 그에게 달려들었다. 이것을 본 소가 호랑이와 싸워 물리치고, 주인을 구하였다. 그는 호랑이한테 물린 상처 때문에 얼마 살지 못하고 죽었다. 소는 주인이 살았을 때에는 전과 다름없이 일을 하였는데, 주인이 죽자 무덤 옆에 와서 눈물을 흘리며 울부짖다가 죽었다. 그의 아들들은 아버지의 유언대로 그 소를 아버지의 무덤 옆에 묻었다. 서기 1630년에 선산 부사로 부임한 조찬한(趙纘韓)은 이 이야기를 듣고 〈의우기(義牛記)〉를 짓고, 화공(畫工)을 시켜 8폭의 '의우도(義牛圖)'를 그리게 하여 지금까지 전해 온다. 구미 지역에는 '먼 곳으로 팔려간 소가 자기를 길러준 할머니가 세상을 떠나자 그 집으로 달려와 울부짖다가 뒤따라 죽었다.'는 이야기도 전해 온다. 이것은 소가 충직하고 의리가 있음을 말해 준다.

소는 자기의 모든 것을 주는 희생적인 삶을 산다. 소는 살았을 때에는 사람에게 노동력을 제공하면서 젖을 주고, 죽은 뒤에는 맛있는 고기를 남겨 사람들의 영양을 보충하게 해 준다. 그리고 가죽을 남겨 사람들이 옷을 비롯한 여러 가지 생활 용품을 만들어 쓰게 한다. 그러고 보면 소는 살아서는 물론, 죽어서까지 사람을 위해 봉사하고 희생하는 삶을 사는 귀한 동물이다.

소는 부의 징표(徵表)가 된다. 소는 경제적 가치가 매우 높으므로 소를 기르는 일은 재산 증식의 수단이 되었고, 부(富)의 척도가 되었다. 이러한 이유로 해서 사람들은 소가 살았을 때에는 생구(生口)라 하여 가족처럼 대하였다. 죽은 뒤에는 쇠고기를 최고의 식품으로 여겼다. 그래서 일상의 식생활에서는 최고의 손님을 접대할 때 쓰고, 의례에서는 신에게 바치는 제물로 썼다.

소는 느리지만 부지런히 일하며, 사람을 위해 봉사하고 희생하는 삶을 살고 있다. 그리고 자기를 아껴 주는 사람에 대해 의리를 지키며, 그가 위기에 처했을 때에는 용감히 싸운다. 소의 해인 정축년을 맞는 우리는 이러한 소의 특성을 본받아 부지런히 일하며, 남을 위해 봉사하고 희생하는 삶, 용기와 의리를 지키는 삶을 살 것을 다짐하여야겠다. 〈청원군신문 제145호, 2008. 12. 25.〉

은의 상징성

은(銀)은 흰빛 광택이 있고 무르며, 늘고 펴지는 성질이 많은 귀금속을 가리키는 한자어이다. 이를 우리말의 고어에서는 '흰 쇠'라고 하였다. 여름철 밤하늘에서 남북으로 길게 늘어서서 반짝이는 수많은 별을 은하계(銀河系)라 하고, 은하계를 강으로 보아 은하수(銀河水)라고 한다. 이것은 은이 희게 반짝이는 것에서 유추되어 생긴 말이다. 노인의 하얗게 센 머리털을 은발(銀髮) 또는 백발이라고 한다. 여기에서 연유되어 요즈음에는 노인들을 위한 후생복지 사업을 '실버산업'이라고 한다.

은은 일찍부터 우리 생활에 이용되었으므로, 은과 관련된 설화나 민속이 많이 있다. 설화나 민속에서 은은 여러 가지 상징적 의미를 지닌다. 함경남도 함흥 지방에서 큰굿을 할 때 부르는 무가(巫歌) 〈창세가〉에는 "옛날에 미륵님이 한쪽 손에 은쟁반 들고, 한쪽 손에 금쟁반 들고 축사하니, 하늘에서 벌레가 금쟁반에 다섯 마리, 은쟁반에 다섯 마리 떨어졌다. 그 벌레들이 자라나서 금벌레는 남자가 되고, 은벌레는 여자가 되었다. 이들이 장성하여 부부를 맺어 세상 사람들이 생겼다.”는 구절이 있다. 이 무가에서 금은 남성을, 은은 여성을 상징한다.

제주도 무가 〈초공본불이〉에서 임정국 대감 부부는 40이 넘도록 자식이 없자, 은 만 냥을 부처님께 시주하고, 백일기도를 드린 연후에 아들을 얻는다. 여기서 은은 정결(淨潔)을 의미한다. 전북 고창 지역의 씻김굿에서 부르는 〈장자풀이〉 무가에서 사마장자의 며느리는 은동이에 청수를 떠다가 마당 가운데 놓고, 시아버지의 목숨을 살려 달라고 저승사자에게 빌어 뜻을 이룬다. 여기서 은은 지극한 정성을 의미한다.

제주도 무가 〈세경본풀이〉를 보면, 남자로 변장한 자청비가 문 도령과 한 방에서 지내며 글공부를 한다. 2년쯤 지난 뒤에 문 도령이 자청비가 여자가 아닐까 하고 의심하는 눈치를 보이자, 자청비는 꾀를 내어 은대야에 물을 가득 떠다 놓고, 그 위에 은저·놋저를 걸쳐놓고 잠을 잔다. 문 도령이 그 이유를 묻자, 자청비는 “글공부를 하러 올 때 아버지가 ‘은대야에 물을 떠다 옆에 놓고 잠을 자되 은저·놋저가 떨어지지 않게 잠을 자야 글공부가 잘 된다.’고 하셨다.”고 대답한다. 이 말을 들은 문 도령은 두 사람 사이에 있는 은대야의 젓가락이 떨어지지 않도록 조심하며 잠을 잔다. 이 이야기에서 은은 여성의 정절을 지키는 도구를 상징한다.

민간에서는 아이를 일컬을 때, 금보다 은을 앞세워 ‘은자동아 금자동아’ 하고 부른다. 옛날이야기나 무가에 등장하는 가위· 돈·수저 등도 은제이고, 바람이나 이슬 등의 자연 현상을 말할 때에도 은바람·은이슬이라고 한다. 요즈음에도 일반 가정에서 은수저를 많이 쓰고 있고, 시집가는 새색시가 혼수로 마련해 가는 수저 역시 은수저이다. 이것은 금보다 은이 값이 싸고, 더 친숙하게 느껴지기 때문이기도 하지만, 은이 지닌 흰색 때문이라 하겠다. 흰색은 태양빛을 나타내는 색으로, 신성·순결을 상징한다. 그래서 우리 민족은 예로부터 흰색을 숭상해 왔다. 우리 민족이 흰옷을 즐겨 입어 백의민족(白衣民族)이라는 칭호를 얻은 것도 이 때문이다. 민속에서 하늘나라나 저승을 왕래하는 말은 백마이고, 저승길을 안내하는 강아지도 흰 강아지로 표현된다. 이것 역시 흰색을 숭상하는 민족성과 관련이 있다.

전에는 한옥을 지을 때, 기둥 맨 위에 네모반듯한 홈을 파고 그곳에 은 조각을 넣은 다음, 나무토막으로 평평하게 맞추어 놓으면 부자가 된다고 하여 많은 사람이 그대로 하였다. 이것은 은을 재물의 상징으로 보는 믿음 때문이다. 민간에는 '꿈에 은을 보면 근심이 사라진다.', '꿈에 은비녀를 보면 부귀를 다툰다.', '꿈에 은수저를 보면 먹을 복이 있다.'고 하는 말이 전해 온다. 이것 역시 은을 재물의 상징으로 보는 의식에서 나온 말이다.

산육속(産育俗)에는 아들 낳기를 원하는 여인이 '작은 은도끼를 몸에 지니면 아들을 낳는다.', '작은 은도끼를 옷 속이나 요 밑에 넣어 두면 아들을 낳는다.'고 한다. 또 은붙이를 몸에 지니거나, 은비녀를 삶아 그 물을 마시면 유산(流産)을 막을 수 있다고 한다. 이것은 은을 소중히 여기거나, 신성시하는 생각을 바탕으로 한 것이다.

옛날이야기에는 금비녀·은비녀, 금팔지·은팔지, 금방망이·은

방망이, 금도끼·은도끼, 금쟁반·은쟁반이 짝을 이루어 등장한다. 널리 알려진 〈금도끼와 은도끼〉에서는 연못에 도끼를 빠뜨리고 우는 나무꾼에게 산신령이 연못 속에서 금도끼·은도끼를 차례로 들고 나와 나무꾼의 정직성을 시험한다. 〈도깨비방망이〉 이야기에서는 방망이를 얻은 사람이 제일 먼저 '금 나와라 뚝딱! 은 나와라 뚝딱!'하여 금이나 은을 얻는다. 이것은 사람들이 금과 함께 은을 큰 재물로 여겼음을 말해 주는 것이다.

고려 숙종 때에는 은으로 돈을 만들어 유통하였는데, 이를 은병(銀瓶)이라고 한다. 은병은 1근 무게의 은으로 우리나라 지형인 반도 모양의 병(瓶)을 만들어 도장을 찍은 것인데, 입이 넓기 때문에 활구(闊口)라고 부르기도 하였다. 이 은병의 교환 가치는 일정하지 않으나, 후기에는 최저 쌀 10섬에서 최고 50섬에 이르렀다고 한다. 충혜왕 때에는 이보다 유통 가치가 작은 소은병을 만들어 사용하기도 하였다.

조선 시대의 사대부 집에서는 12~13세의 딸에게 어머니가 은으로 만들었거나 은으로 장식한 은장도를 대물림하는 풍습이 있었다. 은장도는 은의 여성성, 정결함이라는 상징에 칼의 날카로움을 더한 것으로, 정결을 수호하려는 의지가 잠재해 있다. 은장도는 부녀자들이 위험을 당했을 때 자기 몸을 보호하고, 심하면 목숨을 끊어 정절을 지키기 위해 몸에 지녔다.

은장도 중에는 은젓가락이 달린 것이 있다. 이것은 야외에서 음식을 먹게 될 때 젓가락의 역할을 하기도 하고, 음식물에 독성이 있는가를 알아보는 기구로 사용되기도 하였다. 독성 있는 음식물은 은젓가락으로 저으면 색깔이 시커멓게 변한다. 은수저로 달걀찜을 먹으면 색깔이 변하는 것은 우리가 가끔 경험하는 일이다.

몇 년 전에는 은반지를 끼면 재난을 면할 수 있다 하여 딸이 어머니께 은반지를 해 드리는 일이 유행하였다. 이것은 은이 지닌 여러 가지 상징성과 어머니를 위하는 효심이 작용한 것이라 생각한다. 그러나 민속에도 없는 일이 갑자기 유행하였다가 사라진 것은 민간의 심리를 이용한 상업성에 의한 것이 아니었나 생각한다.

〈국민투신 제52호, 1996년 여름호.〉

두 산성에 얽힌 슬픈 사연

　9월 첫째 토요일에 친척들과 함께 윗대 조상들의 묘를 벌초한 뒤에 홍성군 장곡 지역 전설의 현장을 답사하기 위해 서둘러 장곡면 도산리로 차를 몰았다. 조금 늦게 약속한 찻집에 도착하니, 오서초등학교에 근무하는 김정헌 선생과 한구 선생이 먼저 와서 기다리고 있었다.

　잠시 후 전에 한 번 만났던 김갑현 씨가 환한 웃음을 웃으며 들어왔다. 김씨는 전에 고등학교 교사·농협조합장을 지내고, 지금은 농사를 지으면서 향토문화 연구에 힘을 기울이고 있어, 이 지역의 역사와 지리·전설에 관해 많이 알고 있는 분이다. 그래서 역사학자들이 김씨를 자주 찾아오는데, 김씨는 그들에게 현지 자료를 직접 확인할 수 있도록 도와주곤 한다고 하였다. 나는 전에 만났을 때 이 지역 전설을 조사하러 올 터이니 도와달라고 부탁한 적이 있었기에, 미리 연락하고 그 날 찾아간 것이다. 우리는 차를 마시며, 김씨로부터 장곡 지역의 전설 몇 가지를 들었다.

　홍성군 장곡 지역은 신라 말의 대문장가였던 고운(孤雲) 최치원

(崔致遠) 선생이 살던 곳이라고 한다. 그래서 이곳에는 고운 선생의 유적(遺跡)과 유필(遺筆)이 남아 있어 학계의 관심을 끌고 있다. 그에 따라 고운 선생과 관련된 전설도 전해 온다. 그중 고운 선생의 아들과 딸이 쌓았다는 석성산성(石城山城)과 학성산성(鶴城山城)에 얽힌 전설이 매우 흥미롭다.

옛날에 최치원 선생이 장곡면 월계리 쌍계에서 살았는데, 아들과 딸이 목숨을 걸고 성 쌓기 내기를 하였다. 어머니는 아들이 이기게 하려고, 팥죽을 쑤어 딸에게 주면서 먹고 하라고 하였다. 아들보다 먼저 마무리 작업을 하던 딸은 급하게 팥죽을 먹은 것이 탈이 나 설사하는 바람에 내기에 져서 죽고 말았다. 어머니의 불공정한 개입으로 내기에서 이긴 것을 안 오빠는 오래 살지 못하고 죽었다. 남매를 잃은 어머니도 죽어 남매의 곁에 묻혔다고 한다.

우리는 먼저 성 쌓기 내기를 하던 고운 선생의 아들과 딸, 그 어머니가 묻혀 있다고 하는 적석총(積石塚)을 찾아가 보기로 하였다. 김 선생의 차를 타고 홍성군 장곡면 광성2리로 갔다. 이 지역에서 제일 큰 산인 오서산에서 뻗어 내린 산줄기가 있는데, 이름이 '용잿날'이라고 한다. 이 산 능선 아래에 성 쌓기 내기를 하였다는 오누이와 그 어머니의 무덤으로 알려진 3기의 적석총이 있다. 숲속에 약간 불룩하게 나온 적석총 3기가 나란히 있는데, 안내표지판이나 표석도 없어 누가 인도해 주지 않으면 찾아보기 어려울 정도였다. 전설과 관련을 짓지 않더라도 옛 무덤으로 알려진 이 적석총은 잘 보존할 가치가 있을 터인데, 관리가 너무 허술한데 놀라지 않을 수 없었다.

적석총을 둘러보고 다시 614번 지방도로 나와 청양 쪽으로 3km쯤 가서 장곡면 산성리에 도착하였다. 도로 오른쪽 산의 능선 가까이에 오빠가 쌓았다는 석성산성이 있고, 도로 왼쪽 산의 능선 아래에 누이동생이 쌓았다는 학성산성이 있다. 우리는 가게 옆에 차를 세우고, 산세와 성의 모습을 바라보았다. 두 성을 직접 가보고 싶었으나, 해질 시간이 가까운 데다가 길이 나빠 지프차가 아니면 올라가기 어려울 것이라는 김씨의 말을 듣고, 망원 렌즈를 사용하여 성의 모습을 촬영한 뒤에 발길을 돌렸다. 두 성이 있는 이 산은 원래 연결되어 있었는데, 그 가운데로 도로를 내는 바람에 끊어졌다고 한다. 석성산성이 끝나는 길 오른쪽 논 가운데에 가로 1.5m, 세로 2.5m, 높이 1m쯤 되는 바위가 있다. 이 바위가 딸이 성문의 초석(礎石)으로 놓을 바위를 치마에 담아가지고 가다가 설사하는 바람에 놓쳤다는 '한치마석(嫺致摩石)'이라고 한다.

위 이야기에서 석성산성과 학성산성은 신라 말의 학자이며 문장가인 최치원 선생의 아들과 딸이 쌓았다고 하여 매우 흥미롭다. 이 지역에는 고운 최치원 선생이 살았다는 전설과 함께 고운 선생이 남겼다는 금석문(金石文)이 전해 오고 있다. 그래서 이 지역 주민들은 아주 오랜 옛날부터 고운 선생을 흠모하고, 기려 왔다고 한다. 이런 연유로 석성산성과 학성산성 축조 이야기에 고운 선생의 아들과 딸, 부인이 자연스럽게 결합된 것이라 생각한다.

힘이 센 오누이가 '누이동생은 성을 쌓고, 오라비는 서울에 갔다 오기' 내기를 하였는데, 어머니가 아들 편을 들었다는 내용의 〈오누이 힘내기 전설〉은 전국의 크고 작은 여러 성과 관련되어 전해 온다. 내가 조사한 곳만 하여도 홍성에서 가까운 예산의 '임존성', 충남 서산의 '홀어미성', 충남 공주의 '홍길동산성', 충북 청원의 '구녀성', 충북 보은의 '삼년산성', 충북 진천의 '홀어미성' 전설이 있다. 이 전설과 관련된 장소는 전국에 70여 곳이 있다. 위이야기는 오빠가 서울에 갔다 오지 않고 누이동생과 성 쌓기 내기를 하였다는 점이 다른 지역의 〈오누이 힘내기 전설〉과 다르다. 그러나 힘이 센 오누이가 목숨을 걸고 내기를 하였고, 그때 쌓은 성이 지금까지 전해 온다는 점에서는 일치한다.

이 전설에서 어머니가 딸에게 팥죽을 쑤어 가지고 가서 먹으라고 한 것은 배고픈 딸에게 팥죽을 먹게 하여 성 쌓는 일을 지연시키기 위한 작전이지, 진정으로 딸을 위하는 마음에서 한 일이 아니다. 딸은 이것을 알면서 팥죽을 먹었을 수도 있고, 배고픈 김에 아무 생각 없이 먹었을 수도 있다. 딸은 급히 먹은 팥죽 때문에 설사하는 바람에 성문 달 자리에 놓을 초석을 땅에 떨어뜨려 내기에 지고 말았다. 어머니가 아들 편을 들어 아들이 이기도록 한 것은 우리 민족이 오래 전부터 지녀 온 중남사상(重男思想)에서 나온 것이라 생각한다.

이 이야기를 들으며 나는 '장사인 오누이가 서로 다투지 않고 서로 협조하면서 살아갈 방도를 찾았더라면, 얼마나 좋았을까?' 하는 생각을 하였다. 또, 어머니가 어느 한 쪽 편을 들지 않고 중립을 지키면서 아들과 딸 모두를 살릴 방도를 찾았더라면 엄청난 불행을 막을 수 있었을 것이라는 생각을 하였다. 이 전설은 가족 간의 불화와 편애(偏愛)는 엄청난 비극을 초래한다는 것을 일깨워 준다.

지금 남아 있는 석성산성이나 학성산성을 보면, 한두 사람이 며칠 사이에 쌓을 정도로 허술한 성이 아니다. 많은 사람이 오랜 기간에 걸쳐 힘을 합하여 쌓은 성임이 틀림없다. 그렇다면, 위 이야기는 두 성의 축조 사실을 이야기하는 것이라기보다는 어떤 사실을 상징적으로 표현한 것이라고 할 수 있다.

백제가 신라와 당나라 연합군에게 망한 직후에 백제 유민들은 군사를 일으켜 대대적인 백제 부흥운동을 하였다. 그때 백제 부흥군이 주둔하던 곳이 주류성이다. 주류성의 위치에 관하여는 여러 가지 설이 있는데, 충남 홍성에 있는 성이라는 설이 유력하다고 한다. 이에 따르면, 석성산성과 학성산성은 백제 부흥군이 주둔하던 성의 일부이다. 이 두 성은 그때 쌓은 것일 수도 있고, 그 전부터 있던 성을 이때에 손질하였을 수도 있다. 위 이야기는 백제 부흥군의 대립과 갈등을 이 두 성을 처음 쌓거나 손질할 때의 일과 관련지어 상징적으로 표현한 것이라 생각한다.

백제 부흥군은 복신이 이끄는 군부 세력과 도침이 이끄는 불교 세력이었는데, 뒤에 왕자 풍이 이끄는 왕족 세력이 가담하였다. 처음에는 복신의 군대가 공격을 맡고, 도침은 작전 계획과 정보와 군수를 담당하였다. 왕자 풍은 양대 세력을 조정하면서 후에 자기 세력을 확대하였다. 그래서 백제 부흥운동은 성공할 조짐을 보였다. 그러나 뒤에 세 세력 간에 반목과 불신이 생겨 복신은 도침을 죽이고, 풍은 복신을 죽이는 바람에 그 세력이 크게 약화되어 실패하고 말았다.

위 이야기를 이러한 역사적 사실과 관련지어 해석하면, 성 쌓기 내기를 한 오빠는 복신, 누이동생은 도침, 어머니는 왕자 풍에 대응된다. 오누이가 목숨을 걸고 성 쌓기 내기를 한 것은 복신과 도침이 반목하다가 싸운 것을 의미한다. 어머니에 대응되는 왕자 풍은 처음에는 두 세력을 조정하면서 화합을 꾀하려 하였으나 실패하고, 오빠에 해당하는 복신의 편을 들어 복신으로 하여금 도침을 제거하게 한다. 그러다가 풍은 복신을 의심하여 복신마저 제거하고, 혼자 세력을 잡고 신라군에게 대항하여 싸우다가 실패하고 말았다. 전설에서 딸과 아들과 어머니가 차례로 죽은 것은 부흥군을 주도하던 도침과 복신·풍이 차례로 죽고, 3년여에 걸친 백제 부흥운동이 막을 내린 것을 의미한다고 할 수 있다.

위 이야기는 두 성을 쌓은 사실을 이야기하는 전설이라기보다는 이미 축조된 성을 외부의 침략으로부터 지키려다가 실패한 사실을 상징적으로 표현한 것이라 하겠다. 이렇게 보면, 3기의 적석총은 성을 지키려다가 목숨을 잃은 백제 부흥군 장수의 무덤이라할 수 있다. 전설을 전승시켜 온 우리 조상들은 흥미로운 이 이야기를 통해 깊은 의미와 교훈을 던져 주면서, 그 증거물로 석성산성과 학성산성, 한치마석을 제시하였다. 이 이야기는 가족이 화목하지 못하면 그 집안이 망하는 것처럼 정권을 쥔 세력들이 합심하지 못하고 불화하면 나라가 망한다는 점을 일깨워 주고 있다.

나는 이 이야기를 들으면서 백제 부흥운동을 하던 백제 유민들의 모습을 상상해 보고, 이 전설이 주는 의미를 두고두고 잊지 말아야겠다고 생각하였다. 〈충청문학 9, 서울 : 충청문인협회, 1999.〉

도미 부인의 정절

　도미 부인의 정절 이야기는《삼국사기》에 실려 있는데, 중학교 국어 교과서에 실린 적도 있어서 널리 알려졌다. 이 이야기의 배경이 된 곳이 충남 보령시에 있다. 이 지역에서 전해오는 이야기의 줄거리는《삼국사기》에 실린 내용과 같으나, 이 지역의 지형(地形)과 지물(地物)이 구체적으로 제시되어 매우 흥미롭다. 나는 지난 5월과 8월에 이 지역을 답사하였다.

　보령시 오천면 교성리에 '도미항(都彌港)'이라는 작은 항구가 있다. 교성리와 소성리 경계에는 '상사봉(相思峰)'이라는 산봉우리가 있고, 그 앞에 '미인도(美人島)'라고 하는 작은 섬이 있다. 도미항에서 가까운 보령시 청소면 진죽리에 '전마들[戰馬坪]'이 있는데, 이곳은 백제 시대에 군용마(軍用馬)를 기르던 곳이라고 한다.

　백제의 개루왕은 군용마를 기르는 이곳에 자주 순행(巡幸)하였다. 개루왕은 어느 날 이곳에 왔다가 목수인 도미의 아내가 천하일색(天下一色)이라는 말을 듣고, 욕심이 나서 도미의 아내를 빼앗으려는 계책을 세웠다. 왕은 도미를 불러서 세상의 여인들은 권력과 부귀영화(富貴榮華) 앞에서는 정절을 헌신짝처럼 버릴 것이라고 하며 도미의 의중을 떠 보았다. 도미는 다른 사람은 몰라도 자기 아내만은 정절을 지킬 것이라고 하였다.

왕은 도미에게 마구간을 지으라고 하면서, 기한 내에 짓지 못하면 벌을 주겠다고 하였다. 왕은 도미가 기한 내에 공사를 끝내지 못하도록 사람을 시켜 방해하였다. 그리고는 왕명을 어긴 벌로 도미의 눈을 빼고, 빈 배에 태워 바다에 띄우게 하였다.

왕은 도미의 아내를 불러, 그녀의 남편이 왕명을 어긴 죄로 벌을 받았다고 하면서 시침(侍寢, 잠자리에서 임금을 모심)을 명하였다. 그녀는 남편이 없으니 기쁜 마음으로 모시겠다고 하면서, 지금은 몸이 더러우니 3~4일 후에 몸이 깨끗해지면 다시 와서 모시겠다고 하였다. 왕은 기뻐하면서 그녀를 집으로 돌려보냈다. 그녀는 즉시 뒷산에 올라가 물길을 자세히 살피고, 슬피 통곡한 후에 집으로 돌아왔다. 그리고 밤이 깊어지자 빈 배에 몸을 싣고, 썰물에 한없이 흘러내려갔다.

어느 섬에 도착한 그녀는 거기서 눈먼 남편을 만나 함께 고구려로 가서 살았다.

이 일로 인하여 도미가 살던 포구를 '도미항', 도미의 아내가 출생하여 성장한, 도미항 맞은편에 있는 섬을 '미인도'(현 보령시 천북면 낙동리 빙도), 도미 부인이 올라가 남편이 탄 배가 지나갔을 곳을 바라보며 슬피 울었던 산봉우리를 '상사봉'이라고 하였다. 보령

상사봉에 세운 도미 부인 정절각

시에서는 1993년 상사봉에 도미 부인의 정절을 기리기 위해 '정절각(貞節閣)'을 세우고, 그 아래에 도미 부인의 사당(祠堂)을 세웠다. 그래서 이 지역에 전해 오는 전설을 널리 알리는 한편, 정절 교육의 산 교육장으로 활용하고 있다.

이 이야기에는 자기 아내는 어떠한 유혹과 협박에도 넘어가지 않을 것이라고 믿는 도미의 아내에 대한 사랑과 믿음이 잘 나타난다. 또 절대 권력을 휘두르며 횡포를 일삼는 왕에 맞서 싸우며 끝까지 정절을 지킨 도미 부인의 지혜와 용기가 돋보인다. 백제인 부부의 깊은 사랑과 믿음, 정절을 소재로 한 이 이야기는 순결(純潔)이나 정절(貞節)을 낡은 시대의 유물인 양 생각하는 미혼 남녀나 혼외정사(婚外情事)를 흔히 있을 수 있는 일이라 생각하는 기혼자들이 깊이 음미해 볼 이야기라 하겠다.

지역 주민의 의식을 문학적으로 형상화한 전설은 입에서 입으로 전해 오는 동안 지역 주민의 정서에 깊은 영향을 끼친다. 그리고 지역 주민의 유대를 강화하고, 향토애를 배양하는 데에 큰 몫을 한다. 그래서 각 지역에 전해 오는 전설을 조사하고, 그 전설의 의미를 되새기면서 교육적으로 활용하는 일은 매우 소중하고, 의

도미부인 사당

의 있는 일이라 생각한다.

　나는 틈틈이 전설의 현장을 찾아보고, 그 전설의 내용과 의미를
적은 《함께 떠나는 이야기 여행》을 출판할 계획이다. 이 작업의
일환으로 찾은 도미 부인의 정절각과 사당은 사랑과 신뢰를 바탕
으로 한 부부애의 중요성을 다시 한 번 생각하게 해 주었다.

〈도서신문 제121호, 1996. 9. 21〉

능소화의 품위와 기개

　지난 여름에 아내와 함께 고향인 홍성에 갔다. 정년퇴직을 한 뒤에도 강의와 출판사와 약속한 원고 집필 때문에 바빠서 벼르기만 하고 가지 못하다가 겨우 시간을 내어 갔다. 먼저 부모님 산소에 성묘를 하고, 누님 댁과 외종형 댁을 방문한 뒤에 친구의 집을 찾았다.

　친구와 반가운 인사를 나눈 뒤에 여러 이야기를 나누며 잘 가꿔 놓은 정원의 나무와 꽃들을 둘러보았다. 마당가와 마당과 이어진 야트막한 언덕에는 여러 가지 과일나무와 정원수, 꽃들이 자라고 있는데, 주인 내외의 성품처럼 정갈하면서도 품위가 있어 보였다. 많은 나무와 꽃 중에서 나의 눈길을 끄는 것은 마당가에 활짝 피어 있는 능소화(凌霄花)였다. 능소화는 마당가에 세워놓은 사람 키 정도의 통나무를 이리저리 감으며 타고 올라간 줄기의 마디마디에서 뻗어 나온 꽃대에 다닥다닥 피었다. 나팔꽃과 비슷한 깔때기 모양의 주황색 통꽃이 100여 송이 피었는데, 아주 화려하면서도 기품이 있고, 생기가 있다. 꽃이 하도 예뻐 만져보려고 손을 대자, '내 몸에는 어느 누구도 손을 댈 수 없다.'는 듯이 톡 떨어져 버렸다. 그 밑을 보니, 시들지 않고 싱싱한 꽃들이 수없이 떨어져 있다.

나는 능소화를 어렸을 때부터 보아왔으나, 별로 관심을 갖지 않고 지내왔다. 그러다가 20여 년 전에 고등학교 선배님 댁 바깥 정원에 흐드러지게 피어 있는 능소화의 예쁜 모습에 마음이 끌려 관심을 갖기 시작하였다. 그래서 사진을 찍어 보관하기도 하고, 꽃말과 전설을 수집하기도 하였다. 그러는 동안에 능소화가 아주 좋아졌다. 내가 친구에게 능소화를 언제 심었는가 물으니, 10여 년 전에 아는 사람의 집에 피어 있는 능소화가 예뻐서 뿌리를 조금 얻어다가 심은 것이 이렇게 자랐다고 한다. 나는 친구와 함께 능소화의 특성, 꽃말과 전설 등을 이야기하였다.

능소화는 쌍떡잎 통꽃식물목 능소화과에 속하는 낙엽성 덩굴나무이다. 높이는 10m 정도이며, 잎은 깃모양 겹잎이다. 여름에 깔때기 모양의 주황색 꽃이 피고, 열매는 네모진 삭과(蒴果, 익으면 겉껍질이 말라 쪼개지면서 씨를 퍼뜨리는, 여러 개의 씨방으로 된 열매)로 가을에 익는다. '금등화(金藤花)', '자위(紫葳)', '능소화나무'라고도 한다. 중국이 원산지로 우리나라에서는 주로 중부 이남에 분포한다. 옆에서 보면 트럼펫을 닮아서 외국에서는 'Chinese trumpet creeper'라고 부르기도 한다.

능소화는 바람이 불면 마치 여인의 치맛자락처럼 너울너울 흔들거린다. 옛사람들도 이 꽃을 예사로 보지 않고 무척 사랑했던 것 같다. 지금으로부터 약 3000여 년 전에 널리 전해 오는 시를 모

능소화

은, 동양 최초의 시집인 《시경(詩經)》에도 능소화가 나온다. 우리나라에서는 오래 전부터 정원수로 길렀는데, 양반집 마당에만 심었고, 상민(常民)의 집에서는 심지 않았다. 이 꽃을 상민의 집에서 심으면 양반들한테 불려가 벌을 받았다고 한다. 그래서 '양반꽃'이라고도 한다.

능소화는 분위기가 동양적이라 사찰꽃(절꽃)이라고도 한다. 꽃가루에 독이 있어 유독식물로 알려져 있으며, 꽃 속에 생기는 꿀이 눈에 들어가면 실명(失明)한다는 말이 전해 오지만, 확실한 근거가 있는 것은 아니다. 추위에 견디는 힘이 약하여 중부 이북보다는 중남부 지방의 건조하지 않은 양지바른 곳에서 잘 자란다. 공해에도 강하고, 뱀의 근접을 막아준다고 하여 별장 및 개인주택 조경에 많이 심는다.

꽃에는 특성에 따라 상징적인 의미를 부여한 '꽃말'이 전해 온다. 장미는 사랑·아름다움, 백합은 순결, 월계수는 영광, 클로버는 행운을 나타낸다. 능소화의 꽃말은 '명예'이다. 이것은 능소화에서 느껴지는 화려함과 기개, 싱싱한 채 떨어져 시든 모습을 보이지 않는 자존심 등을 참작하여 붙인 것이라 하겠다.

화려함과 기개를 느끼게 하는 능소화에는 슬픈 전설 두 가지가 전해 온다. 하나는 임금을 기다리다 죽은 궁녀의 넋이 능소화가 되었다는 이야기이다. 옛날에 '소화'라는 궁녀가 임금의 눈에 띄어 승은(承恩)을 입고, 빈(嬪)에 봉해졌다. 그녀는 궁궐 안에 마련된 처소에서 지내면서 임금님이 다시 찾아주기를 간절히 기다렸다. 그녀는 매일 담장 밑을 서성이기도 하고, 담장너머를 바라보며 임금을 기다렸지만, 임금은 그녀의 처소를 한 번도 찾지 않았다. 그녀는 기다림에 지쳐서 병이 들어 죽었다. 시녀들은 '나는 담장 밑에 묻혀 임금이 오기를 기다리겠다.'는 그녀의 뜻을 따라 시신을 궁궐 담 밑에 묻어 주었다. 이듬해 여름에 그녀의 무덤에서 나무가 자라 꽃이 피었는데, 담장을 휘어 감고 밖을 내다보는 듯하였다. 그래서 이 꽃 이름을 '능소화'라고 하였다 한다.

위 이야기에서 능소화는 임금님의 방문을 간절히 기다리다 죽은 궁녀 소화의 넋이 변하여 핀 꽃인데, 담장에 피어 임금이 오는가를 살피고 있다고 한다. 이렇게 보면, 이 꽃에는 오직 한 분이신 임을 기다리는 여인의 간절한 소원과 기대가 담겨 있다.

또 다른 이야기에서도 기생 능소화가 죽어 이 꽃이 되었다고 한다. 옛날 어느 고을에 덕망 있는 벼슬아치가 일찍 아내를 여의고 딸과 함께 살았다. 그는 상대편 당파의 세력에 밀려 급히 몸을 피해야 할 지경에 이르렀다. 그는 딸과 사윗감으로 점찍어 두었던 젊은 선비를 데리고 급히 몸을 피하다가 갈림길에 이르렀다. 그는 젊은이와 딸의 손을 모아잡고, 부부의 인연을 맺을 것을 서약하게 한 뒤에 젊은이를 다른 길로 가게 하였다. 그는 딸과 함께 이리저리 떠돌던 중에 병이 들어 위독하게 되었다. 딸은 기적(妓籍)에 이름을 올리고 돈을 받아다가 약을 썼으나, 그는 소생하지 못하고 세상을 떠나고 말았다.

그 뒤 그녀는 기녀(妓女)가 되었는데, 인물이 예쁘고, 글을 잘하며 거문고에 능했기 때문에 많은 사람의 눈길을 끌었다. 그녀는 많은 남성들이 유혹하였지만, 정절을 지켰다. 한 선비가 그녀의 청초한 모습을 보고, '차가운 기운이 서린 꽃'이란 뜻으로 '얼음 릉(凌)' 자, '하늘기운 소(霄)' 자를 써서 '능소화'라고 이름 지어 불렀다.

몇 년 후 능소화의 아버지가 속했던 당파가 다시 정권을 잡게 되었다. 젊은 선비는 과거에 급제하고, 능소화가 기생 노릇을 하고 있는 고을 원으로 오게 되었다. 능소화의 소문을 들은 원님이 그녀를 찾아가는데, 귀에 익은 거문고 소리가 들렸다. 원님이 그녀를 만나보니, 바로 자기와 정혼한 여인이었다. 능소화가 겪은 일을 들은 원님은 지난 일을 다 잊고, 부부의 연을 이어가자고 하였다. 그녀는 "서방님의 뜻이 그러하다면 기꺼이 따르겠다."면서, 며칠간의 말미를 달라고 하였다.

원님은 만나기로 약속한 날에 능소화를 찾아갔다. 그녀는 준비해 두었던 비상(砒霜)을 먹고 죽어가면서, "자신을 정결하게 지키지 못한 제가 어찌 서방님과 혼인할 수 있겠습니까? 그간의 허물을 탓하지 않으시는 마음만으로도 저는 여한이 없습니다." 하고 말했다.

그 뒤 그 여인의 무덤에서 덩굴진 줄기가 솟아났고, 퍼져가는 줄기 끝마다 주황빛 꽃들이 피어났다. 품위와 기개가 느껴지고, 활짝 피었는가 싶으면 이내 지고 마는 그 꽃을 사람들은 '능소화'라고 불렀다. 당파 싸움이 한창이던 때를 배경으로 꾸며진 이 이야기에는 한 여인의 지고(至高)한 사랑과 기품이 나타난다.

우리나라에는 살았을 때에 간절히 바라고 원하던 일을 이루지 못하고 죽은 사람의 영혼이 그 소원과 관련이 있는 식물이나 동물로 변하였다는 전설이 많이 전해 온다. 그중 꽃과 관련된 이야기를 '꽃 유래담' 또는 '꽃 전설'이라고 하는데, 이것은 한국인의 환생(還生)에 관한 의식을 바탕으로 꾸며진 것이다.

능소화

능소화는 개화 기간이 80일 정도 이어진다. 색상이 화려하고 기품이 있으며, 젊고 생기가 있다. 많은 꽃들이 다투어 피는 따뜻한 봄을 다 보내고, 뜨거운 태양이 작열(灼熱)할 때에야 자태를 뽐내는데, 아름다움과 함께 도도함이 느껴진다. 손을 대면 떨어지고 말아 마음에 맞지 않는 누구의 손길도 허락하지 않는 절개가 있어 보인다. 시들지 않고 떨어져 지는 순간까지도 활짝 피었을 때의 싱싱함을 유지하다가 그 모습 그대로 땅에 떨어져 추한 모습은 보이지 않는 자존심이 있다. 통나무나 담장을 타고 올라가 밖을 살피는 조심성이 있다. 위의 두 전설은 능소화의 이러한 특성을 잘 설명해 준다.

화려한 자태를 뽐내는 능소화를 보고 있노라면, 옛날 선비와 같이 함부로 범접하기 어려운 품위와 한번 뜻을 세우면 어떤 시련이 와도 굽히지 않는 기개가 느껴진다. 많은 남성의 유혹이 있어도 임을 향한 일편단심(一片丹心)으로 정절을 지키는 명기(名妓)의 결연함을 생각하게 한다. 능소화 전설은 이런 느낌을 더욱 강하게 해 준다.

얼마 전에 아는 분이 암으로 세상을 떠났다. 그분은 돌아가시기 몇 달 전부터 아는 분들의 면회를 일절 사양하였다고 한다. 아는 분들에게 쇠잔(衰殘)한 모습을 보이지 않아 건강할 때 만났던 모습을 기억해 주기를 바라는 마음에서였을 것이다. 내가 능소화를 보면서 그분을 떠올린 것은 그분의 떠날 때의 마음이 시들기 전에 지는 능소화의 본성과 닮았다는 생각이 들었기 때문이다. 내가 친구에게 그분의 이야기를 하면서 능소화처럼 품위와 기개를 지니고 살다가 홀연히 떠났으면 좋겠다고 하자, 그 친구 역시 동감이라고 하였다. 나이가 더 들더라도 지금처럼 건강하게 살면서 남에게 추한 모습 보이지 않고 훌쩍 떠났으면 좋겠다. 아름답고 화려한 꽃을 보면서 이런 생각을 하는 것은 나이가 든 탓이리라.

〈충청문학 19, 서울 : 충청문인협회, 2008.〉

슬픈 사연을 지닌 할미꽃

겨우내 땅속에 묻혀 있던 새싹들이 머리를 내밀고, 나뭇가지의 잎눈과 꽃눈들도 활짝 기지개를 켜는 봄이다. 유난히 추위를 타는 나는 봄을 기다리는 마음이 간절하였기에 봄을 맞는 감회 역시 누구보다도 크다. 기다리던 봄을 맞으면, 나는 추위에 대한 부담 없이 가벼운 차림으로 도봉산을 찾곤 한다. 갈 적마다 다르게 변하는 산의 모습을 보며 자연의 신비에 감탄하기도 하고, 어린 시절의 추억에 젖어들기도 한다.

내가 자라던 고향집 뒷동산에는 진달래와 할미꽃이 유난히도 많았다. 그래서 '봄에 피는 꽃' 하면, 이 두 가지 꽃이 먼저 떠오르곤 한다. 오늘은 그중에서도 온몸에 흰 털이 나 있고, 이른 봄에 긴 꽃대 끝에 붉은 자줏빛 꽃이 피던 할미꽃이 더욱 생각난다. 뒷동산 여기저기에 피어 있는 할미꽃을 꺾어다 꽃병에 꽂기도 하고, 호미로 캐다가 뒤뜰에 심기도 하였다. 신랑·각시놀이를 할 때에는 할미꽃의 꽃잎을 뒤집어 아래로 모은 뒤에 가느다란 풀줄기를 꽂아 족두리 모양을 만든 다음, 여자아이의 머리에 꽂아 주고 각

시라고 하기도 하였다. 때로는 어른들의 말에 따라 약초로 쓸 수 있게 뿌리째 뽑아오기도 하였다.

신라 시대의 학자인 설총이 쓴 〈화왕계(花王戒)〉에서는 할미꽃이 꽃임금[花王]인 모란에게 충신을 가까이하고 간신을 멀리하라는 직언(直言)을 서슴지 않는 '백두옹(白頭翁)'으로 표현된다. 그러나 민간에 전해 오는 〈할미꽃 전설〉에서는 슬픈 사연을 지닌 꽃으로 표현된다. 내가 초등학교에 다닐 때에 국어 교과서에 실려 있던 이야기는 다음과 같다.

옛날에 홀어머니가 온갖 고생을 하며 딸 3형제를 길러 시집을 보냈다. 어머니는 혼자 살다가 허리가 굽은 할머니가 된 뒤에 맏딸의 집에 가서 얹혀살았다. 할머니는 맏딸의 박대가 심해지자, 둘째딸을 찾아갔다. 둘째딸 역시 얼마 지나니, 대하는 태도가 달라졌다.

추운 겨울에 쫓겨난 할머니는 막내딸을 찾아 길을 떠났다. 막내딸은 언니들과는 달리 마음이 고와 외롭게 지내는 어머니를 모시러 온 적이 한두 번이 아니었다. 할머니는 이 귀여운 딸을 한시 바삐 보고 싶은 마음에 눈 쌓인 고갯길을 달음질쳐 올라왔다. 산 저쪽에 아련히 초가집들이 보이자, 할머니는 마음껏 소리쳐서 귀여운 막내딸을 불렀다. 할머니는 계속해서 딸을 부르다가 숨을 거두고 말았다.

며칠 후, 막내딸은 어머니가 자기 집을 향하여 언니네 집을 떠났다는 말을 듣고, '추운 날 눈길에서 혹시나?' 하고는 정신

없이 고개까지 올라왔다. 어머니의 시신을 발견한 막내딸은 슬피 울면서 정성껏 장사지냈다.

봄이 되어 막내딸이 어머니의 무덤을 찾으니, 무덤 맨 위에 아직까지 본 일이 없는 이상한 꽃 한 송이가 허리를 구부리고 아랫마을을 내려다보는 듯이 피어 있었다. 사람들은 이 꽃을 할머니의 넋이 꽃이 되었다고 하여 '할미꽃'이라 불렀다.

어른들로부터 들은 이야기 중에는 좀 다른 부분도 있다. 어머니는 노후에 잘 모실 터이니 재산을 분배해 달라는 첫째와 둘째딸의 꼬임에 넘어가 재산을 다 넘겨주었다. 어머니는 전에 한 약속을 믿고 늙고 병든 후에 첫째와 둘째딸을 찾아갔으나 푸대접하였다. 어머니는 자기의 잘못을 후회하며 재산도 넘겨주지 않은 막내딸을 찾아가다가 죽었다고 한다.

할미꽃 전설을 안 뒤에는 할미꽃을 볼 때마다 슬픈 생각이 들

할미꽃

었다. 누구의 무덤인지 모르는 무덤의 봉분 위에 피어 있는 할미꽃을 볼 때에는 그 무덤의 주인공이 딸을 부르며 죽은 할머니의 무덤이 아닐까 하고 생각하기도 하였다.

부모는 자식을 낳아 기르며 뒷바라지 하는 일에 여념이 없이 하루하루를 산다. 그러다 보면 노년이 되는데, 노년을 맞은 부모에게 남는 것이라고는 늙은 몸밖에는 아무 것도 없게 된다. 그런데 부모의 희생을 딛고 성장하여 자립하게 된 자식들은 늙은 부모 모시기를 꺼려 회피하려 한다. 할미꽃 전설은 이러한 자식들의 심리와 그 일을 당한 부모의 아픔을 잘 나타내고 있다.

나는 요즈음 노부모를 모시지 않으려고 자녀들이 서로 미룬다는 이야기, 할 수 없어서 노모를 모시기는 하지만 심히 구박하고 끼니도 제때에 드리지 않는다는 이야기를 들었다. 신문이나 방송에서 알게 된 먼 데 사람의 이야기가 아니고, 내가 아는 둘레 사람의 이야기이다. 할미꽃 전설의 주인공이 내 둘레에 많이 있다는 사실에 나는 무거운 마음을 가눌 수 없다.

따스한 봄바람이 꽁꽁 얼었던 대지를 녹이듯이, 부모를 위하는 지극한 효심과 훈훈한 인정이 자기밖에 모르는 이기적인 현대인의 마음을 녹여 주었으면 좋겠다. 그래서 금년 봄 이후에는 할미꽃 전설의 주인공과 같이 자녀들의 무관심이나 불효로 늙은 부모들이 마음 아파하고, 타고난 수명을 다 누리지 못하는 일이 없기를 간절히 소망한다. 이 소망이 이루어지는 날, 할미꽃은 우리에게 깨달음을 주는 꽃, 우리와 가까이 있는 꽃으로 더욱 친근감을 느끼게 될 것이다. 〈조선문학 1994년 4월호〉

은혜를 아는 마음

　지난 3월 말에는 보은(報恩)의 종을 울린 꿩 전설과 관련이 있는 강원도 원주 치악산 상원사에 갔다. 전날 가려고 하였으나 비가 와서 가지 못하고, 다음날에 가려던 구룡사와 성신앙(性信仰)과 관련이 있는 민간신앙의 현장, 평창의 이효석 생가와 공원 및 〈메밀꽃 필 무렵〉의 배경이 된 물레방앗간을 둘러보고, 횡성에서 숙박한 뒤에 이튿날 상원사로 향했다. 승용차를 몰고 영동고속도로로 남원주까지 가서 중앙고속도로로 들어섰다. 제천 방향으로 15km쯤 달리다가 신림 교차로에서 고속도로를 빠져나와 지방도로로 6km쯤 달려 신림 매표소에 도착하였다.

　매표소 옆에 차를 세우고, 걷기 시작하였다. 전날에 내린 비로 대기 중의 먼지를 다 씻어 내린 탓인지 공기는 더욱 맑게 느껴졌고, 계곡을 따라 흐르는 물소리는 어느 교향악단의 연주보다도 더 아름답게 들렸다. 비교적 평탄한 길을 3km쯤 올라가자 심한 비탈길이 나왔다. 숨을 헐떡이며 2km를 더 올라가니, 상원사 대웅전과 요사채, 범종각이 그림처럼 펼쳐져 있다.

절의 경내를 둘러본 뒤에 요사채에 계신 주지 스님을 찾아 인사를 한 뒤에 치악산과 상원사에 관련된 이야기를 해 달라고 부탁하였다. 주지인 경덕 스님은 처음에 사양하다가 간곡히 부탁하자, 〈상원사 보은의 종〉 이야기를 해주었다.

옛날에 의성의 선비가 과거를 보려고 한양으로 가던 중 치악산 밑을 지나다가 꿩의 다급하면서도 애절한 울음소리를 들었다. 선비가 소리 나는 곳에 가 보니, 구렁이가 꿩의 새끼들을 잡아먹으려고 하였다. 선비는 꿩이 불쌍한 생각이 들어 메고 있던 활로 구렁이를 쏘아 죽였다.

날이 저문 뒤에 선비가 불빛을 보고 외딴집을 찾아가니 젊은 여인이 혼자 살고 있었다. 선비는 여인이 차려주는 저녁밥을 먹고 잠이 들었다가 가슴이 답답하여 깨어 보니, 구렁이가 자기 몸을 감고 있었다. 구렁이는 선비가 낮에 자기 남편을 죽였으니, 이제 선비를 죽여 원수를 갚겠다고 하였다.

선비가 살려달라고 하니, 구렁이는 저 산 속에 있는 절의 종을 세 번 울리면, 살려 주겠다고 하였다. 종을 울릴 방법이 없는 선비가 죽음을 기다리고 있을 때, 종이 세 번 울렸다. 구렁이는 자기 남편이 저 종소리를 듣고 왕생극락(往生極樂)하였을 것이라면서 선비를 풀어주고 어디로인지 사라졌다.

날이 밝은 뒤에 선비가 산으로 가 보니, 종루 밑에 머리가 깨진 꿩 세 마리가 죽어 있었다. 꿩은 낮에 자기의 새끼를 구해준 선비가 위험에 처한 것을 알고, 자기의 동료들을 데리고 와서

치악산 상원사 보은의 종

종에 머리를 부딪쳐 소리를 내고 죽은 것이었다.

이 일로 인하여 원래 '적악산(赤岳山)'이라고 부르던 이 산을 '치악산(雉岳山)'이라고 부른다. 꿩이 울린 보은의 종이 있던 곳이 상원사이다.

이 이야기는 전에 초등학교 교과서에 실린 적이 있어 널리 알려져 있다. 함께 이야기를 듣고 내려오던 친구는 전에 교단에서 학생들에게 가르쳤으면서도 이 전설의 현장이 어디인지는 몰랐는데, 이곳을 뒤늦게나마 찾아오게 되어 정말 기쁘다고 하였다. 나 역시 같은 생각이었다.

나는 산을 내려오며 전설의 의미를 곰곰이 생각해 보았다. 이 이야기에서 꿩은 새끼의 목숨을 살려준 선비가 위험에 처한 것을 알고, 자기의 목숨을 바쳐 선비를 구했다. 꿩의 보은 정신이 얼마나 철저했는가를 알 수 있다. 이 이야기는 은혜를 알고 갚는 일이 얼마나 중요한 가를 우리에게 일깨워 준다.

사람은 살면서 많은 사람의 은혜를 입는다. 우리가 세상에 태어나서 자라며 공부하게 된 것은 부모님의 은혜이다. 우리는 공부하는 동안 선생님의 은혜를 입었고, 사회생활을 하면서 많은 친척, 친지와 선배, 후배, 동료, 직장 상사 등의 도움을 받는다. 그리고 사회와 국가의 보호와 도움을 받는다. 이렇게 많은 사람의 보살핌과 도움을 받으며 살았으니, 다른 사람의 보살핌이나 도움 없이는 오늘의 내가 존재할 수 없다고 해야 할 것이다. 그런데도 사람들은 이러한 것을 모두 잊어버리고, 자기만을 내세우고, 자기의 이익만을 생각한다.

오늘의 내가 있게 된 데에는 뭐니 뭐니 해도 부모님의 은공이 제일이다. 그런데 일부 사람들은 부모님의 은공을 생각하며 받들어 모시기는 고사하고, 전혀 돌보지 않으며, 심한 사람은 부모님을 버리기까지 한다. 자기의 부모를 때리는 사람이 있는가 하면, 자기의 부모를 죽인 사람까지 있다고 하니, 기가 막혀 말을 못할 지경이다. 사람들 중에는 자기가 필요하고 아쉬울 때에는 스승, 선배, 후배를 찾아다니며 감언이설(甘言利說)을 늘어놓으며 도움을 청한다. 그러나 일이 이루어진 다음에는 지난 일을 잊고 자기가 제일인 양 행동하면서 자기를 도와준 사람을 무시하는 일을 서슴없이 행하는 사람도 많이 있다. 은혜를 잊는 것에 그치지 않고, 자

치악산 상원사 보은의 종

기를 도와준 사람을 짓밟는 사람도 적지 않게 눈에 띈다. '은혜를 원수로 갚는 사람'이 적지 않으니, 기가 막힌 일이다. 그래서 '머리 검은 짐승은 구하지 말라.'는 말이 전해 오는가 보다.

공주 지역에는 〈인불구암(人不救岩) 전설〉이 전해 온다. 한 청년이 홍수 때 뿌리째 뽑힌 고목을 타고 떠내려가던 중 모기와 개미를 구한 다음, 자기 또래의 남자를 구해 주었다. 뒤에 혼인할 배우자를 구하는 과정에서 구함을 받은 청년이 그를 배신하여 어려움에 처했다. 그때 개미와 모기가 도와주었다고 한다. 그 사람은 자기가 당한 고통과 배신감이 뼈에 사무쳐 바위에 '사람은 구하지말라.'는 뜻을 새겨 놓았다고 한다. 그러나 남을 도와야 할 때 돕지 않는 것은 죄악이라 할 수 있다. 그러니 은혜를 베푸는 사람은 그 사람을 도와 잘되게 해 준 것으로 만족하고, 보답을 기다리지 않는 마음을 가져야 한다. 그리고 은혜를 입은 사람은 은혜를 잊지 않는 마음, 갚으려는 마음을 갖도록 해야 하겠다.

　은혜를 잊는 사람, 은혜를 원수로 갚는 사람을 보면서 마음 아파하던 차에 상원사 주지 스님한테 들은 〈꿩의 보은〉 이야기는 신선한 충격을 주었다. 우리의 기억 속에 접어 두었던 이 이야기가 은혜를 생각하는 마음을 일깨워 주었으면 하는 마음 간절하다.

〈문예운동 62, 서울 : 문예운동, 1999. 5.〉

최영 장군의 숨결

    지난 제헌절 아침에 고향인 홍성 지역 전설의 현장을 답사하려고 아침 7시에 승용차를 몰고 서울을 떠났다. 천안 분기점에서 경부고속도로를 벗어나 천안, 아산, 도고온천, 예산을 지나 응봉 사거리에 도착하니, 오전 9시 35분이었다. 거기서 대학원 제자로 홍성 지역에서 초등학교 교사로 근무하는 김정헌·한구 선생과 만나 충남 예산군 대흥면 동서리에 있는 '형제우애비'를 살펴본 다음, 다시 응봉을 거쳐 홍성으로 향했다.

    고향인 홍성 가까이 오니, 눈에 익은 산과 들이 나를 반겨 주는 듯하였다. 우리는 홍성읍에 가기 2km쯤 전에 있는 '은행정 휴게소'에 차를 세웠다. 홍성군 금마면 장성리에 위치한 휴게소 앞에는 높이 약 25m, 둘레 약 7.3m, 수령 870여 년이 되는 커다란 은행나무 한 그루가 서 있다. 이 나무는 본래 두 그루였는데, 홍주 목사 김병억이 요망한 나무라 하여 한 주를 베었다. 그 벌로 그의 아내는 병들어 죽었다고 한다. 예로부터 이 은행나무에 소원을 빌면 모두 이루어진다고 전해 오는데, 요즈음에도 이 지역 주민들은 몰래 이 은행나무 밑에 와서 소원을 빌곤 한다고 한다. 이 은행나무는 잎이 다 피면 풍년이 들고, 아랫부분만 피면 흉년이 든다고 한다. 올해에는 위와 아래 모두에 잎이 피어 있는 것으로 보아, 풍년이 들 모양이다. 이 은행나무가 서 있는 곳을 이 지역 사람들은 모두 '은행정'이라고 한다. 그래서 휴게소 이름도 '은행정 휴게소'이다.

은행나무 있는 곳에서 홍성 쪽으로 300m쯤 가면, 오른쪽 논 가운데에 작은 산이 있다. 전체 넓이가 $900m^2$(300평) 정도 되는 이곳에는 소나무를 비롯한 몇 종류의 나무들이 자라고 있고, 그 앞에는 비석들이 서 있다. 이곳이 고려 말의 명장 최영 장군의 애마(愛馬) 금말[金馬]이 묻혀 있다는 '금마총(金馬塚)'이다.

우리는 은행정 휴게소에서 '홍주향토문화연구회' 총무인 복익채 씨를 만나 함께 점심 식사를 하면서, 그 부근의 전설을 이야기하였다. 이야기하는 중에 최영 장군이 무술 훈련을 하던 철마산(鐵馬山)과 금마총에 관한 이야기가 자연스럽게 나왔다.

식사를 마친 뒤 네 사람은 먼저 철마산으로 향했다. 홍성읍에서 예산으로 가는 도로를 따라 6km쯤 가다가 금마중학교 입구에서 우회전하여 비포장도로로 약 1km쯤 들어가자, 철마산이 나왔다. 이 산은 홍성군 금마면 죽림리에 위치해 있는데, 체육공원으로 조성되어 있다. 산 정상에 오르기 전의 평평한 곳에 '금마상(金馬像)'이 서 있고, 그 위쪽에는 '철마정(鐵馬亭)'이란 현판이 붙은 정자가 있다.

금마상을 자세히 살펴보고 사진을 찍은 다음에 '철마정'에 올

최영 장군의 애마가 묻힌 금마총

라 사방을 둘러보니, 넓은 금마들이 보였다. 남쪽으로는 금마들 저 편에 우리가 함께 만나서 점심 식사를 하던 은행정 휴게소와 은행 나무가 보이고, 거기서 멀지 않은 곳에 있는 금마총이 보였다. 들 판이 끝나는 곳에 홍성읍이 보이고, 그 뒤에는 웅장한 백월산의 모습이 보였다. 나는 백월산과 금마총을 바라보면서, 조금 전에 복 익채 씨와 나눈 〈철마산과 금마총〉 이야기를 생각해 보았다.

최영 장군의 생가는 여기서 북쪽으로 5km쯤 떨어진 홍성군 홍북면 노은리이다. 장군은 젊었을 때 이 철마산에 와서 말을 타고, 활을 쏘면서 무술을 연마하곤 하였다.

하루는 장군이 철마산에 와서 말을 달리며 활쏘기 연습을 한 뒤에 자기가 사랑하는 금말에게 "내가 쏜 화살보다 빨리 달리면 큰 상을 주겠지만, 늦게 달리면 목을 베겠다."고 하였다. 장군은 말 위에서 백월산을 향하여 활을 쏜 다음, 있는 힘을 다하여 금마들을 달렸다. 장군은 은행나무가 있는 곳까지 달려와서 화살을 찾아보니, 화살이 보이지 않았다. 장군은 화살이 더 먼저 날아간 것으로 알고, 눈물을 머금고 말의 목을 베었다. 말의 목이 땅에 떨어지는 순간, 화살이 '쉬익-' 소리를 내며 날아왔다.

장군은 자기의 실수로 사랑하던 말을 처형한 것을 애석해 하며 말의 무덤을 크게 만들어 주었다. 후세 사람들이 장군의 애마였던 '금말'이 묻힌 곳을 '금마총'이라 하고, 활을 쏘았던 산을 '철마산'이라고 하였다. 이곳의 지명을 '금마(金馬)'라고 한 것은 여기에서 유래된 것이다.

이곳에서 멀지 않은 갈산에서 자라 홍성고등학교를 다닌 나 역시 이 이야기를 어렸을 때 들어서 잘 알고 있다. 이 이야기에서 최영 장군은 말이 화살보다 더 빨리 달렸기 때문에 화살이 보이지 않은 것이라는 생각은 하지 못하고, 말이 화살보다 늦었기 때문에 이미 화살이 그곳을 지나쳐 버린 것이라 생각하였다. 그래서 말과 약속한 대로 사랑하는 말의 목을 베었다. 장군은 뒤늦게 날아온 화살을 보고, 자기의 실수를 깨달았지만, 어찌하는 수가 없었다. 자기의 실수로 사랑하는 말의 목을 벤 장군의 심정은 어떠하였을까? 뼈에 사무치는 아픔을 맛본 장군은 그 아픔을 평생 마음속 깊이 간직하면서 다시는 이런 실수를 하지 않겠다는 다짐을 수 없이 하였을 것이다. 젊은 날의 이런 실수는 장군을 보다 큰 인물로 만드는 데 크게 도움을 주었을 것이다.

함경도 함흥에 있는 〈치마대(馳馬臺) 전설〉 역시 이 이야기와 비슷하다. 그런데 치마대 전설의 주인공은 최영 장군이 아니고, 이성계 장군이다. 최영 장군과 이성계 장군은 정치적 성향이 달라 운명을 달리하였지만, 고려 말에 용맹을 떨치던 장수라는 점에서는 일치한다. 그래서 활쏘기와 말달리기 훈련을 열심히 하고, 젊은 날의 실수를 거울삼아 수양하여 큰 인물이 되었다는 이 이야기가 이들 두 장수와 관련되어 전해 온 것이라 생각한다.

금마상과 철마정 위쪽에는 기미독립운동 기념비가 서 있고, 그 위 정상에는 봉화대가 있다. 1919년 3월 1일 저녁 8시경, 이 지역에 사는 이재만·최중삼·조한원 씨 등 일곱 분이 이원문 씨 집에서 만세를 부르고, 이 산 봉우리로 올라오니, 이 지역 주민들이 따라와 봉화를 올리고 만세를 불렀다고 한다. 그러자 많은 사람이 횃불을 들고 따라와 산봉우리가 불꽃으로 덮였었다고 한다. 그래서 이 산을 '봉화산'이라고 부르기도 한다. 비석과 봉화대는 이를 기념하기 위해 만들어 놓은 것이다.

철마산은 사면이 확 트여 전망이 좋을 뿐만 아니라, 아름다운 자연경관을 갖추고 있다. 이 산이 고려 때에는 명장 최영 장군의 무술 연마장이 되어 장군의 성공에 크게 공헌하였고, 기미년 3·1 운동 당시에는 184명의 의사(義士)들이 자주독립을 외치던 곳이라고 하니, 정말 예로부터 빼어난 명산이라 하겠다. 이 지역에서는 예로부터 많은 인물들이 나왔는데, 이것은 이러한 명산의 정기를 받은 때문이라 하겠다.

최영 장군의 아버지는 그에게 "황금 보기를 돌같이 하라."는 교훈을 남겼다. 장군은 아들들에게 '화살 부러뜨리기 교훈'을 남겼다. 장군이 병이 나서 누워 있을 때였다. 세 아들이 문안을 하러 들어오자, 장군은 아들들에게 각각 화살 한 대씩을 주면서 부러뜨려 보라고 하였다. 세 아들이 모두 이를 힘들이지 않고 부러뜨리자, 이번에는 여러 대를 함께 묶은 화살단을 내놓으며 부러뜨려 보라고 하였다. 세 아들 모두 힘이 셌지만, 누구도 이를 부러뜨리지 못하였다. 이를 본 장군은, 아무리 지혜롭고 용기가 있어도 혼자는 이길 수 없지만, 형제끼리 힘과 뜻을 모으면 누구에게도 지지 않을 것이라고 하였다. 형제, 친척, 친지 사이의 우애와 협력을 강조한 이 이야기에는 산업사회에 살고 있는 우리도 잊어서는 아니 될 교훈이 들어 있다.

최영 장군은 서해안으로 쳐들어 온 왜구를 크게 무찔렀고, 2차에 걸친 홍건적의 침입을 물리쳤으며, 크고 작은 난을 평정하였다. 그리고 청렴(淸廉)한 정치인으로, 기울어 가는 고려를 떠받쳤던 훌륭한 인물이다. 이러한 인물이 내 고향 홍성에서 출생하였다는 사실은 참으로 자랑스럽다.

철마산의 여러 기념물과 비석·봉화대 등을 모두 둘러보고, 다시 철마정에 올라 백월산을 바라보며 최영 장군이 무술을 연마하던 모습을 그려보았다. 때마침 솔솔 불어오는 바람결에 장군의 숨소리가 들려오는 듯하다. 장군의 숨결이 살아 있음을 느낄 수 있

최영 장군을 기리기 위해 세운 철마정과 금마상

는 철마산과 금마총이 내 고향에 있다는 사실은 참으로 자랑스러운 일이다. 나는 산을 내려오며, 여러 사람에게 이를 알려 장군의 높은 뜻과 가르침을 마음속에 간직할 수 있도록 해야겠다고 생각하였다. 〈충청문학 7, 서울 : 충청문인협회, 1997.〉

성삼문 선생과의 만남

　매년 9월 첫째 토요일은 친척들이 모여 윗대 선조들의 묘소 벌초를 하는 날이다. 나는 선친 묘소에 성묘한 뒤에 매죽헌 성삼문(成三問) 선생의 생가지와 시비를 찾아보고, 친척들과 약속한 장소로 가려고 아침 6시에 집을 나섰다. 지난밤에 기한에 쫓기던 원고를 끝낸 터라 마음도 한결 가벼웠다. 큰아들에게 운전을 맡기고 옆자리에 앉아 창밖을 바라보니, 유난히도 덥고 긴 여름을 지낸 산과 들의 풍경이 한층 더 푸르고, 싱그러워 보였다.

　먼저 충남 홍성군 홍북면 신정리에 있는 선친 묘소에 가서 지난주에 벌초한 것을 둘러보고, 꿇어앉아 추석 연휴에는 교통이 혼잡할 것 같아 미리 왔노라는 말씀을 여쭙고, 선친의 영혼을 위해 기도하였다. 성묘를 마친 나는 거기서 멀지 않은 홍북면 노은리에 있는 매죽헌 성삼문 선생의 생가터와 노은단을 찾았다. 나는 그곳을 전에도 간 적이 있지만, 큰아들은 가보지 못하였으므로, 이날 다시 찾기로 하였다. 홍성과 홍북을 잇는 군도로 나와 홍성 쪽으로 1km쯤 와서 동쪽으로 난 포장도로를 따라 1.5km쯤 올

성삼문 선생의 위패(또는 태)를 모신 묘

라갔다. 왼쪽에 성삼문 선생의 사적이 적힌 유허비(遺墟碑)가 비각 안에 있다. 비각에서 동북쪽으로 난 언덕길을 따라 50m쯤 올라가니, 노은단(魯恩壇) 현판이 걸린 문루(門樓)가 남쪽을 향하여 서 있고, 문루의 동쪽·서쪽·북쪽을 잇는 담장이 사각형으로 둘러 있다. 담장 안에는 작은 무덤이 있는데, 이것은 매죽헌 선생의 위패를 모신 곳이라고 하기도 하고, 태를 묻은 태묘(胎墓)라고 전해 오기도 한다.

문루 바로 밑에 전형적인 농가 주택 한 채가 있는데, 지붕을 개량하고 손질을 하여 깨끗하고 시원스러워 보였다. 바깥마당에는 오래된 은행나무가 넓게 그늘을 드리우고 서 있어서, 그 집이 아주 오래된 집임을 말해 주고 있다. 그 집이 바로 매죽헌 선생이 태어난 집터에 지은 집이다. 나는 선생의 유허비, 노은단 유허와 생가지를 둘러보며, 뛰어난 재능과 높은 학문으로 많은 사람의 촉망을 받다가 절의(節義)를 지키기 위해 38세의 아까운 나이에 세상을 떠난 선생의 일생을 생각해 보았다.

성삼문 선생은 1418년(태종 18년)에 도총관 성승(成勝)과 어머니 박씨의 맏아들로, 외조부 박첨(朴襜)이 살던 홍북면 노은리 적동의 바로 이 집터에서 출생하였다. 그 어머니가 해산할 때에 공중에서 '낳았느냐?' 하고 묻는 소리가 세 번 있었다 하여 이름을 '삼문(三問)'이라고 하였다고 한다. 그는 평소 매화의 맑은 향기와 절개를 상징하는 대나무를 사랑하여 호를 '매죽헌(梅竹軒)'이라고 하였다. 어려서부터 총명한 그는 20세 때인 1438년에 문과에 급제하고, 1447년에 중시(重試)에 장원한 뒤 1453년 예방승지에 이르렀다. 그는 글씨를 잘 썼을 뿐만 아니라, 문장에 뛰어났고, 학문에 조예가 깊어 세종의 총애를 받아 집현전 학사로 발탁되었다. 훈민정음 창제에 참여하게 된 선생은 우리나라의 음운이 중국의 음운과 불가분의 관계가 있음을 깨닫고, 이를 연구하기 위해 요동에 와 있는 한림학사 황찬(黃瓚)을 13차례나 찾아가서 음운에 관해 토의하였다. 그래서 훈민정음 28자를 만드는데 크게 공헌하였다.

세조가 나이 어린 단종을 내쫓고 왕위에 오르자, 선생은 아버지 성승을 비롯한 여러 충신들과 힘을 합하여 단종의 복위를 꾀하다가 발각되어 세조의 친국(親鞫)을 받게 되었다. 선생이 세조의 친국을 받을 때, 세조가 왜 배반하였느냐고 물었다. 이에 선생은 밀려난 임금의 복위를 꾀하는 것은 신하의 당연한 도리인데, 배반이란 당치 않은 말이라고 하였다. 세조가 다시 내가 주는 녹(祿)을 먹고 나를 따르지 아니 하니, 그것이 배반이 아니고 무엇이냐고 하자, "나는 진사가 주는 녹을 먹지 아니하였으니, 내 집을 적몰(籍 沒)하여 보면 알 것"이라고 하였다.

선생은 혹독한 고문을 당하면서도 연루된 동료의 이름을 하나도 말하지 않았으며, 세조의 회유와 설득도 끝내 거부하였다. 선생은 사형장으로 끌려가면서도 태연하였다. 선생의 세 아우, 네아들과 손자도 모두 형장의 이슬로 사라졌다. 그 후 선생의 집을 적몰하여 보니, 창고에는 세조로부터 녹으로 받은 쌀이 쌓여 있는데, 녹미(祿米)를 받은 날짜가 기록되어 있었다. 방에는 짚자리가 깔려 있을 뿐 다른 재산이 없었다고 한다.

그가 형장으로 끌려가 최후로 남긴 〈절명시(絶命詩)〉가 전해 온다. "둥둥 울리는 북소리 사람의 명을 재촉하는데, 고개를 돌려보니 해가 지려 하는구나(擊鼓催人命 回頭日欲斜). 황천길에는 주막이 없다 하니, 오늘밤은 어디서 자야 하나(黃泉無一店 今夜宿誰家)." 이시에서는 죽음을 눈앞에 둔 선생의 체념과 여유가 오히려 비장감을 더해 준다.

매죽헌 선생이 태어난 그 집터에는 홍성읍장을 지내고, 홍성군의회 부의장을 하고 있는 황필성씨가 살고 있다. 나의 고등학교 동기동창인 황 부의장의 말에 따르면, 황씨가 살고 있는 그 집터에서 지금으로부터 449년 전에는 성삼문 선생이 태어났고, 그로부터 102년 전에는 고려 말의 명장 최영 장군이 태어났다고 한다. 일세를 풍미하던 명장으로 쓰러져가는 고려조를 지키기 위해 목숨을 바친 최영 장군이 태어난 바로 그 집터에서, 밀려난 임금에 대한 충절을 지키기 위해 목숨을 바친 매죽헌 선생이 태어났다고 하는 것은 특별한 의미를 지닌다. 이곳 산천의 정기와 그 집터를 흐르는 생기(生氣)가 100년을 사이에 두고 충절의 인물을 배출한 것이리라. 할아버지 때부터 이 집에 살고 있다는 황씨 역시 오랜 공무원 생활을 흠 없이 하며 홍성읍장까지 지낸 뒤에 군의회의원 겸 부의장으로 많은 사람의 신망을 받고 있다. 이것은 그가 바로 이 명가 터에서 태어나 살고 있는 때문이라 생각한다.

홍성군에서는 선생이 태어난 이 집터를 구입하여 성역화 할 계획이라고 한다. 이 집터에 집을 짓고 사는 황씨로서는 할아버지 때부터 살아온 집을 선뜻 내놓기가 어려울 것이다. 그러나 선생의 기개와 정신을 널리 드러내기 위해서는 필요한 일이라 생각하여 긍정적으로 검토하고 있다고 한다. 때늦은 감이 있지만, 늦게라도 이런 계획을 세운 것은 참으로 다행스런 일이다.

노은단은 선생을 비롯한 사육신의 위패를 모신 곳으로, 1676년(숙종 2) 이 지역에 살던 이량이 선생의 옛집 근처에 사당을 세우고, 사육신을 같이 모실 것을 소청하자, 녹운서원(綠雲書院)이라 사액(賜額)하였다. 그 후 매년 12월에 제사를 지내 오다가 고종 때 서원이 헐렸다. 1945년에 홍성 고적현창회에서 폐허가 된 단소(壇所)를 보수하고, 해마다 10월 15일에 제향(祭享)을 드렸는데, 요즈음에는 농번기를 피하기 위해 1주일 뒤인 10월 22일에 드린다. 황필성 씨의 말에 따르면, 제사는 홍성 군수·읍장·경찰서장 등이 제관이 되어 올리는데, 제물은 미나리나물·무나물·쇠고기·돼지고기·밤·대추와 좁쌀을 슬쩍 익힌 밥을 각각 여섯 그릇씩 놓는다.

성삼문 선생시비

제물을 여섯 그릇씩 드리는 것은 사육신 여섯 분을 모시기 때문이고, 제물을 간소하게 차리는 것은 사육신의 청렴개결(淸廉介潔)한 정신과 충절을 기리는 뜻이 아닐까 생각한다.

　매죽헌 선생의 생가지와 노은단을 둘러본 나는 지난 5월에 제막한 '매죽헌 성삼문 선생 시비'를 보기 위해 홍성문화회관 앞으로 갔다. 이 비는 선생이 심혈을 기울인 훈민정음이 나라의 발전과 교육에 이바지하고 있으며, 선생이 남긴 충절의 정신과 교훈이 후세에 귀감이 됨을 기리기 위해 홍주문학회(회장 최충식)가 주관하고, 한국문학진흥재단(이사장 성기조)이 후원하여 세운 것이다. 이 비는 내가 근무하는 대학의 동료 교수이며 매죽헌 선행의 후손인 성낙수 박사가 쓴 비문처럼 매죽헌 선생의 학문적 업적과 충절의 정신을 드높이고, 이어가도록 하는 데에 크게 기여할 것으로 생각한다.

　매죽헌 선생의 생가지와 노은단, 시비를 둘러본 나는 윗대 선조들의 묘가 있는 보령시 천북으로 향하였다. 차에 앉아 눈을 감으니, 매죽헌 선생의 뛰어난 재기(才氣), 뜨거우면서도 진지한 학문적 열정, '백설(白雪)이 만건곤(滿乾坤)할 제 독야청청(獨也靑靑)하리라.'고 노래했던 불굴의 정신과 기개가 내 몸을 휘감는 듯하였다. 이것은 400여 년 전의 인물인 매죽헌 선생과의 만남이라 할 수 있다. 매죽헌 선생을 만난 오늘의 값진 체험이 잊혀지지 않는 한 나는 학문적 자세를 흩뜨리지 않을 것이며, 옳지 않은 일에 마음을 팔거나 몸을 던지지 않을 것이다. 〈충청문학 8, 서울 : 충청문인협회, 1998.〉

서련徐憐 판관의 지혜와 용기

전설 조사를 위해 고향인 홍성에 갔을 때의 일이다. 홍성의 향토사와 민속에 관해 깊이 연구하는 복익채 선생과 점심 식사를 하면서 여러 가지 이야기를 나누었다. 그때 복 선생은 제주 판관을 지낸 서련(徐憐) 선생의 고향이 홍성군 구항면 지정리라고 하였다. 서련 판관은 제주시 북제주군 구좌읍 동김녕리에 있는 김녕사굴(金寧蛇窟)에 얽힌 전설의 주인공으로, 처녀를 제물로 받는 뱀신을 물리친 영웅적인 인물이다. 나는 이 전설을 오래 전부터 알고 있었고, 1982년에는 박사학위논문 〈심청전 연구〉에서 〈심청전〉의 배경 설화로 논의하기도 하였다. 이러한 전설의 주인공인 서련 판관의 고향이 바로 홍성이라는 말을 듣고 나는 깜짝 놀랐다. 이런 인물이 바로 홍성 출신이라는 사실이 자랑스럽기도 하고, 이를 여태까지 모르고 지낸 내가 부끄럽고, 죄스러웠다.

나는 점심 식사 후 복 선생과 함께 구항으로 가서 서련 판관의 묘를 둘러보고, 그 옆에 있는 '연산서공련송덕비(連山徐公憐頌德碑)'를 찬찬히 살펴보았다. 송덕비 뒤에는 작은 연못이 있는데, 물이 얼어 있었다. 송덕비에 적힌 내용은 내가 알고 있던 제주도 지방의 전설 내용과 별 차이가 없었다.

서련은 조선 1494년(성종 25)에 충남 홍성군 구항면 지정리에서 태어났다. 어려서 부모님을 여의고 외조부 밑에서 자랐는데, 부모가 없어 불쌍하다는 뜻으로 이름을 '련(憐)'이라 하였다. 그는 총명하고 무예가 뛰어나서 18세 때인 1511년(중종 6)에 무과에 장원급제하였다. 그의 나이 19세인 1512년(중종 7)에 제주 판관이 되어 부임하였다. 그는 부임한 지 얼마 안 되어 그곳에서 이상한 일이 벌어지고 있다는 것을 알았다.

김녕리 석굴에 큰 구렁이가 살고 있는데, 구렁이가 돌풍과 비를 일으키고, 독기를 내뿜어 주민에게 해악을 끼친다. 그래서 주민들은 해마다 봄과 가을에 굴 앞에 15세 처녀를 제물로 바치고, 굿을 한다. 그러면 구렁이가 나와서 처녀를 물고 굴속으로 들어가곤 한다. 석굴의 구렁이는 열과 연기를 싫어하므로, 불을 지펴 기와를 굽지 못한다. 그래서 백성들의 집은 물론 관아의 건물마저 기와를 올리지 못하고 띠로 지붕을 잇고 있다고 하였다.

그는 구렁이를 물리쳐 제주도민이 구렁이에 대한 공포감에서 벗어나고, 해마다 처녀를 제물로 바치는 끔찍한 일을 하지 않도록 해야겠다고 결심하였다. 그는 주민들을 독려하여 기와를 구워 지붕을 잇게 하였다. 주민들은 판관의 명을 어길 수 없어 따르면서도 구렁이의 화가 미치지 않을까 걱정하였다. 그러나 몇 달이 지나도 아무 일이 없자 그를 신뢰하게 되었다. 그는 이에 만족하지 않고, 구렁이를 아주 없앨 계획을 세웠다.

서련 판관 송덕비

이듬해 구렁이에게 제사를 지내는 날이 다가오자 그는 전처럼 제사 준비를 하라고 하였다. 그는 굴 앞을 파고 숯불을 피워 놓고, 무당에게 풍악을 울리며 굿을 하게 하였다. 얼마 후 구렁이가 나와 처녀를 삼키려고 하였다. 그가 기회를 놓치지 않고 장창으로 구렁이를 찌르니 군졸들도 달려들어 창과 칼로 찔렀다. 구렁이가 피를 흘리며 쓰러지자, 이를 끌어내어 숯불에 태워 죽였다.

이때 무당이 판관에게 어서 말을 타고 관아로 돌아가라고 하면서, 가는 도중에는 절대로 뒤를 돌아보지 말라고 하였다. 그는 군졸들과 함께 말을 타고 관아를 향하여 달렸다. 그때 붉은 기운이 구름처럼 그의 뒤를 따랐다. 이를 본 군졸이 '피구름이 몰려온다!'고 소리쳤다. 이 말을 들은 그가 자기도 모르게 뒤를 돌아보니, 뒤따라오던 붉은 기운이 그를 덮쳤다. 관아로 돌아온 그는 이름 모를 병으로 앓다가 1515년에 제주 관사에서 숨을 거뒀다.

그의 유해가 고향으로 돌아오는데, 구렁이 한 마리가 상여에 숨어서 따라왔다고 한다. 사람들은 구렁이를 죽이지 않고 그의 유해가 안장된 구항면 지정리 보개산 아래에 조그만 연못을 파고, 살도록 해 주었다.

　제주도 사람들은 구렁이의 횡포에 두려움을 느끼고, 해마다 봄과 가을에 15세 처녀를 제물로 바치기까지 하였다. 또 구렁이가 뜨거운 열과 연기를 싫어하므로 기와를 굽지 못하여 민가는 물론 관아까지도 기와를 올릴 수 없었다. 이것은 그곳 주민들의 뱀신에 대한 공포심이 극에 달하여 그릇된 신앙 행위를 하고 있었음을 말해 준다. 그곳 사람들은 뱀신을 두려워하고, 이를 거스르려 하지 않았다. 이를 거스르는 일은 곧 자신의 죽음과 마을의 피해로 이어진다고 믿었기 때문이다.

　이러한 상황에서 서련 판관은 뱀신을 물리칠 결심을 하였다. 그것은 자기가 맡은 관아에 속한 주민들을 뱀신의 횡포(橫暴)와 패악(悖惡)에서 구해내겠다는 굳은 의지와 죽음도 두려워하지 않는 용기에 의한 결단이었다. 그의 결단은 뱀을 죽였고, 사신(邪神)을 숭배하는 그릇된 신앙과 사람을 제물로 바치는 비인간적인 습속을 없앴다. 그래서 주민들로 하여금 사신에 대한 공포감에서 벗어나고, 더 이상 사랑하는 딸을 제물로 바치는 일을 하지 않게 해 주었다. 그러나 판관 자신은 병을 얻어 젊은 나이에 죽고 말았다. 그의 이러한 행동은 가히 살신성인(殺身成仁)이라 하겠다.

　제주도 사람들은 굴 옆에 서련 판관의 공적을 기리는 기념비를 세워 그의 용기와 애민정신(愛民精神)을 잊지 않고 기리고 있다. 제주도의 향토 자료에는 서련의 영웅적인 행적을 싣고 있으며, 교육 현장에서는 이를 교육 자료로 활용하고 있다. 1972년에는 제12회 제주도 한라문화제에서 서련 판관이 구렁이를 제치하는 모습을 재현한 '사굴처녀제'가 민속놀이 부문에서 최우수상을 수상하였다. 그 후 5년 동안 '사굴처녀제'는 한라문화제에 찬조 출연하여 많은 사람의 사랑을 받았다. 또 제주도에서는 서련 판관을 추모하여 우수공무원을 선발하여 시상하였다. 수상자가 수상식장에 들어갈 때에는 판관 복장에 조랑말을 타고 들어간다고 한다. 이것은 공무원들이 서련 판관의 살신성인의 정신을 이어받는다고 하는 상징적인 의미를 지닌다. 북제주군 노인대학장인 김군천 씨는 김녕사굴을 30년 넘게 관리하면서 매년 정초와 추석에는 추모제를 지내고, 서련 판관의 고귀한 뜻을 기리고 추모하는 일을 하고 있다고 한다.

제주도에서는 서련 판관을 영웅적인 인물, 공무원의 표상으로 추앙하면서 그의 지혜와 용기, 희생정신을 기리고 있다. 그런데 그의 출신 지역인 홍성에서는 그의 존재조차 알려져 있지 않아 많은 사람이 모르고 있는 실정이다. 나 역시 그동안 모르고 지냈으니 부끄러울 뿐이다. 홍성 지역 사람들은 뱀신을 물리친 영웅적인 인물이 이 지역 출신임을 널리 알려야 한다. 그리고 서련 판관의 출신 지역 사람으로서의 자부심과 긍지를 갖는 한편, 그의 지혜와 용기, 희생정신을 기리고 본받아야 하겠다.

〈충청문학 18, 서울 : 충청문인협회, 2007.〉

태산에 올라

금강산을 찾은 감회

　지난 9월 27일부터 29일까지 북측 금강산 해금강 호텔에서 열린 전국 국·공립대학 교수협의회 제3차 임시총회에 참석하기 위해 북쪽에 가서 꿈에도 그리던 금강산을 둘러보았다.

　아침 일찍 집을 나서 관광버스를 타고 강원도 고성군 간성에 있는 금강산콘도로 갔다. '현대금강산' 직원들에게 신분증을 보이고 금강산 관광증을 받은 뒤에 다시 버스를 타고 통일전망대 아래에 있는 출입국 검사소로 가서 소지품 검사를 받고, 신분증과 관광증을 제시하여 확인받으면서 출국 신고를 하였다. 건물 밖으로 나오니, 현대금강산 버스가 기다리고 있었다. 출국 심사를 마치고 나온 사람은 국·공립대학 교수협의회 회원 80명을 비롯하여 600여 명이나 되었다. 모두 19개 조로 나누어 버스에 타고 3시 50분에 출발하였다.

　남쪽 통문(通門)을 지나 금강산 임시도로를 천천히 달려 북쪽으로 갔다. 왼쪽에는 군인들이 금강산으로 통하는 고속화도로 공사를 하고 있고, 그 옆에는 강원도 양양과 함경남도 안변을 잇는 동해북부선 철로 기반공사를 하고 있다. 비포장도로를 달려 조금 가니, 군사분계선임을 나타내는 녹슨 팻말이 외롭게 서 있다. 그 팻말을 지나 북으로 달리면서 '지금은 50년 동안 넘지 못하던 군사분계선을 넘어 북으로 가는 역사적 순간이구나.', '지척(咫尺)인 이곳을 왕래하기 위해 얼마나 많은 어려움이 있었는가.' 하는 생각에 가슴이 뭉클하였다. 우리는 북측 통문을 통과하여 북으로 달렸다. 비포장도로이다 보니, 천천히 달리건만 앞차가 일으킨 흙먼지 때문에 앞이 안 보일 지경이었다.

장전항 가까이 가니, 현대에서 건설하였다는 포장도로가 나오고, 조금 더 가서 작은 고개를 넘자 장전항이 보였다. 항구의 왼편에는 온갖 모양의 바위들이 멋스럽게 솟아 있는 산이 있다. 그 산의 불쑥 튀어나온 넓고 큰 바위에 붉은 글씨로 '천출명장 김정일 장군'이라고 쓰여 있다. 글자의 크기가 가로 1m, 세로 1.5m쯤 되는 데다가 바위의 모양이나 위치가 시선을 끌기 좋은 곳이어서 항구로 가는 동안은 물론, 항구에 도착한 뒤에도 잘 보였다. 바위에 글씨를 새겨 놓은 것은 이곳 외에도 여러 곳에 있었다. 하나같이 크고 잘 생긴 바위에 큰 글씨로 썼기 때문에 멀리서도 잘 보였다. 한국에서 그런 일을 하였다면 자연을 훼손하였다고 지탄받을 일인데, 이곳 사람들은 이것을 매우 자랑스럽게 여긴다고 한다.

오후 5시에 장전항의 넓은 마당에 도착한 우리는 북측 출입국 관리소 건물 안으로 들어가서 휴대품을 검사받고, 관광증에 도장을 받았다. 활에 화살을 장전한 것과 같다고 하여 장전항이라고도 하고, 고성항이라고도 한다는 항구는 삼면으로 산들이 큰 원을 그리며 둘러싸고 있고, 한쪽만 바다로 열려 있다. 거기에 방파제를 쌓았으므로 잔잔한 호수처럼 보였다. 천혜(天惠)의 항구라고 하는 말이 허언(虛言)이 아님을 알 수 있다. 넓은 마당 끝에 '호텔 해금 강'이라고 쓴 6층 건물이 있다. 자세히 보니 밑바닥이 편평한 배 위에 지은 건물이다. 배정된 방으로 들어가 보니, 방이 깨끗하고 아담하였다.

숙소에 짐을 두고 나온 우리는 다시 버스에 올라 8km쯤 떨어진 곳에 있는 온정각으로 가서 저녁을 먹고, 다시 해금강 호텔로 돌아와 전국 국·공립대학 교수협의회 총회를 하였다. 오후 8시에 시작한 총회는 활동 상황 보고, 협의 안건 처리, 연구 주제 발표 등으로 10시 30분까지 진행되었는데, 짧은 시간이었지만 알차고 진지하게 진행하였다.

둘째 날(9월 28일)은 구룡연(九龍淵)을 가는 날이다. 아침 6시경에 잠이 깼었다. 꿈에도 그리던 금강산에 올라 구룡폭포의 장관과 함께 〈나무꾼과 선녀〉 전설이 깃들어 있는 팔선담(八仙潭)을 볼 수 있다는 생각에 좀 흥분이 되었다. 아침 6시 50분경에 해금강호텔 1층 식당에서 한식 뷔페로 아침 식사를 한 뒤 버스를 타고 온정각으로 갔다. 잠시 휴식을 취한 뒤에 다시 버스를 타고 구룡연 산행 길에 올랐다. 버스는 오른쪽에 있는, 한 마리의 매가 앉은 모습의 응암(鷹岩, 일명 매바위)과 왼쪽의 너럭바위 위에 집채 같은 달걀 모양의 바위가 놓여 있는 난봉(蘭峰, 일명 달걀바위산) 사이로 난 길을 따라 달리기 시작하였다. 미인송 또는 홍송이라고 부르는 줄기가 약간 붉은빛을 띤 미끈한 아름드리 소나무들이 즐비하게 선 '술기념

금강산 팔선담

이고개'를 넘으며 약 6km의 산길을 달린 뒤에 주차장에 닿았다.

등산로를 따라 조금 걸어 올라가니 신계천(神溪川) 맑은 물위에 '기역 자' 모양으로 놓은 목란다리가 있다. 그 다리를 건너자마자 북측에서 운영하는 식당 '목란관'이 보였다. 목란관을 지나 울창한 나무 사이로 난 길을 따라 올라가며 주위를 살펴보았다. 오른쪽에는 맑고 깨끗한 계곡 물이 즐겁고 기쁜 듯이 큰 소리를 내며 흐르다가 쪽빛 못[潭]을 이루고 있고, 집채 같은 바위들과 좌우로 늠름한 봉우리들이 어우러져 장관을 이루고 있다. 산굽이를 돌아 오르니, 회상다리가 나왔다. 다시 200m 정도를 오르자 넓고 평평한 바위가 있다. 거기서 위쪽을 보니 아름답고 황홀한 경치가 한눈에 들어왔다. 이곳을 예로부터 '앙지대(仰止臺)'라고 하였는데, 현재 북한에서는 '회상대(回想臺)'라고 부른다고 한다. 거기서 '거북선바위'를 보고, 다시 한 굽이를 돌아 오르자 '개구리바위'가 보인다. 또 한 굽이를 돌아 오르니, 산삼과 녹용이 녹아내린다는 '삼록수(三鹿水)'가 흐르고 있다.

삼록수를 마시고 만경다리를 건너서 세존봉을 바라보니, 산 중턱에 맨머리로 앉아 있는 사람 모양의 바위가 있다. 사람들은 이 바위를 '옥황상제바위'라고 한다. 여기에는 다음과 같은 전설이 전해 온다. 옛날에 하늘의 옥황상제가 금강산의 경치가 아름답다는 말을 듣고 내려와 이곳저곳 경치를 보다가 세존봉 아래에 왔다. 상제는 구룡연에서 흘러내리는 시원한 물을 보고 더위를 식히기 위해 목욕을 하였다. 그때 금강산 산신령이 와서 '사람들이 먹는 신령한 물에서 목욕을 하여 물을 더럽혔으니 천벌을 받아야 한다.'고 꾸짖으며 상제의 관을 가져갔다. 관을 빼앗긴 상제는 다시 하늘에 오르지 못하고 맨머리로 굳어져 바위가 되었다고 한다. 나는 '옥황상제바위'를 다시 보며, 이런 이야기를 꾸며낸 선인들의 문학적 상상력이 뛰어났음과 금강산 절경에 대한 자부심과 긍지가 대단하였음을 새삼스럽게 느꼈다.

만경교를 건너 금강문을 빠져 나가니, 왼쪽에 긴 성처럼 생긴 '성벽바위'가 있다. 머리는 토끼 같고, 몸통은 거북 같은 '토끼바위(일명 거북바위)'가 성벽 바위로 기어오르는 모양을 하고 있다. 달에서 약방아를 찧던 토끼가 금강산의 절경을 보러 왔다가 경치에 취해 돌아갈 시각을 지키지 못하여서 벌을 받아 바위로 변했다는 전설이 담겨 있는 바위이다.

한 굽이를 꺾어들어 금문교와 백석담을 지나자, 앞이 확 트이면서 '옥류동(玉流洞)'의 아름다운 경치가 한눈에 들어왔다. 옥류동은 예로부터 수정같이 맑은 물이 구슬이 되어 흘러내린다 하여 붙인 이름이다. 갓 피어난 연꽃이 하늘로 향한 듯한 천화대(天華臺)와 그 뒤에 둘러서 있는 옥녀봉의 모습이 매우 아름답다. 계곡에는 숫돌처럼 닦이고 닦인 너럭바위가 반원을 그리며 휘어져 내리고, 그 위를 구슬 같은 물살이 흰 비단을 편듯 소리 없이 미끄러져 내린다. 그 아래에 넓고 길쭉한 옥류담(玉流潭)이 쪽빛 수정을 녹여 편듯 맑은 물을 담고 있다. 옥류담의 물 깊이는 5~6m이고, 넓이는 약 600㎡인데, 금강산의 소(沼) 중 가장 크다고 한다. 그 앞에 '돛대바위'가 우뚝 서 있었는데, 지금은 홍수에 넘어져 누워 있다.

옥류동 물길을 따라 왼쪽 모롱이를 도니, 쌍둥이 소(沼)가 맑고 고운 물을 담고 있다. 이곳이 '연주담'인데, 아래에 있는 소가 위에 있는 소보다 커 보였다. 연주담을 지나 가파른 길을 오르자 휴식처가 나왔다. 거기 서서 건너편을 보니, 하늘에 닿은 듯한 '세존봉'이 우뚝 서 있다. 세존봉 중턱에서 아래로 뻗은 바위벽을 타고 흰 물줄기가 흐르고 있다. 이곳이 구룡폭포, 십이폭포, 옥영폭포와 함께 금강산 4대 폭포로 꼽히는 '비봉폭포(飛鳳瀑布)'이다. 수직 높이가 약 139m이고, 폭포 길이가 약 166m라고 한다. 세존봉에서 샘솟아 기화요초(琪花瑤草, 옥같이 고운 풀에 핀 구슬같이 아름다운 꽃)를 씻어 내리며 벼랑을 따라 내려가기도 하고, 절벽이 안으로 오므라드는 데를 만나면 갈래갈래 갈라져 실을 드리운 듯하다가 '봉황담'으로 떨어진다.

비봉폭포와 직각을 이루는 봉황담 위쪽에 '무봉폭포(舞鳳瀑布)'가 있다. 이 폭포는 길이는 약 20m밖에 되지 않으나, 수량이 풍부하고, '기역 자(ㄱ)' 모양으로 꺾이며 물보라를 뿌리는 모습이 봉황이 춤을 추는 듯하다고 하여 '무봉폭포'라고 한다.

무봉폭포 휴식장에서 250m 정도를 굽이돌아 오르면, '무룡교(舞龍橋)'가 나온다. 무룡교를 건너자 서북쪽 옥녀봉 계곡에서 은실과 같이 곱게 흐르는 '은사류(銀絲流)'가 보였다. 조금 더 올라가니, 구슬을 엮어 발을 드리운 듯한, 길이 10m 정도의 '수렴폭포(水簾瀑布)'가 보였다. 거기서 구룡연 쪽을 향해 서서 보니, 마치 수십 권의 책을 쌓아놓은 것처럼 결이 가로로 평평하게 난 돌이 차곡차곡 포개져 있다. 이 바위를 예로부터 '책바위'라고 불렀다 한다.

주렴폭포에서 150m정도 오르자 갑자기 계곡을 뒤흔드는 굉음

(轟音, 몹시 요란하게 울리는 소리)이 들리고, 그 소리를 뒤쫓아 큰 물줄기가 무서운 속도로 내리쏟는 모습이 보였다. 이곳이 구룡폭포이다. 폭포의 위와 아래, 좌와 우 모두가 한 장의 거대한 바위로 이루어졌는데, 쉼 없이 내리쏟는 물이 아래에 큰 확을 파 놓았다. 그곳이 '구룡연(九龍淵)'이다. 수직 깊이가 13m나 되는 구룡연에서 솟구친 폭포수는 다시 곡선을 이루며 내달려 아래의 못을 출렁인다. 구룡폭포는 비로봉에서 시작한 물이 굽이 잦은 '구담곡(九潭曲, 일명 아홉소골)'을 지나, '상팔담(上八潭)'을 흐르는 동안 수량이 더욱 늘어 웅대하고 아름다운 폭포가 되었다. 만물상과 더불어 금강산의 절승(絶勝, 비할 데 없이 빼어나게 좋은 경치)으로 꼽힌다. 구룡폭포의 수직 높이는 약 74m이고, 구룡연까지의 폭포 길이는 약 84m, 아래 못까지의 폭포 길이는 약 120m라고 한다. '구룡연'·'구룡폭포'는 아홉 용이 아홉 가지 재주를 부린다 하여 붙인 이름이다. 벼락치는 듯한 물소리와 소용돌이치는 시퍼런 물의 움직임을 용의 조화라고 생각하였음 직하다.

폭포 옆 너럭바위에는 불심을 드러낸 '彌勒佛'이란 큰 글자가 새겨져 있고, 그 아래에는 "天丈白練 萬斛眞珠(천장백련 만곡진주, 천길 흰 비단이 내려 드리운 듯하고, 만 섬 진주알이 쏟아지는 듯하다.)"라는 신라 문장가 최치원(857~?)의 시 〈구룡폭포〉가 새겨져 있다. 구룡폭포의 절경을 잘 드러낸 이 시구는 최치원의 시적 혜안(慧眼)을 느끼게 하였다.

관폭정(觀瀑亭, 구룡각이라고도 함.)에서 구룡폭포의 장관을 보며 땀을 식힌 뒤에 다시 조금 내려와 연담교(淵潭橋)를 건너 '구룡대(九

금강산 구룡폭포

龍臺)'로 향하였다. 급경사 쇠사다리[鐵梯] 14개, 370여 계단을 오르느라니, 숨이 차고, 땀이 비오듯 하였다. 약 700m를 걸어올라 해발 약 880m의 구룡대에 이르니, 150여m가 되는 낭떠러지 아래에 삼각추(三角錐) 같은 삿갓봉을 휘돌아 흐르는 물줄기가 보였다. 맑고 깨끗한 물은 넓고 큰 바위로 된 물길을 따라 휘돌아 흐르며 못을 만들어 놓고, 거기에 잠시 멈췄다가 다시 흐른다. 푸르다 못해 쪽빛으로 보이는 못은 여덟 개나 되는데, 지세(地勢)에 따라 몇 m 또는 몇 십 m 간격으로, 여러 가지 모양을 하고 있다. 금강산에는 팔담(八潭)이 두 곳이 있는데, 이곳의 팔담을 구룡폭포 위에 있다 하여 상팔담(上八潭)이라 하고, 내금강의 만폭동 구역에 있는 팔담을 내팔담(內八潭)이라고 한다.

구룡폭포 위에 솟은 산봉우리와 능선 아래의 깊은 골짜기를 흐르는 물줄기와 팔담은 급경사의 계곡 양편에 솟은 각양각색의 바위들과 조화를 이루어 장관을 이루고 있다. 이곳을 바라보고 있으니까, 골짜기 아래에서 들려오는 물소리가 마치 신비한 음악인 듯하다. 이곳은 신이 깊은 산속에 비밀스럽게 감추어 놓은 비경(秘境)이 아닐까 하는 생각이 들었다. 이곳에 안개와 구름이 감돌아 온갖 조화를 부린다면, 더 더욱 신비감을 줄 터이니, 이곳을 배경으로 〈나무꾼과 선녀〉 전설이 꾸며져 전해 오는 것은 아주 자연스러운 일이라 하겠다.

상팔담과 둘레의 아름다운 경관에 취해 시간가는 줄 모르고 앉아 있던 나는, 그만 내려가라는 조장의 말을 듣고서야 하산을 서둘렀다. 내려오다가 목란관에서 맛있게 먹은 평양냉면의 국물은 산행 뒤에 오는 갈증을 풀어주었다.

오후에는 삼일포를 둘러본 뒤에 평양 모란봉 교예단의 공연을
관람하였다. 셋째날인 9월 29일에는 오전에 만물상(萬物相)을 구경
하고, 점심을 먹은 뒤에 출입국 절차를 마치고 통일전망대로 돌아
와 해산하였다.

전국 국·공립대학교 교수협의회 총회 참석을 위한 2박 3일 간
의 여행 중에 각 회원 대학교 교수협의회의 활동 상황을 알 수 있
었고, 회원들의 총회에 임하는 진지한 태도와 각자의 학교에서 학
교 발전을 위해 애쓰는 모습을 확인할 수 있었던 것은 매우 좋았
다. 거기에 육로로 그리던 금강산에 올라 '신이 만든 예술품'이라
고 할 수 있는 아름다운 경관을 직접 볼 수 있었던 것은 참으로 뜻
깊은 일이었다.

신의 예술품이라고 극찬하는 금강산에 가보고 싶어하는 사람
은 우리 둘레에 많이 있다. 아내 역시 금강산을 가보고 싶어하는
데, 지금까지 갈 기회를 얻지 못하였다. 어서 속히 남북통일이 되
어 우리가 설악산이나 지리산 또는 한라산을 찾아가는 것처럼 금
강산도 마음대로 다닐 수 있었으면 좋겠다. 통일이 되기 전이라도
북에 달러로 지불하는 관광비가 너무 비싸다든가, 그 돈이 핵무기
개발이나 군비 확충에 쓰이는 것 같아 마음이 내키지 않는다는 등
의 뒷말이 없도록 하고, 복잡한 절차를 간소화하여 가벼운 마음으
로 금강산을 찾을 수 있도록 하였으면 좋겠다.

〈수필문학 통권 158호, 서울 : 수필문학사, 2003. 11.〉

태산에 올라

　지난 7월 17일에는 '1930년대 항일문학 연구'를 주제로 한 제5회 국제문학 심포지엄이 중국 길림성 연길에서 열렸다. 나는 여기에 참가하여 〈근대민요에 나타난 항일의식〉을 발표하여 좋은 반응을 얻었다. 심포지엄을 마친 뒤에 항공편으로 북경으로 가서 하루를 쉰 뒤에 다시 비행기를 타고 제남(濟南)을 거쳐 공자의 고향인 곡부(曲阜)로 갔다. 곡부에서 하루를 묵으며 공자의 무덤이 있는 공림(孔林), 공자의 사당이 있는 공묘(孔廟), 공자의 후손들이 업무를 처리한다는 공부(孔府)를 본 우리 일행 13명은 이튿날 아침 버스를 타고 태산(泰山)으로 향했다.

　내가 태산이란 이름을 처음 들은 것은 "태산이 높다 하되 하늘 아래 뫼이로다." 하는 양사언의 시조를 배우던 초등학교 시절이다. 태산은 중국에 있는 산 이름이지만, 우리나라에서는 '크고 높은 산'을 상징하는 말로 더 많이 쓰고 있다. 태산이 들어가는 말로는 '티끌 모아 태산', '갈수록 태산', '태산명동서일필(泰山鳴動鼠一匹)' 등이 있는데, 여기서의 태산 역시 '크고 높은 산'이란 의미를 지니고 있다.

나는 우리나라가 중국과 수교하기 직전인 1990년 여름에 북경의 자금성, 만리장성, 서안, 상해, 소주를 돌아보고, 연길을 거쳐 백두산에 가 보았다. 그 무렵에 말로만 듣던 태산이 중국 산동성 태안시(泰安市)에 있는 산으로, 공자의 고향인 곡부의 북쪽에 있다는 사실을 알았다. 그때 도대체 태산이 어떤 산이기에 우리나라 사람들까지 태산을 노래하고, 속담에까지 인용하여 썼

태산의 정상 표석

을까, 공자의 고향과는 얼마나 떨어져 있는가 궁금하였다. 그래서 태산을 한 번 가보았으면 좋겠다고 생각하였다. 그 후 기회가 없어 가지 못했는데, 이번 여행에서 태산을 올라갈 수 있다고 하니 정말 기쁘고, 약간 긴장되기도 하였다.

중국에는 동서남북과 중앙의 오방(五方)에 있는 여러 산 중 큰 산을 하나씩 뽑아 오악(五嶽)으로 꼽고 있다. 동악은 산동성에 있는 태산, 서악은 협서성에 있는 화산(華山), 남악은 호남성에 있는 형산(衡山), 북악은 산서성에 있는 항산(恒山)이고, 중앙은 직예성에 있는 숭산(崇山)이다. 이 산들은 중국의 오방을 대표하는 산인데,

태산 정상의 바위에 새긴 '오악독존'

그중 동쪽에 있는 태산을 가장 신성시하여 역대 제왕들이 이곳에 와서 천제(天祭)를 지내곤 하였다고 한다.

태안 시내에서 점심을 먹고 버스로 20분쯤 달리니, 태산 입구 안내 표지판이 나왔다. 버스가 산속으로 난 길을 달릴 때 계곡을 흐르는 맑은 물과 기묘한 바위, 우뚝우뚝 솟은 산줄기 등이 장관을 이루고 있다. 어찌 보면, 설악산 백담사 계곡을 지나는 것 같기도 하고, 한계령을 넘을 때 좌우로 보이던 산과 기암괴석(奇巖怪石)을 보는 것 같기도 하였다. 그러나 자세히 보면, 그와는 다른 굵은 선과 면을 느끼게 하였다.

아름다운 산과 계곡을 이리 저리 돌던 버스는 한참 만에 도화원(桃花源) 케이블카 승강장 앞에 정차하였다. 케이블카 승강장에 가니, 6인승 케이블카 여러 대가 자동으로 움직이고 있다. 케이블카 안에서 바라보는 태산의 모습은 웅장하면서도 아름다웠다. 조금 오르니, 발아래에 수십 길이 되는 폭포수가 멋진 자태를 뽐내며 흐르는 모습이 보였다. 케이블카에서 내려 계단을 오르니, '하늘의 거리'라는 뜻의 '천가(天街)'가 있고, 그 위에 남천문(南天門)이 있다. '천문(天門)'은 하늘에 오르는 문이란 뜻인데, 태산 마루의 남쪽에 있는 문이 남천문이고, 북쪽에 있는 문이 북천문이라고 한다. 수십 계단을 올라 남천문을 지나니, 동북쪽으로 태산의 정상인 옥황정(玉皇頂)이 보이고, 다른 방향은 모두 시야가 탁 트였다.

옥황정 아래로 난 길을 따라 700m쯤 걸어가니, 옥황상제의 딸인 태산노모(泰山老母)를 모신 벽하사(碧霞祠)가 있다. 벽하사를 지나 100m쯤 올라가니, 크고 웅장한 바위들이 겹겹이 서 있다. 바위에는 태산에 올라 느낀 감회를 새긴 글귀들이 많이 있다. 그중 오악 중 태산이 제일이라는 뜻의 '오악독존(五嶽獨存)', 높은 곳에 올라 천지간의 장관을 본다는 뜻의 '등고장관천지간(登高壯觀天地間)', 하늘을 우러러보고, 땅을 내려다본다는 뜻의 '앙관부찰(仰觀俯察)' 등의 글귀가 특히 인상적이었다. 이러한 글귀는 내가 느끼는 감회와도 서로 통하였다.

명승지의 바위에 글귀나 이름을 새기는 것은 우리나라와 같은데, 우리나라에서는 대개 검은 색인데 비해 이곳은 모두 빨간색인 점이 인상적이다. 중국의 크고 작은 도시에 걸린 상호나 간판의 대부분은 빨간색이다. 이것은 중국인들이 빨간색을 무척 좋아한다는 것을 단적으로 말해 주는 것이다. 중국인들이 빨간 색을 좋아하는 것은 빨간 색이 귀신을 쫓는 색, 행운을 가져다주는 색이라고 믿기 때문이다. 이것은 우리의 의식과도 통하는 점이 있다.

다시 100m쯤 계단을 오르니 옥황정(玉皇頂) 문이 있다. 문 아래에는 옥황정 안내문이 대리석에 새겨져 있고, 그 옆에 이곳에 왔던 진시황제가 세웠다는 무자비(無字碑)가 서 있다. 이곳에 무자비를 세운 까닭은 태산에 오른 벅찬 감회를 글로 다 표현 할 수도 없고, 이곳에 와서 느끼는 다양한 감회를 비석에 새긴 글 때문에 훼손하지 말고 마음속에 깊이 간직하고 가라는 뜻에서일 것이다.

계단 위에 있는 옥황정 문을 들어가니, 빨간색으로 '태산극정(泰山極頂) 1545m(米)'라고 쓴 표석이 나를 맞아주었다. 표석 앞에서 사진을 찍고, 몇 발자국 걸어가니 옥황전(玉皇殿)이 있다. 옥황전의 중앙에는 구리로 만든 옥황상(玉皇像)이 있고, 좌우에는 시위하는 선인상(仙人像)이 있다. 중국인들은 전각 밖에서 향불을 사르며 절을 하고, 다시 전각 안의 옥황상 앞으로 와서 절을 하였다. 최고의 신으로 받드는 옥황신에게 소원이 이루어지기를 비는 이들의 태도는 매우 진지하였다. 외국 관광객들은 이들의 행동을 유심히 보고 사진을 찍기도 하였지만, 이들은 이에 전혀 아랑곳하지 않았다. 우리 일행 중에도 옥황상 앞에 가서 배례를 하는 사람이 있었다.

옥황전에서 나와 사방을 굽어보니, 가히 일망무제(一望無際, 한눈에 바라볼 수 없을 정도로 아득하게 멀고 넓어서 끝이 없음.)라고 할 만하였다. 산 아래에는 높고 낮은 산들이 연이어 있고, 산자락 끝에 넓은 들이 보였다. 우뚝 솟은 태산에서 바라보는 광경은 정말 아름답고, 웅장하고, 멋이 있어서 과연 천하장관(天下壯觀)이라 할 만하였다.

동쪽을 바라보니, 멀리 낮은 산자락이 보였다. 그곳으로 해가 뜨는 모습은 정말 장엄하고 웅장할 것이라는 생각이 들었다. 그곳에서서 사방을 내려다보면서, 중국인들이 태산을 '동쪽에 있는 가장 높은 산'으로 '하늘과 가장 가까운 곳', '태양이 가장 먼저 떠오르는 곳', '천신인 옥황이 거처하는 신산(神山)'으로 가장 신성하게 여기는 연유를 알 것 같았다.

옥황전 바로 아래에는 동방신(東方神)을 모신 청제궁(青帝宮)이 있는데, 문 안에 여러 전각들이 있다. 중국에서는 예로부터 오방을 다스리는 신이 있다고 믿어왔는데, 동방은 청제(青帝), 남방은 적제(赤帝), 서방은 백제(白帝), 북방은 흑제(黑帝), 중앙은 황제(黃帝)가 다스린다고 한다. 청제는 동방신이니, 오악(五嶽) 중 동악(東嶽)인 태산에 모신 것이리라. 한국 민속에서 오방을 상징하는 색은 동쪽이 청색, 남쪽이 적색, 서쪽이 백색, 북쪽이 흑색, 중앙이 황색이다. 한국에서는 요즈음에도 장승제를 지내는 마을이 있는데, 오방에 장승을 만들어 세우고 제를 지낸다. 동방의 장승에는 청제장군(青帝將軍), 남방은 적제장군(赤帝將軍), 서방은 백제장군(白帝將軍), 북쪽은 흑제장군(黑帝將軍), 중앙은 황제장군(皇帝將軍)이라고 쓴다. 이러한 것은 중국인의 신관(神觀)이나 색채관(色彩觀)과 관련이 있는 것 같다.

청제궁 아래에는 공자묘(公子廟)가 있다. 공자의 상을 모신 이곳은 몇 년 전에 건립한 것이다. 공자의 좌상(坐像) 아래에 있는 유리함에는 중국인들이 참배하면서 넣은 지전(紙錢)이 수북하였다. 이것을 보면서 중국인들이 공자를 신앙의 대상으로 삼는 것이 아닌가 하는 생각이 들었다. 태산은 신성시하는 산이니, 정상부에 옥황이나 청제를 모신 옥황전이나 청제궁을 세운 것은 이해가 간다. 신앙의 대상이 되는 신을 모신 옥황전이나 청제궁 바로 아래에 공자묘를 세운 것은 무슨 뜻일까? 이것은 중국인들이 공자를 신앙의 대상으로 믿는 의식을 표현하면서 동시에 이를 관광상품화 하는 상업성의 발로가 아닐까 하는 생각이 들었다.

공자묘를 지나 다시 남천문으로 내려왔다. 남천문 아래 천가의 왼쪽에는 2층 건물이, 오른쪽에는 3층 건물이 길게 뻗쳐 있는데, 양쪽 건물에는 기념품과 잡화를 파는 가게 몇 군데를 제외하고는 두 평 남짓한 작은 방이 아래 위층에 연이어 있다. 방안을 들여다보니 침대와 침구, 텔레비전 한 대 외에는 아무것도 없다. '○○빈관(賓館)이란 간판이 붙은 이들 방은 우리나라의 작은 여인숙라고 해야 할 것 같다. 이곳에서 자고 아침 일찍 옥황정에 올라 해맞이를 하려는 사람들을 위해 지은 숙소인 것 같다. 천가의 위쪽에 호텔이 있는 것으로 보아 이곳은 호텔에 가지 못하는 관광객을 위한 숙소인 모양이다. 이 역시 중국인들의 신앙심과 관련이 깊은 것 같다.

남천문 위와 아래의 길가에는 많은 수의 푸른색 두꺼운 옷이 길바닥에 널려 있다. 더워서 땀을 흘리는 판에 같은 모양의 많은 옷을 햇볕에 말리는 이유가 궁금하여 안내자에게 물으니, 이것은 이른 아침에 해맞이를 가는 사람에게 빌려 주었던 옷을 말리는 것이라 하였다. 이로 보아 이곳은 일교차(日較差)가 매우 큰 곳임을 알 수 있다. 방문 앞에는 옷을 빌려 준다는 내용의 글귀가 적혀 있는데, 이것은 이런 옷을 빌려준다는 말인 것 같다.

천가를 지나 다시 도화원 케이블카 승강장으로 와서 태산 남쪽의 아름다운 풍경과 아스라이 보이는 태안 시내를 내려다보면서 태산에서 보고 느낀 것을 정리해 보았다. 오늘 중국인들이 신성시하고, 한국 문학에도 영향을 끼친 태산에 올라 아름다운 경치를 보았고, 중국인들의 태산에 대한 인식과 민간신앙의 현장을 보았다. 이런 산을 올랐다는 벅찬 감회는 오래도록 잊지 못할 것이다.

〈서울문학 3(1999년 겨울호), 서울 : 대한출판사, 1999〉

태산에서 내려다보는 풍경

북경 향산의 케이블카

중국 북경의 중앙민족대학 객원교수로 와서 북경 생활을 시작한 지 18일이 되던 날이다. 점심 식사 후에 향산(香山)에 가려고 아내와 함께 숙소를 나섰다. 향산은 북경 서북의 하이디앤취(海澱區) 서산 기슭에 위치한 삼림공원이다. 북경 중심부에서 약 20km 떨어져 있다. 북경에 관해서 별로 아는 것이 없는 내가 향산을 처음 알게 된 것은 내가 공부한 중국어 교재에 향산 이야기가 나왔기 때문이다.

중앙민족대학 정문 건너편에서 904번 시내버스를 타고 서툰 발음으로 '두 사람이 시양산에 간다'고 하니, '쓰 콰이(3元)'를 내라고 하였다. 버스를 타고 1시간쯤 가니, 향산이 보였다. 버스에서 내려 사람들을 따라가니, 벌써 산을 내려오는 사람들도 많았다. 10위안의 입장료를 내고 북문으로 들어서서 사방을 살펴보니, 숲이 우거진 큰 산이 보였다. 넓은 평지만 보이던 북경 시내에 이런 산이 있었던가 싶을 정도로 울창한 숲이 있는 높은 산이다. 산기슭에는 작은 호수가 푸른 숲과 조화를 이루고 있다. 산 중턱에는 절이 있고, 탑이 보였다. 이 곳 사람들의 휴일인 토요일 오후라서 많은 사람이 이곳에 왔지만, 워낙 산이 넓고 길이 많아 혼잡하지는 않았다.

길을 걷다 보니, 케이블카 타는 곳 표지판이 있었다. 시계를

북경 향산의 케이블카

보니 오후 2시가 지났다. 산을 걸어 오르기에는 늦은 시간이어서 케이블카를 타려고 승강장으로 갔다. 케이블카 이용 요금은 평일에는 30위안이고, 국경절과 공휴일에는 40위안인데, '단행(單行)' 이라고 쓰여 있다. 주 5일제 근무가 완전히 정착되지 않은 나라에서 살아온 나는 토요일이 휴일이라는 생각을 하지 않고, 60위안을 내니, 나이가 들어 보이는 여자 매표원이 80위안이라고 하였다. 그제야 이곳은 토요일도 휴일임을 생각하고 20위안을 더 내고 표를 받았다.

케이블카는 가는 방향으로 두 사람씩 앉게 되어 있다. 나는 아내와 함께 천천히 올라가는 케이블카에 앉아 사방을 둘러보았다. 발아래에는 울창한 숲이 우거져 있고, 산의 남쪽에는 사원(寺院)인 듯한 큰 건물과 탑이 숲속에 자리 잡고 있다. 높이 오를수록 산은 험하고, 뒤편으로는 산줄기가 끝없이 이어지고 있다. 등산로에

는 많은 사람이 계단을 오르고 있다. 어떤 사람은 더위를 참지 못하겠다는 듯이 웃옷을 벗어들고 오르고 있다. 우리는 케이블카를 타고 가는 19분 동안 주변의 아름다운 경치를 둘러보며, 중국 산동에 있는 태산에 갔을 때와 이탈리아의 카프리 섬에 갔을 때에 이와 비슷한 케이블카를 탔던 일을 이야기하기도 하였다.

케이블카에서 내려 조금 올라가니, 산 정상이다. 거기에는 '향로봉(香爐峰) 해발 557m'라는 표석이 서 있다. 산 정상에는 두 개의 거대한 바위가 있는데, 그 형상이 솥과 같고, 운무(雲霧)가 바위 주위를 감돌 때에는 마치 향로가 자색 연기를 내뿜는 듯하다고 한다. 그래서 산봉우리를 향로봉이라고 하였다 한다. 이곳을 '귀지앤초우(鬼見愁)'라고도 하는데, 그 까닭은 산이 높아 귀신이 보아도 근심한다는 뜻이라 한다. 향로봉에서 동쪽을 바라보니, 북경 시내의 모습이 한눈에 들어왔다. 크고 작은 건물들과 도로, 녹지대 등이 조화를 이루어 아름답게 보였다. 길을 따라 달리는 차들이 열을 지어 움직이는 모습이 개미떼의 움직임처럼 보였다. 뒤편은 첩첩이 싸인 산의 능선들이 겹겹으로 이어져 있다. 산허리에 감긴 구름 뒤로 또 이어지는 산, 그 뒤에 아득히 보이는 먼 산이 있다. 그동안 중국의 산수화에서 흔히 보던 아름다운 풍경이 실제로 내 눈앞에 펼쳐져 있는 것을 보니, 정말 장엄하고도 아름다웠다. 옛사람들이 일찍부터 향산에 맑은 구름이 떠 있는 모습을 '서산청운(西山晴雲)'이라고 찬탄하며 연경(燕京, 북경의 옛이름) 팔경(八景)의 하나로 꼽은 이유를 알 것 같았다.

여러 산줄기에는 산행할 수 있는 넓은 길이 나 있고, 봉우리에는

북경 향산의 케이블카

정자가 서 있다. 능선으로 이어지는 길을 보면서 아침 일찍 산에 올라 능선에 난 길을 따라 이쪽 봉우리의 정자에 앉아 쉬다가 싫증이 나면 다시 저편 봉우리에 있는 정자로 옮겨가 쉬고, 또 그 다음 정자로 옮겨가 쉬면서 며칠을 지내면 속세를 떠난 신선과 다름없을 것이라는 생각이 들었다. 그렇게 해보고 싶은 생각이 불현듯 일었지만, 길도 잘 모르는 데다가 그럴 만한 체력이 없으니 어쩌랴. 신선과 같은 생활도 의욕이 왕성하고, 그를 뒷받침할 만한 체력이 있을 때라야 가능한 것이라는 생각으로 자제할 수밖에 없다.

향로봉 표석 앞에는 사진을 찍으려는 사람들이 많아 차례를 기다려야 했다. 나는 한참을 기다려 사진을 찍고 조금 조용한 곳으로 가서 벤치에 앉아 물을 마시고 쉬었다. 아내는 산 아래에서 사가지고 온 군고구마를 먹으며 '맛있다.'는 말을 연발하더니, 나에게도 먹어보라고 하였다. 평소에 군고구마를 즐기지 않았지만, 아내가 하도 맛있다고 하기에 받아 먹어보니, 질척하면서도 달콤한 것이 정말 맛있다. 군고구마 장수가 '티앤(甛, 달다)'이라고 하면서 봉지에 넣어주던 자신만만한 표정이 떠올랐다. 향산에서 먹은 군고구마의 맛은 오래오래 잊을 수 없을 것 같다.

우리는 케이블카가 운행 마감을 하면 어쩌느냐면서 서둘러 승강장으로 와서 케이블카를 탔다. 올라올 때와 반대 방향으로 앉아 올라갈 때 보지 못한 산의 이모저모를 내려다보니, 정말 좋았다. 보행로에는 많은 사람이 산을 내려가고 있다. 케이블카를 타고 오르내리는 사람을 유심히 보니, 중국 사람도 있지만, 외국인이 많이 눈에 띄었다.

내려오는 케이블카를 타는 승강장에는 '표를 사지 않은 손님은 그대로 타고 내려가서 표를 사면 된다.'고 써 있다. 우리는 그 말의 해석을, 걸어서 올라간 사람이 내려올 때 케이블카를 타는 경우에 해당하는 것이라 생각하고, 올라올 때 표를 샀으니, 그 표를 보이면 될 것이라 생각하였다. 그런데 내려서 보니, 다시 40위안짜리 표를 사서 보여주어야 밖으로 나올 수 있었다. 나는 밖으로 나온 뒤에야 '단행(單行)'이란 말의 뜻을 바로 알았다. 그러고 보니, 케이블카 탑승 요금은 1인당 왕복 80위안이다. 이것은 중국 물가로는 꽤 비싼 요금이다. 이런 요금을 낼 수 있는 사람은 외국인 관광객이나 주머니 사정이 좋은 중국 사람일 것이다. 케이블카 시설을 해 놓고, 외국 관광객이나 형편이 좋은 내국인들에게 좋은 구경을 시켜주면서 주머니를 열게 하는 것은 관광 수입 면에서도 큰 보탬이 될 것이라는 생각이 들었다.

짧은 시간에 이렇게 아름다운 풍광을 볼 수 있는 것은 케이블카의 덕이다. 케이블카가 시간이 넉넉하지 않거나, 체력에 자신이 없는 관광객에게 아름다운 풍광을 볼 수 있게 해 주고, 많은 관광객을 유치하여 관광 수입을 올릴 수 있다는 점에서 긍정적인 면도 있음을 실감하였다. 나는 케이블카를 타고 중국 산동의 태산을 오를 때와 이탈리아 카프리 섬을 올라갈 때에도 같은 생각을 한 적이 있다. 나는 이런 경험을 하면서 한국에서 북한산을 비롯한 풍광이 좋은 산에 케이블카를 설치하는 것은 자연을 훼손하는 것이라며 반대하는 것이 정말 잘하는 일인가를 다시 생각하게 되었다. 케이블카를 설치하고서도 자연을 훼손하지 않고 보호할 수 있는 방안을 강구하는 것이 더 필요하다는 생각을 하게 되었다.

케이블카 승강장 동편으로 와서 이곳저곳을 둘러보는 동안에 해는 뉘엿뉘엿 지고 있었다. 향산은 10월 중순에서 11월 초 사이에 단풍이 아름답다고 한다. 우리는 단풍이 아름다울 때, 휴일을 피하여 다시 와서 단풍 구경도 하고, 북경 식물원도 구경하자면서 버스 정류장으로 향하였다. 향산의 명물이라는 대추를 한 봉지 사서 들고 왔다. 〈문예운동 제89호(2006년 봄호), 서울 : 문예운동사, 2006. 3.〉

문화의 충격과 적응

중국 북경에 있는 중앙민족대학교의 초빙교수로 와서 북경 생활을 시작할 때의 일이다. 학교 안의 작은 아파트에 짐을 풀고 나니, 학술대회에 참가하거나 관광을 왔을 때와는 달리 모든 문제를 안내자 없이 스스로 해결해야 한다는 점에서 걱정이 앞섰다. 큰 문제는 학과 교수나 조교에게 말하여 해결한다지만, 작은 문제는 혼자서 해결해야 하는데, 모든 것이 낯설고 말이 통하지 않으니, 답답하다 못해 막막하였다. 그렇다고 방안에만 앉아 있을 수도 없는 일이어서 아내와 함께 용기를 내어 바깥출입을 시작하였다.

먼저 학교 안을 거닐어 숙소의 위치를 확인한 뒤에 교문 밖으로 나가서 학교 둘레의 지리를 익혔다. 그 다음에는 이곳 교수님들이 알려준 대로 가까운 공원, 쇼핑센터를 걸어서 갔다 오기도 하고, 식당에 들어가 음식을 사 먹기도 하였다. 좀 먼 곳을 갈 때에도 처음에는 택시를 타고 다녔으나, 뒤에는 지도를 보고 대강의 방향을 살핀 뒤에 시내버스를 타고 다녔다. 이렇게 생활하는 동안 문화의 차이를 느꼈다.

거리에 나가서 제일 먼저 색다르게 느껴지는 것은 자전거의 행렬이다. 몇 년 전에 왔을 때보다는 덜하지만, 차도 양편의 자전거 전용도로에는 자전거 행렬이 끊이지 않는다. 특히 출퇴근 시간에는 남녀노소 구분 없이 자전거를 탄 사람이 자전거 전용도로를 가득 메우며 달린다. 자전거 행렬을 보고 있으면, 한 방향으로 움직이는 큰 힘이 느껴졌다. 그 힘은 내게로 밀려와 작은 충격과 전율을 안겨 주었다. 저 힘이 바로 중국을 움직이는 힘이 아닐까 하는 생각이 들었다.

중국의 서민들은 자전거를 유용한 교통수단으로 이용하고 있다. 지금 자전거로 출퇴근하는 사람들이 모두 자전거를 집에 두고 승용차나 버스를 이용한다면, 교통 혼잡으로 시내는 마비될 것이다. 그러고 보면, 자전거는 대도시의 교통 혼잡을 덜어주는 데에 큰 몫을 하고 있다. 중국 사람들이 기름진 음식을 먹는 데도 비만으로 보기 흉한 사람이 적은 것은 녹차를 많이 마시기 때문이기도 하지만, 자전거를 많이 타기 때문이라고도 한다. 한국에서도 서울을 비롯한 대도시에 자전거 도로를 많이 만들어 출퇴근 때에 이용하게 함으로써 교통의 혼잡을 덜고, 유류를 절약하며, 대기오염을 막고, 운동량을 늘려 건강 증진에 도움이 되게 하였으면 좋겠다.

좁은 계단을 오르내릴 때, 또는 넓지 않은 인도를 걸을 때 나는 습관적으로 왼편으로 걷거나 비켜서곤 하였다. 그런데 반대편에서 오는 사람 역시 나와 같은 방향으로 걷거나 비켜섰다. 그래서 길싸움을 하느라고 서로 길을 막아서는 사람처럼 이쪽저쪽으로 옮겨 다닌 적이 몇 번 있다. 이것은 길을 걸을 때 중국 사람은 '우측보행'을 하는데, 나는 '좌측보행'이 몸에 익은 때문일 것이다.(우리나라도 2009년부터 우측보행으로 바뀌었음.) 그때 나와 마주쳤던 사람들은 나를 보고, '우측보행'도 모르는 교양 없는 사람이라고 하였을 것이다.

이곳 사람들은 옷차림이 매우 검소하고 소박하다. 9월 중순부터 하순까지 거리에서 넥타이를 맨 남자, 화려한 옷차림을 한 여자를 만난 적이 그리 많지 않다. 강의를 하는 교수들 역시 편한 복장이고, 대학생들의 옷차림 역시 수수하다. 이것은 한국 사람들의 깔끔하면서도 다양한 옷차림과 차이가 있다. 2년 전 9월에 일본 후쿠오카에 갔을 때 더운 날씨인데도 정장을 한 사람, 양복의 윗저고리는 입지 않았더라도 와이셔츠 차림에 넥타이를 맨 사람이 많았던 것과는 대조적이다. 이것은 겉으로 꾸미기보다는 내실을, 형식이나 명분보다는 실용성을 중시하는 중국 사람들의 의식 때문이 아닐까 생각한다.

양력 10월 1일은 국경절(國慶節)인데, 국경절 휴일이 며칠이냐고 물으니, 3일 또는 5일, 또는 7일로 대답이 각각 달랐다. 대학의 경우 7일을 쉬는 대학도 있고, 9일을 쉬는 대학도 있다. 내가 있는 학교는 10월 1일부터 7일까지 쉬고, 토요일과 일요일인 8일과 9일에 강의를 하였다. 휴일이 닷새인데, 이틀을 앞당겨 7일을 연이어 쉬었기 때문에 토요일과 일요일에 강의를 하는 것이라 하였다. 7일까지 쉰 은행이 8일과 9일에 영업을 한 것도 같은 이유에서 일 것이다. 국경절이나 춘절(春節, 음력 설)에 쉬는 기간은 단위 기관마다 실정에 맞게 탄력적으로 운용하여 연휴를 만들어 쉬고 있다고 한다. 이것 역시 중국인들의 실용적인 사고의 표현이라 하겠다.

학교 안에서 대학생들이 생활하는 모습을 보면, 기숙사에서 강의실로, 식당으로 옮겨갈 때에는 삼삼오오(三三五五) 짝을 지어 걸으며 담소하는 것, 이성의 친구와 손을 잡거나 허리를 껴안고 다니는 것은 한국 학생들과 다를 바 없다. 그런데 한적한 그늘 밑의 벤치에 앉아 있는 학생들의 모습은 아주 달랐다. 이른 아침, 낮, 오후를 가릴 것 없이 한국 학생들처럼 몇 사람씩 모여 앉아 담소하는 모습은 거의 찾아볼 수 없었다. 대개는 혼자, 또는 두세 명이 조금 거리를 두고 앉아 책을 읽거나 무엇을 쓰고, 영어 회화 연습을 한다. 식당이나 샤워장 앞에 줄을 서 있는 경우에도 앞뒤 사람과 담소하지 않고, 각자 무엇을 읽거나 외우고 있다. 한국 학생들이 친구와 이야기하기를 좋아하여서, 또는 공부한다고 티내지 않으려고 시험 시간 직전이 아니면 남이 보는 데서 무엇을 읽거나 외우지 않는 것과 대조를 이룬다.

중국에서 한국에 유학 온 대학원생이, 한국과 중국의 대학생이 공부하는 모습을 '칼로 두부 자르기식'과 '스폰지식'이라고 말한 것이 생각난다. 한국 학생은 실컷 놀다가도 시험 때가 되거나 과제를 할 때에는 남이 보지 않는 곳에서 밤을 새워 공부한다. 그러나 중국 학생은 조각나는 시간까지 활용하면서 꾸준히 공부한다고 한다. 대학생들의 공부하는 태도로 어떤 것이 좋을까 생각해 볼 문제이다.

이곳에서는 자동차도, 사람도 교통 신호를 엄수하기보다는 눈치껏 움직이는 것 같다. 길을 건너려고 신호를 기다리고 서 있으면, 보행자 신호등에 빨간 불이 켜졌는데도 사람들이 건너간다. 파란불로 바뀌기를 기다려 건너가려고 하면, 우회전하는 차가 길을 건너는 사람들 사이를 뚫고 지나간다. 유턴하는 차와 좌회전하는 차가 밀고 오기도 하고, 자전거가 달려오기도 한다. 그래서 길을 건너려면 겁부터 났다. 차들도 신호가 바뀌지 않았어도 눈치를 보며 진행한다. 운전자나 보행자 모두 기 싸움에서 이기지 않으면, 자기가 가려는 방향으로 갈 수 없는 것 같다.

이곳에서는 때와 장소를 가리지 않고 자동차가 경적(警笛)을 울려댄다. 앞서가는 자동차나 사람에게 경고의 뜻으로 울리는 경우에도 필요 이상으로 자주, 길게 울린다. 앞의 버스가 손님을 내리고 있어서 움직일 수 없는 것을 알면서도, 그 버스가 움직일 때까지 경적을 울린다. 주택가에서도, 학교 안에서도 경음기(警音機) 소리 때문에 길가다가 깜짝 놀라기도 하고, 숙소 안에서도 짜증이 나기 일쑤이다.

내가 강의하는 학교 앞에 육교가 있는데, 얼마 전에 육교의 바닥면을 뜯어내고 다시 입히는 공사를 하였다. 공사가 끝난 다음날에 그 육교를 올라가며 보니, 육교 바닥이 광고판이나 되는 듯이 명함 크기의 광고 스티커가 덕지덕지 붙어 있다. 글자가 작아 허리를 굽히거나 앉아서 자세히 살펴보기 전에는 광고 내용을 볼 수 없는 데도 새로 만든 육교 바닥에 셀 수 없이 많은 광고 스티커가 붙어 있다. 정말 광고의 효과가 있기 때문일까?

버스 정류장에 가면 아치 모양의 표지판이 있다. 표지판의 위쪽에는 그 정류장의 이름이 적혀 있고, 그 아래에는 노선표가 붙어 있어서 이용하기 편리하게 해 놓았다. 그런데 정류장 이름을 적어 놓은 곳에는 대부분 광고지가 붙어 있어서 그 정류장의 이름을 볼 수 없다. 길을 잘 아는 사람에게는 그게 필요 없을지 모른다. 그러나 나처럼 중국말이 서툴러 물을 수도 없고, 차장들의 말을 잘 알아들을 수도 없어서 버스 노선표에 적힌 정류장 이름을 적어가지고 다니면서 길을 익히고, 내릴 곳을 판단해야 하는 사람이나, 길이 선 사람에게는 절대적으로 필요한 것이다. 그런데도 대부분의 정류장 이름이 광고지로 덮여 있거나 떨어져 버렸으니, 시설을 해 놓은 취지가 무색해졌다.

버스 안에서 큰 소리로 말하는 사람, 귀가 따가울 만큼 큰 소리로 휴대전화를 받는 사람, 담배꽁초를 아무 데나 버리는 사람, 길가다 가래침을 뱉는 사람도 한둘이 아니다. 이런 것은 모두 남을 배려하지 않는 자기중심적인 사고가 행동으로 나타난 것이리라.

중국 사람들 사이에서 한국 음식은 기름기가 적고 담백하면서도 맛이 있으며 위생적이라 하여 점점 인기가 높아가고 있다. 북경 시내에는 한국 요리 전문식당이 많이 있다. 내가 간 식당은 하나같이 손님들이 많아 식사 시간에는 자리 나기를 기다려야 했다. 이름 있는 한국 식당에 처음 가서 불고기를 먹었을 때의 일이다. 값이 싸고 맛도 좋았는데, 식후에 계산서를 보니, 불고기 1인분 값은 18위안인데, 젓가락과 물수건 값이 2위안, 숯불 값이 6위안, 상추를 추가로 시킨 것이 6위안이었다. 차나 생수 값을 따로 받는 것은 이미 알고 있었으므로 크게 이상하지 않았으나, 밥을 먹는데 필요한 젓가락, 불고기를 굽는데 필요한 숯불 값을 따로 받는 것은 아주 생소하였다.

　그동안 나는 문화의 차이에서 오는 충격을 여러 번 받고, 이것을 어떻게 받아들이고, 적응해야 하는가를 생각해 보았다. 그때 30여 년 전에 판소리 공연장에서 배운 판소리 감상 태도가 떠올랐다. 서양음악 연주회에 가서는 정숙하게 앉아 있어야 하고, 판소리 감상회에 가서는 추임새를 해야 한다. 서양 음악 감상회에 가서 '얼씨구' 하고 추임새를 하였다가는 미친 사람 취급을 받을 것이고, 판소리 감상회에 가서 얌전하게 앉았다가는 '잡것' 취급을 받게 될 것이다.

　중국의 문화를 한국문화의 잣대로 평가하여 이를 폄하하거나 추켜올리는 것은 적절하지 않다. 이것은 판소리 감상회에 간 서양 음악가가 추임새 하는 것을 보고, "한국의 음악 청중은 듣는 태도가 나쁘다."고 불평하였다는 것과 같을 것이다. 이런 생각 끝에 나는 이곳 문화에 적응하려고 애를 쓰기 시작하였다.

　이제 이곳에서 생활한 지도 어언 한 달이 지났다. 이제 이곳 문화에 적응하기 시작하여 이곳 사람들처럼 큰 두려움 없이 길을 건넌다. 그리고 음식점에 가서도 물 값, 불 값, 젓가락 값을 따로 청구하여도 그러려니 하고 돈을 낸다. 복식으로 된 아파트 복도가 컴컴하여 앞이 안 보일 때에는 발을 굴러서 소리로 감지하는 전등의 센서를 작동시키고 드나드는 일에도 익숙하게 되었다. 나도 모르게 이곳 문화에 적응되고 있는 것이리라.

〈수필문학 통권 184호, 서울 : 수필문학사, 2006. 4. 1.〉

다시 찾은 백두산 천지

　지난해 9월 북경에 있는 중앙민족대학교 초빙교수로 가 있을 때의 일이다. 북경에 있는 동안 백두산과 연변 지역을 다시 가보고 싶어서 여행사에 연락을 해보니, 시기적으로 늦은 때라 손님을 모으지 않는다고 하였다. 좋은 기회를 살리지 못하는 것 같아 안타까워하고 있는데, 한국에 있을 때 나에게 중국어를 가르쳐 준 이 선생이 연길에 오면 안내해 줄 터이니 오라는 이메일(e-mail)을 보내왔다. 기쁜 마음으로 4박 5일 일정의 여행을 계획하고, 이 선생의 남편인 남 선생의 친구가 운영하는 여행사를 통해 밤 8시에 출발하는 항공권을 예약하였다.

　오후 4시에 아내와 함께 숙소를 나섰다. 길 설고, 말이 통하지 않는 중국에 와서 우리 둘이 여행하는 것은 처음이어서 매우 긴장되었다. 택시 기사에게 서툰 중국어로 수도공항을 가자고 말하고서 혹 다른 곳으로 가면 어쩌나, 길이 막혀 비행기 시간에 늦으면 어쩌나 걱정을 하였다. 공항에 도착하여 중국어 단어를 꿰맞추고, 손짓으로 물어 항공권 발급 장소를 찾아가서 탑승권을 받고, 탑승

수속을 마친 뒤에야 긴장을 풀고, 안도의 한숨을 쉬었다. 두 시간쯤 비행하여 연길 공항에 도착하니, 이 선생이 남편과 함께 기다리고 있었다. 이 선생 시누이의 아파트로 가서 여장을 풀고, 환담하였다.

연길에 온 둘째 날에는 이 선생 내외와 함께 택시를 전세 내어 타고 도문, 훈춘 지역을 둘러보았다. 셋째 날에는 이 선생의 안내로 백두산에 가기로 하였는데, 마침 휴일이어서 초등학교 4학년인 이 선생의 딸도 함께 가기로 하였다. 우리 일행 네 사람은 새벽 5시에 집을 나와 승용차를 타고 백두산으로 향하였다. 남 선생의 주선으로 중국 교포 ㄱ씨가 개인 사업을 하는 동생의 차를 빌려 가지고 왔다. 그는 운전도 잘하고, 이야기도 잘하였다. 나는 앞자리에 앉아 ㄱ씨와 여러 가지 이야기를 하였다. 화제가 자동차에 미치자, 그는 현대자동차 중국 공장에서 만든 소나타와 엘란트라가 중국에서 매우 인기가 높다고 하였다. 우리가 타고 가는 차 역시 현대에서 만든 엘란트라였다. 나는 1990년에 중국에 처음 왔을 때 한국산 차가 한 대도 없는 것을 보고 아쉬워하였던 기억을 떠올리면서 그 후 15년 동안에 많은 변화가 있었음을 실감하였다.

백두산으로 가는 길은 잘 포장되어 있어서 대부분의 길에서 시속 80km 정도로 달릴 수 있었다. 전날 밤부터 내리던 비는 그쳤지만, 가끔씩 빗방울이 차창을 때리곤 하였다. 안도(安圖)에서 아침 식사를 하고, 잠시 쉰 뒤에 다시 달렸다. 오전 9시 40분경에 백두산 산문(山門)에 도착하니, 우리보다 먼저 온 자동차와 사람들로 붐볐다. 이 선생이 입장권을 사 왔는데, 표가 여러 장이었다. 받아서 보니, 1인당 입장료가 60위안, 상해 보험료가 5위안, 그리고 차량 통행료와 주차료가 있었다. 차를 타고 조금 더 올라가니, 넓은 주차장이 나왔다. 우리가 타고 온 차를 그곳에 세우고, 백두산 천지를 왕복하는 전용 지프차의 승차권을 사서 타고 가야 한다고 하였다. 매표소 앞에 가서 상황을 알아보니, 차들이 모두 산에 올라갔기 때문에 20분 이상을 기다려야 한다고 하였다. ㄱ씨는 조금 전에 만났던 공안원과 이야기한 뒤에 공안원의 차를 타라고 하였다. 우리는 한 시라도 빨리 천지를 보고 싶은 마음에 그 차를 탔다.

천지가 내려다보이는 기상대 쪽 높은 봉우리로 올라가는 길은 소형차 두 대가 겨우 다닐 수 있는 좁은 길인데 굴곡이 심하였다. 1990년에 왔을 때 많은 사람이 괭이와 삽을 가지고 도로 공사를 하던 길인데, 이제는 완전히 포장 되었다. 우리를 태운 차량의 기사는 아주 익숙하게 차를 몰았다. 그런데 굴곡이 심한 길을 어찌나 빨리 달리는지, 앞자리에 앉은 나는 차가 옆으로 미끄러질 것만 같아 조마조마하였다. 불안한 마음을 억제하며 차창 밖을 보니, 구름이 걷히기 시작하는 하늘 아래로 내려다보이는 산들의 모습이 정말 아름다웠다. 차가 위쪽으로 올라갈수록 나무와 풀의 키가 작아졌다. 한참을 올라 구름과 안개 속에 싸이게 되었다.

기상대 앞쪽에 도착하여 차에서 내리니, 구름과 안개 때문에 앞이 잘 보이지 않았다. 천지의 모습을 볼 수 없겠다는 생각에 실망스러웠지만, 혹시나 하는 마음에 산봉우리로 올라갔다. 숨이 차서 쉬어가면서 10분쯤 걸어 봉우리 끝에 섰다. 그러나 천지는 운무(雲霧)에 싸인 채 모습을 드러내지 않았다. 몇 년을 별러서 아내와 함께 이곳에 왔는데, 천지의 모습을 볼 수 없다니 참으로 안타까웠다. 나는 천지가 있는 곳을 바라보며, 전에 왔을 때 보았던 천지의 모습을 떠올려 보았다. 그곳에 온 사람들은 대부분이 한국인 단체관광객인데, 모두 아쉬운 마음을 달래며 발길을 돌렸다. 아내에게 그만 내려가자고 하니, 아내는 조금만 더 기다려보자고 하였다. 우리는 이슬비를 피하려고 찢어진 우의(雨衣) 자락을 당기며 기다렸다. 잠시 후, 햇빛이 비치는 것 같아 크게 기뻐하며 기다렸지만, 천지 위를 덮은 운무는 변함이 없었다. 단체관광객 몇 팀이 실망을 안고 발길을 돌리는 것을 본 뒤에야 우리도 발길을 돌렸다. 여기까지 와서 천지를 보지 못하고 간다고 생각하니 안타깝고, 아쉽다 못하여 속이 상하였다. 그러나 '자연의 섭리인 것을 어쩌겠는가! 우리는 참으로 복이 없구나!' 하며 다시 차를 타고 내려왔다.

우리는 장백폭포 뒤쪽으로 걸어서 올라가면 천지의 물에 손을 담글 수 있다는 말을 듣고, 우리의 승용차로 바꿔 타고 장백폭포 쪽으로 올라갔다. 날씨는 구름이 많이 걷혀 파란 하늘을 보이기 시작하였다. 다시 입장권을 사서 폭포 쪽으로 올라갔다. 폭포 아래에서 뜨거운 온천물이 솟아 흐르고 있는데, 섭씨 83도나 된다고 하였다. 장엄한 폭포를 보고 탄성을 연발하다가 위에서 내려다보지 못한 천지의 물을 손으로 만져보겠다는 생각으로 폭포 뒤쪽으로 난 계단 길을 한 시간쯤 걸어 올라갔다. 수천 개가 되는 듯한 계단을 올라가니, 평평한 길이 나왔다. 조금 더 올라가니, 꿈에도 그리던 백두산 천지가 보였다. 천지 둘레의 산봉우리는 아직도

백두산 천지

안개와 구름이 감싸고 있었으나, 호수 위에는 햇빛이 반짝이고 있
다. 발걸음을 재촉하여 물가에 이르러 보니, 둘레가 4~5km쯤 되
어 보이는 넓고 푸른 천지의 모습이 한눈에 들어왔다. 구름 덮인
험한 산봉우리들이 에워싸고 있는 파란 호수는 정말 아름다웠다.
해발 2,000m가 훨씬 넘는 높은 산 위의 험한 산봉우리들이 이렇
게 아름다운 호수를 품고 있다는 사실이 신비스러웠다. 조물주가
만들어 깊은 산속에 숨겨놓은 비경(秘境)이란 생각이 들었다. 물가
에는 콩알 만한 작은 돌과 모래가 곱게 밀려오는 작은 파도를 맞
이하였다가 밀어 보내곤 하였다. 나는 메고 있던 가방과 사진기를
뒤로 젖히고, 물에 손을 담갔다. 그리던 천지의 물에 손을 담그고

있으니, 태고의 비밀을 간직한 비경을 보았다는 벅찬 감격과 함께 자연의 신비감이 온몸에 느껴졌다. 마음이 평안해지고, 산봉우리에서 천지를 내려다보지 못하여 섭섭했던 마음도 풀렸다. 아내 역시 아주 감격스러워하면서 물에 손을 담가 보기도 하고, 물을 튕겨보기도 하였다. 그리고 작은 돌을 골라 깨끗이 씻어 주머니에 넣었다.

단체로 온 관광객들이 시간에 쫓겨 서둘러 내려가고 나니, 넓은 천지에 우리 일행 5명만 남게 되었다. 우리는 느긋한 마음으로 천지 둘레의 아름다운 경관을 차례차례 살펴보았다. 맑고 파란 물을 배경으로 사진을 찍고, 천지 표석 앞과 백두산 괴물의 형상 앞에서도 사진을 찍었다. 우리가 서 있는 맞은편에는 산봉우리에서 내려오는 계단이 보였다. 함께 간 ㄱ씨의 말에 의하면, 그 길이 북한 쪽에서 천지에 내려오는 길이라고 하였다. 나는 비디오카메라를 줌으로 당기며 그곳을 살펴보았으나 계단을 오르내리는 사람은 보이지 않아 관광객으로 붐비는 이쪽의 상황과는 판이하였다. 우리나라가 남북으로 갈리지 않았다면, 저 길로 천지를 왔을 터인데, 제3국인 중국 땅으로 와서 건너다보고 있는 현실이 참으로 안타까웠다. 천지에서 더 오래 머물고 싶었지만, 연길로 돌아갈 시간을 계산해 보니 빠듯하였다. 나는 통일이 된 뒤에 저 편의 길로 다시 천지를 보러 오리라 다짐하면서 발길을 돌렸다.

폭포 아래로 내려와서 온천수에 삶은 계란을 사서 시장 요기를 하고 온천장으로 들어갔다. 전에 왔을 때는 천으로 사방을 둘러친 노천 온천장이었는데, 지금은 제대로 시설을 갖춘 온천장이었다. 실내 온천장 밖에는 자연스레 흐르는 물을 받아놓은 노천탕이 있다. 나는 노천탕으로 가서 몸을 담그고 앉아서 자연의 오묘함을 새삼 느꼈다. 천지의 모습을 본 감동과 온천수의 따스함이 나의 마음을 뿌듯하게 하면서 편안함을 주었다. 그리고 잠을 설치고 새벽부터 일어나 차를 타고 와서 힘든 산길을 왕복하느라고 쌓인 피로를 말끔히 씻어 주었다.

오후 8시경에 숙소로 돌아와서 서울에 있는 아들과 딸에게 전화를 걸어 오늘의 감격과 기쁨을 이야기하였다. 그 다음날은 연변 지역 동포들이 추석을 지내는 모습을 보면서 연길 시내의 이곳저곳을 둘러보았다. 그 다음날은 용정(龍井) 지역을 둘러본 뒤에 북경행 비행기에 올랐다. 우리 두 사람의 마음에는 백두산 천지를 본 감격과 기쁨, 숙소를 제공하고 불편하지 않도록 세심하게 배려하면서 여러 곳을 안내해 준 이 선생과 그 가족의 따스한 정이 가득 담겨 있었다. 〈충청문학 17, 서울 : 충청문인협회, 2006.〉

빗물을 받아먹는 사람들

'빗물을 받아먹고 사는 사람들' 이야기는 먼 옛날의 이야기이 거나 문명이 발달하지 못한 미개한 나라 사람들의 이야기처럼 생 각할 수도 있다. 옛날의 일이라면 그때는 다 그랬을 것이고, 미개 한 나라 이야기라면 그거야 어쩔 수 없는 일일 터이니, 색다른 이 야기일 것도 없다. 그러나 옛날의 이야기도, 미개한 나라 사람들 의 이야기도 아니고, 문명이 발달한 나라의 현재 이야기라면 흥미 와 관심이 쏠리지 않을 수 없다.

지난해 여름에 뉴질랜드에 갔을 때의 일이다. 우리 일행을 안내 한 ㅂ씨는 13년 전에 이곳으로 이민을 왔는데, '빗물을 받아먹고 사는 나라'가 있다는 말을 듣고, 이민을 결심하였다고 한다. 한국 에서 이름 있는 회사의 직원으로 근무하던 그는 '빗물을 받아먹고 사는 나라'는 지상의 낙원과 다름없을 것이니, 그곳에 가서 살겠 다는 생각에서 이곳으로 왔다고 하였다. 그의 이민 결심의 동기가 다른 사람들과 달리 매우 단순하고 낭만적이어서 흥미로웠다.

그는 뉴질랜드에 와서 맨 먼저 우산 장사를 시작하였다. 1년 중우기(雨期)가 6개월이나 되니, 한국에서 품질 좋은 우산을 들여와 팔면 많은 이익이 남을 것이라는 생각에서였다. 그러나 우산은 전혀 팔리지 않았다. 그곳 사람들은 비가 내려도 우산을 쓰지 않고 그대로 비를 맞고 다닌다는 사실을 뒤늦게 알고 '아차!' 하고 후회하였지만, 이미 때는 늦었다. 그의 딱한 사정을 안 한국인교회 교인들이 그를 돕는 뜻에서 우산을 팔아 주어서 자금 일부를 회수하였지만, 큰 손해를 보았다. 그 후 그는 그곳의 기후와 풍토, 문화에 관심을 가지고 이것저것 살폈다고 한다.

나는 그곳 사람들이 정말로 빗물을 받아먹고 사는가 궁금하여서 그런 집을 보여 달라고 하였다. 차가 도심을 벗어나 교외로 가니, 넓은 초원에서 소·말·양 들이 떼를 지어 풀을 뜯고 있고, 사람이 사는 집들이 뜨문뜨문 보였다. 초원 가운데로 나 있는 도로 옆에 있는 휴게소에 들르니, 바로 옆에 빗물을 받아먹는 집이 있다. 그 집은 골이 진 슬레이트(slate) 모양의 자재로 지붕을 덮었는데, 추녀 끝에는 지붕에 내린 빗물을 받는 물받이가 있고, 그 물을 한 곳으로 모으는 홈통이 땅 위에 있는 통에 연결되어 있다. 물을 받는 통은 지름이 4~5m쯤 되어 보이는 둥근 모양의 큰 통인데, 뚜껑이 덮여 있다. 통의 위쪽에는 통에 넘치는 물을 밖으로 흘려보내는 관이 연결되어 있다. 통의 아래쪽에는 물이 집안으로 들어가는 수도관이 연결되어 있다. 그 집에서는 그 통에 저장된 물을 식수로 사용함은 물론 허드렛물로도 쓴다. 통에 저장한 물을 다 쓸 무렵이면 또 비가 내리므로, 물 걱정은 하지 않아도 된다. 뉴질랜드에는 이런 집이 아주 많다고 한다.

뉴질랜드 민가의 빗물을 받는 통

　뉴질랜드는 공장은 건설하지 않고, 공산품을 외국에서 사다가 쓰면서 자연 환경을 유지·보호하고 있다. 그러니 매연(煤煙) 걱정은 할 필요가 없고, 많은 숲들이 공기를 정화(淨化)해 주니, 공기가 맑은 것은 당연하다. 우리나라처럼 산성비[酸性雨]가 내리지도 않고, 태평양 한 가운데에 있으니 황사(黃沙)가 섞인 비를 걱정하지 않아도 된다. 하늘에서 내리는 빗물은 맑고 깨끗하므로, 빗물을 받아서 먹어도 아무 탈이 없고, 비를 피하기 위해 따로 우산을 쓸 필요도 없다. 자동차의 경우도 비를 맞은 뒤에 마르면 비 맞은 자국이 없고, 세차한 것처럼 깨끗하다. 그러니 따로 세차장에 가서 세차할 필요가 없으므로, 그곳에는 세차장이 따로 없다.

　뉴질랜드는 공해가 없는 청정국가(淸淨國家)를 지향하고 있으므로, 자연을 훼손하는 일은 어떤 일도 하지 않는다. 산을 보호하기 위해 산을 가로지르는 길을 내지 않으며, 터널을 뚫지 않는다. 교각(橋脚)을 많이 세우면 물의 흐름을 방해하고, 물의 흐름을 방해하면 자연이 변화하기 때문에 되도록 다리를 놓지 않는다. 꼭 필요한 경우에는 교각의 수를 줄이기 위해 넓은 다리 대신 좁은 다리를 놓는다. ㅂ씨의 말을 들으며 맑고 깨끗한 환경에서 살고 싶어 이민을 결심한 그의 마음을 이해할 수 있었다. 이를 실천에 옮긴 그의 의지와 용기가 대단하다. 이런 상황을 보니, 우리나라의 실상이 떠올랐다.

초등학교와 중학교에 다니던 1950년대에 나는 여름이면 동네 친구들과 냇가에 나가 놀곤 하였다. 친구들과 함께 미역을 감고, 물장난을 하였으며, 냇바닥의 모래로 이를 닦았다. 목이 마르면 냇물을 그대로 마셨다. 이를 본 어른들 누구도 물이 더러우니 먹지 말라는 말을 하지 않았다. 가을이면 논바닥에 파놓은 물길을 따라 미꾸라지와 송사리가 몰려다녔고, 이삭이 나온 벼 위에는 '메뚜기도 한 철'이란 말처럼 메뚜기들이 제 세상을 만난 듯이 날아다녔다. 우리는 그곳에 있는 미꾸라지와 메뚜기를 잡아 가지고 가서 끓여 먹거나 구워서 먹곤 하였다. 비가 오면 변변한 우산이 없어서 그러기도 하였지만, 비를 맞아도 해롭다는 생각이 없어서 그대로 맞는 것이 예사였다.

산업이 발달함에 따라 공장이나 자동차에서 뿜는 매연과 분진(粉塵)이 공중에 항시 떠 있게 되었다. 농약과 방부제를 비롯한 여러 가지 약품이나 중금속의 사용이 늘고, 축산의 오폐수(汚廢水)와 생활 쓰레기가 늘었다. 이웃나라 중국에서는 가끔씩 황사가 날아온다. 이런 일이 겹치니 공기도, 토양도, 지하수도 나빠졌다. 그래서 맑은 공기를 마시기 어렵게 되었고, 아무 물이나 마실 수도 없게 되었다. 이제 공해 문제는 우리 사회의 골칫거리가 되었다.

1980년대만 하여도 높은 산을 오를 때에 가지고 간 물을 다 마신 뒤에는 계곡에 흐르는 물을 그대로 받아 마셨다. 서울 근교의 도봉산, 수락산, 아차산 등을 오를 때에는 계곡 곳곳에 있는 옹달샘의 물을 마음 놓고 떠서 마셨다. 그러나 지금은 큰 산의 계곡 물도 마실 수 없고, 서울 근교에 있는 산의 옹달샘도 오염이 되어서 '음용 불가(飮用不可)'라고 써 붙인 곳이 늘어가고 있다. 오염된 대기, 살충제의 공중 살포(撒布), 침출수(沈出水)의 혼입(混入) 등의 이유가 있겠지만, 높은 산의 계곡 물까지 오염된 현상이 안타깝기 짝이 없다. 가정에서는 수돗물을 믿지 못하니 그대로 마실 수 없어 정수기를 이용하거나 생수를 사서 마신다. 돈을 아까운 줄 모르고 쓰는 것을 빗대어 '돈을 물 쓰듯 한다.'고 하였는데, 물 값이 휘발유 값 못지않게 비싼 시대가 되었으니, 이 말은 이미 옛말이 되었다.

공해 문제를 말하다 보니, 어느 교수의 말이 생각난다. 그 교수는 1970년대에 공해 문제를 다룬 논문을 쓴 적이 있는데, 지금의 공해 정도는 그때의 기준치를 몇 배 초과하였다고 한다. 그러므로 그때에 인체에 해롭다고 하던 그 기준대로라면, 지금쯤은 사람들이 다 공해에 찌들어 죽었거나 병이 들고, 기형아(畸形兒)가 많아야 하는데, 그런 심각한 문제는 발생하지 않았다. 이것은 사람들이 나쁜 환경에 적응하였기 때문이라고 한다.

공해의 정도가 심하여졌어도 지금까지는 인체의 적응력으로 위기를 모면하였다. 그러나 인체의 적응력에는 분명히 한계가 있을 것이다. 이 한계에 도달하기 전에 공해 문제를 깊이 연구하여 자연 파괴로 인한 피해를 입는 일이 없도록 하여야 한다. 사람은 만물의 영장으로 지혜가 뛰어난 존재이다. 자연의 섭리를 거스르면 불행이 온다는 평범한 진리를 바로 보고, 대비해야 한다. 환경보호 단체의 주장에 귀를 기울이는 한편, 우리들 각자가 자연 보호와 오염 방지에 힘을 기울여야 한다. 태안 앞바다의 기름 유출사고가 우리의 자연을 멍들게 하였다. 그러나 피해를 줄이고 생태계가 속히 복원되기를 바라는 마음에서 추운 날씨에도 자원봉사를 한 국민의 노력과 여망이 헛되지 않기를 간절히 바란다.

서울의 경우를 보면, 생활오수(生活汚水)를 따로 흐르게 하고, 정화하는 노력을 기울여 중랑천이나 탄천에 물고기가 살게 하였고, 청계천에 물고기와 새들이 서식하게 하였다. 서울의 공기도 조금 맑아졌고, 한강물의 탁도(濁度)도 조금 낮아졌다고 한다. 이것은 물이나 토양이 오염되지 않게 하고, 오염된 물은 정화하는 노력을 하면, 생태계가 복원될 수 있다는 것을 말해 주는 것이어서 참으로 반가운 소식이다. '빗물을 받아먹는 나라' 이야기가 먼 태평양 가운데의 뉴질랜드 이야기가 아니라, 대한민국의 이야기라는 소식이 매스컴을 타고 전해 왔으면 좋겠다.

〈계간문학 2, 서울 : 한국문인협회, 2008. 3. 15.〉

세계 최초의 교회를 찾아서

한국을 비롯한 여러 나라에는 교회가 참으로 많다. 나는 여행을 하면서 교회를 볼 때마다 '이 세상에서 가장 먼저 생긴 교회는 어디에 있는, 어느 교회일까?'를 생각한 적이 있다. 그런데 터키에 와서 여행 안내서를 보던 중 '터키 안타키아(Antakya)에 있는 성 베드로 동굴교회가 세계 최초의 교회'라는 글을 읽었다. 그래서 얼른 지도를 펴고 안타키아를 찾아보니, 터키의 남동쪽 해안 끝에 있다. 학생들에게 물으니, 버스를 타고 12~13시간 걸려야 갈 수 있다고 하였다. 주말을 이용하여 갔다 오기에는 먼 곳이어서 방학에 가기로 하고 미뤄 두었다.

2010년 봄학기 강의가 끝난 6월 하순에 우리 부부는 양 교수, 김 교수와 함께 밤에 출발하는 버스를 타고 10여 시간을 달려 이른 아침에 이스켄데룬(Iskenderun)에 도착하였다. 이스켄데룬은 옛날에 알렉산더 대왕이 이곳을 지난 것을 기념하여 붙인 이름이라고 한다. 버스 터미널로 마중 나온 2학년 학생 일카이 양을 만나 그의 집에서 하루를 지내며 이스켄데룬 시내와 박물관을 구경하고, 지중해 바닷가에 난 길을 따라 산책하였다. 지중해의 물에 손을 담가 보기도 하고, 남국의 정취가 물씬 풍기는 바닷가를 걸으며 아름다운 경치를 마음껏 감상하였다.

그 다음날 오전 10시쯤 일카이 양 언니의 약혼자가 운전하는 차를 타고 안타키아로 향하였다. 이스켄데룬에서 안타키아는 차로 3시간쯤 걸린다. 좀 가파른 산길을 달리며 보니, 길 양편 산에 올리브 나무가 숲을 이루고 있다. 더 남쪽으로 가자, 끝없이 펼쳐지는 넓은 밭에 옥수수가 자라고 있다. 시리아와의 국경에 쳐 놓은 철조망을 보며 달리는 길 양편에 옥수수밭과 목화밭이 번갈아 가며 이어진다. 올리브나무숲이 이어지고, 끝없이 펼쳐지는 농토를 가진 터키가 부럽다.

안타키아는 터키의 남동쪽 해안에 위치한 도시로, 인구는 약 20만 2천 명이다. 안타키아는 성경에 나오는 '안디옥'인데, 옛 이름이 '하타이(Hatay)'여서 지금도 하타이라고 부르는 사람이 많다. 성경에 나오는 안디옥은 두 군데이다. 하나는 비시디아 안디옥으로, 터키 내륙 지방에 있는 지금의 얄바치(Yalvaç)이다. 아피욘카라히사르(Afyonkarahisar)와 콘야(Konya)의 중간쯤에 있다. 다른 하나는 수리디아 안디옥으로, 지금의 안타키아이다. 이곳은 서기전 2,000년경까지 시리아의 아무트 왕국이 통치하였다. 기원전 17세기경에는 히타이트의 지배를 받았는데, 히타이트가 망한 뒤에는 앗시리아와 페르시아가 다스렸다. 서기전 333년 이곳에 왔던 마케도니아의 알렉산더 대왕은 물맛에 감동하여 이곳에 도시를 건설하고 싶어 하였다. 알렉산더 대왕이 세상을 떠난 후 그의 무장(武將)

이었던 셀레우코스 1세(Seleukos I Nikator, B.C. 304~280 재위)가 이곳을 지배하였다. 그는 이곳에 안티오키아 왕국을 건설하고, 안타키아를 수도로 정하였다. 그는 이곳의 이름을 그의 아버지 안티오코스를 기념하는 뜻에서 안티오케이아로 명명하였다. 이곳은 물이 풍부한 다프네(하르비예)에 가깝고, 오론테스(Orontes, 아시) 강을 끼고 있어서 크게 발전하였다. 그러나 소왕국의 난립과 전쟁으로 피폐해졌고, 1세기 중반에 로마에 병합되었다. 그 후 시저에 의해 재건되어 상업, 교육, 문화의 도시로 발전하였다.

안디옥은 예수의 수제자로 로마에 기독교를 전파한 성 베드로가 포교의 거점으로 삼았던 곳이다. 바울 사도와 바나바가 와서 생활하고, 선교 여행을 떠난 곳이기도 하다. 이곳에서 A.D 252~300년에 10여 차례의 기독교 공의회가 열렸다. 이곳은 신약성경의 〈누가복음〉과 〈사도행전〉을 쓴 누가의 고향이다. 요한 사도의 수제자인 폴리갑도 이곳 출신인데, 그는 아시아 일곱 교회 중 하나인 서머나 교회 감독으로 있다가 순교하였다. 카파도키아에서 중세 수도원 운동을 이끌던 시몬 성인도 이곳 출신이다. 이처럼 이곳은 기독교 포교의 중요한 위치를 차지하는 곳으로, 기독교에서 예루살렘, 로마 다음으로 중요하게 여기는 도시이다.

오후 1시 40분경에 도심에서 북쪽으로 2km정도 떨어진 곳에 있는 성 베드로 동굴교회에 도착하였다. 이 동굴교회는 1963년 교황 바오로 6세가 성지(聖地)로 선포한 곳이다. 성 베드로의 축일인 6월 29일에는 세계 각지에서 순례단이 찾아와 미사가 행해진다. 성 베드로 동굴교회는 기독교 발달사에서 매우 중요한 곳이라 생각되어 꼭 가보려고 하였던 곳이어서 이곳에 도착하니, 좀 긴장되기도 하고 흥분도 되었다.

예수께서 십자가에 못 박혀 죽었다가 부활하여 승천한 뒤 제자들은 예수님의 말씀과 가르침을 열심히 전도하였다. 그러나 예수를 부정하는 유대교인들의 박해가 매우 심하였다. 예루살렘에서 박해를 받던 베드로는 배를 타고 이곳으로 왔다. 그를 따르던 신도들 중 일부가 이곳으로 와서 이 교회를 세우고, 베드로와 함께 하나님께 예배를 드렸다. '베드로'란 이름은 예수로부터 받은 것인데, 교회의 초석(礎石)으로 '바위'를 뜻하는 말이다. 성 베드로 동굴교회가 바위 안에 세워지고, 그 뒤를 이어 많은 교회가 세워진 것은 '반석 위에 교회를 세우리라.'고 한 예수님의 말씀을 실천한 것이라는 생각이 든다.

예수님의 말씀을 믿고 따르던 사람들은 스테반의 순교 이후에 더욱 심해진 박해를 피해 사방으로 흩어졌다. 그중 일부 사람들은 페니기아와 키프로스와 안디옥으로 가서 유대 사람들에게만 말씀을 전하다가 후에 그리스 사람들에게도 말씀을 전하였다. 그러자 많은 사람이 믿고 예수를 받아들였다(사도행전 11 : 19). 예루살렘 교회가 이 소식을 듣고 바나바를 안디옥으로 보냈다. 이곳에 온 바나바는 여기서 그리 멀지 않은 곳에 있는 바울 사도의 고향 다소(Tarsus)로 가서 바울을 데리고 와 이 교회에서 1년 동안 함께 지내면서 많은 사람을 가르쳤다. 당시에 예수를 믿고 따르던 사람들을 '크리스천(Christian)'이라 불렀다(사도행전 11 : 22~26). 이렇게 보면, 이 교회는 이 세상에 세워진 최초의 교회이다. 이 교회의 신도

터키 안타키아(안디옥)의 베드로 동굴교회

들은 처음으로 '크리스천(기독교인)'이라고 불리어진 사람들이다.

나는 조금 긴장되고 흥분된 마음으로 교회를 살폈다. 교회는 하비브 낫자르 산 기슭의 큰 바위를 깎아 만든 동굴 안에 있다. 교회 안은 100㎡ 쯤 되어 보이는 직사각형의 방인데, 전면의 중앙에는 돌로 쌓은 단이 있고, 그 가운데에 돌로 된 제단이 있다. 제단 앞의 벽 위쪽에는 천국의 열쇠와 두루마리 성서를 든 베드로 사도의 상이 있다. 제단 오른 쪽에는 병을 낫게 하는 효능이 있다고 하는 약수가 있다. 사람들은 이를 성수(聖水)라고 한다. 제단 왼쪽에는 도피처로 사용하였던 터널이 있다. 지금 있는 석조 제단은 12~13세

천국의 열쇠와 두루마리 성서를 든 베드로 사도

기의 것이고, 모자이크 바닥은 4~5세기 것이다. 나는 교회 안의 이곳저곳을 둘러보고, 성수를 한 모금 마시면서 초기 기독교인들의 경건한 생활 모습을 그려 보았다.

그때 서양 사람으로 보이는 남녀 30여 명이 들어와 둘러서자 안내자가 이 교회에 대한 설명을 하였다. 설명이 끝나자 일행 중 한 사람이 앞으로 나와 무어라고 하니, 모두 손을 잡고 찬송을 하였다. 찬송이 끝나자 그 사람이 대표로 기도하였다. 일행 모두 나이가 들어 보이는 사람들이었는데, 찬송을 부르고 기도하는 모습이 아주 진지하고 경건하였다. 기도가 끝난 뒤에 일행 중 한 사람에게 어디서 왔느냐고 물으니, 이탈리아에서 성지순례를 왔다고 하였다.

동굴교회에서 나와 왼쪽 산 능선을 따라 가파른 길을 올라가니 우뚝우뚝 솟은 큰 바위가 여럿 있다. 거기에 베드로와 성모 마리아상이 있는데, 크게 파손되어 있어 자세한 모습을 볼 수 없어 아쉬웠다. 그 위에 사람의 얼굴 모양을 한 바위가 있다. 이 바위가 '저승의 강'의 사공인 '키론의 상(像)'이라고 한다. 이 상은 기원전

2세기에 셀레우코스 왕조의 안티코스 4세 때에 역병(疫病)을 가라앉히기 위해 만들었다고 한다. 그런데 훼손이 심하여 자세한 모습은 알 수 없다. 키론의 상 옆에 자연동굴이 하나 있는데, 전에 교회로 사용되었다고 한다. 그곳을 보니, 카파도키아에 있는 지하 동굴교회가 떠올랐다.

　다시 성 베드로 동굴교회 앞으로 온 나는 교회를 다시 한 번 둘러보았다. 예수님의 수제자인 베드로 사도가 세운 세계 최초의 교회, '크리스쳔'이라는 말이 처음 생긴 교회를 와 보았다는 감격을 가라앉히며 조용히 감사의 기도를 드렸다. 그리고 기념품 가게로 가서 3리라(한화 2,300원 정도)를 주고 성 베드로 동굴교회 사진을 넣고 구워 만든 도자기판 하나를 샀다. 손바닥 반 정토 크기의 이 도자기는 장식용으로 장식장에 넣어 두든지, 서진(書鎭, 책장이나 종이쪽이 바람에 날리지 아니하도록 눌러두는 물건)으로 쓰면서 이곳에 왔던 일을 오래오래 기억해야겠다. 〈성동문학 제11호, 서울 : 성동문인협회, 2011〉

산타클로스의 고향

요즈음 어린이들이 알고 있는 산타클로스는 하얀 수염에 흰 깃을 단 빨간 외투를 입고, 썰매를 타고 다닌다. 그래서 산타의 고향은 추운 북유럽일 것이라고 생각하는 어린이가 많다. 그러나 산타의 고향은 북유럽이 아니다. 《표준국어대사전》을 보면 산타는 "4세기경 미라(Myra)의 주교였던 성인 니콜라스(Saint Nicholas)의 이름에서 유래한다."고 적혀 있다. 미라는 4세기경에 지금의 터키 남부에 있던 도시국가이다. 따라서 산타의 유래가 된 곳, 즉 산타의 원래 고향은 지금의 터키 남쪽에 있는 미라이다.

나는 터키 카이세리(kayseri)에 있는 에르지예스대학교 한국어문학과 객원교수로 근무하던 2012년 4월에 산타클로스의 실제 인물인 성 니콜라스가 주교로 사역하던 성 니콜라스 교회가 있는 뎀레(Demre)를 찾았다. 뎀레는 지중해 해안에 자리 잡고 있는 작은 도시인데, '칼레(Kale)'라고도 한다. 이곳에는 크리스마스 때 선물을 주는 산타클로스의 실제 인물인 성 니콜라스가 주교로 사역하던 성 니콜라스 교회가 있는 곳이어서 오래 전부터 가보고 싶

터키 칼레(뎀레)의 성 니콜라스 교회 겉모습

었던 곳이다.

카이세리에서 버스를 타고 지중해 남서쪽에 있는 작은 도시 페티예(Fethiye)로 갔다. 페티예의 아름다운 풍경과 유적을 둘러본후 유네스코 세계문화유산인 크산토스(Xanthos)와 레툰(Letoon) 유적지를 둘러보았다. 그 다음에 버스를 갈아타면서 뎀레(칼레)에 도착하였다. 칼레는 고대 리키아 동맹 여섯 도시국가 중의 하나인 미라(Myra)가 있던 곳이다. 이곳은 지금 인구가 15,000명쯤 되는 작은 도시로, 원래 이름은 뎀레이다. 이곳에는 성 니콜라스 교회가 있는데, 이 교회를 터키 사람들은 '노엘 바바 킬리세시(Noel Baba Kilisesi)'라고 한다. 이 교회는 크리스마스 이브에 선물을 가져다준다는 산타클로스의 실제 인물인 성 니콜라스(St. Nicholas, A.D.

270~346)가 주교로 있던 교회이다. 이 자리에는 A.D. 3세기부터 교회가 있었다고 하는데, 지금 있는 건물은 6세기에 세워지고, 8세기 이후에 여러 차례에 걸쳐 증축된 것이다.

칼레에 도착한 나는 그날 밤 숙박하기로 한 펜션에 가방을 두고 다시 시내로 나와 성 니콜라스 교회에 갔다. 교회는 버스 터미널에서 서쪽으로 100m쯤 떨어진 곳에 있다. 교회는 복원공사를 하느라고 거푸집이 매어 있고, 지붕도 가려져 있다. 지금 이곳은 '성 니콜라스 박물관(Noel Baba Müzesi)'이라고 하여 입장료를 받으며 공개하고 있다. 입장료 15리라를 내고 들어가니, 정원에 성 니콜라스의 상(像)이 동쪽을 향하여 서 있다. 교회 안으로 들어가니 입구에 다른 복장을 한 니콜라스의 상이 있다. 교회 안에는 이곳

교회 정원에 있는 성 니콜라스상

저곳에 성경의 내용을 바탕으로 한 성화(聖畵)가 그려져 있다. 가
장 넓은 방은 예배를 드리던 곳이다. 그 옆의 작은방에는 니콜라
스의 석관묘(石棺墓)가 있다.

니콜라스는 A.D. 270년경에 이곳 미라의 이웃 도시인 파타라
(Patara)에서 태어나 알렉산드리아에서 공부하고, 미라로 와서 주
교로 임명되었다. 니콜라스는 주교로 있으면서 불쌍하고 힘없는
사람들을 도와주었으므로 '구원의 성인(聖人)', 기도가 영검하여
기적을 일으키곤 하여 '기적의 성인', 어려운 사람에게 남몰래 선
물을 주었으므로 '남몰래 선물을 주는 성인'으로 깊은 존경을 받
았다. 그가 죽은 뒤에는 그를 존경하는 사람들이 니콜라스의 이
름으로 어려운 사람들에게 선물을 주었다. 니콜라스 주교가 세상

을 떠나자 그를 존경하는 신도들은 시신을 석관에 넣어 교회에 안치하였다. 그 뒤 유럽에서 성스런 유물을 수집하는 일이 유행하던 11세기에 이탈리아 상인들이 석관을 파괴하고, 유골을 가지고 가 버렸다. 이들이 가져가고 남은 유골은 지금 안탈랴 고고학 박물관에 보관되어 있다.

이곳에서 주교로 추앙을 받던 성 니콜라스가 산타클로스로 알려지게 된 까닭은 무엇일까? 당시 아나톨리아 지역에서 두 번째로 비중이 큰 교회의 주교였던 니콜라스의 언행과 명성은 러시아, 독일, 이탈리아 등 유럽 지역에 널리 알려졌다. 그래서 그는 많은 사람이 깊이 존경하고 숭배하는 인물이 되었다. 가톨릭에서는 그를 성인으로 숭배하였는데, 그의 이름은 라틴어로 '상투스 니콜라우스'이다. 네덜란드 사람들은 그를 '산 니콜라우스'라고 불렀다. 특히 아메리카 신대륙에 이주한 네덜란드인들은 '산테 클라스'라고 불렀다. 이 발음이 미국어화 하여 '산타클로스'가 되었다. 산타클로스는 19세기에 크리스마스가 전 세계에 알려지면서 착한 어린이들에게 선물을 주는 상상의 인물이 되었다.

겨울에도 눈이 오지 않는 지중해 남서쪽 지방에 살던 니콜라스(산타클로스)가 빨간 외투에 흰 수염을 달고, 순록이 끄는 썰매를 타고 다니는 것은 어떻게 된 일일까? 독일을 비롯한 게르만 신화에서 선물을 주는 신은 '오딘(odin)'인데, 오딘은 하얀 수염을 달고 순록이 끄는 썰매를 타고 다녔다. 게르만 민족이 기독교를 받아들이고, 산타클로스가 널리 알려지면서 신화에 나오는 오딘의 역할이 산타클로스로 바뀌었다. 그래서 산타크로스가 하얀 수염을 달고 썰매를 타고 다니게 되었다. 산타클로스가 흰 깃을 단 빨간 외투를 입고 뚱뚱한 모습으로 변한 것은 1931년 미국의 해돈 선드블롬이 코카콜라 광고에서 그린 그림에서 유래한 것이다.

산타클로스가 굴뚝을 타고 들어온다고 하는 것은 어디에서 유래된 것일까? 성 니콜라스는 생전에 많은 사람에게 필요한 것을 선물로 주었는데, 한 가지 흥미로운 이야기가 있다. 미라 근처에 살던 한 귀족이 갑작스럽게 몰락하는 바람에 세 딸의 결혼 지참금을 마련할 수 없어 딸들을 명문가에 시집보내지 못하게 되었다. 당시 귀족은 지참금을 마련하지 못하면 명문가와 혼인하지 못하고, 평민과 혼인해야 하였다. 이 사실을 안 니콜라스는 밤에 몰래 금화 주머니 3개를 가지고, 그 귀족의 집으로 갔다. 그는 금화 주머니 3개를 창 너머로 던져 주려고 하였으나, 창문이 굳게 닫혀 있어서 할 수 없이 굴뚝으로 올라가 금화 주머니를 굴뚝 안으로 던졌다. 금화 주머니는 그 집 벽난로에 떨어졌다. 그 귀족은 이튿날 아침에 금화 주머니를 발견하고, 딸들에게 지참금으로 주어 좋은 집으로 시집보냈다. 산타클로스가 선물을 굴뚝으로 준다고 하는 것은 이 일에서 유래한 것이라 생각한다.

그동안 나는 산타클로스의 유래나 실제 인물인 성 니콜라스가 살던 곳이 어디인가에 관해 무관심하였다. 그런 내가 산타클로스의 실제 인물인 성 니콜라스 주교가 시무하던 교회에 와서 둘러보고, 동상의 모습을 보면서 사진을 찍으니, 참으로 감개무량하다.

성 니콜라스 주교가 세상을 떠난 지 어언 1,667년의 세월이 흘렀다. 그러나 그가 생전에 행한 선행은 많은 사람의 마음에 감동을 주었고, 산타클로스란 이름으로 지금까지 행해지게 하였다. 참으로 귀하고 복된 일로, 온 인류의 찬양과 치하를 받아 마땅하다. 성 니콜라스와 같이 착한 일을 하는 사람은 현대에도 많이 있는 줄 안다. 이분들의 선행을 널리 알리고 치하하여 더 많은 분들이 선행에 가담하게 해야 한다. 그래서 제2, 제3의 산타클로스가 출현하였으면 좋겠다. 〈2012. 4. 30.〉

자랑스러운 것과 부러운 것

　한 해를 보내고 새해를 맞이할 준비를 하는 12월이 되면 여러 가지 감회가 있기 마련이다. 그런데 머나먼 땅 터키에서 연말을 보내는 금년에는 그 감회가 좀 유별나다.

　나는 터키 카이세리에 있는 에르지예스대학교 한국어문학과에 객원교수로 와서 한국어와 한국문학을 강의하고 있다. 한국에서 비행기로 12시간을 날아 이스탄불에 도착한 뒤에 다시 국내선으로 바꿔 타고 1시간 30분을 날아야 올 수 있는 이곳 대학에 한국어문학과가 개설된 것은 매우 뜻깊은 일이다. 나는 이 대학에 객원교수로 와서 한국어와 한국문학을 강의하게 된 것에 보람을 느낀다. 우리와 얼굴 모습이 전혀 다른 이곳 젊은이들이 한국어를 열심히 공부하는 것을 보면 아주 대견스럽다. 그들이 서툰 한국말로 '한국은 크게 발전한 나라입니다', '한국을 좋아합니다.', '한국에 어학연수를 가거나 유학을 가고 싶어요.', '한국에 가서 살았으면 좋겠어요.' 하는 말을 들으면 가슴이 뿌듯해진다.

　전 세계 유명 자동차회사 제품의 전시장과 같은 터키 거리에서 현대자동차와 기아자동차, 대우자동차 마크를 단 차가 달리는 것을 보면 어깨가 으쓱해진다. 한국 자동차나 삼성·LG의 전자제품을 써 보니 정말 좋은 제품이라면서 칭송하는 터키 사람을 만나면, 친근감을 느끼게 되고, 이국 생활의 외로움도 잊게 된다. TV를 켜면, 터기의 국영방송에서 한국의 드라마가 방송된다. 그동안 〈대장금〉을 비롯한 많은 드라마가 방영되었다고 한다. 이곳에 온 금년 9월 이후 내가 잠깐씩 본 것만 하여도 〈이산〉, 〈해신〉이 방송되었고, 요즈음은 〈선덕여왕〉을 방송한다. 터키어로 더빙(dubbing)하였으므로, 대사는 알아듣지 못해도 화면을 보면서 한류의 바람이 이곳까지 온 것을 실감한다. 이러한 뿌듯함이나 만족감을 느낄 수 있게 된 것은 한국이 국력이 신장되고, 경제적으로 크게 발전하였기 때문이다. 한국이 선진국의 대열에 합류할 수 있게 된 것은 한국인들이 진취적인 기상과 도전 정신을 가지고, 부지런하고 성실하게 일하였기 때문일 것이다. 전쟁으로 폐허가 되었던 나라를 이만큼 발전시킨 한국인이 자랑스럽다.

터키는 국토가 대한민국의 8배쯤 되고, 인구는 약 7,500만 명이다. 땅이 넓은 만큼 지하자원도 풍부하다. 곡식·채소·과일을 가꾸고, 소와 양 등을 많이 길러 온 국민이 먹을거리 걱정을 하지 않는다고 한다. 여행을 하면서 곡식과 채소밭, 과수원이 끝없이 펼쳐지고, 산 전체를 뒤덮은 올리브나무숲이 이어지는 것을 보면 놀라움과 부러움이 교차한다. 터키는 전 국토가 '살아 있는 역사박물관'이라고 할 정도로 유적(遺跡)이 많고, 자연경관이 뛰어난 곳이 많아 세계 여러 나라에서 1년에 3,000만 명 이상이 찾는 관광

대국이어서 관광 수입이 엄청나다고 한다. 이 나라의 넓은 땅과 자원, 역사 유적, 자연환경이 부럽기만하다.

터키의 거리에는 가는 곳마다 터키공화국 초대 대통령이었던 '무스타파 케말 아타튀르크'의 동상이 서 있다. 관공서의 사무실이나 학교 강의실은 말할 것도 없고, 가정집에도 아타튀르크 전 대통령의 사진이 걸려 있다. 이것은 터키 사람들이 제1차 세계대전에서 패한 터키의 여러 가지 어려움을 극복하고, 개혁을 단행하여 터키 공화국의 기틀을 마련한 그의 공을 기리고, 깊이 존경하기 때문일 것이다. 아타튀르크는 세상을 떠난 지 70여 년이 지난 오늘까지 국부(國父)로 추앙받으며, 터키 사람들의 마음을 잡아주는 구심점 역할을 하고 있다. 정신적 지주로 모시는 대통령이 없는 한국인으로서는 정말 부러운 일이다.

터키는 출산율이 높은 편이고, 젊은이들이 많아 국민의 평균 연령이 아주 젊은 나라라고 한다. 출산율이 낮아 인구도 늘지 않고, 노령화가 빠르게 진행되고 있는 한국의 현실과는 아주 대조적이다.

이곳에서는 인터넷으로 밖에는 한국의 소식을 접할 길이 없다. 인터넷 신문을 열면, 진보와 보수가 서로 다른 주장을 하는 바람에 국론이 분열되어 국력을 한 곳으로 모으지 못하고 있다. 국회는 국가의 장래나 국민들의 삶은 뒤로 하고 당리당략(黨利黨略)을 앞세우면서 입법 활동을 제대로 하지 않아 역대 최악의 성적표를 내놓았다고 한다. 충청권을 비롯하여 온 나라가 세종시 문제로 들끓고 있고, 4대강 문제도 논란이 끊이지 않고 있다. 국토, 자연환경, 자원 등 여러 면에서 부족한 것이 많은 한국이 살 길은 온 국민이 국력을 기르는 일에 뜻을 모아야 한다는 것을 잊고 있는 것만 같아 안타깝다. 그동안 어렵게 이룩한 경제발전의 기틀이 흔들리고, 국가적 신인도가 떨어지지 않을까 매우 걱정된다.

먼 나라에서 연말을 맞으니, 한국에 있는 가족과 친척, 친구, 친지들이 그리워진다. 한국에서 생활하던 때의 편리함과 편안함도 생각난다. 새해에는 온 국민이 뜻을 모아 여러 선진국들과 어깨를 나란히 하기 위해 애쓰는 모습을 소개하는 기사가 넘쳐났으면 좋겠다. 그러면 먼 나라에 와 있는 외로움도 잊고 신바람이 나서 맡은 일을 더 잘할 수 있을 것 같다.

〈청원군민신문 제157호, 2009. 12. 25일자 제5면〉

이슬람에 대한 오해

　나는 터키에 오기 전까지 '터키는 자연경관이 빼어난 곳이 많고, 역사 유적과 기독교 성지(聖地)가 많은 나라'라는 것밖에는 아는 것이 없었다. 그래서 아내와 함께 앞으로 여행할 나라로 꼽고 있었을 뿐이었다. 그런 내가 뜻하지 않게 터키에 와서 1년 가까이 지내게 되었다. 나는 대학교수로 30여 년 근무하다가 정년퇴임을 한 뒤에 제자 교수의 권유로 한국국제교류재단에서 해외 대학에 개설된 한국어문학과에 파견하는 객원교수를 초빙한다는 공고를 보았다. 객원교수를 파견할 여러 나라 중 터키가 가장 마음에 들어 응모하였더니, 다행히 선발되었다. 그래서 터키의 중부 지역 카이세리에 있는 에르지예스대학교 한국어문학과 객원교수로 오게 되었다.

　내가 터키에 간다고 할 때, 잘되었다고 기뻐하면서 격려해 주는 사람이 있는가 하면, 매우 걱정을 하면서 다시 생각해 보라는 사람도 있었다. 걱정하는 이유는 이슬람 국가에 가서 안전에 문제가 생기면 어떻게 하느냐는 것이었다. 그 말을 들으니, 은근히 겁이

나기도 하였다. 이슬람 국가이기 때문에 안전을 염려하는 것은 무엇 때문일까? 나는 고등학교 때 세계사 시간에 이슬람교는 '한 손에 코란을 들고, 한 손에는 칼을 들고' 선택을 강요하며 선교(宣敎)한다는 말을 들었다. 이 말을 들은 뒤부터 이슬람교는 '무서운 종교'라는 생각이 머릿속에서 떠나지 않았다.

최근에는 미국의 9·11 테러를 비롯하여 세계 여러 곳에서 일어나는 자살폭탄 테러의 배후에 이슬람교도가 있다는 뉴스를 여러 번 접하였다. 또, 몇 년 전에는 이슬람교도에게 인질로 잡혀 있던 한국의 기독교 선교사가 살해되었다는 보도가 있었다. 이런 일로 이슬람교도는 종교가 다른 사람을 해치기도 하는 무서운 사람들이라는 인식을 갖게 되었다. 이것은 나뿐만 아니라 많은 한국 사람들이 공통적으로 가지고 있는 인식일 것이다. 그래서 나는 인구의 98%가 이슬람교도인 터키에 간다는 것에 대한 막연한 두려움을 떨쳐버릴 수 없었다.

나는 터키를 소개한 책을 읽으면서 터키는 종교의 자유를 헌법에 보장한 나라라는 것을 알았다. 그리고 6·25전쟁 때 네 번째로 많은 군인을 파견한 나라, 한국을 형제의 나라로 생각하고 한국인에게 매우 친절한 나라, 우리와 같은 우랄알타이어 계통의 언어를 사용하며, 한국인과 정서면에서 통하는 점이 있는 나라라는 것을 알았다. 서울에 있는 터키문화원에 가서 젊은 터키인 교사한테 터키어를 배우면서 터키 사람에 대해 친근감을 느끼게 되었다. 그러는 동안에 이슬람 국가에 가는 것에 대한 두려움과 불안이 조금씩 누그러졌다.

터키 카이세리에 와서 처음 만난 사람은 한국어문학과 학과장인 터키인 괵셀 교수이다. 나는 괵셀 교수를 비롯한 여러 교수와 학생들을 만나면서 터키에 대하여 조금씩 알게 되었다. 터키는 이슬람교의 수니파가 주종(主宗)을 이루고 있고, 종교의 세속화(世俗化)를 한 나라여서 중동 이슬람 국가의 분위기와는 좀 다르다. 터키에 와서 보고 들은 것 중에서 다음의 몇 가지 일은 나의 이슬람에 대한 생각을 되돌아보게 하였다.

내가 터키에 온 것은 2009년 9월 14일인데, 그때는 라마단 기간이었다. 이슬람력으로 아홉 번째 달은 금식(禁食)하는 달로, 해가 떠 있는 동안에는 음식은 물론 물도 마시지 않는다. 한 달 동안 금식하는 것은 가난한 사람의 고통을 몸으로 느끼고, 신앙심을 키우기 위함이다. 금식하여 절약한 비용은 가난한 사람에게 직접 주거나 자선 단체에 기부한다. 해가 있는 동안에는 금식을 하고, 해가 진 후 저녁 식사를 할 때에는 가난한 사람을 초대하여 함께 식사한다. 괵셀 교수의 말에 따르면 대개 아침 5시 전에 아침을 먹고, 저녁 7시 30분경에 자미(이슬람사원)나 TV에서 금식 해제 신호가 울리면, 그때서야 저녁을 먹는다. 무려 14시간 30분 동안을 물도 마시지 않고 견디는 일이 얼마나 힘들고 괴로울까! 기독교에서도 금식을 하며 기도하는 사람이 있는데, 물은 마시면서 한다. 자기의 뜻을 펴기 위해 단식투쟁을 하는 사람도 물은 마시면서 한다. 그런데 이슬람교의 금식 시간에는 물도 마시지 못하게 한다니, 참으로 가혹하다는 느낌이 든다. 나는 식사 시간이 조금만 늦어도 참기 어려워 쩔쩔매곤 한다. 이들은 그 긴 시간을 어떻게 참을까?

이것은 깊은 신앙심과 인내심을 갖지 않고는 할 수 없는 일이다. 그런데 어린이나 노약자, 임신부 등을 제외한 대부분의 신도들이 금식에 참여한다고 하니, 이들의 신앙심은 정말 대단하다.

나는 터키에서 살면서 이슬람교와 관련된 큰 명절을 두 번 지냈다. 한 번은 금식 기간이 끝난 다음날부터 3일 간 이어지는 '라마단 바이람(금식명절)'이다. 이때에는 가족과 친지가 서로 만나 금식 기간을 잘 넘겼는가, 건강을 해치지는 않았는가를 확인하면서 명절 음식과 함께 단 것을 나누어 먹는다. 그래서 이를 '셰케르 바이람(설탕명절)'이라고도 한다. 또 한 번은 라마단 바이람이 끝난 뒤 두 달쯤 되는 때에 4일 간 쉬는 '쿠루반 바이람(희생명절)'이다.《코란》을 보면, 알라께서 아브라함에게 사랑하는 아들 이스마엘을 제물로 바치라고 명한다. 아브라함은 알라의 뜻에 순종하여 아들을 산으로 데리고 가서 죽여 제물로 바치려고 한다. 그의 믿음을 확인한 알라께서는 아들 대신 양으로 제사하게 하였다는 이야기가 실려 있다. 이것은 기독교의 구약 성경에 나오는 믿음의 조상 아브라함이 이삭을 바치려고 한 이야기와 같은데, 바치려고 한 아들의 이름만 다르다. 희생 명절은 여기에서 연유된 것이다.

셰케르 바이람을 지내고 한 달 뒤에 성지순례를 떠난 사람은 마호메트(Mahomet)의 탄생지인 메카(Mecca)에서 쿠루반 바이람을 맞이하고, 그렇지 않은 사람은 자기 집에서 명절을 맞는다. 희생 명절에는 각 가정에서 양이나 소를 잡는다. 가족이 많지 않은 집에서는 양을 잡고, 가족이 많은 집에서는 소를 잡는다. 친척이나 이웃이 합동으로 소를 잡기도 한다. 그래서 희생명절에는 온 나라에서 수많은 양과 소가 제물로 목숨을 잃는다. 각 가정에는 메카를 향하여 절하고 기도하는 곳이 있는데, 대개 벽에 코란의 구절을 써 붙인다. 양이나 소를 잡을 준비가 되면 가족 모두, 또는 가족 대표가 그 자리에서, 또는 집안의 기도처로 가서 기도하고, 양이나 소를 잡는다. 양이나 소를 잡은 뒤에 다시 예배를 드린다. 잡은 양이나 소의 고기 중 3분의 1은 가족, 3분의 1은 친척 몫이고, 나머지 3분의 1은 불우한 사람에게 나누어 준다. 불우한 사람은 희생명절에 양을 잡지 못하는 사람이다. 자기 둘레에 양을 잡지 못한 사람이 없을 때에는 구호 단체나 기관에 의뢰하여 고기를 나누어 준다. 셰케르 바이람과 쿠루반 바이람에는 흩어져 살던 가족들이 만나서 명절 음식을 먹으며 즐거운 시간을 갖는다. 가족을 만나기 위해 객지에서 살던 사람은 거의 다 고향을 찾는다. 그래서 전국적으로 교통의 혼잡이 극심하고, 교통사고도 많이 난다. 한국의 설과 추석에 귀성객으로 교통의 혼잡을 이루는 것과 다름없는 현상이다.

이슬람교도들은 하루에 다섯 번씩 기도를 한다. 해 뜰 무렵, 정오, 오후 4시 경, 해질 무렵, 잠자기 전에 기도를 한다. 마을마다 있는 자미에서는 기도 시간을 알리는 방송을 한다. 이를 '에잔(ezan)'이라고 하는데, '알라는 위대하시다. 모두 자미에 나와서 기도합시다.'는 뜻의 말을 길게 뽑아서 방송한다. 기독교에서 종을 울리는 것과 대조를 보인다. 신도들은 에잔이 울리면 보통 때에는 자기가 있는 곳에서 각자 기도를 하지만, 금요일 낮에는 자미에 가서 함께 기도한다. 이슬람교인들의 기도 내용은 한국의 기독교인이나 불교 신자들이 기도하는 내용과 별 차이가 없는 듯하다. 이들 역시 서원(誓願) 기도를 한다. 내가 만난 초등학교 교사 한 분은 10년 전에 자가용 승용차를 갖게 해 달라고 기도하면서, '차를 사게 되면, 자동차 값의 3분의 1을 이웃을 위해 기부하겠다고 서원하였다. 그는 자동차를 산 뒤에 약속한 대로 차 값의 3분의 1을 '불우한 어린이를 위한 기금'으로 기부하였다. 희생명절에 잡은 소나 양의 고기 3분의 1을 불우한 이웃에게 나눠 주는 것이나, 소원을 빌면서 불우한 이웃을 돕겠다고 약속하고 이를 이행하는 것을 보면서, 이슬람교는 이웃사랑을 실천하는 종교라는 생각을 하였다.

이슬람 교리는 이자를 받지 말라고 가르친다. 그래서 남에게 돈을 빌려 줄 때에 이자를 받지 않는다. 은행에 돈을 맡길 때에도 이자를 받지 않는 예금에 가입하는 사람이 많다. 이슬람교인은 술을 마시지 않는다. 그래서 음식점은 물론, 규모가 큰 슈퍼마켓에서도 술을 팔지 않는다. 대부분의 사람들은 회식을 하여도 술을 마시지 않고, 차나 다른 음료수를 마신다. 한국 사람들처럼 저녁식사 자리에서 반주를 하고, 2차를 가는 일은 없다. 그래서 시내의 상점이나 식당들도 비교적 이른 시간에 문을 닫으며, 밤늦도록 흥청거리는 일이 없다. 이곳이라고 하여 술이 아예 없고, 모두가 술을 마시지 않는 것은 아니다. 술을 파는 슈퍼마켓이나 술집이 따로 있어서 그곳에 가야만 술을 사거나 마실 수 있다. 술집에 가지 않는 사람은 자기 집에서 술을 마신다.

이슬람교에서는 돼지고기 먹는 것을 금한다. 돼지고기를 먹지 않고, 돼지를 기르지 않으므로, 이곳에서는 돼지를 볼 수 없다. 한국어 연수나 교환학생으로 한국에 처음 갔던 학생들은 기숙사에서 주는 찌개를 맛있게 먹었다. 그런데 거기에 돼지고기가 들어 있는 것을 알고는 먹을 수 없어서 밥과 김치만 먹은 날도 있다고 한다. 한국에서 라면을 맛있게 먹었다는 학생에게 한국에서 파는 라면 스프에는 돼지고기 성분이 들어있다고 하니, 깜짝 놀라면서 그런 줄 알았으면 먹지 않았을 것이라고 하였다. 이곳 사람들 중에는 한국 라면을 좋아하는 사람이 많이 있다. 여기에서 파는 한국 라면 스프는 돼지고기 성분을 빼고 만들었다. 이슬람교에서는 살인을 금하고, 자살도 죄악시한다. 따라서 다른 사람을 죽이거나 자살 폭탄 테러(terror)를 하여 많은 사람을 해치는 것은 이슬람 교리에 어긋나는 일이다. 테러 집단이 이슬람교도로 알려진 것은 그들이 이슬람교의 교리에 어긋난 행동을 하면서 이슬람교를 빙자(憑藉)한 때문이라고 한다.

이곳 학생들은 신앙심이 깊은 학생도 있고, 좀 약한 학생도 있는데, 대체적으로 순박하고, 친절하다. 한국어과 학생들은 한국을 좋아하고, 한국어를 열심히 공부한다. 카이세리 시내에서 만난 시민들은 아주 친절하고 우호적이다. 내가 아내와 함께 시내에 나가면, 이상하게 보이는지, 어른 아이 할 것 없이 우리를 유심히 쳐다본다. 어린이들은 '헬로우' 하기도 하고, 고등학교 학생들은 짧은 영어로 말을 걸기도 한다. 어른들은 어디서 왔느냐고 묻고, 한국에서 왔다고 하면 '아르카다쉬(친구)'라고 하면서 악수를 청한다. 견과류나 빵과 과자 종류를 파는 가게에서는 맛이 어떨지 몰라 선뜻 사지 못하는 우리에게 맛을 보라고 권하고, 열심히 좋은 점을 설명한다.

터키에서 1년 가까이 지내는 동안에 이곳에 오기 전에 가졌던 이슬람에 대한 두려움이나 불안감은 없어졌다. 이슬람교도의 독실한 신앙심과 이웃 사랑을 실천하는 모습을 보면서 내가 이슬람교에 대해 그릇된 선입관을 가지고 있었음을 알았다. 이슬람교도 중에 테러 분자가 많다고 알고 있었던 것은 무장 테러 단체들이 교리에 어긋나는 일을 하면서 이슬람교를 빙자한 때문이라는 것도 알았다.

모든 종교는 교리에 따라 추구하는 지향 가치가 있다. 그것은 종교에 따라 다르게 표현되지만, 포괄적으로 말하면 '선(善)'이라고 할 수 있을 것이다. 모든 종교는 선을 추구한다는 공통점을 지니고 있으니, 선교할 때에도 다른 사람의 종교를 인정해 주고, 자기 종교의 좋은 점을 자랑하면서 자기 종교를 믿도록 유도하는 것이 올바른 선교의 방법이라 생각한다. 또, 종교를 정치적 목적이나 주의(主義)·주장(主張)을 실현하는 도구로 삼지 않았으면 좋겠다. 그러면 다른 종교에 대한 비방(誹謗)이나 배척(排斥)도 없어질 것이고, 다른 종교를 그릇되게 인식하거나 편견(偏見)을 갖게 하는 일도 없어질 것이다. 〈성동문학 10, 서울 : 성동문인협회, 2010〉

북미에서 만난 동창

지난 6월 15일에 아내와 함께 아들과 딸의 가족을 만나기 위해 미국에 갔다. 뉴욕 케네디공항에 도착하니, 연구년을 맞아 펜실베니아대학교(U. Penn) 동아시아센터 연구원으로 와있는 큰아들이 마중을 나왔다. 아들과 함께 필라델피아로 간 우리는 아들이 사는 아파트에서 하루를 쉬었다.

그 다음날 아들과 함께 서울교대 1회 동기인 윤 선생 댁에 갔다. 윤 선생은 아내와 중·고등학교 동기동창이기도 하여 가깝게 지내며 연락하는 사이이다. 윤 선생 댁은 주변 환경이 아주 좋은 주택가에 있는 단독주택이다. 윤 선생과 부군(夫君)인 한 사장이 반갑게 맞아 주었다. 넓고 깨끗한 집에는 가구와 장식물이 잘 정돈되어 있어 주인 내외의 고상한 기품과 취향을 알 수 있게 해 주었다. 윤 선생은 5~6년 전에 한국에 왔을 때 만난 적이 있지만, 한 사장은 처음 만났다.

우리 부부는 윤 선생께 아들이 U. Penn의 초청을 받도록 도와준 일, 좋은 아파트를 얻게 해 주고, 아들네 가족이 이곳 생활에 익숙해지도록 여러모로 도와준 일에 대해 감사의 인사를 하였다. 아들과 손자 손녀는 윤 선생 댁에도 왔었고, 함께 식사한 적도 있어 윤 선생 내외분과 친근감을 느끼고 있었다. 윤 선생은 우리 가족을 위해 여러 가지 한국 음식을 준비하였으므로, 맛있게 먹었다. 식사 후에는 다과를 나누며 여러 가지 이야기를 하였다.

윤 선생은 서울교대를 졸업 후 7년 반 교사로 근무하고, 1971년 말에 부군과 함께 미국 필라델피아에 왔다. 처음에는 취직하여 일하다가 개인 사업을 하여 생활의 기반을 다졌다고 한다. 딸과 아들은 대학을 졸업하고, 회사원으로, 변호사로 일하고 있다. 미국에서 44년을 사는 동안 고생도 많았겠지만, 성공하여 노년을 여유롭게 지내는 모습을 보니, 정말 흐뭇하고 자랑스럽게 느껴진다.

나는 윤 선생에게 서울교대 1회 동기인 최 선생이 캐나다에 사는데, 서로 연락이 있느냐고 물었다. 윤 선생은 연락이 없었는데 소식을 알게 되어 기쁘다면서 어떻게 해서 알게 되었느냐고 하였다. 최 선생이 인터넷 네이버에 개설한 서울교대 1회 카페에 자주 들러 글을 주고받았는데, 내가 캐나다에 갈 예정이라고 하니, 오면 연락하여 만나자고 하였다고 하였다. 윤 선생은 캐나다에 중·고등학교 동기동창인 김 여사도 살고 있다고 하면서, 두 친구 모두 만나보고 싶다고 하였다. 나와 아내는 윤 선생에게 두 친구를 만날 겸 캐나다에 함께 가자고 하였다. 윤 선생은 다음날 처리할 일도 있고, 부군을 혼자 두고 여행을 가는 것이 마음에 걸려 망설였다. 그때 한 사장이 자기 걱정 하지 말고 다녀오라고 하여 함께 여행을 떠나기로 하고 헤어졌다.

이튿날 우리는 큰아들이 운전하는 9인승 소형승합차를 타고 캐나다로 향하였다. 나와 아내는 윤 선생과 함께 여행하는 것이 꿈만 같다면서 좋아하였고, 윤 선생 역시 우리와 함께 여행하게 되어 기쁘다고 하였다. 오전 11시에 필라델피아를 떠난 우리는 오후 8시 30분경에 미국 쪽 나이아가라 폭포(Niagara falls)에 도착하였다. 9시간 30분이 걸린 긴 여행이었다. 나는 아들이 장거리 운전을 할 때 교대해 주겠다는 생각으로 국제운전면허증을 준비해 가지고 갔다. 그러나 낯선 곳에서 운전할 엄두가 나지 않아 아들 혼자 운전하게 하여 미안하였다.

나이아가라 폭포는 이리 호(Lake Erie)에서 흘러나온 나이아가라 강(Niagara River)이 온타리오 호(Lake Ontario)로 들어가는 도중에 형성된 큰 폭포이다. 염소 섬(Goat Island)을 기준으로 미국 폭포(American Falls)와 캐나다 폭포(말발굽 폭포, Horseshoe Falls)로 구별된다. 우리는 미국 폭포의 흐름을 살펴보고 사진을 찍은 후 '바람의 동굴(Cave of the Wind)'로 갔다. 입장권(14$)을 사니, 비닐 주머니와 슬리퍼를 주었다. 슬리퍼를 신은 뒤에 구두를 비닐주머니에 넣어 들고 엘리베이터를 탔다. 8층 깊이를 내려가서 내리니, 우의를 나눠 주었다. 우의를 입고 밖으로 나오니, 수십 m 위에서 내리쏟는 큰 물줄기가 바로 눈앞에 보였다. 물이 튀기는 곳을 지나 계단을 오르니, 폭포가 아주 가까이에 보이는데, 정말 장엄하였다. 절벽 아래로 떨어진 물줄기는 강물과 합류하여 도도히 흐른다.

날이 어두워질 무렵에 다시 차를 타고 나이아가라 강위에 놓인 다리를 건넌 후 간단한 입국 절차를 거쳐 캐나다로 갔다. 호텔에서 하룻밤을 지내고, 이튿날 아침에 캐나다 폭포를 순회하는 배를 탔다. 나눠준 우의를 입고 배에 오르니, 배가 미국 폭포 앞을 지나 캐나다 폭포로 다가갔다. 도도하게 흐르던 강물이 절벽을 만나 내리쏟는 모습은 정말 씩씩하고 웅장하며, 위엄 있고 엄숙하다. 배가 폭포 가까이에 가자 물이 쏟아져 우의를 입지 않으면 옷은 물론 메고 있는 가방도 다 젖을 지경이었다. 폭포는 좀 떨어진 곳에서 볼 때에는 아름답고 부드러운 느낌을 주었으나, 가까이 다가가니 무엇이든 집어 삼킬 듯이 덤비는, 사납고 무서운 모습이었다.

점심 식사 후에 얼음포도주(Ice Wine)로 유명한 이니스 킬린(Innis Killin)을 다녀서 최 선생이 사는 온타리오 주 리치몬드 힐(Richmond Hill)로 향하였다. 금요일 오후라서 그런지 교통체증이 심하여 오후 7시에야 도착하였다. 최 선생은 우리를 반갑게 맞아 주었다. 최 선생과 윤 선생과 아내는 반가움과 기쁨에 겨워 탄성을 발하며 손을 맞잡아 흔들고, 포옹하며 즐거워하였다. 나는 최 선생과 반갑게 악수를 하고, 최 선생과 윤 선생의 얼굴을 찬찬히 살펴보았다. 두 사람 모두 젊은 시절의 모습은 아련하고, 세월을 딛고 선 노련미와 교양이 쌓여 아름다움을 드러내는 원숙한 여인의 모습이었다. 정말 반갑고, 기쁘고, 뜻있는 만남이었다.

거실로 들어가 잠시 쉰 다음, 한국인이 운영하는 '낙원식당'으로 가서 저녁 식사를 하였다. 캐나다에 와서, 오랜 동안 만나지 못하던 동기동창 4명이 대화하며 한국음식을 먹으니, 즐거움이 더하여 더욱 맛있었다. 우리의 대화에 끼지 못하는 아들과 손자·손녀는 자기들끼리 작은 소리로 소곤거리며 식사하였다. 아들과 아이들은 호텔로 가고, 우리 네 사람은 최 선생 차를 타고, 최 선생 댁으로 갔다.

최 선생 댁 거실의 식탁에 둘러앉은 우리는 최 선생이 준비한 다과를 나누며 많은 이야기를 하였다. 우리는 교대 다니던 때의 일, 생각나는 사람의 안부와 근황을 이야기하였다. 그리고 최 선생의 지나온 이야기를 들었다.

최 선생은 초등학교에서 5년을 근무한 뒤에 사직하고 캐나다에 왔다고 한다. 처음에는 여러 가지 일을 하면서 힘들고 어려운 일이 많았다. 직장을 여러 번 옮긴 뒤에 도요다자동차 회사에 취직하여 30년 근무하였다. 말단 사원으로 시작하여 캐나다 지사의 대표가 되어 일하다가 몇 년 전에 정년퇴직하였다. 지금은 고등학교 교사로 근무하는 아들과 함께 여유롭게 지내면서 여러 가지 봉사 활동을 하는데, 병원의 환자를 돌보는 일에 많은 시간을 보낸다. 이역만리에 와서 모든 고난을 이겨내고 성공한 삶을 사는 최 선생의 의지와 노력에 경의를 표하며 돌봐주신 하나님의 은혜에 감사한다.

네 사람이 앉아 이야기꽃을 피우고 있을 때 아내와 윤 선생의 중·고등학교 동창인 김 여사가 왔다. 볼일을 보고 오느라고 늦었다고 하였다. 밤이 늦은 시간인데도 40분 가까이 차를 몰고 찾아온 정성이 대단하였다. 대화를 하다 보니, 김 여사와 최 선생은 초등학교 동기동창이었다. 초등학교, 중·고등학교, 교육대학 동창으로 인연이 맺어진 다섯 사람의 이야기는 끝이 없었다. 새벽 1시가 넘은 뒤에 내일 다시 만나기로 하고, 김 여사는 자기 집으로 가고, 우리는 최 선생이 안내하는 2층 방으로 가서 잠을 청하였다.

최 선생 댁은 리치몬드 힐의 잘 정리된 주택가에 있는 2층 단독주택이다. 집앞 길가에는 큰 나무들이 듬성듬성 서 있고, 뒤쪽에는 꽤 넓은 정원이 있다. 아침 8시에 일어나 아래층으로 내려가니, 최 선생은 주방에서 아침 식사를 준비하고 있고, 윤 선생은 정원에 있었다. 정원 한 가운데는 잔디를 심었는데, 잘 가꾼 잔디밭에는 잡초가 하나도 없다. 가장자리에는 장미를 비롯한 여러 가지 꽃나무를 심었는데, 잘 자란 꽃나무에 예쁜 꽃들이 피었다. 최 선생의 사랑스런 손길이 정원 구석구석에 배어 있었다. 우리는 잘 가꾼 잔디와 예쁜 꽃을 배경으로 기념사진을 찍었다.

정원에서 들어와 집안을 둘러보니, 가구와 실내 장식이 잘 정돈되어 있다. 최 선생의 높은 안목과 알뜰함이 배어 있다. 아침 식사 시간에는 최 선생의 아드님이 맛있는 빵과 과일, 커피를 내다 주었다. 우리는 식사를 하면서 지난밤에 다하지 못한 이야기를 이어갔다.

우리는 식사 후에 자동차로 1시간 가까이 떨어진 곳에 있는 온타리오 호로 갔다. 온타리오 호는 나이아가라 폭포를 지난 강물이 흘러와서 이룬 넓고 큰 호수이다. 호수 옆에는 빽빽하게 들어선 건물들이 숲을 이루고 있다. 호수에는 커다란 유람선이 떠 있고, 크고 작은 보트들이 한가로이 오간다. 유람선을 타고 한 바퀴 돌고 싶었으나, 시간이 없어 김 여사와 만나기로 한 중국음식점으로 갔다. 온타리오 넓은 호수가 내다보이는 창가 좌석에 앉아 맛있는 딤섬 요리를 먹으며 지난밤에 못 다한 이야기를 계속하였다.

식사를 마치고 호수가로 나와 산책하고, 사진을 찍은 뒤 아쉬운 작별을 하였다. 불시에 찾아온 우리를 반갑게 맞아 정성껏 대접해 준 최 선생의 따뜻한 마음에 깊이 감사하고, 금년 10월에 있을 교대1회 문화탐방 행사 때 한국에 와서 함께 하기를 바란다는 말도 하였다. 몬트리올로 가서 하루를 묵은 우리는 몬트리올 노트르담 대성당, 성 조셉 성당을 살펴본 뒤에 필라델피아로 돌아왔다.

필라데피아를 떠나기 전에 우리는 윤 선생 내외를 몇 차례 더 만나 즐거운 시간을 가졌다. 우리를 위해 많은 시간과 노력을 아끼지 않은 윤 선생 내외분의 따뜻한 마음에 감사한다. 〈2015. 7. 20〉

고향과 나

고향과 나

　나는 프로야구를 즐기지는 않지만, 텔레비전의 야구 중계는 가끔 본다. 이때 충청도를 연고지로 하는 팀이 경기할 때에는 나도 모르게 그 팀을 응원하곤 한다. 시도별로 성적을 매기는 전국종합체육대회 때에는 더 말할 것도 없다. 처음 만난 사람이 나에게 고향이 어디냐고 물으면, 충남 홍성이라고 자랑스럽게 말하곤 한다. 그런데 그 사람이 홍성은 백야 김좌진 장군과 만해 한용운 선생이 나신 곳이라고 하거나, 홍성 출신 유명인사의 이름을 대고, 홍성에 가 본 적이 있다고 하면서 홍성에 대해 아는 척을 하면, 더욱 친근감을 느끼게 된다. 이것은 내가 늘 고향에 대해 많은 관심과 애정을 가지며 살고 있기 때문일 것이다.

　내가 실제로 고향에서 산 기간을 따져 보면, 얼마 되지 않는다. 나는 갈산초등학교·갈산중학교를 나와 홍성고등학교를 졸업하였다. 고등학교를 졸업하고는 곧바로 서울로 올라와 대학을 다니고, 취직하여 근무하다가 군복무를 마치고, 결혼한 뒤로는 줄곧 서울에서 살고 있다. 그러므로 고향에서 산 기간보다는 서울에서

산 기간이 훨씬 더 길다. 그런데도 충남팀을 응원하고, 고향 이야기만 나오면 신이 나는 것은 그곳에서 태어나 자라면서 초등학교와 중·고등학교를 다닌 탓이리라. 나는 유년시절과 소년시절을 그곳에서 보냈기에, 서울에서 35년을 살았어도, 고향에 대한 아름다운 추억과 정을 지울 수 없을 뿐더러, 충청도티를 벗을 수 없다.

충청도에서 사는 동안 두 번 이사를 하였는데, 많은 추억이 서려 있는 곳은 초등학교와 중학교를 다닐 때 살던 홍성군 갈산면 쌍천리 점터이다. 그 마을은 작은 산자락이 삼면으로 감싸고 있어서 삼태기 모양을 이루고 있고, 그 앞으로는 작은 내가 흐르는, 전형적인 배산임류(背山臨流)의 동향(東向) 마을이다. 마을 동쪽으로는 넓은 들인 '한들'이 펼쳐 있다. 한들은 정면의 끝은 백월산의 뒷자락이, 동북쪽은 덕숭산과 삼신산 줄기가 길고 큰 원을 그리며 감싸고 있다. 점터에는 10여 채의 집이 있는데, 모두 동향집이어서 아침이면 동이 트기가 무섭게 방문에 햇살이 비친다. 그래서 이 마을 사람들은 다른 동네 사람들보다 일찍 일어나 활동을 시작한다. 나는 아침에 일어나면 바깥마당으로 나가 넓은 한들과 백월산 봉우리 위로 떠오르는 태양을 바라보며 체조를 한 뒤에 심호흡을 하고, 나의 앞날을 설계하곤 하였다. 나는 아침 일찍 일어나는 습관, 크게 모나지 않고 둥글며 여유 있는 성격, 한 번 마음먹은 일은 끝까지 해내는 열정을 지니고 있다. 이것은 어릴 때 일찍 일어나 넓은 들과 떠오르는 태양을 바라보며 생활한 데서 나도 모르게 형성된 것이리라.

아침저녁으로 한들을 가로지른 신작로로 달리는 자동차를 보면서 '자동차를 타고 먼 곳을 마음대로 다닐 수 있었으면 좋겠다.'는 생각을 하곤 하였다. 신작로는 미지의 세계에 대한 꿈을 길러주기도 하였고, 학교에 오가면서 친구들과 이야기꽃을 피우기도 하고 장난을 하면서 우정을 기르게 해 주기도 하였다. 신작로를 걸을 때, 새로 신은 검정 고무신 닳는 것이 아까워 신발을 벗어들고 가장자리로 걷기도 하였다. 이 신작로는 마을 사람들이 약 10m 정도씩 할당을 받아 손질을 하곤 하였는데, 냇가에 가서 자갈을 모아 지게로 져다가 길가에 쌓아 두었다가 펴기도 하고, 다시 긁어모으기도 하였다. 비가 온 뒤에는 패인 곳에 자갈과 흙을 담아다가 채우곤 하였다. 신작로에 나가 부역을 할 때에는 어른들 틈에 끼어 열심히 일하였지만, 아버지가 없는 우리 집 자갈 더미는 늘 적어 부끄러움을 느끼기도 하였다. 나는 고향에 갈 때 승용차를 몰고 가는 경우가 많은데, 아스팔트로 포장된 이 길을 달리게 되면 어린 시절의 일이 선하게 떠오르곤 한다.

마당가에 서 있던 복숭아나무의 예쁜 꽃과 탐스럽던 복숭아의 맛은 잊을 수 없다. 뒷집 마당가에 서 있던 커다란 감나무의 시원한 그늘, 초가을 새벽이면 눈을 비비고 일어나 떨어진 감을 주워다가 우려서 먹던 일, 봄이면 뒷산에 올라가 삘기(삐삐)를 뽑아 먹고, 진달래꽃잎을 따 먹던 일, 할미꽃잎을 아래로 접어내리고 가는 심을 꽂아 족두리를 만들어 머리에 꽂고, 각시 · 신랑놀이를 하던 일도 아련히 떠오른다.

우리 마을 바로 앞에는 작은 내가 흐르는데, 조금 아래에서 수덕사 쪽에서 흘러온 큰 내와 용암 쪽에서 흘러온 큰 내가 만난다.

'쌍천리(雙川里)'라는 지명은 여기에서 유래된 것이다. 어린 시절에 여름이면 친구들과 냇가에 나가 미역을 감고, 붕어·송사리·미꾸라지·게 등을 잡으며 놀았다. 겨울이면 얼음이 잘 얼은 곳에서 썰매를 타곤 하였는데, 잘못하여 물에 빠져 옷을 흠뻑 적시기도 하였다. 이러는 동안에 나는 물고기와 식물의 이름은 물론, 그들의 생태를 알게 되었고, 물살이 센 곳의 물은 얼지 않는다는 것과 같은 자연의 이치도 깨닫게 되었다.

나는 고향에서 이웃사람과 친척, 친구들과 어울려 살면서 따스한 인정을 나누었다. 내 둘레에는 옛날이야기를 잘하는 분들이 많았는데, 유난히도 옛날이야기를 좋아하던 나는 이들과 옛날이야기를 주고받으며 따뜻한 인정을 나눌 수 있었고, 한국적 정서와 가치관·상상력을 기를 수 있었다. 지금 내가 고소설과 설화를 전공하게 된 것은 이때부터 싹이 자란 것이라 하겠다.

고향의 물과 먹거리를 먹고 마시면서 몸이 자랐고, 그에 따라 마음도 자랐다. 그러는 동안에 나의 성격과 가치관·습관이 형성되었으며, 고향의 정서와 생활 방식이 몸에 배었다. 그러고 보면, 나의 모든 것은 고향에서 자란 것이다. 그러니 오늘의 내가 있게 해 준 곳은 바로 고향이다. 고향을 생각하면 어느 새 어린 시절로 돌아가고, 따스함과 포근함을 느끼게 된다. 나는 이러한 고향이 있고, 마음만 먹으면 언제든지 갈 수 있다는 사실에 늘 감사하며 하루하루를 바쁘게 생활하고 있다. 〈홍주소식 제117호, 홍성문화원, 1995. 7.〉

농촌의 따스한 인정

충남 홍성군 홍북면 상하리는 꿈 많던 고등학교 시절에 2년을 지낸 곳으로, 온갖 정서가 서려 있어 잊을 수 없는 곳이다. 나는 1993년 6월 초에 그곳에 가서 하룻밤을 지냈다. 늘 그리워하면서도 자주 찾지 못하던 내가 갑자기 그곳을 찾은 것은 나를 사랑해 주시던 이종형님이 75세를 일기로 세상을 떠나셨기 때문이었다.

그 날 오전에 슬픈 소식을 들은 나는, 하던 일을 멈추고 부랴부랴 승용차를 몰고 달려가며, 형님의 일생을 생각해 보았다. 농촌에서 나서 자라며 많은 공부를 하지는 못했지만, 생각이 깊고 세상 이치에 밝았던 형님은 일제의 압제와 6·25와 같은 민족적 아픔을 몸으로 체득하면서도 이를 잘 감내하였다. 그리고 어려운 농촌의 현실 속에서도 아들 셋과 딸 하나를 남부럽지 않게 잘 길러 어엿한 사회인으로 활동하게 하였다. 그런데 불행하게도 몇 년 전부터 뇌졸중(腦卒中)으로 바깥출입을 자유로이 못하고 자리에 누워 계시다가 세상을 떠난 것이다. 늘 부지런히 일하고, 집안 살림을 알뜰하게 하였으며, 남에게 폐가 되는 일을 하지 않음은 물론,

남을 돕는 일에 앞장을 서곤 하던 형님이었기에 틀림없이 천당으로 가셨을 것이라 생각한다.

오후 5시경에 형님 댁에 당도하니, 넓은 바깥마당에는 큰 차일 두 개가 높이 쳐 있고, 그 밑에는 서서 음식을 먹을 수 있는 식탁 몇 개가 적당한 간격으로 배치되어 있다. 마을 사람들이 와서 설치한 것임을 바로 알 수 있었다. 대문 앞 왼쪽에는 마을 사람들이 애도의 뜻을 표하는 조기(弔旗)가 세워져 있고, 오른쪽에는 마을 사람들이 가져다 놓은 조화를 비롯한 여러 개의 조화가 놓여 있다. 이것을 보며 나는 마을 사람들의 협조 정신과 진정 어린 애도의 뜻을 느낄 수 있었다.

집안으로 들어가니, 형님이 생활하시던 안방에서 염습(殮襲)을 하고 있었다. 나를 끔찍이 생각해 주시던 형님의 마지막 모습이라도 보겠다는 생각에서 방안으로 들어가 흐르는 눈물을 닦으며, 염습 절차를 지켜보았다. 유족들이 지켜보는 가운데, 돌아가신 분의 당질과 내가 잘 모르는 남자 셋이 땀을 뻘뻘 흘리며 염습 절차를 진행하고 있었다. 그 사람들은 손놀림이 익숙하지는 못하나, 태도가 경건하고 진지한 것으로 보아 장의사에서 온 사람 같지는 않았다. 그래서 입관이 끝난 뒤에 상주에게 누구인가 물었더니, 교회의 목사님·장로님과 교인 청년이라고 하였다.

나는 그 목사님의 인도로 입관 예배를 드리면서, 그곳 교회 목사님과 장로님, 교인들의 따뜻한 사랑을 생각하였다. 죽은 사람을 장사하는 예절이나 풍습은 어느 민족이나 엄숙하고 까다롭다. 죽은 사람의 육신을 예절에 맞춰 장사하는 것은 산 사람들의 의무

이기도 한데, 요즈음 사람들은 그러한 장례 절차를 잘 모를 뿐더러, 시신을 만지기를 꺼려하므로 누구도 염습하는 일에 선뜻 나서려 하지 않는다고 한다. 그래서 도시에서는 많은 수고비를 지불하면서 장의사 사람들에게 염습을 부탁하는 경우가 많다. 그런데 이 교회 목사님과 장로님은 남들이 꺼리는 일에 소매를 걷어 올리고 직접 나선 것이다. 목사님은 신학대학을 나온 지식인이고, 이 지방의 유지이다. 그런 분이 남들이 꺼리는 일을 손수 하는 것은 주님의 사랑을 실천하는 뜨거운 정이 아니고 그 무엇이겠는가? 주님의 가르침을 실천하는 목사님과 장로님의 따스한 마음은 나의 메마른 마음을 촉촉이 적셔 주고도 남음이 있었다.

차일을 높이 친 안마당과 부엌, 수돗가에서는 동네 아주머니들이 분주하게 음식을 장만하고, 상을 차리고 있다. 마을의 젊은이들은 아주머니들이 차린 음식상을 날라다가 원근 각지에서 온 조문객들에게 대접하였다. 안팎으로 손을 맞춰 일을 진행하는 모습은 도시에서 큰일을 치를 때 일손이 부족하여 쩔쩔매는 모습과 판이하게 달랐다.

해가 진 뒤에는 논과 밭으로 일하러 나갔거나, 홍성읍이나 홍북면 소재지에 일을 보러 나갔던 마을 사람들이 하나 둘씩 모여들기 시작하였다. 그들은 빈소(殯所)에 가서 조문을 한 뒤에, 바깥마당에 설치한 식탁에 마주 서서 차린 음식과 저녁밥, 술을 들면서 이런 저런 이야기를 하기도 하고, 마당 옆의 비닐하우스로 가서 화투판을 벌이기도 하였다. 나는 고등학교 때 2년을 이 댁에서 지내며 학교를 다녔으므로, 이 마을에는 전부터 아는 어른도 있었고,

학교 친구도 둘이나 살고 있다. 나도 마을 사람들 틈에 끼어 이들과 돌아가신 형님과 관련된 이야기를 비롯하여 옛일을 회상하는 이야기, 요즈음 살아가는 이야기를 하였다. 집안으로 들어가 보니, 방과 대청에는 서울과 대전 등 먼 곳에서 온 상주의 친척과 친구들이 끼리끼리 모여 앉아 정담을 나누고 있었다.

이러한 정경은 밤이 깊어 자정을 넘은 뒤에도 그대로 계속되었다. 형님은 돌아가시면서 자녀들과 친척·친지·마을 사람들에게 함께 모여 따스한 정을 나누게 해 주신 것이라 생각하니, 아주 뜻 깊고 정겨운 밤이라는 생각이 들었다. 그래서 나는 그 다음날 아침 일찍 학교로 가서 강의하려면 좀 자야한다던 생각을 버리고, 홀로 밭가를 거닐며 형님과 관련된 일들을 생각해 보았다. 그러다가 빈소를 지키고 있는 상주들과 이야기를 나누기도 하였다. 세 상주 중 나와 동갑인 맏이는 갈산에서 나와 함께 자랐고, 여섯 살이 적은 둘째는 고등학교 때 한 방에서 지내며 공부하였고, 서울에 와서도 가까이 살며 왕래하고 있다. 셋째 역시 자주 만났으므로 할 이야기가 많았다. 나는 새벽 4시까지 형님의 빈소를 지키는 조카들과 많은 이야기를 나누었다. 정말 오랜만에 가져보는 정다운 시간이었다. 이러한 시간을 형님 생전에 형님과 함께 갖지 못하고, 돌아가신 뒤에 갖게 된 것이 나의 무성의 때문이라 생각하니, 형님께 죄스러운 생각이 들기도 하였다.

한 시간쯤 눈을 붙인 뒤에 간단히 조반을 들고, 학교로 향하였다. 발인하여 산소에 안장하는 것을 보지 못하고 떠나는 것이 무척 죄스러웠으나, 종강하고 학기말 시험을 보아야 하는 날이므로 휴강을 할 수도 없으니, 어쩔 도리가 없었다. 돌아오면서 마을 사람들의 따스한 인정과 협조로 상여메기, 산역(山役) 등 남은 일들을 무사히 마치기를 빌었다. 얼마 전에 예산 사람이 부친상을 당하여 선산에 안장(安葬)하려고 하였는데, 산역을 해 줄 사람이 없어서 어려움을 겪다가, 할 수 없이 온양으로 가서 시장에서 떠도는 일꾼을 사다가 겨우 산역을 마쳤다는 말을 들은 기억이 떠올랐다. 형님 장례에는 이런 어려움은 없으리라 생각하니 마음이 놓였다.

용봉산 아랫마을인 상하리에서 지낸 하루는 따스한 인정을 느끼는 날이었다. 그리고 상부상조(相扶相助)하며 애경상문(哀慶相問)하는 한국인의 미풍양속이 내 고향 홍성에는 아직도 살아 있음을 확인하는 뜻깊은 날이었다. 사회가 산업화되고, 그에 따라 세상인심이 야박해진다 하더라도, 이러한 미풍양속과 따스한 인정이 내 고향 홍성에서만은 없어지지 않고 그대로 살아 있었으면 하는 마음 간절하다. 학교까지 2시간 남짓 승용차 운전을 할 때 피곤이 몰려와 무척 힘이 들었다. 그러나 따스한 인정과 고향의 포근한 정취에 하룻밤을 지냈다는 뿌듯함이 피로를 쫓아주어 무사히 돌아왔다. 간절한 마음으로 이종형님의 명복을 빈다.

〈홍주소식 제12권 8호. 1993. 8.〉

38년 만에 만난 초등학교 동창들

지난 8월 29일은 38년 동안 만나지 못했던 서울과 고향의 초등학교 동기 동창들이 만난 잊을 수 없는 날이다. 1954년에 제34회로 충남 홍성에 있는 갈산초등학교를 졸업한 동창은 남녀 합하여 100여 명이 된다. 요즈음 고향과 수도권 지역 동창회가 각각 조직되었다. 고향 동창회원은 28명이고, 수도권 지역 동창회원은 25명인데, 양쪽 회원이 처음으로 만났다.

고향의 동창들은 오래 전부터 모임을 결성하여, 농번기를 제외하고는 매달 만났다고 한다. 그러나 서울 지역의 동창들은 작년(1994년) 10월에야 첫 모임을 갖고, 그동안 한 번도 만나지 못했던 동창까지 연락하여 두 달에 한 번씩 만나고 있다. 그래서 서울 동창끼리는 이제 겨우 옛정을 되살릴 수 있게 되었다. 고향을 떠나 타향에 사는 동창들이 어울리다 보니, 고향과 고향 친구에 대한 그리움이 되살아나게 되었다. 그러다 보니, 자연스레 나온 이야기가 고향의 동창들과 한 번 만나자는 것이었다. 이것은 고향에 사는 동창들의 생각과도 일치하였다. 그래서 중간 지점인 온양 근교의 유원지 신정호수에서 만나기로 하여, 그 날 만난 것이다.

서울의 동창들은 모두 기차를 타고 갔고, 고향의 동창들은 버스를 전세 내어 타고 왔다. 약속 장소에 모이고 보니, 그동안 만난 적이 있어서 얼굴과 이름을 아는 친구도 있지만, 졸업 후 처음으로 만나는 동창도 있다. 먼저 서로 만났던 친구끼리 반갑게 인사를 나누었다. 그리고 처음 만나는 동창과는 어렸을 때 살던 마을과 이름을 대며 자기소개를 하고, 어린 시절의 기억을 더듬으며, 서로 아는 체를 하였다.

"야, 네가 아무개냐? 너 학교 다닐 때 축구를 잘했잖아."

"너는 노래를 잘했고, 너는 무용을 참 잘했지."

"너하고 나하고 예방주사 안 맞으려고 선생님 눈을 속이려다가 들켜서 매를 맞던 것이 생각난다."

오랜만에 만나는 동창들은 옛일을 용케도 기억하여 큰 소리로 말하며, 즐거워하였다. 즐거워 떠드는 모습을 보니, 초등학교 교실과 다를 바 없다. 그러나 여러 동창의 얼굴에는 인생의 험로를 뚫고 살아온 50대 이후의 사람만이 가질 수 있는 안정감과 근엄함이 인생 계급장인 주름살과 함께 드리워져 있다. 여자 동창들의 곱게 단장한 얼굴에도 잔주름이 드러나 화장 솜씨를 비웃고 있다.

넓은 방으로 들어가 자리를 잡은 40여 명의 동창들은 마이크를 잡고 차례차례 자기소개를 하였고, 임원들은 만나게 된 반가움과 모임의 의의를 간단히 이야기하였다. 그리고는 다음 모임을 어떻게 할 것인가를 상의하였는데, 서울과 고향 동창의 모임은 전과 같이 하되, 1년에 두 차례씩 함께 만나기로 하였다. 처음에는 1년에 한 번씩 만나자는 의견이 우세하였다. 그런데 한 친구가 일어나서, 얼마 전에 아무개가 세상을 떠났다면서 10년 뒤에 이 자리에 못 나오는 사람이 있을 수 있다. 10년이라야 열 번밖에 못 만나는데, 아쉽다. 적어도 1년에 두 번은 만나야 하지 않겠느냐고 하였다. 그러자 갑자기 분위기가 숙연해졌고, 그 말을 따르기로 하였다. 50고개를 넘은 사람들이 생각하고 느끼는 점이 무엇인가를 단적으로 드러내 주는 분위기였다.

고향의 친구들은 술맛이 좋기로 이름난 결성 양조장에 특별히 부탁하여 빚은 약주, 전날 잡아서 삶은 개고기와 이를 다시 끓일 솥과 가스렌지, 닭고기와 채소 등을 싣고 왔다. 상을 펴놓고 마주 앉은 우리는, 고향의 친구들이 준비해 가지고 온 정겨운 음식으로 고향의 진미를 맛보며, 장시간 정담을 나누었다.

술이 거나해지자, 여흥이 시작되었다. 방안에는 성능 좋은 확성기가 준비되었다. 처음에는 한 사람씩 나가 노래를 부르고, 조용히 앉아 손뼉을 치거나 젓가락 장단을 쳤다. 조금 뒤에는 한두 사람씩 일어나 춤을 추더니, 나중에는 몇 사람씩 함께 일어나 춤을 추었다. 춤을 추는 사람이 늘어가자, 몇 사람이 상을 한쪽으로 밀어 넓은 공간을 만들어 놓았다. 이번에는 한 사람씩 노래하던 것을 중지하고, 경음악에 맞춰 춤을 추기 시작하였다. 신명 좋은 친구들이 분위기를 이끌며, 앉아 있는 친구들을 일으켜 세웠다. 그래서 참석자 전원이 한 덩어리가 되어 춤을 추기 시작하였다. 춤을 잘 추는 친구는 멋진 동작을 크게 하면서, 수줍어하는 친구를 끌어다가 가운데에 넣고 원을 만들며 춤을 추었다. 그러는 동안에 수줍어하던 사람도 춤판에 익숙하게 되었다. 몇 개의 크고 작은 원이 만들어졌다 없어지고, 없어졌다 다시 만들어지는 사이에 춤판은 점점 흥겨워졌다. 이제는 춤을 잘 추든 못 추든 그런 것은 상관하지 않고, 자기 나름의 동작을 하며 흥겨워하였다. 우리 민족은 예로부터 음주가무(飲酒歌舞)를 좋아하였다고 하는데, 이 말의 실증을 보는 듯하였다.

방에서 노래 부르며 춤을 추다가 지치면 밖으로 나와 나무 그늘에 앉아 이야기를 나누었다. 그러면 또 다른 친구가 와서 방으로 끌고 들어가곤 하였다. 그러는 동안에 어느덧 해는 서산으로 기울고, 헤어져야 할 시간이 되었다. 우리는 오늘의 만남이 뜻있고 즐거웠음을 말하고, 작별을 아쉬워하였다. 이러한 마음은 남자 동창들보다 여자 동창들이 더한 것 같았다.

나는 고향을 떠나온 지가 30년이 넘었는데, 그동안 너무 시간에 쫓기며 살아온 데다가 부모님이나 남자 형제가 고향에 살지 않는 관계로 고향의 정취에 젖을 기회가 적었다. 그러다 보니, 고향에 대한 추억이나 그리움만 아련할 뿐 고향에 대한 절절한 정을 느끼지 못하며 살아왔다. 그런데 38년 만에 만난 고향의 친구들은 나에게 고향의 따뜻한 정, 고향의 진미를 느끼게 해 주었다. 그리고 고향이 무엇이고, 고향 친구가 어떤 존재인가를 다시 한 번 생각해 보는 기회를 마련해 주었다. 이 글을 쓰면서 38년 만에 만난 고향 친구들에게 다시 한 번 고마운 마음을 전하며, 고향 친구들의 건강과 행운을 빈다. 〈충청문학 제6호, 1995.〉

서울교대와 맺은 인연

2014년은 서울교육대학을 졸업한 지 50년이 되는 해이다. 지난 10월 24일에는 서울교대 1회 동기생 52명이 모여 졸업 50주년 기념행사를 하였다. 아침에 모교와 총동창회를 방문한 후 포천으로 이동하여 점심식사를 하고, 산정호수 둘레길을 걸었다. 시내로 돌아와서 은사님, 모교 총장과 총동창회장을 모시고 간단한 기념식을 한 뒤에 저녁식사를 하는 순서로 진행한 조촐한 행사였다.

오전 9시가 가까워지자 모교 교정에 동기생들이 모여 반가운 인사를 나누었다. 그동안 자주 만난 사람도 있지만, 졸업 후 처음 만나는 사람도 있다. 졸업 후 처음 만나는 사람은 이름과 기억 속의 젊은 시절의 모습을 떠올리며 반가운 인사를 나누었다. 동기생들의 얼굴을 보니, 젊고 예쁘며 늠름하고 패기 있던 모습은 원숙하고 품위 있는 노인의 모습으로 변하고 있었다.

대학본부 건물 앞에 가니, 중앙현관 위에 '교대 1회 졸업 50주년 기념 모교 방문 환영' 현판이 걸려 있다. 우리의 방문을 환영하는 모교와 총동창회의 따뜻한 마음이 고마웠다. 7층 회의실로 가니, 총장 이하 보직교수들이 나와 반갑게 맞아주었다. 총장의 환영 인사에 이어 모교의 변화·발전의 모습과 현재의 상황을 동영상과 파워포인트로 브리핑(briefing)해 주었다. 행당동 캠퍼스에서 시작한 모교가 서초동 한복판에 자리 잡아 크게 발전한 모습을 보니, 자랑스러운 마음에 가슴이 뿌듯하였다. 행당동 캠퍼스는 지금의 캠퍼스에 비하면 초라하기 짝이 없다. 그러나 행당동 캠퍼스의 사진을 볼 때 더욱 정겹게 느껴지고, 감회가 새로운 것은 50여 년 전에 젊은 우리의 꿈을 길러준 정겨운 공간이었기 때문이리라.

모교와 총동창회 방문을 마친 우리는 중앙현관 앞에서 방문 기념사진을 찍은 뒤에 대학 내의 시설을 둘러보았다. 그리고 전세버스를 타고 포천 산정호수로 향하였다. 버스 안에서 옆자리에 앉은 사람과 정다운 대화를 하였는데, 대화하고 싶은 사람이 다른 자리에 있을 때에는 자리를 바꿔 앉으면서 이야기하였다. 학창 시절의 이야기를 시작으로, 그동안 지낸 일과 현재의 일들이 꼬리를 물고 화제로 이어졌다.

포천에 도착하여 맛이 좋기로 유명한 식당으로 들어가 갈비로 점심식사를 하였다. 동기회장과 금년에 팔순을 맞은 동기의 건배사는 졸업 50주년을 맞은 회원들의 건강과 평안을 기뻐하고 감사하며, 앞으로 더욱 도타운 정을 나누며 건강하게 지내자는 내용이어서, 모든 회원의 공감을 얻었다. 오랜만에 와서 먹는 포천 이동갈비의 맛도 좋았지만, 오랜만에 만난 동기생들과 자유롭게 자리를 옮겨가며 나누는 정담은 더욱 맛깔스럽고 즐거웠다.

2014년도 하반기 정기총회를 마친 뒤에는 산정호수 둘레길을 걸었다. 그런데 남은 일정에 맞추느라 걷는 거리를 단축하였다. 그 바람에 정다운 동기들과 단풍이 곱게 물든 산정호수 주변의 아름다운 풍광을 보면서 걷는 즐거운 시간을 충분히 갖지 못하게 되어 아쉬운 마음을 안고 버스에 올랐다. 서울로 돌아오는 버스 안에서는 사회자의 진행에 따라 차례로 졸업 50주년을 맞는 감회를 말하기도 하고, 자기의 감정을 드러낼 수 있는 노래를 부르기도 하며 즐거운 시간을 가졌다.

저녁 6시 30분에 서초동 음식점의 넓은 방에 자리잡은 우리는 간단한 기념식을 가졌다. 국민의례에 이어 동기회 회장의 개회사, 모교 총장과 총동창회장의 인사에 이어 재학시절에 우리를 가르쳐 주신 박봉배·최병록 교수님의 말씀을 듣고, 서울교육대학교 교가를 제창하였다. 이 자리에서 동기생들은 졸업 50주년을 기념하면서 뜻을 모아 모교 발전기금과 장학기금을 총장과 총동창회장에게 전달하였다. 동기회장은 개회사에서 우리를 올곧은 교육자로 길러주신 모교 은사님들의 노고에 대한 감사와 치하의 말씀을 올렸다. 그리고 훌륭한 교사에 대한 꿈과 열정을 담고 생활하던 재학 시절의 아련한 추억과 감회, 40여 년 간 교단을 지키며 교육의 현장에서 겪은 기쁨과 보람, 힘들고 슬펐던 일들을 진솔하게 표현하여 모두의 공감을 얻었다. 오늘 이 자리에 참석하지 못한 동기생에 대한 그리움과 아쉬운 마음을 표현한 뒤에 유명(幽明)을 달리한 동기생들에 대한 안타까움을 말할 때에는 먼저 세상을 떠난 동기생들의 얼굴이 떠오르면서 울컥 치밀어 오르는 감정을 억눌러야 했다.

노래를 잘하는 동기의 지휘로 〈서울교대 교가〉를 제창하였다. 식장에 들어갈 때 받은 악보를 보면서 교가를 까맣게 잊고 지낸 나 자신이 부끄럽고 미안하였다. 악보를 보니, 다행스럽게도 교가의 가사와 멜로디가 떠올라 반주를 들으며 교가를 부를 수 있었다. 나의 의식 속에 잠재되어 있던 서울교대와 교가에 대한 기억이 되살아난 것이다. 이것은 서울교대와 맺은 인연의 끈이 매우 든든하고 질김을 말해주는 것이리라.

저녁식사 시간에 목사가 된 동기의 건배 제의가 있었다. 그의 건배사는 예배 시간의 축도(祝禱)처럼 지금까지 지낸 일에 대한 감사와 기쁨, 앞날에 대한 기원(祈願)의 내용을 담고 있어서 모두 공감하였다. 저녁 식사 후의 여흥(餘興) 시간에 70이 넘은 나이에도 곱고 아름다운 목소리로, 또는 힘찬 목소리로 노래를 부르는 남녀 동기가 있었다. 유연하고 맵시 있는 몸놀림으로 춤을 추는 동기들도 있었다. 동기동창끼리 모인 자리이니, 모두 체면치레나 격식에서 벗어나 편안한 듯하였다. 즐겁고 유쾌한 시간이어서 오래 계속하고 싶었지만, 식당과의 약속 때문에 아쉬운 작별을 하였다.

집으로 돌아오며 서울교대와 맺은 인연을 생각해 보았다. 나는 대학입학지원을 할 무렵에 서울교대의 존재를 모르고 있었다. 그런데 고1 때 담임이셨던 정 선생님의 권유와 설득으로 법학과 지망의 뜻을 접고, 서울교육대학을 지원하여 서울교대와 인연을 맺게 되었다. 이 인연으로 졸업과 동시에 교사 자격증을 받고, 서울 시내 초등학교 교사로 발령을 받았다. 이 인연의 끈이 이어져 같은 학교에 근무하게 된 동기동창생과 연애하여 결혼하였다. 아내와 나는 재학 시절에는 소원(疏遠)하여 겨우 얼굴과 이름을 알고 지낸 정도였으니, 같은 학교로 발령을 받지 않았더라면 그저 평범한 동기동창생이었을 것이다. 서울교대와 맺은 인연의 끈이 평생 반려(伴侶)를 만나게 해 주었다.

나는 아내의 도움으로 야간대학을 졸업하고, 대학원 석사과정과 박사과정을 마치고, 박사학위를 받은 뒤 대학의 교수가 되었다. 대학의 교수가 된 뒤에도 서울교대에서 배운 기본적인 지식과 소양은 나의 교수 생활의 기본이 되어 강의와 연구에 큰 도움이 되었다. 나는 서울교대와 인연이 있는 선배의 사랑과 도움을 듬뿍 받기도 하였다. 교수로 30년을 지내고 정년퇴직한 뒤에 터키에 객원교수로 파견되어 4년 동안 한국어와 한국문학, 한국문화를 가르칠 때에도 서울교대에서 배운 지식과 초등학교 교사 때에 얻은 경험은 큰 힘이 되었다.

서울교대와 맺은 인연의 끈은 좋은 배우자를 만나 평생을 함께할 수 있게 해 주었고, 어려운 여건을 극복하고 사회적 성장을 할 수 있게 해 주었다. 퇴직한 후에는 공무원연금을 받으며 교양 있고 수준 높은 동기생들과 교유(交遊)하면서 즐겁고 유익한 생활을 할 수 있는 여건을 마련해 주었다. 이처럼 서울교대와 맺은 인연의 끈은 정말 질기고 튼튼하다. 이러한 인연의 끈을 나에게 던져 주신 하나님의 섭리에 감사한다. 오늘따라 교대 진학을 권유해 주신 고등학교 때 담임선생님께 존경과 감사의 마음과 함께 그리움이 샘솟는다. 그러나 이 마음을 전할 길이 없으니, 이런 마음을 지그시 억누르며 아쉬움을 달랠 수밖에 없다. 〈2014. 10. 30.〉

자랑스러운 제자

    몇 년 전 겨울 방학 때의 일이다. 첫째인 아들의 대학 입학에 이어서 둘째인 딸아이가 대학에 합격하자, 우리 가족은 중학교를 졸업하는 막내가 입시 준비로 바빠지기 전까지 대학 입시의 긴장에서 해방될 수 있었다. 그래서 가족 여행을 하기로 하고, 서울보다 덜 추운 남쪽 지방으로 여행을 떠났다.

    맨 먼저 간 곳이 전북 정읍에 있는 내장산인데, 나는 거기서 가까운 곳에 사는 ㄱ선생에게 연락을 하였다. 대학 시절의 제자로, 멀지 않은 곳의 중학교 국어과 교사로 재직하고 있는 ㄱ선생은 나와 내 가족을 자기 집으로 초대하였다. ㄱ선생은 우리 가족에게 쌍화차를 대접하였는데, 맛과 향이 식품 회사에서 만들어 파는 것과 달랐다. 아내가 어떻게 끓인 거냐고 묻자, ㄱ선생은 쌍화탕의 약재를 잘 배합하여 넣고 끓인 것이라고 하였다. 한약에 관한 이야기가 나오자, ㄱ선생은 부모님이나 친척 어른들이 경제적 부담 없이 보약을 잡수실 수 있도록 자기가 직접 약재를 사다가 조제하여 드린다고 하였다. 아내가 ㄱ선생에게 한약에 관해 따로 공부를 하였느냐고 묻자, ㄱ선생은 전에 나에게 자기의 지난 일을 이야기한 적이 있으므로, 나는 알고 있을 것이라고 하며 화제를 돌렸다.

ㄱ선생과 헤어진 뒤, 나는 가족들에게 ㄱ선생이 한약을 지어 드릴 수 있게 된 내력을 비롯하여 대학을 졸업할 때까지 겪은 일을 대강 이야기하였다. 그는 넉넉하지 못한 가정의 7남매 중 셋째로 출생하여 고향에서 어렵게 중학교를 졸업하였다. 그러나 가정 형편상 고등학교에 진학할 수 없었다. 농사처도 그리 많지 않으니, 부모님을 도와 농사일을 하는 것도 살림에 별 도움이 되지 않았다. 그는 여기저기 일자리를 찾다가 아는 분의 소개로 파출소 사환(使喚)으로 취직하여 청소 및 잔심부름을 하였다. 그런데 보수가 너무 적고, 매일 대하는 일이 각종 범죄와 관련되는 일이어서 오래 있을 곳이 못되었다.

그가 다음으로 잡은 일자리는 한의원에서 청소하고 심부름하는 일이었다. 그에게 허드렛일만 시키던 한의원 원장은 그의 부지런하고 성실한 모습을 보고, 그에게 한약재의 구입·손질·보관 등의 일을 시키더니, 나중에는 처방전을 보고 한약을 조제하는 일까지 하게 하였다. 그래서 그는 한약에 관해 많은 공부를 하게 되었다. 그가 지금도 쌍화차나 간단한 한약을 지을 수 있는 것은 그때의 경험과 공부 덕이라고 한다.

그는 한의원에서 일하면서 틈을 내어 방송통신고등학교에 다녔다. 출석수업과 독학으로 방송통신고등학교 과정을 마친 그는 대학에 진학할 결심을 하고, 입시 공부를 열심히 하였다. 그래서 서울에 있는 야간 대학에 합격하였다. 서울에 온 그는 그동안 저축한 돈으로 첫등록금을 내고, 남의 가게에서 일하면서 고된 야간 대학 학생 생활을 시작하였다. 하루하루의 생활이 고달프고, 경제적으로도 어려움이 많았지만, 부모님이나 친척의 도움을 청할 수도 없었다. 그래서 1학년을 마치고, 군에 입대하였다.

군에서 제대하고 복학한 그는 학비를 벌려고 여러 가지 일을 하다가, 당시 인기가 있던 삼립빵을 배달하고 수금하는 일을 맡아 하였다. 그러다가 돈을 얻어 보증금을 내고, 삼립빵 대리점을 운영하였다. 한동안 잘 되는가 싶더니, 받지 못하는 외상값이 늘어가고, 돈을 주지 않고 도망가는 사람이 생겼다. 그는 많은 빚을 안고, 대리점을 정리하였다. 그 무렵 그가 겪은 정신적, 육체적 고통은 이루 말할 수 없었다. 그런데도 그는 강의 시간에 지각하거나 결석하는 일 없이 학업에 열중하였다. 그는 바쁜 중에도 동아리 〈민속연구회〉를 만들어 민속 전반에 관한 공부를 하고, 탈춤을 공연하기도 하였다. 나는 〈민속연구회〉 지도교수였으므로, 그와 강의 시간 외에도 만날 기회가 많았다. 그는 힘들고 어려울 때마다 나를 찾아와 여러 가지 이야기를 하곤 하였다. 그래서 그와 나는 각별한 정을 느끼게 되었다. 졸업을 앞두게 되자, 그의 진로에 관한 이야기를 자주 하게 되었는데, 나는 그때마다 그에게 고향으로 돌아가 교사가 되기를 권하였다.

대학 졸업과 동시에 중등학교 국어과 교사 자격증을 얻은 그는 고향에서 멀지 않은 읍지역의 중학교 교사가 되어 근무하면서 부모님의 농사일을 도왔다. 삼립빵 대리점을 할 때 진 빚을 갚기 위해 내핍 생활을 하는 한편, 농협 자금을 얻어 소를 기르기도 하였다. 그러나 소값 파동으로 농협 빚까지 짊어지게 되었다. 엎친 데 덮친 격으로 그는 과로에 지쳐 건강마저 좋지 않게 되었다. 모든 욕망을 자제하며 매사를 서두르지 않기로 마음먹은 그는 건강 회복에 주력하였다. 그렇게 몇 년 지나는 동안, 건강도 많이 회복되었고, 빚도 조금씩 갚게 되었다.

마음의 여유를 찾은 그는 얼마 전에 내가 근무하는 한국교원대학교 대학원에 진학하여 좋은 논문을 쓰고 석사학위를 받았다. 그리고 직장도 집에서 가까운 정읍시에 있는 고등학교로 옮겼고, 살던 집 옆에 새로 집을 짓고 이사를 하였다.

40고개를 넘어 중년이 된 그는 부모님을 모시고, 아내와 두 아들과 함께 단란한 생활을 하면서, 후진 양성에 열중하고 있다. 어렸을 때부터 취미로 시작한 대금 연주 실력은 수준 높은 경지에 이르렀고, 정읍지역 국악연주단을 조직하여 이끌고 있다. 정초가 되면 상쇠로 풍물패를 이끌며 지신밟기를 하고, 걸립(乞粒, 동네에 경비를 쓸 일이 있을 때, 여러 사람이 패를 짜서 각처로 다니면서 풍물을 치고 재주를 부리며 돈이나 곡식을 구하는 일.)하여 모은 돈으로는 어버이날에 마을 경로잔치를 벌인다. 그래서 지역 주민들은 그를 높이 칭송하면서 없어서는 안 될 인물이라고 입을 모은다. 그가 모든 어려움을 이겨내고 단란한 생활을 할 수 있게 된 것은 그가 역경을 이겨내겠다는 굳은 의지를 가지고, 결심한 바를 실행하기 위한 노력을 게을리 하지 않았기 때문이다.

그는 청소년 시절을 어려운 여건 속에서 지냈지만, 심사가 일그러지거나 뒤틀림이 없이 곱게 성장하였다. 그는 근면·성실하고 예의바르며, 일 처리에 공정하다. 매사를 긍정적으로 생각하며 적극적으로 행동한다. 그리고 어려운 생활을 할 때 얻은 경험이나 지식을 긍정적으로 활용한다. 이런 점에서 나는 ㄱ선생을 운명 개척에 성공한 사람이라 생각하며, 매우 자랑스럽게 생각한다.

*ㄱ선생은 지금 고등학교 교장으로 재직하고 있다.

〈주변인의 길 1996년 11월호〉

나의 호

우리 조상들 중 한문을 익힌 사대부들은 아명(兒名), 본명(本名), 자(字), 호(號) 등 여러 이름을 사용하였다. 죽은 뒤에 나라에서 내린 시호(諡號)도 있었다. 아명은 부형이 지어 준 이름인데, 부모나 가족이 꾼 태몽과 관련하여 짓기도 하고, 액땜하기를 바라는 마음에서 천한 이름으로 짓기도 하였다. 아이가 별 탈 없이 자라면 본명을 지었는데, 이것이 부형이 지어 주는 정식 이름이다. 본명은 자녀에 대한 부형의 소망을 담아서 짓는 것이 보통이다. 부형은 본명을 지으면서 이름의 뜻을 설명하고, 그 뜻을 실천하면서 살기를 당부하는 '명설(名說)', '개명설(改名說)'을 짓는 것이 보통이었다. 명을 받은 사람은 자신의 이름을 돌아보고, 그 뜻을 생각하며 평생을 살아가는데, 이를 '고명사의(顧名思義)'라고 한다.

자는 관례를 치를 때 짓는 것이 원칙이나, 아명을 버리고 본명을 지을 때에 함께 짓는 경우도 있었고, 나이가 많은 노년에 짓는 경우도 있었다. 자는 명(名)의 뜻을 부연 설명 또는 보완하거나, 같은 뜻을 가진 글자를 써서 명과 짝이 되게 하였다. 자는 부형이 지어 주는 경우도 있었으나, 대개는 친구가 지어 주었고, 자기 스스로 짓는 경우는 없었다고 한다. 어른이 되어 가치관이 확립되고, 사회 활동의 폭이 넓어지면 호를 지었다. 호는 명이나 자를 대체하여 부르는 이름인데, 옛사람들은 재호(齋號)나 당호(堂號) 등과 같이 자신의 서실(書室) 이름으로 호를 삼는 경우도 있고, 지명이나 산천의 이름을 따다가 호를 삼는 경우도 있었다. 또 자신이 지향하는 삶의 목표나 터득한 철학적인 개념을 가지고 호를 삼기도 하였다. 호는 앞의 글자에 더 깊은 의미를 부여하여 지었다. 명과 자는 한 사람이 하나밖에는 가질 수 없었던 데 비하여, 호는 여러 개를 가질 수 있다. 그래서 선인들 중에는 여러 개의 호를 가진 분들이 많았는데, 추사(秋史) 김정희(金正喜) 선생 같은 분은 100개가 넘는 호를 가졌었다고 한다. 시호는 나라에서 지어 주는 이름인데, 죽은 뒤에 그 사람의 일생의 행적을 종합적으로 평가하여 짓는 것이 보통이다. 묘호(廟號)는 임금이 죽은 뒤에 생전의 공덕을 기리어 붙인 이름이다. 오늘날 우리가 세종이니 영조니 하고 부르는 것은 묘호이다.

　여러 이름 중 가장 많이 쓰인 것은 두말할 것도 없이 명이고, 그 다음으로 많이 쓰인 것은 자와 호이다. 이 중 어느 것을 부르느냐 하는 것은 그 사람과의 관계에 따라 결정되었다. 임금이 신하에 대해서나 선생이 그의 제자에 대해서는 명을 불렀다. 그리고 같은 관직에 있는 동료나 성이 같은 형제, 같은 스승 밑에서 공부하는 벗들 사이에서는 자를 불렀다. 호는 명과 자를 함부로 부를 수 없는 관계의 사람이 주로 불렀는데, 나중에는 누구나 제약 없이 부를 수 있는 이름이 되었다. 이처럼 우리 조상들은 여러 개의 이름을 가지고 살았다. 이제는 옛이야기가 되었고, 오늘날은 보통 한 사람이 하나의 이름, 즉 명만을 가지고 산다. 다만, 학문이나 예술 활동을 하는 사람, 정치인이나 기업인 등 사회 활동을 많이 하는 사람들이 이름 외에 호를 쓰기도 한다.

나는 지금으로부터 20여 년 전에 우리 조상들이 지녔던 여러 가지 이름에 관하여 공부를 하게 되었는데, 그 뒤부터는 은사님들이나 연령 차이가 많은 선배 교수들의 명을 부르기가 송구스러웠다. 그래서 그분들의 호가 무엇인가를 알아, 당사자가 계시지 않은 자리에서는 물론, 계신 자리에서도 호를 부르곤 하였다. 그런데 호를 아는 분은 문제가 없었으나, 호가 무엇인지 모르는 분에 대하여는 명을 부를 수밖에 없었는데, 그럴 때에는 죄송스러운 마음을 금할 수가 없었다. 명과 호의 사용에 대하여 몰랐을 때에는 아무렇지도 않았는데 말이다. 아는 것이 병이 되었다고나 할까.

이러한 나의 생각은 나의 제자들의 경우에도 마찬가지였던 모양이다. 그래서 그들은 나 없는 자리에서 호가 없는 나의 이름을 부르는 대신, 지금 살고 있는 동네 이름을 따서 '월곡선생(月谷先生)'이라고 한다고 하였다. 나는 이 말을 듣고, "이름으로 보면, 월곡동(月谷洞)에서 구름[雲]을 심는[植] 사람이니, 참으로 낭만적인데, 나는 낭만적인 사람이 아니니 어떻게 하지?" 하고 웃었다. 그 일이 있은 뒤에 '나도 호를 하나 가졌으면 좋겠다'는 생각을 갖게 되었다. 호는 자신이 직접 짓는 경우도 많지만, 친구나 선배·스승이 지어 주기도 한다. 나는 나 스스로 내 호를 짓는 것도 좋지만,

나를 잘 아는 스승이나 선배가 지어 주면 좋겠다는 생각을 하였다. 그러나 인격적으로나 학문적으로 부족한 내가, 은사나 선배님께 호를 갖고 싶으니 지어 주십사 하는 말씀을 드리기가 송구스러워 몇 해 동안 누구에게도 그 말을 하지 못했다. 그러다가 대학 시절의 은사인 봉죽헌(鳳竹軒) 박붕배(朴鵬培) 선생님께 그런 나의 생각을 넌지시 말씀 드렸고, 몇 년 뒤에 함께 근무하게 된 고향 선배 청하(靑荷) 성기조(成耆兆) 교수께도 같은 말씀을 드렸다.

청하 선생께 부탁 말씀을 드린 뒤로 몇 달이 지난 어느 날이었다. 청하 선생께서 내 연구실에 오셔서는 흰 종이 한 장을 건네 주셨다. 궁금한 마음에 얼른 펴 보니, 나의 호를 지어 주는 글이었다.

贈號書
宜齋(의재) 崔 雲 植(최운식)
宜也者 義人也(의야자 의인야)
생각은 마땅히 맑아야 하고,
용모는 마땅히 엄숙해야 하며,
언어는 마땅히 과묵해야 하고,
동작은 마땅히 厚重해야 한다.
靑荷 成耆兆

'의재(宜齋)'라는 호는 나의 성격·내가 지향하는 점과 일치하였므로, 마음에 들었다. 내가 기쁜 얼굴로 고맙다는 인사를 드리자, 청하 선생께서는 환하게 웃으시면서 말했다. 나한테 호를 갖고 싶다는 말을 들은 뒤로 몇 달 동안 고심하였는데, 어제 새벽에 문득 떠올라서 정리한 것이다. 이것은 나의 성격과도 잘 어울리고, 이름이 큰 사람의 호는 작아야 한다는 옛 어른들의 말씀과도 맞으므로, 아주 만족하게 생각한다고 하였다.

나는 고려 이후 최근까지 생존하였던 인물들을 대상으로 하여 정리한 《한국인명자호사전(韓國人名字號辭典)》을 펴놓고, 먼저 의재라는 호를 쓴 사람이 있었는가를 찾아보았다. 이 호를 쓴 사람이 두 사람 있었는데, 같은 호를 쓴 사람이 30여 명씩 되는 경우가 여럿 있는 것과 비교하면 아주 적은 수였다. 그 다음에는 끝에 '재(齋)'가 들어가는 호가 얼마나 되는가를 찾아보았다. 앞의 글자인 의(宜)자는 내게 꼭 어울리지만, 뒤의 글자인 재는 재호(齋號)나 당호(堂號)에 많이 쓰는 글자가 아닌가 하는 생각이 들어서였다. 그런데 묵재(黙齋, 36명), 경재(敬齋, 27명), 송재(松齋, 26명), 겸재(謙齋, 15명), 성재(惺齋, 13명), 건재(健齋, 7명) 등 뒤에 '재'자가 들어가는 호가 많이 있었다. 이렇게 볼 때, 의재라는 호는 옛사람들의 호와 비교하여 보아도 별문제가 없는 좋은 호라는 생각이 들었다. 다만 한가지, 고려 시대의 교육가이고 정치가이며 대학자로 나의 34대조가 되는 문헌공(文憲公) 최충(崔沖) 할아버지의 호가 성재(惺齋)였는데, 내가 호에 '재'자를 써도 좋을까 하는 점이 마음에 걸렸다. 그러나 훌륭한 조상을 본받고 따르려는 노력을 기울인다면, 크게 불경스러울 것이 없지 않을까 하는 생각이 들기도 하였다.

의재라는 호를 이모저모로 생각해 보고 나서, 이를 쓰기로 마음을 굳혀 가고 있을 무렵의 어느 날이었다. 대학원 강의를 나오셨던 봉죽헌 선생님이 내 연구실에 오셔서, 몇 년 전에 한 나의 부탁을 이제야 끝냈다고 하시면서 나의 호를 적은 종이를 주셨다. 거기에는 호 두 개가 적혀 있었는데, 하나는 전공과 관련하여 지은 '民庭(민정)-백성의 무대, 만민의 생활의 터전'이고, 다른 하나는 명의 植(식) 자와 관련하여 지은 '樹村-留雲之處(유운지처)'였다. 특히 '수촌'은 제자들을 잘 기르라는 뜻도 있다고 하셨다. 이 두 호에는 봉죽헌 선생님께서 몇 년 동안 고심한 흔적이 보였다. 나는 감사한 마음으로 이 호를 받고, 의재라는 호와 함께 쓰리라 마음먹었다.

지난해 겨울의 어느 날 식사하는 자리에서의 일이었다. 청하 선생께서 나에게 의재라는 호가 참 좋은데, 왜 쓰지 않느냐고 따져 물었다. 내가 호는 남이 불러 주는 것이지, 내가 쓰는 것이 아니지 않느냐고 대답하자, 청하 선생은 "최 선생이 인격적으로나 학문적으로 부족함이 많다는 생각에서 호를 쓰겠다는 적극적인 태도를 표명하지 못하는 모양인데, 최 선생 정도면 그런 생각 안 해도 돼요. 최 선생만 못한 사람들도 다 쓰고 있으니, 걱정 말고 써요." 하면서, 용기를 북돋워 주었다.

지난해에는 서울시 정도(定都) 600주년 기념사업의 하나로 진행되는《서울시 민속 대관－점복편》에 수록할 자료를 조사하러 다니다가 역학(易學)과 작명(作名)에 자신감을 표하는 역술인(易術人)을 만났다. 나는 '점복의 실제'를 조사하는 과정에서 내 사주와 이름, 그리고 호를 대면서 봐 달라고 하였다. 그 사람은 내 사주를 풀이한 다음, 이름이 사주와 잘 어울린다고 하였다. 그리고 호는 세 개가 다 좋은데, 그중에서 의재가 내 사주와 특히 잘 맞으니, 그것을 주로 쓰는 것이 좋겠다고 하였다. 이러한 일에서 용기를 얻은 나는, 이제 나이도 50이 넘었으니 호를 써도 되겠다는 생각에서 지난 여름에 나온 수필집《가을 햇빛 비치는 창가에서》의 서문에 의재라는 호를 스스로 썼다. 내가 나의 호를 처음으로 문자화하여 세상에 밝히고 보니, 내가 호를 쓰게 된 내력을 적어 두는 것도 뜻이 있겠다는 생각이 들어 이 글을 쓴다.

나는 지금까지 그랬던 것처럼, 조상으로부터 물려받은 성인 최(崔)와 선친께서 지어 주신 이름 운식(雲植)을 사랑하고 아끼며, 이 이름을 명예롭게 지켜 나가도록 노력하려고 한다. 그리고 의재(宜齋)라는 호를 쓰면서 생각·용모·언어·동작을 맑고 엄숙하게, 그리고 과묵하고 중후(重厚)하게 다듬어 바른 사람(義人)이 되려고 한다. 그리고 民庭(민정)과 樹村(수촌)이라는 호에 담겨 있는 깊은 뜻도 마음속에 새겨 나가려고 한다. 이것이 호를 쓰기 시작하면서 갖는 나의 마음속 다짐이다. 〈시와 시론 제49호, 1993.〉

막내아들 면회와 피서

지난 6월 하순의 주말에 아내와 큰아들과 함께 신병 교육을 마치고 강원도 양양 지역의 군부대에 배속된 막내아들 면회를 갔다. 중대 행정병의 안내를 받아 동해안 경비소초를 찾아가니, 미리 연락을 받은 막내가 외출복을 차려 입고 기다리고 있었다. 5주 전에 신병교육대로 면회를 갔을 때보다는 얼굴도 좀 희어졌고, 긴장감도 덜한 것 같아 조금은 마음이 놓였다. 우리는 예약해 둔 콘도로 와서 그동안 있었던 일을 이야기하며 좀 늦은 점심을 먹고, 휴식시간을 가졌다.

이튿날, 우리는 설악산 구경을 하려고 설악동으로 차를 몰았다. 본격적인 등산 철도, 피서철도 아니건만 사람들이 많았다. 주차장에 차를 세울 곳이 없어서 이리 저리 다니다가 가까스로 차를 세웠다. 신흥사 경내를 둘러보고, 비선대 쪽으로 천천히 걷는데, 이마에서는 땀이 흘렀다. 오후에 막내를 귀대시간에 늦지 않게 부대에 데려다 주어야 하는데, 갈 적에 통행차량이 많아 길이 막힐지도 모른다는 생각을 하니, 더 올라갈 수가 없었다. 그래서 물이 흐르는 계곡 가까운 곳의 나무 그늘을 찾아 앉았다.

어젯밤 비에 부쩍 많아진 계곡물은 천천히 흐르다가 빨리 흐르기도 하고, 바위에 부딪혀 흰 거품을 내기도 하면서 힘차게 노래를 불렀다. 이런 계곡의 물을 보기만 하여도 시원한데, 가끔씩 시원한 바람이 불어 주니 더위는 천리만리 달아난 듯하였다. 우리는 바위 위에 앉아 준비해 간 음료수와 다과를 나누며 여러 가지 이야기를 하였다. 막내가 석 달가량 겪은 군 생활을 이야기하자, 학군 장교로 남해안 지역에서 근무하고 제대한 큰아들은 자기의 군 생활 경험을 이야기하였다. 나도 30여 년 전의 군 생활을 이야기하며 거들었다. 군대 생활 이야기 뒤에는 두 아들의 친구 이야기, 영화와 음악 이야기, 문학작품 이야기를 하였고, 집안 이야기도 하였다. 무더운 여름에 시원한 그늘에 앉아 더위를 잊은 채, 오랜만에 가져 보는 우리 가족의 대화 시간은 정말 즐겁고 흐뭇하였다. 아내는 어떤 피서 여행도 이보다 더 즐겁고 흐뭇할 수는 없을 것이라고 좋아하면서도, 둘째인 딸아이가 함께 오지 못한 것을 못내 아쉬워하였다.

귀대 시간이 임박해지자, 막내의 얼굴에는 불안과 긴장의 빛이 감돌았다. 부대 가까이서 내린 막내는 똑바로 서서 거수경례를 하였다. 그의 입에서는 신병 교육대에서 배운 대로 '충성'을 외쳤지만, 눈에는 물기가 어려 있다. 아내는 힘들어도 참고 이기며 군대 생활 잘하라고 당부하고 손을 흔들면서 훌쩍거렸다. 숲속으로 난 비탈길을 넘어가는 막내의 뒷모습을 보고 서 있으니, 더운 여름에 소매 긴 군복에 전투화·철모를 착용하고, 총을 들고 동해안을 지킬 막내의 모습이 떠올랐다. 내가 전방부대에 배치를 받아 갔을 때 매사에 서툰 신병을 따뜻하게 보살펴 주기는커녕 윽박지르고, 군기를 잡는다고 무서운 얼굴을 하며 겁을 주기도 하고, 때로는 주먹이나 몽둥이를 휘두르던 고참병들의 모습이 떠올라 겹쳐졌다.

큰아들이 운전하는 승용차의 옆자리에 앉아 집으로 오면서도 막내의 군 생활에 대한 걱정은 끊이지 않았다. 막내가 새로 배속된 부대의 생활에 잘 적응하고 있다는 말을 하였지만, 새로운 생활에 대한 서툴음, 고참병들의 눈치를 봐야 하는 심리적 부담감, 그리고 낮과 밤을 바꿔 생활해야 하는 신체적인 고달픔 등을 잘 이겨낼지 걱정스런 마음을 떨쳐버릴 수 없었다. 막내로 하여금 이런 것들을 모두 이겨내고, 잘 적응할 수 있도록 도와주는 길은 무엇일까? 1~2개월에 한 번쯤 면회를 가서, 막내로 하여금 고달픈 생활에서 벗어나 하루쯤 가족과 함께 쉬면서 몸과 마음을 가다듬게 하고, 뒤에 가족이 있다는 것을 확인시켜 주는 것밖에는 없지 않을까? 이런 저런 생각 끝에 나는 8월에 동해안으로 막내아들 면회를 겸한 피서 여행을 해야겠다고 생각하였다.

우리 가족은 큰아이가 고등학교 1학년일 때 갔던 피서여행을 끝으로 한동안 피서 여행을 하지 못하였다. 그러다가 막내가 대학에 들어가던 해 여름에 마침 큰 아이가 군에서 제대를 하고 와서 온 가족이 함께 피서여행을 하였다. 그 뒤로는 장성한 아이들과 시간을 맞추기가 어렵고, 여름방학에는 교육대학원 여름학기 강의를 해야 하였으므로 피서여행은 뒷전으로 밀려나고 말았다. 금년에 피서여행을 생각하는 것은 순전히 막내아이의 면회 때문이다. 교육대학원 여름학기 강의가 끝나는 8월 중순에는 더위도 한풀 꺾일 것이고, 동해안 지역에 모여들었던 피서객들도 다 떠나서 조용해질 것이다. 8월 셋째 주 주말에 막내아들 면회를 겸한 피서여행을 가야겠다. 가서 여름 동안 피서객들로 붐비는 동해안을 지키며 조금 더 성숙한 군인의 모습을 보일 막내아들을 만나보련다. 그리고 많은 사람이 북적대다가 떠나고 조용해진 동해안의 바닷가를 거닐며, 낮에는 물러가는 여름을 바라보고, 밤에는 다가오는 가을을 만나 봐야겠다. 〈조선문학 40, 조선문학사, 1994. 8.〉

딸의 출국

지난주에 같은 아파트 단지의 뒷동에 살던 딸이 아이들을 데리고 미국으로 떠났다. 지난 1월에 미국 LA로 직장을 옮긴 사위를 뒤따라갔으니, 잘 된 일이다. 그런데도 딸을 떠나보낸 나와 아내의 마음은 세상이 텅 빈 것 같고, 허전하다. 3년 전 같은 아파트 앞동에 살던 큰아들네 가족이 직장 근처로 이사를 갔을 때에도 그랬는데, 이번에는 그 정도가 더한 것 같다. 마음이 여린 아내는 아파트 뒤쪽 베란다에서 딸이 살던 아파트를 내려다보면서도 눈물을 글썽이고, 딸이나 외손자·외손녀 이야기만 나오면, 목이 메어 말을 잇지 못한다.

딸은 1996년에 결혼하여 서울에서 2년간 신혼생활을 한 뒤에 한국 기업의 주재원이 된 사위를 따라 미국에 가서 4년여를 지낸 뒤에 2002년 한국으로 돌아왔다. 그때 우리와 같은 아파트 단지에 자리를 잡아 지금까지 살았다. 딸은 12년을 사는 동안 두 차례 이사를 하였으나, 같은 아파트 단지 안에서의 이사여서 늘 우리 곁에 있었다. 그동안에 미국에 가기 전에 낳은 외손녀는 고등학교 2

학년이 되었고, 미국에 있을 때 낳은 외손자는 초등학교 6학년이 되었다.

사위는 성실하고 부지런하며 능력이 있는 사람이다. 그는 대기업에 근무하면서 능력을 인정받아 여러 차례 승진을 하였다. 그러나 임원으로 승진하지 못한 채 50세 가까이 되자 자원하여 명예퇴직을 하였다. 퇴직한 후에 두 번이나 새로운 회사에 취업하여 몇 달씩 근무하였으나, 그의 능력이나 뜻을 펼 여건이 되지 않았다. 그래서 새로운 직장을 알아보던 중 중소기업의 미국법인 책임자로 선발되었다. 한국에서 좋은 대학을 나와 미국 유학을 하였고, 전에 미국 주재원으로 근무한 경력이 있어서 발탁된 것 같다. 나이 50이 넘어 새로운 직장을 잡은 것도 다행스런 일인데, 자녀들의 학업 문제로 많은 사람이 가고 싶어 하는 미국 LA의 법인장이 되었으니, 참으로 잘 된 일이다. 이 일을 아는 많은 사람이 축하하면서 부러워한다. 이것은 하나님께서 사위의 간절한 기도를 들어주신 것이라 믿고 감사한다.

딸네 가족이 미국에 가게 되었다는 말을 처음 들었을 때, 이 일은 하나님의 은혜로, 잘 된 일이라 생각하였다. 그래서 그들의 출국을 축하하고, 그곳에 가서 잘 살기를 바라면서 즐거운 마음으로 보내기로 마음먹었다. 그런데도 이렇게 섭섭하고 허전한 것은 무슨 까닭일까? 그것은 그동안 가까이 살면서 나눈 정이 깊고, 이번에 떠나면 언제 돌아올지 모른다는 안타까움 때문이다. 말은 아이들 공부가 끝나면 돌아온다지만, 그때가 언제일지 모르겠다. 작은 애가 대학을 마칠 때까지만 계산하여도 10년 넘게 걸릴 것이다.

대학을 마친 큰애가 학업을 계속할지, 직장은 어디서 잡을지도 확실하지 않으니, 돌아올 날을 쉽게 점칠 수 없다. 나와 아내는 나이가 점점 들어가니, 전처럼 가까이 살면서 오순도순 정을 나누며 살기는 어려울 것이라는 생각이 더욱 마음을 안타깝게 한다.

가까이 사는 동안 우리는 외손녀와 외손자가 하루하루 자라는 과정을 지켜보고, 재롱을 보며 즐거워하였다. 명절 때는 물론 시간이 맞으면 큰아들과 작은아들 집의 아이들까지 함께 어울려 노는 모습을 보면서 우리는 무한한 행복을 느꼈다. 딸은 수시로 드나들며 집 안팎의 크고 작은 일을 이야기하였다. 나나 아내가 몸이 아플 때에는 문병 와서 위로하였고, 백화점이나 마트에 갔다가 예쁜 옷이나 신발이 있으면 사다 주었다. 어디를 갔다가도 우리 부부가 좋아하는 과일이나 음식이 눈에 띄면 사서 들고 왔다. 우리 아파트 단지 안의 소식은 물론, 이웃 동네의 크고 작은 소식도 알려주었다. 딸은 우리의 눈과 귀의 역할을 해 주었다.

사위와 딸은 미식가(美食家)에 가까울 정도로 맛에 민감하다. 외손녀 또한 그러하다. 그들은 맛있는 음식점을 가본 다음에는 우리 부부를 데리고 갔다. 그래서 가까운 곳은 말할 것도 없고, 다른 동네의 좋다는 음식점을 안내하곤 하였다. 음식 값은 우리를 대접하는 뜻에서 그가 내기도 하고, 좋은 곳을 안내받은 턱으로 내가 내기도 하였다. 그러는 동안에 딸네 가족과 정이 깊어졌다. 그런 딸네 가족이 멀리 떠나고 보니, 우리 아파트 단지, 아니 서울이 텅 빈 것 같다.

경동시장에 갔을 때, 아내는 경동시장의 과일과 채소의 값이 동네의 마트보다 훨씬 싼 것을 보고, 이것저것 사려다가 나눠줄 딸이 없음을 생각하고 주춤하였다. 시내 음식점에 가서 맛있는 음식을 먹다가도 딸네 가족과 함께 식사하던 생각이 난다며 눈시울을 붉혔다. 예쁜 옷이나 장신구(裝身具) 가게 앞을 지나다가도 이를 사다 주면 좋아할 외손녀가 없음을 생각하고 아쉬워하였다.

나는 아내에게 우리가 미국에 가거나 딸네 가족이 한국에 오면 만날 터이니 너무 아쉬워하거나 허전해 하지 말라고 위로하곤 하였다. 아내는 내 말에 공감하면서도 가슴이 아리고 텅 빈 듯한 것을 어찌 하란 말이냐고 대꾸하며 눈물을 훔치곤 한다. 이를 보는 나의 눈가에도 나도 모르게 눈물이 고이곤 한다. 나는 아내의 허전한 마음을 달래주려고 차에 태워 소요산으로 가서 산길을 걷기도 하고, 온천에 가서 쉬기도 하였다. 강원도 고성에 있는 콘도에 가서 쉬면서 온천욕을 하고, 통일전망대와 DMZ박물관을 관람하기도 하였다.

미국에 있는 딸과 외손자·손녀와는 자주 카톡, 보이스톡, 영상통화를 한다. 그러는 동안에 가슴이 텅 빈 것 같던 허전함과 아리던 상처는 조금씩 아물고 있다. 이제 그곳 생활에 잘 적응하면서 건강하게 지내기를 기도하는 것밖에는 할 수 있는 일이 없다. 자주 안부를 전하면서 지내다가 만날 날이 속히 오기를 기다려야겠다.

며칠 후면 대학의 교수인 큰아들이 연구년을 맞아 가족과 함께 미국으로 떠난다. 아들네는 1년 후면 돌아오겠지만, 딸네가 떠난 뒤에 바로 떠난다고 하니, 더욱 허전하다. 남아 있는 작은아들네 가족과나 자주 만나야 할 터인데, 아들과 며느리가 바쁘고 거리가 머니 자주 만나기도 어려울 듯하다. 텅 빈 것 같은 허전함과 아쉬움을 달래며 지낼 일이 걱정이다. 가족끼리 자주 만나지 못하는 아쉬움이 이렇게 큰 것은 나이가 든 탓인 것 같다. 〈2014. 6. 20.〉

남의 눈에 비친 나

올해 2월에 정년(定年)을 맞아 44년 간 근무하던 교단을 떠나게
되었다. 초·중등학교 교사로 14년, 대학 교수로 30년을 근무한 교
단을 떠나게 되니, 여러 가지 감회가 떠오른다. 그동안 많은 학생
들과 함께 공부하면서 기쁨과 보람을 나누었다. 이제 떠나야 한다
니 참으로 섭섭하고, 허전한 마음이 든다. 44년 근무하는 동안 나
와 학연을 맺은 사람이 아주 많은데, 이들 중 나를 참 스승으로 생
각한다는 제자가 많이 있다. 나는 참으로 제자 복이 많은 사람이
라는 생각이 들어 흐뭇하고, 자랑스럽다.

제자들 중 몇몇이 나의 정년을 아쉬워하면서도, 축하하고 기념
하려는 뜻에서 정년기념문집 간행위원회를 구성하였다. 그리고
제자, 동료, 친구, 선배, 스승, 친족들에게 나와의 관계나 교유(交遊)
한 내용을 중심으로 글을 써 달라는 부탁을 하였다. 그에 따라 93
명이 글을 써 주었는데, 이를 《푸른 향기 길게 드리우니》라는 제
목으로 묶었다. 이 책에 실린 글은 최근에 있었던 일을 소재로 한
것도 있고, 아주 오래 전의 일을 소재로 한 것도 있다. 나와 생활하

면서 기쁘고 즐거웠던 일을 적기
도 하고, 섭섭하고 아쉬웠던 일을
적기도 하였다. 그중에는 내가 기
억하고 있는 내용도 있지만, 까맣
게 잊어버린 내용도 있다. 이 글
들을 읽으면서 나는 90여 명의 눈
에 비친 나의 모습을 보았다.

여러 사람의 눈에 비친 내 모습
은 각양각색(各樣各色)이다. 원만한
모습이 보이는가 하면, 모난 모습
도 보인다. 다른 사람에게 기쁘고

푸른 향기 길게 드리우니

보람을 느끼게 한 모습이 있는가 하면, 마음을 아프게 한 나쁜 모
습도 보였다. 그중에는 다른 사람을 섭섭하게 하거나 마음 아프게
하여서 미안하다고 사과해야 할 일도 있다. 이 자리를 빌려 사과
하면서 용서를 빈다.

아내는 '돈을 꿔서 승용차를 산 이야기'를 썼다. 혼인한 뒤에 야
간대학과 대학원 학생 노릇을 7년이나 하고, 시간 강사 노릇을 하
다가 전임 교수가 된 이듬해에 돈을 꿔 오라고 하여 승용차를 사
겠다는 가장(家長)의 처신을 보면서 아내는 정말 난감하였을 것이
다. 철없는 사람, 셈속 모르는 책상물림이라고 서운해 하면서 한
탄하였을 것이다. 나는 누구에게 단돈 1만 원도 꾸지 못하는 사
람이다. 돈을 꿀 데가 없다고 거절하였으면 그만인데, 긴 토를 달
지 않고 내 말을 따라준 아내가 고맙다. 이렇게 하여 구입한 승용

차는 설화와 민속자료 수집에 큰 도움이 되었다. 아내는 집안일과 아이들 교육 등에 관심을 기울이지 못하고 연구에만 몰두하는 나를 보면서 '한 지붕 밑에서 숨 쉬고 있는 것으로 안도하였다.'고 하였다. 이 말은 참으로 미움과 한숨을 거친 뒤에 정리한 사려(思慮) 깊은 말이다. 부족함이 많은 남편의 모습을 보여 부끄러울 뿐이다.

아들과 딸의 글에는 내가 강조하며 실천하던 음식 골고루 먹기, 아침 체조하기, 일기 쓰기, 규칙 지키기 등이 무척 힘들고 싫었다. 그래서 무서운 아빠, 인정머리 없는 아빠라면서 원망도 많이 하였다고 한다. 그런데 장성한 뒤에 생각해 보니, 아빠가 강조하던 것들이 건강 증진, 편식 안 하기, 바르고 예쁜 글씨 쓰기, 기초적인 문장력 훈련, 바른 생활에 크게 도움이 되었음을 알았다고 한다. 귀찮고, 힘들고, 원망스러웠던 일들을 긍정적으로 평가해 주는 삼 남매가 고맙고 자랑스럽다.

여동생은 〈오빠의 눈〉이란 제목으로 내가 엄격하고 무섭게 대하던 일, 까다로운 규칙을 정해 놓고 지키라고 하던 일을 적었다. 오빠가 무섭고, 섭섭하고, 힘들었다고 하면서도 아버지 노릇을 겸한 오빠의 역할을 하느라고 그런 것이라고 이해하면서 존경한다고 하니, 고맙기 그지없다. 처남과 처제는 내가 자기들에게 본을 보이는 사람이었다고 한다. 이는 아내가 처가에 가서 내 험담이나 불평·불만을 말하지 아니하였기 때문이라 생각한다. 나의 좋은 면만을 기억해 주는 처남·처제와 나의 나쁜 점을 친정에 가서 말하지 않은 아내가 고마울 뿐이다.

제자들의 글에 나타난 내 모습은 다양하다. 나한테 논문 지도를 받은 사람은 논문 지도의 철저함과 엄격함을 매우 고맙게 생각한다고 하였다. 나는 논문 초고에 붉은색 펜으로 잘못된 부분을 지적하고, 수정하도록 지시하는 글을 써서 주고, 만나서 일일이 설명하면서 수정하게 하곤 하였다. 제자들 사이에서는 이를 빗대어 '피바다를 건너야 논문이 통과된다.'는 말이 퍼졌고, 이 말은 여러 해 동안 선후배 사이에 대물림을 하였다고 한다. 피바다를 거친 사람들은 내가 지도하느라고 써준 초고를 '가보(家寶)'로 삼겠다고 하면서, 자기들도 제자들의 작문이나 논문을 지도할 때 귀감(龜鑑)으로 삼겠다고 한다. 논문 지도 과정에서 깊은 생각 없이 던진 내 말한마디가 비수(匕首)가 되어 가슴에 꽂혀 깊은 상처를 남기기도 하였을 것이다. 그런데도 긍정적인 면만을 말하며 좋게 말해 주니 정말 고맙다. 논문 지도 과정에서 섭섭한 말을 들었던 사람은 속히 잊고 상처가 아물기를 바란다.

나는 강의 시간이나 제자들과 대화하는 중에 어휘 선택과 발음 등 언어 사용에 관해 많은 말을 하였다. 나는 내 전공이 아니면서도 현장 상황에서 직접 지도하지 않으면 효과가 없다는 생각에서 바로 지적하곤 하였다. 지적받은 사람은 무안해 하였고, 마음에 상처를 받기도 하였을 것이다. 그러나 고마워하면서 고치려는 노력을 계속하고 있다고 하니, 정말 고맙다.

나는 제자들의 학교생활이나 일상생활에 관한 것을 많이 지적하였다. 이를 고맙게 여기고 습관화하려고 애를 쓰고 있다고 한다. 나는 강의할 때 요지를 잘 정리하여서 쉽고 간단명료하게 설명하고, 논지(論旨)를 전개하면서 내용 이해에 필요한 예화(例話)를 인용하곤 하였다. 이를 제자들은 잊지 않고 있으며, 본을 받아 교단에서 학생을 지도할 때 활용하고 있다고 한다. 제자들 중 현직 교사가 많은 관계로 나를 이해하고, 좋게 평가해 주는 것 같아 고맙기 그지없다.

나는 교회 장로로 신앙생활 면에서 부족함이 많다. 목사님이나 다른 교우들이 기대하는 바를 제대로 실행하지 못하여 죄송스럽기 짝이 없다. 그런데 목사님이나 동료 장로는 정년퇴임 후에 잘하라는 말로 감싸면서 격려해 주니 고맙기 그지없다.

나는 여러 사람의 마음의 거울에 비친 내 모습을 보았다. 칭찬·격려·축하·감사의 말 속에 담긴 부족한 나의 모습을 보았고, 이해와 용서의 마음을 읽었다. 뒤늦게나마 여러 사람의 마음의 거울에 비친 내 모습을 보게 된 것을 감사한다. 사랑하는 마음으로 지적해 준 나의 부족한 모습, 모난 모습, 불성실한 모습 들을 고치기 위해 노력해야겠다. 오늘 이후에 만난 사람들이 나에 관한 글을 쓴다면, 나에 대한 이해·용서의 힘든 과정을 거치지 않고 칭찬과 격려·축하·축복의 말을 적을 수 있도록 노력해야 하겠다.

〈청하문학 제7호, 서울 : 문예운동사, 2008.〉

장로 직을 내려놓으며

2014년 4월 27일은 장위교회 설립 50주년을 기념하고,《장위교회 50년사》발간 감사예배를 드리는 뜻깊은 날이다. 이날 서울연회 김영헌 감독님과 성북지방 안희찬 감리사님을 비롯한 내외 귀빈과 장위교회 성도 여러분을 모신 자리에서 부족한 나의 장로 은퇴식을 가졌다. 감리교회 규정에 장로는 만 70세가 지난 이듬해 2월에 은퇴하게 되어 있다. 나의 장로 임기는 지난해 2월까지이므로, 지난해에 은퇴예배를 드려야 했다. 그런데 지난해에는 내가 터키에 객원교수로 가 있었으므로 은퇴예배에 참석할 수 없었으므로, 1년을 미루어 교회 설립 50주년 기념일에 갖게 되었다. 나는 이를 대단히 기쁘고 영광스럽게 생각한다.

나는 1998년 2월부터 2013년 2월까지 15년 간 장로로 교회 일을 하였다. 그동안 담임목사님을 보좌하며 교회를 섬기는 일에 최선을 다하려고 노력하였으나, 부족함이 많았다. 그런데도 사랑으로 감싸주시고 협조해 주셔서 무사히 장로의 직을 내려 놓을 수 있게 해 주신 최청수 목사님과 신현주 목사님, 나를 집사·권사로 길러

장로은퇴식에서 답사를 하는 필자

주신 최병원 목사님, 그리고 성도 여러분께 진심으로 감사한다.

　지난날을 되돌아보면, 나는 하나님의 사랑과 은총을 참으로 많이 받은 사람이다. 충청남도 홍성의 농촌에서 자란 나는 아버님이 일찍 세상을 떠나신 관계로 어려움이 많았다. 그러나 하나님의 보살핌과 사랑 안에서 건강하게 자라며 공부하여 사회적으로는 대학의 교수가 되어 30여 년을 근무한 뒤에 정년퇴직을 하였다. 정년퇴직 후에도 건강을 주셔서 터키 에르지예스대학교 한국어문학과 객원교수로 4년을 근무하게 해 주셨다. 가정적으로는 현명하고 착한 아내와 혼인하여 해로(偕老)하게 해 주셨고, 아들과 딸 3남매를 주셨으며, 6명의 손자·손녀를 보게 해 주셨다. 교회에서는 교회학교 교사, 집사, 권사를 거쳐 장로의 직분을 받아 봉사하다가 영광스러운 자리에서 은퇴하게 해 주셨다. 부족함이 많은 나에게 베풀어주신 하나님의 사랑과 은총은 넓고, 크고, 높아서 말로 다 표현할 수 없다.

이제 나는 주님의 사랑과 은총에 감사하고 찬양하면서 살려고 한다. 〈누가복음〉 17장 7~10절에 나오는, 주인의 명을 받아 밭을 갈거나 양을 치고 돌아온 종처럼 '저는 마땅히 해야 할 일을 하였을 뿐'이라고 하는 겸손한 자세로 살겠다. 또, 〈민수기〉 8장 25~26절에서 은퇴한 레위인은 직무를 수행하는 레위인을 도우라고 하신 말씀을 따라, 뒤로 한 걸음 물러서서 시무장로님과 여러 성도님을 돕는 정신으로 살아가겠다. 부족한 나에게 이러한 영광스러운 자리를 마련해 주신 담임목사님과 성도 여러분, 귀한 말씀을 해 주신 김영헌 감독님과 안희찬 감리사님, 귀한 은퇴 찬하의 말씀을 해주신 김동걸 목사님께 감사한다. 은퇴 찬하식에 참여해 주신 여러분과 여러분의 가정에 하나님의 사랑과 은총이 늘 함께 하시기를 기원한다. 〈2014. 4. 27.〉

장위교회 발전의 디딤돌

《장위교회 50년사》가 발간된 것을 매우 기쁘게 생각하며, 하나님의 은혜에 감사한다. 장위교회에서는 설립 30주년 무렵에 '장위교회 30년사'를 편찬해 보자는 논의가 있었고, 설립 40주년 무렵에도 '장위교회 40년사'를 편찬해 보려는 시도가 있었다. 그러나 이를 실천에 옮기지 못하다가 50주년을 맞으면서 이를 실천에 옮긴 것이다.

《장위교회 50년사》 편찬을 시작할 때 집필을 외부인사에게 맡기는 것이 좋겠다는 의견과 교인 중에서 쓰는 것이 좋겠다는 의견이 있어, 이 문제에 관해 논의한 적이 있었다. 이때 부족한 내가 《장위교회 50년사》 편찬의 책임을 맡겠다고 자원하였다. 부족한 내가 이 일을 맡겠다고 한 것은 주님의 섭리와 계획에 의한 것이라고 생각하면서도, 내 나름의 이유가 있었다.

첫째, 40여 년 동안 학자로 연구와 저술 활동을 하면서 자료를 분석하고 연구하는 안목과 방법, 책의 체재와 문장 구성 등에 대해 어느 정도 실력을 쌓은 내가 이 일을 맡아서 하지 않으면 안 된다는 의무감을 느꼈기 때문이다. 이 일을 기피(忌避)하면 한 달란트를 땅에 묻어두었던 종에게 내린 것과 같은 꾸지람을 들을 것 같은 생각이 들었다. 둘째, 이 일을 맡아 하면, 그동안 학생을 가르치며 연구하는 일에 바빠 장로로서 교회 일을 많이 하지 못한 것에 대한 죄스러운 마음을 조금은 덜 수 있으리라는 생각 때문이었다. 셋째, 자기 교회의 역사는 자기 교인이 쓰는 것이 가장 좋다는 생각 때문이었다. 외부인사에게 교회사 집필을 의뢰할 경우에는 교회 발전과 변화를 심도 있게 살피지 못할 우려가 있다. 또 교회사 집필에 어느 정도의 지식과 안목을 지닌 사람이 많은 시간과 노력을 기울여 자료를 모아 드리며 뒷바라지해야 한다. 그런데 우리 교회에서 이런 일을 할 수 있는 분이 누구일까 떠오르지 않았다. 그럴 바에는 차라리 내가 집필 책임을 맡는 것이 좋겠다는 생각을 하게 되었다. 넷째, 교회의 재정 지출을 줄여야 한다는 생각 때문이었다. 외부인사에게 집필을 의뢰할 경우에는 그에 상응하는 보수를 지불해야 하는데, 이를 절약하기 위해서는 내가 하는 것이 좋겠다고 생각하였다.

《장위교회 50년사》 편찬 작업은 목사님과 여러 차례 회합을 한 뒤에 2012년 7월 11에 '장위교회 50년사 정리를 위한 간담회'를 연 것을 출발점으로 하여 본격적으로 시작되었다. 그때 나는 터키에 가 있다가 여름방학에 다니러 온 때여서 50년사 집필에 필요한 자료들을 스캔(scan)하여 파일로 만들어서 가지고 갔다. 그 뒤에도 필요한 자료를 스캔하여 전자메일로 보내주어서 이를 참고하면서 집필 작업을 하였다.

집필을 시작할 때 나는 교회사를 연구한 사람도 아니고, 목회자도 아니며, 교회 행정을 아는 사람도 아니어서 편찬 방향과 체재를 어떻게 잡아야 할지 난감(難堪)하였다. 그러다가 하나님께서 이 일을 맡기셨으니, 일을 감당할 능력도 주실 것이라 믿고, 기도하며 진행하였다. 방학 때에는 한국에 와서 집필한 내용을 목사님과 편찬위원 여러분들과 검토하면서 몇 차례 수정을 하였다.

집필을 시작하고 보니, 생각보다 일이 훨씬 많고, 시간도 많이 소요되었다. 1년 반 이상을 밤낮을 가리지 않고 이 일에 전념하였다. 아침에 책상 앞에 앉으면, 제일 먼저 "이 일을 제대로 감당할 수 있도록 건강과 지혜를 주시옵소서." 하고 기도하고 시작하였다. 집필할 때에는 많은 자료를 통하여 당시의 상황을 제대로 파악하고, 바르게 판단하여 기술하려고 정신을 집중하곤 하였다.

《장위교회 50년사》는 두 편으로 나누었다. 제1편에서는 역대 담임목사님이 사역한 기간을 기준으로 시기를 나누어 장위교회 발전의 과정을 살펴보았다. 이것은 〈당회록〉, 〈임원회의록〉, 〈구역회의록〉, 〈기획위원회회의록〉, 〈주보〉, 〈교회통계표〉 등의 기록물을 근거로 작성하여 사진과 함께 수록한 것으로, 실증적인 것이다. 여기에는 장위교회 설립부터 현재까지의 발전과 변화 과정이 잘 나타나 있다.

제2편에는 장위교회와 인연을 맺은 목사님과 전도사님, 장위교회 출신 성도, 그리고 현재의 장위교회 교인들이 장위교회에서 어떻게 하나님과 교감(交感)하고, 은혜를 받았는가를 개인의 삶과 관련지어 쓴 글을 실었다. 이 글들의 제재나 제목은 다양하지만, 모

두 주님을 찬양하고, 감사하는 마음을 표현한 감동적인 내용이다. 이것은 글쓴이의 마음속에 살아있는 생생한 장위교회 역사이기도 하다. 이것을 조선 시대의 역사와 관련을 지어 말한다면, 역사는《조선왕조실록(朝鮮王朝實錄)》이나《비변사등록(備邊司謄錄)》과 같은 역사적 기록을 통해서, 당시의 사회상이나 민심은 문인의 문학작품이나 여러 학자의 개인적 기록

장위교회 50년사

을 통해서 잘 알 수 있는 것에 견주어 볼 수 있을 것이다.

이 책은 장위교회 50년의 역사를 더듬어보며 주님의 뜻을 지금보다 더 잘 실천하는 교회로 크게 변화하고 발전하기 위해 딛고 올라설 작은 디딤돌을 하나 마련하였다는 점에서 의의가 있다고 생각한다. 부족함이 많은 내가 이 일을 무사히 끝낼 수 있도록 건강과 지혜를 주신 하나님께 감사하면서 영광을 돌린다.

이 책을 편찬하는 데에 시간과 노력을 아끼지 않은 신현주 담임목사님과 편찬위원 여러분, 귀한 글을 써주신 교우 여러분의 노고에 감사한다. 또 축간사를 써 주신 서울연회 김영헌 감독님과 성북지방 안희찬 감리사님, 교회사 전공학자의 안목으로 많은 분량의 원고를 검토해 주시고 축하의 글을 써 주시고, 발간 감사예배 자리에 오셔서 논찬(論贊)의 말씀을 해 주신 서울감리교신학대학교의 이덕주 교수님께 감사한다. 여러분의 정성과 땀을 주님께서 칭찬하시고 상을 주시리라 믿는다. 〈2014. 4. 27.〉

최운식

충남 홍성 출생, 홍성고등학교 졸업.
서울교육대학교, 서경대학교(전 국제대학) 국어국문학과 졸업.
성균관대학교 대학원 국어국문학과 졸업, 문학박사.
서경대학교(전 국제대학) 교수, 한국교원대학교 교수, 터키 에르지예스대학교 객원교수,
한국민속학회장, 청람어문교육학회장, 국제어문학회장 역임.
현재 한국교원대학교 명예교수.
《문예운동》(수필)으로 등단, 충청문학상 수필부문 본상 수상. 도남국문학상 수상.
저서:《가을햇빛 비치는 창가에서》,《민속적인 삶의 의미》,《함께 떠나는 이야기 여행》,
《다시 떠나는 이야기 여행》,《한국인의 삶과 문화》,《터키 1000일의 체험》,《심청전 연
구》,《한국고소설연구》,《한국 서사의 전통과 설화문학》외 다수.

능소화처럼

2015년 10월 25일 초판 1쇄 발행

지은이 최운식
펴낸이 김흥국
펴낸곳 도서출판 보고사

등록 1990년 12월 13일 제6-0429호
주소 경기도 파주시 회동길 337-15 보고사 2층
전화 031-955-9797(대표), 02-922-5120~1(편집), 02-922-2246(영업)
팩스 02-922-6990
메일 kanapub3@naver.com / bogosabooks@naver.com
홈페이지 http://www.bogosabooks.co.kr

ISBN 979-11-5516-473-0 03810
ⓒ최운식, 2015

정가 15,000원

이 도서의 국립중앙도서관 출판예정도서목록(CIP)은 서지정보유통지원시스템 홈페이지
(http://seoji.nl.go.kr)와 국가자료공동목록시스템(http://www.nl.go.kr/kolisnet)에서
이용하실 수 있습니다.(CIP제어번호: CIP2015026340)